T0279488

NEGOCIOS o *Placer*

NEGOCIOS
o
Placer

RACHEL LYNN SOLOMON

TITANIA

Argentina • Chile • Colombia • España
Estados Unidos • México • Perú • Uruguay

Título original: *Business or Pleasure*
Editor original: Berkley, an imprint of Penguin Random House LLC
Traducción: Lidia Rosa González Torres

1.ª edición Marzo 2024

© 2023 *by* Rachel Lynn Solomon
All Rights Reserved
Translation rights arranged by Taryn Fagerness Agency
and Sandra Bruna Agencia Literaria, SL
© de la traducción, 2024 *by* Lidia Rosa González Torres
© 2024 *by* Urano World Spain, S.A.U.
Plaza de los Reyes Magos, 8, piso 1.º C y D – 28007 Madrid
www.titania.org
atencion@titania.org

ISBN: 978-84-19131-54-6
E-ISBN: 978-84-19936-57-8
Depósito legal: M-426-2024

Fotocomposición: Ediciones Urano, S.A.U.

Impreso por Romanyà Valls, S.A. – Verdaguer, 1 – 08786 Capellades (Barcelona)

Impreso en España – *Printed in Spain*

*Para aquellas personas que han tardado un poco en hallar
la respuesta y para las que siguen buscándola.
Nunca es demasiado tarde.*

«He estado buscando en todos los sitios equivocados.
He estado probando demasiadas caras.
Solo existe un camino.
Este es el camino de vuelta a casa».

—*Maps*, de LESLEY ROY

Capítulo

UNO

—Este libro ha sido creado con todo mi amor —dice la mujer sentada detrás de una mesa llena de libros de tapa dura con su rostro sin maquillaje, fruncido en mitad de un grito mientras intenta beber de una manguera—. ¡No me creo que por fin lo tenga entre mis manos! Y la cubierta tampoco está mal.

El público se ríe en el momento justo. En la fila de atrás, prácticamente noto cómo Noemie se estremece a mi lado.

—He hecho boles de cereales en los que he puesto más amor que el esfuerzo que ha puesto ella en ese libro —susurra.

No se equivoca; lo he experimentado de primera mano. Aun así, le doy un codazo a mi prima.

—Ten más respeto.

—Lo tengo. A los cereales.

Aprieto los labios para evitar reaccionar y me centro en el escenario, donde Maddy DeMarco dirige la sala con una confianza cálida y practicada que roza la manipulación emocional. La librería está llena de solo una fracción de su millón y medio de seguidores en Instagram, en su mayoría mujeres blancas vestidas con lino sostenible que han comprado usando su código de descuento «MadSeAhorra10». Al principio pensaba que era un culto, y, si soy totalmente sincera, sigo sin estar segura. Su sello de positividad empalagosa ya no tiene efecto en mí. Cuando necesito amor propio, lo más probable es que tenga la forma de algo portátil y con batería. A lo que Maddy ha dedicado una cantidad trágicamente escasa (es decir: cero) de publicaciones.

Ha construido su carrera profesional sobre afirmaciones vacías y consejos obvios. Un buen ejemplo sería su libro, que se llama *Bebe agua: Una guía para el autocuidado, el autodescubrimiento y mantenerse sediento*.

—La gente suele preguntarme cómo convertí una publicación viral en una marca que refleja un estilo de vida —dice Maddy, cruzando una pierna cubierta de lino sobre la otra. Sus ondas naturales brillan a la perfección gracias a un aceite caro, el cual me avergüenza admitir que probé antes de cortarme mi pelo rubio cenizo estilo *pixie* el año pasado—. Y la respuesta es simple: no duermo. —Eso hace que se escuchen unas cuantas risas más. Y un gruñido apagado por parte de Noemie—. No, quiero mostrarme real ante vosotras. Yo era una de esas personas que siempre ha sido un puto desastre. Un momento, ¿puedo decir eso? ¿Hay niños aquí? —Con exageración, observa al público con los ojos entrecerrados antes de continuar—. ¡Estaba tan estresada que literalmente me olvidaba de beber agua! No fue hasta que estuve tan deshidratada que acabé en el hospital, que me di cuenta de que había dejado de hacer cosas únicamente para mí misma. Estoy hablando de cosas *básicas* que te mantienen en funcionamiento. Como beber agua. Y sabía que tenía que cambiar algo.

Escribí tres capítulos en su libro de esa visita al hospital, leyendo detenidamente su Instagram para asegurarme de que estaba capturando su voz. Uno de cada cuatro comentarios se deleitaba con lo identificadas que se sentían con ella, y estamos hablando de una persona que vende tapices que dicen VIVE RÍE EMPODÉRATE.

Durante todo el proceso de escritura, intenté que Maddy fuera alguien con quien sentirse identificada, incluso cuando insistió en comunicarse conmigo solo mediante su equipo, o cuando ese equipo me mandó fotos de notas que había garabateado en servilletas biodegradables y también cuando dijo que la forma de escribir tenía que ser «un poco más sencilla». Deseaba con todas mis fuerzas que me cayera bien, quería creerme que sus publicaciones inspiraban a la gente a que vivieran lo mejor posible y con el mínimo de emisiones de carbono. Porque la cosa es que, antes del libro, sí que me caía bien. Tenía algo inspirador y auténtico que me llevó a darle al botón de «seguir» hace unos años, mucho antes de los tapices y de los constantes #publicidad que saturan su perfil hoy en día.

Ser escritora fantasma no es un trabajo glamuroso, y, si bien es cierto que nada del producto final grita *Chandler Cohen*, he sentido una emoción extraña ante la idea de conocer por fin a Maddy, ya que una parte de mí sigue un poco encandilada. El libro salió hace unos días, y me he obligado a esperar para conseguir un ejemplar hasta que su gira promocional se detuviera en Seattle, convencida de que su firma en la portada consolidaría esto como una colaboración. Ni siquiera he abierto la caja con libros de tapa dura que apareció en mi puerta la semana pasada.

En mis sueños más descabellados, me he preguntado si Maddy me pedirá que le firme un ejemplar también. Una broma interna entre las dos. Y, de alguna forma, eso compensaría todas las veces que he tenido que reescribir a última hora y el daño irreversible inducido a mis cutículas a causa de la ansiedad.

«Capítulo 6: Aprovecha tu optimismo interior». Igual sí que ha tenido impacto el libro.

Maddy alza un brazo.

—Que levante la mano quien alguna vez haya subido una foto sonriendo cuando estaba tan lejos de estar feliz que darle al botón de «compartir» casi parecía una mentira. —Casi todo el mundo alza la mano—. No hay nada de lo que avergonzarse. Yo lo he hecho muchísimas veces. Pero no son las fotos mías sonriendo las que me han permitido conectar con tantas de vosotras, sino las de mis patas de gallo. Las de mis ceños fruncidos. Incluso las de mis lágrimas. —Se saca el móvil del bolsillo y abre su perfil de las redes sociales—. La próxima vez que publiquéis algo, pensad en cuánto está representando vuestro auténtico yo. Y luego no pulséis el botón de «compartir» y ya está. Haceos una foto nueva. Escribid un pie de foto nuevo. Dejad que vuestra belleza interior hable.

—En ese caso, va a adorar mi resumen del evento —comenta Noemie.

Una mujer delante de nosotras se gira y se lleva un dedo a los labios. Noemie se calla y la mira con los ojos muy abiertos, con una expresión inocente.

—Vas a conseguir que nos echen —digo—. ¿Y entonces qué voy a decirle a mi editora?

—Puedes decirle que estoy viviendo de acuerdo a mi verdad y que estoy dejando que mi corazón hable. ¿No iba de eso el capítulo doce?

Por desgracia, sí.

Tras otra media hora de amplias proclamaciones por parte de Maddy sobre nuestras vidas dentro y fuera de internet, su asistenta le hace una señal y da una palmada.

—¡Me temo que no tenemos más tiempo! Me muero de ganas por firmaros estas preciosidades, pero antes… quiero que hagáis algo por mí. —En su rostro aparece una sonrisa maliciosa—. Si miráis debajo de las sillas, encontraréis vuestras botellas de agua.

Se produce una oleada de energía ansiosa y eléctrica cuando quienes no se habían dado cuenta de las botellas de agua al entrar las descubren por primera vez.

—Ahora quiero que abráis esa pequeñina. —Maddy le quita el tapón a su botella de agua y la sostiene en alto para brindar con el público. Yo golpeo mi plástico reciclado contra el de Noemie, alzando las cejas con exageración—. Y le deis un sorbo grande y delicioso.

— — —

—¿No te molesta que tu nombre no aparezca en el libro? —pregunta Noemie en la cola para las firmas, pasando la mano por la cubierta brillante del libro.

Sí. Al principio. Pero ahora hay una sensación de indiferencia que acompaña al lanzamiento de un libro. Como autora fantasma de personas famosas, no me contratan como coautora de nadie, sino que se supone que tengo que escribir desde su punto de vista. *Convertirme* en ellos. Mi primera autora, una concursante de *The Bachelor* que dejó de forma infame al chico en la televisión nacional después de que le pidiera matrimonio, fue un encanto absoluto, y todavía me escribe por correo para preguntarme qué tal me va. Sin embargo, no tardé en aprender que eso no era lo normal. Porque luego estaba Maddy, y el libro que acabo de terminar para un entrenador personal famoso en TikTok con su propia línea de batidos proteicos que amplía la definición de literatura.

Tal vez haya cierta satisfacción en aferrar estos cientos de páginas que escribí a una velocidad récord, una conclusión tangible a todas esas noches largas y planes cancelados. Y, sin embargo, también soy capaz de separarme por completo de este libro de una forma que puede resultar tanto genial como terrible para mi salud mental. Puede que ambas.

—No es mi libro —respondo simplemente, y le doy un sorbo a la botella de agua con la marca Maddy DeMarco. Es un agua que está extrañamente buena, y no sé si quiero saber por qué.

La cola avanza, y la gente le pide a Maddy que pose para unas fotos antes de dirigirse a la caja para pagar. No puedo culparlos por amarla como lo hacen. Quieren creer que modificar su estilo de vida cambiará sus vidas. Después de todo, a ella le funcionó.

—Gracias por esperar conmigo —digo, y los ojos de Noemie se suavizan detrás de sus gafas de carey y su exterior cínico se agrieta durante unos segundos—. Sé que esta no es tu noche de viernes ideal.

—Teniendo en cuenta que me pasé el viernes pasado explicándole a un cliente por qué no podíamos garantizarles un artículo de portada en el *Time*, esto es una clara mejora. —Todavía lleva puesto su mejor conjunto de profesional de relaciones públicas: pantalones de vestir ajustados, blusa estilo péplum con estampado de margaritas y una americana colgada sobre el brazo. Pelo largo y oscuro alisado y sin encrespamiento, porque si tiene un solo pelo suelto, no sería Noemie. Mientras tanto yo llevo pantalones de pana, la camiseta de Sleater-Kinney desteñida y una chaqueta vaquera negra demasiado abrigada para principios de septiembre. Debe de parecer que no me ha dado el sol desde 1996. Nada de vitamina D para mí, gracias.

—Eso no te lo discuto. —Me rasco una pequeña mancha de pintaúñas plateado, un acto que no va a pasar desapercibido para mi prima—. Y, oye, cuanto más tiempo estemos aquí, más tiempo puedo fingir que no todo el mundo está en la fiesta de inauguración de la casa de Wyatt.

Noemie hace una mueca tan familiar que nunca sé si la aprendí de ella o si fue al revés. Noemie Cohen-Laurent es mi única prima hermana a la que vez que mi mejor amiga. Crecimos en la misma calle, estudiamos en los mismos sitios y ahora incluso vivimos en la misma casa, aunque ella es la propietaria y yo pago un alquiler mensual muy rebajado.

Ambas estudiamos Periodismo, ilusionadas con la idea de cambiar el mundo, de contar las historias que nadie contaba. La economía nos empujó en direcciones diferentes y, antes de graduarnos, a Noemie ya la habían contratado a tiempo completo en la empresa de relaciones públicas donde había hecho las prácticas durante el último año de carrera.

—¿Supongo que eso significa que has decidido no ir? —inquiere.

—No puedo. Tú puedes ir si quieres, pero…

Noemie me interrumpe agitando ligeramente la cabeza.

—Solidaridad. Wyatt Torres está muerto para mí.

Los hombros se me hunden de alivio. No quería que sintiera que tenía que escoger un bando, a pesar de que no existía ningún riesgo de que escogiera el suyo. Aun así, es la única que sabe qué paso entre nosotros hace unas semanas: una noche increíble después de años de un anhelo que pensaba que era mutuo, dada la desesperación con la que sus manos deambularon por mi cuerpo mientras nos dejábamos caer en la cama. Le había ayudado a desempaquetar sus cosas en su nuevo apartamento, y estábamos agotados y achispados y parecíamos *encajar*, ya que nuestros cuerpos se unían con naturalidad y sin esfuerzo. El pelo oscuro de Wyatt acariciándome el estómago, la piel bronceada temblando allí donde lo tocaba. Cómo me clavaba las uñas en la espalda, como si no soportara dejarme ir.

Pero, entonces, vino el mensaje con el «¿Podemos hablar?» y la confesión, durante dicha charla, de que ahora mismo no estaba buscando meterse en una relación. Y yo era una Chica de Relación, dijo, con toda esa aversión que uno suele reservar para esa persona que les responde a todos en un correo con copia. Valoraba demasiado nuestra amistad y no quería que ninguno de los dos acabase herido.

Así que fingí que no me dolía.

—Aunque habríamos estado bien juntos —digo en voz baja mientras obligo a mis pies a avanzar en la cola.

Noemie me coloca una mano amable sobre el hombro.

—Lo sé. Lo siento mucho. Te prometo que esta noche nos lo pasaremos muchísimo mejor. Iremos a casa y pediremos demasiada comida india, porque sé que después te encanta comer sobras durante cinco días. Y luego podemos ver en Netflix a gente tomando decisiones inmobiliarias nefastas con parejas con las que no deberían estar.

Finalmente, llega nuestro turno, y uno de los libreros nos hace señas para que avancemos. Maddy apenas ha perdido la sonrisa, una hazaña admirable después de todas las fotos.

—Hola —digo, y empujo mi ejemplar hacia ella con una mano temblorosa, lo que es un poco embarazoso. He escrito páginas y páginas fingiendo ser esta mujer, y ahora que la tengo a poco menos de un metro, apenas soy capaz de hablar. Alguien se ha llevado mi titulación en comunicación.

—Hola —contesta con alegría—. ¿A nombre de quién?

—Chandler. Chandler Cohen.

Cierra un ojo, como si estuviera intentando acordarse. En cualquier momento le sonará. Nos reiremos sobre cómo se deshace de los troles en el capítulo cuatro y pondremos los ojos en blanco por todo lo que solía hacer para complacer a la gente, documentado en detalle en el capítulo dieciséis.

—¿Cómo se escribe?

—Oh… mmm —tartamudeo, al tiempo que cada letra del alfabeto huye de mi mente a la vez—. ¿Chandler… Cohen? —Maddy me mira confusa y expectante.

No. No es posible que ni siquiera se acuerde de mi nombre después de todas las ideas y venidas, ¿verdad? De todas sus exigencias.

—¿No conoces a Chandler…? —empieza a decir Noemie, pero la silencio dándole en las costillas con el codo.

Sí, la mayor parte del tiempo me comunicaba con el equipo de Maddy… pero mi nombre aparecía en los contratos. En los borradores preliminares. En las cadenas de correos interminables. Le he escrito este maldito *libro* y no tiene ni idea de quién soy.

Debo de mascullar cómo se escribe, pero la visión se me emborrona a medida que desciende su rotulador magenta sobre la portada, introduce un marcapáginas y me lo devuelve como una profesional experimentada.

—Gracias —consigo decir mientras Maddy nos despide con la mano, esbozando una sonrisa radiante.

Una vez que estamos a salvo en el pasillo de los libros de cuentos ilustrados, el que está más lejos del escenario, dejo escapar un suspiro largo y tembloroso. No pasa nada. Está bien. Es obvio que no iba a pedirme que firmara nuestro libro.

Su libro.

Porque en eso reside ser un fantasma: se supone que nadie puede verte.

—Deberías haberle dicho quién eres —dice Noemie, con una mano sujetando su bolso Kate Spade acolchado y con la otra agarrando la botella de agua con fuerza—. Yo lo habría hecho, si no me hubieras atacado con brutalidad.

—Eso solo habría hecho que fuera más embarazoso. —Me acerco el libro al pecho con firmeza, porque, si no lo hago, es probable que lo lance al otro lado de la sala—. A lo mejor no se le dan bien los nombres. Conoce a mucha gente. Seguro que está… muy ocupada siendo una mujer empoderada.

—Ya. —La postura de Noemie sigue rígida—. Bueno, yo voy a dejar de seguirla de todos modos. —Y, para demostrarlo, saca el móvil, solo para que otra cosa llame su atención—. Mierda, es del trabajo. Ha salido el borrador equivocado de un comunicado de prensa y el cliente está *furioso*. Puede que tenga que... —Se interrumpe mientras sus dedos vuelan sobre la pantalla.

De vez en cuando, caigo en que solo nos llevamos dos años, a pesar de que la vida de Noemie no tiene nada que ver con la mía. Cuando *The Catch* me puso en la calle hace cinco años y con el tiempo echó el cierre, incapaz de seguir el ritmo de BuzzFeed, *Vice* y *HuffPost*, ella se estaba comprando una casa. Cuando yo estaba teniendo problemas para vender artículos como *freelance* sobre músicos locales nuevos y sobre la evolución del centro de Seattle, ella estaba haciendo malabares con clientes de alto nivel y contribuyendo una cantidad mensual respetable a su plan de jubilación. Tiene veintinueve y yo, treinta y uno, pero es casi impactante lo bien que se le da ser adulta comparado conmigo.

Solo dos años y, aun así, a veces parece que no voy a alcanzarla nunca.

—Vete —digo, dándole golpecitos con el libro—. Estoy bien.

Si le decía que la necesitaba, lo más probable es que encontrase una forma de hacer ambas: consolarme y salvar a su cliente. Sin embargo, la mayoría de las veces, cuando el trabajo y cualquier otra cosa están enfrentándose por la atención de Noemie, el trabajo siempre gana.

—Solo si estás segura —contesta—. ¿Y si vuelves a casa, pides tanta comida a domicilio que la compañía de reparto se vuelva loca y me guardas un par de samosas para cuando vuelva?

—En realidad, puede que tarde un poco más en volver.

Me lanza una mirada prolongada, como si le preocupara que hubiera algo que no le estuviera contando. Es la misma mirada que le eché cuando me enteré de que *The Catch* estaba recortando personal. El trabajo de mis sueños obligándome a encontrar un nuevo sueño.

—Noe. Estoy *bien* —le aseguro con tanto énfasis que suena más amenazador que tranquilizador.

Me da un fuerte abrazo.

—Estoy orgullosa de ti —dice—. Por si acaso no te lo había dicho antes. —Sí que lo había hecho, cuando entregué el borrador y las revisiones y, luego, el día del lanzamiento del libro, cuando tuvo que irse temprano al trabajo, pero dejó un banquete de dónuts y *bagels* esperándome para cuando despertara—. Has escrito y publicado un *libro*. Dos, de hecho, y hay otro en camino. No dejes que ella te arrebate eso.

No estoy segura de que pueda describir con palabras lo mucho que la quiero en este momento, así que me limito a devolverle el abrazo con la esperanza de que lo sepa. Está claro que hoy las palabras no son lo mío.

Algo genial de esta librería es que tiene un bar, y odio que, mientras me dirijo a él, tenga visiones de Maddy sentándose a mi lado. Me ofrecería a pagarle una bebida y le diría algo que solo sabría alguien estrechamente familiarizado con *Bebe agua*. Soltaría un grito ahogado, se disculparía y hablaría con entusiasmo sobre lo contenta que está con el libro. Confirmaría que todos esos meses no fueron solo un salario, sino que *importaron*.

Salvo que esto no tiene nada que ver con Maddy DeMarco.

Es el manojo de autoestima enredado en las sábanas de la cama de Wyatt, en los cheques que no siempre llegan a tiempo, en el precioso dormitorio de la preciosa casa de mi prima que no podría permitirme por mí misma jamás. Es el golpeteo persistente en el fondo de mi mente que suena sospechosamente como un reloj, preguntándome si elegí el camino profesional equivocado y si es demasiado tarde para empezar de nuevo. Y si sabría siquiera cómo hacerlo.

Es que, cada vez que intento avanzar, hay algo esperando para tirar de mí hacia atrás.

Ambos camareros están inmersos en lo que parece una conversación muy seria, por lo que tengo que aclararme la garganta para llamar su atención. Pido una sidra que está demasiado dulce y, antes de meter el libro de Maddy en el bolso, lo abro por la portada.

Si no fuera porque ya estoy en la miseria, me hundiría aún más.

«Para Chandler Cone», dice en tinta magenta. «¡De un trago!».

EMERALD CITY COMIC CON

8-10 DE SEPTIEMBRE,

Palacio de Congresos del Estado de Washington

¡Conoce a Finn Walsh, más conocido como Oliver Huxley en *Los nocturnos*! Nos complace darle la bienvenida una vez más a la ECCC al friki favorito de todo el mundo. Aquí es donde puedes encontrarlo este fin de semana:

PANEL

Todo héroe lo necesita: familiares, amigos y compinches
Viernes, 8 de septiembre, 18:00, Sala 3B

FIRMAS

Sábado, 9 de septiembre, 16:00, Auditorio C
AUTÓGRAFO: 75 $ FOTO: 125 $

Capítulo

DOS

Al principio, mi intención es hacer al pie de la letra lo que dice la dedicatoria: emborracharme muchísimo, lo cual, con toda probabilidad, no es a lo que se refería Maddy y no creo que sea posible con esta sidra demasiado dulce. Cierro el libro traicionero de un golpe y dejo escapar un suspiro que hace que el hombre que está sentado a una silla de distancia se fije en mí.

Lo miro a los ojos y le dedico una mirada de disculpas, pero en vez de fruncirme el ceño como me esperaba, asiente en dirección a mi botella de sidra.

—¿Qué estamos celebrando?

—La desintegración de mi autoestima, patrocinada por el completo error que es mi carrera profesional. Y el funeral de una relación que terminó antes de que empezara siquiera. —Alzo la botella y le doy un sorbo, tras lo que intento no hacer una mueca—. En realidad, es un velatorio. Tengo un asiento en primera fila para ver cómo implosionan ambas cosas. De manera espectacular. —O, al menos, Chandler Cone lo tiene.

—Te habrá costado conseguir las entradas. —Junta las manos e inclina la cabeza como si estuviera presentando sus respetos—. Queridos hermanos y hermanas, estamos hoy reunidos aquí para…

A pesar de todo, me echo a reír.

—Creo que eso es lo que se dice en una boda. O al principio de una canción de Prince.

—Joder, tienes razón. —Su boca forma una sonrisa—. Aunque la canción está bien.

—Muy bien.

Con la mayor discreción posible, examino a este desconocido con más detenimiento. Creo que no estaba en la firma, pero, por otro lado, la sala estaba hasta arriba de gente. Parece mayor que yo, aunque diría que no mucho. Pelo castaño, más corto por los laterales y largo y ondulado por arriba, con algunas canas en las sienes, lo que en este momento descubro que me resulta muy atractivo. Lleva unos vaqueros oscuros y una camisa negra informal, una manga desabrochada a la altura de la muñeca, como si se hubiera distraído cuando se la estaba poniendo o quizás hubiera tenido un día muy largo y el botón se hubiera dado por vencido.

—Lo siento —dice—. Por lo de tu trabajo y tu relación.

Le resto importancia con la mano.

—Gracias, pero saldrá bien. Creo. —«Espero».

Podría girarme y decirle que tenga una buena noche sin problemas. Terminarme la bebida en silencio e irme a casa a comer comida para llevar, ver telebasura y regodearme. Nunca he ligado con nadie en un bar (por lo general estoy muy ocupada evitando establecer contacto visual con otros humanos), pero tiene algo que me obliga a seguir hablando.

Porque seamos cien por cien honestos: puede que mi ego necesite un empujoncito esta noche.

—¿Y tú? —inquiero, y agarro mi botella y hago un gesto en dirección a su vaso—. Estás bebiendo solo porque…

Cuando dejo de hablar, observo su rostro y capto una contracción de una fracción de segundo. Es tan breve que no estoy segura de que lo esté haciendo; igual hasta me lo he imaginado. Pero, entonces, recupera la compostura. Parece relajarse.

—Lo mismo. Pánico existencial relacionado con el trabajo. —Hace un gesto a los dos camareros y sigue hablando en voz más baja—. Iba a irme hace veinte minutos, pero empecé a implicarme demasiado en sus vidas personales.

Se lleva un dedo a los labios, y me esfuerzo en escuchar lo que están diciendo los camareros.

—*Esas cobayas no son responsabilidad mía. Si insistes en tenerlas en nuestro apartamento, tendrás que limpiar lo que ensucien.*

—*Al menos podrías llamarlas por su nombre.*

—*Me niego a llamar Ricardo y Judith a esas pequeñas bestias.*

—*¿Al igual que te negaste a fregar los platos después de la fiesta que diste la semana pasada? ¿La que tenía una barra para «construir tu propio perrito caliente con chili»?*

—Quiero llamarte la atención por espiar, pero no te culpo —digo—. Esto es entretenimiento de calidad.

—¿A que sí? Ahora no puedo irme hasta que terminen. —Acto seguido, alza una ceja y, con los ojos entornados, mira la botella de agua que, en un acto estúpido, dejé a mi lado sobre la barra—. ¿Hay una razón por la que tu botella diga… «VIVE RÍE EMPODÉRATE»? —Alza las manos—. No te estoy juzgando, solo es curiosidad.

—¿Esto? Formo parte de una estafa piramidal sobre la hidratación. Estoy muy metida. Cualquier día de estos harán el documental.

Sin vacilar, deja el vaso con calma. Recorre el bar con la mirada. Cuando vuelve a hablar, lo hace en un susurro.

—¿Hace falta que llame a alguien por ti?

—Me temo que es demasiado tarde. —Agito la botella de agua—. Pero si te vendo mil de estas preciosidades, es posible que pueda salir con una condena mínima.

—La cosa es que —dice, tamborileando con un par de dedos sobre la barra— podría encontrarles un uso a trescientas. Puede que cuatrocientas. Pero no sé qué podría hacer con el resto.

—Solo tienes que encontrar a otras personas a las que vendérselas. Yo podría ponerte en contacto, proporcionarte todo el entrenamiento que necesitas para convertirte en tu propio jefe.

—No pienso picar. —Me está sonriendo, sus dientes de un blanco resplandeciente. Cuanto más lo estudio, más guapo me parece. Todo está en los detalles: una pizca de vello facial rojizo, la calidez de sus ojos color avellana intenso, las pecas que le recorren los nudillos en espiral hasta la muñeca izquierda, allí donde lleva la camisa desabotonada y asoma la piel desnuda. Y la forma en la que me está mirando hace que me sienta mejor de lo que me he sentido en todo el día. En toda la semana. En todo el mes desde lo de Wyatt.

»Soy Drew —dice—. Pero entiendo totalmente que no puedas decirme cómo te llamas. Por motivos legales. Con lo de la serie y todo eso.

Intento contener otra sonrisa y fallo. Dios, es cautivador.

—Chandler —contesto—. Estaba en la firma de libros. —Saco el libro, como si la presentación necesitara una pizca adicional de verdad—. ¿Tú a qué te dedicas cuando no estás intentando rescatar a mujeres de empresas multinivel que están bebiendo en bares de librerías?

—Bueno, a ver, eso es prácticamente un trabajo a jornada completa. —Le da otro trago a su bebida antes de juntar las yemas de los dedos de ambas manos frente a él—. Trabajo en ventas. No es muy interesante, por desgracia.

—No estoy de acuerdo. Eso depende por completo de lo que vendas. Por ejemplo, ¿botas de lluvia diminutas para perros? Fascinante, y necesitaría ver fotos inmediatamente.

—Vendo tecnología —explica con un pequeño suspiro que hace que parezca deseoso de cambiar de tema. A ver, es razonable: vender tecnología no parece la profesión más emocionante—. ¿Y tú?

La pregunta del millón.

—Soy escritora. Periodista, supongo, pero hace tiempo que no escribo nada de lo que me sienta orgullosa. —Le doy un sorbo a la sidra, recuerdo que está demasiado dulce y lucho contra una mueca—. La maquinaria capitalista nos vendió mentiras sobre lo de ser adultos. Creía que cada uno de nosotros iba a convertirse en una persona perfectamente equilibrada y con unos logros impresionantes. Eso era lo que nos decían en clase, ¿no? Que podíamos ser lo que quisiéramos. Que éramos especiales.

Pero ahora solo soy... —«Una chica que escribe libros sin poner su nombre en ellos. Que tiene problemas para pagar su alquiler reducido. Que avanza a trompicones»—. Ser una *millennial* en la treintena es todo un viaje —termino.

—Brindo por eso.

Le da un sorbo largo antes de dejar el vaso vacío, tras lo que extiende una mano sobre la mesa y recorre las vetas de la madera con el índice. Como si estuviera sopesando con cuidado lo que va a decir a continuación. Una bombilla tenue capta el remolino de pecas que le recorren las mejillas, le descienden por el cuello y se le introducen en el hueco de la garganta. Me doy cuenta de que no son del mismo tono que su pelo, sino que algunas son más oscuras, otras más claras. Toda una constelación preciosa.

—Tengo que empezar diciendo que no suelo hacer esto, pero... ¿te gustaría salir de aquí, Chandler? —Tras eso, hace una mueca—. Dios. Menuda táctica más mala. Te juro que me gustaría saber de verdad si te interesa salir de aquí e ir a otro sitio. Uno que tenga más comida, porque me estoy muriendo de hambre y los «nachos de patata completos» de la carta no tienen muy buena pinta.

Podría decirle que tengo planes. Que la verdad es que lo de los nachos de patata completos suena fantástico y que, desde el momento en el que me senté, he estado debatiéndome entre si pedir una ración o no. Pero, sin embargo...

Me doy cuenta de que Drew diciendo que es una táctica mala podría ser perfectamente una táctica, pero tal vez no estoy preparada para volver a la casa de Noemie y sentir lástima por mí misma. Esto no es algo que haría y, sin embargo, en este momento, es como si esa fuera la razón para decir que sí. Podría tirar mi sidra medio vacía y emborracharme solo con su atención.

Saco la cartera y lanzo unos dólares sobre la barra.

—Vámonos de aquí.

— — —

Drew y yo estamos en plena misión: encontrar la porción de pizza nocturna perfecta. El primer restaurante en el que probamos estaba cerrado y en el segundo solo las servían enteras, por lo que ahora estamos de camino a un sitio que juro que está por aquí...

—¡Ahí! —Señalo a un cartel de ABIERTO verde y parpadeante situado en la esquina, y el aroma delicioso y sabroso nos atrae.

Ya son casi las diez de la noche y Capitol Hill acaba de empezar a despertarse. En lo que llevamos caminando, he descubierto que Drew vive en el sur de California y que ha venido a la ciudad por trabajo. Ha estado en Seattle algunas veces, pero nunca ha tenido la oportunidad de explorarla de verdad, así que mi meta no oficial es enseñarle lo máximo que pueda.

No recuerdo la última vez que salí un viernes por la noche, y de repente me siento con tantas posibilidades que estoy un poco mareada. Me siento inestable, tanto que, cuando me tropiezo al cruzar la entrada de la pizzería, Drew me coloca la mano en la parte baja de la espalda para estabilizarme, y ese contacto cálido va directo a mi cabeza.

—Qué alivio —dice mientras nos colocamos en la fila—. Estaba a punto de sentirme muy decepcionado con Seattle.

El local está regentado por dos *punk rockers* de avanzada edad, y por el equipo de sonido está sonando Mudhoney. Siempre respeto los establecimientos de Seattle que rinden homenaje a la larga historia de grupos excelentes del noroeste. Puede que no tengamos muchas pizzerías en las que vendan porciones, pero conocemos nuestra música. Todas las personas que se encuentran en el interior están en diversas fases de la noche: un trío de chicas con un maquillaje impecable y unos petos a juego, una pareja que parece estar teniendo su primera cita, un grupo de universitarios con una borrachera increíble y con la mesa cubierta de un número impactante de botellas vacías.

Drew me hace un gesto para que pida primero, así que ordeno una porción de *pepperoni* más o menos del tamaño de una señal de ceda al paso, mientras que él pide una vegetariana. Un chico con un tatuaje en el cuello, que creo que puede ser del antiguo

Kingdome, mira las pizzas durante unos segundos antes de seleccionar la porción más grande, cargada de pimientos verdes, champiñones, aceitunas y alcachofas.

Cuando el cajero nos da unos vasos de plástico para el refresco que hemos pedido, Drew dedica un momento a inspeccionar el suyo antes de llenarlo de Sprite.

—Solo me estoy asegurando de que esté limpio —dice con una sonrisa tímida. Tiene sentido. La higiene de este cuchitril es, en el mejor de los casos, cuestionable.

No hay sillas, solo mesas altas con botes de parmesano y de pimiento rojo molido. Me lanzo sobre mi pizza al momento, y me siento un poco bruta cuando Drew opta por el método más elegante del tenedor y el cuchillo.

—Dios, está *riquísima*. Su *pepperoni* es de otro mundo. ¿Quieres un poco? Pero no se lo digas a mis padres judíos.

—Soy vegetariano —responde, sin sonar ofendido. Mastica, corta otro triángulo pequeño y se lo mete en la boca con cuidado—. Desde hace unos dieciocho años. Y judío también, de hecho.

Me quedo mirándolo durante un par de segundos, porque ¿qué probabilidades había de que conociera a un desconocido judío de esta forma?

—No me fastidies. Creo que lo único que he hecho durante dieciocho años es apañármelas para funcionar con un nivel medio consistente de ansiedad —digo—. ¿Qué te hizo querer ser vegetariano?

—¿Es un cliché si digo que me encantan los animales? —inquiere. Me viene un destello de él sosteniendo un cordero, un cerdito o una cabra bebé—. Si no, eso, y que en el instituto me traumatizó *La jungla*. Después de eso fui incapaz de mirar una hamburguesa igual.

—Si tienes tiempo, deberías ir a Pear Bistro. Es un restaurante vegano que está en el centro y que siempre está lleno. Es caro, pero con una comida increíble.

—Un momento, voy a escribirlo. —Saca el móvil, lo anota y se lo vuelve a meter en el bolsillo. Le da un sorbo al refresco—.

Así que hablas con desconocidos en bares, escuchas a Prince y misteriosamente has acabado siendo poseedora de un libro de autoayuda escrito por una *influencer*. ¿Qué más debería saber sobre ti?

—Dudo muchísimo que lo haya escrito ella. —Puede que lo haya dicho demasiado rápido, así que arranco un trozo de la corteza y lo mojo en la salsa de la pizza en un intento por actuar con indiferencia—. Siempre asumo que alguien remotamente famoso tiene, ya sabes, un escritor fantasma o algo. Pero en lo que respecta a datos curiosos… —Lo miro de la forma más seria que puedo y preparo el único dato curioso sobre mí, el que me he pasado gran parte de mi vida reservando para los juegos de dos verdades y una mentira, solo para sentirme sumamente decepcionada por las pocas oportunidades que se presentan fuera de los Estados Unidos corporativos—. Solo tengo siete años.

Se limita a mirarme fijamente, y entre sus cejas empieza a aparecer una arruga.

—No… tengo ninguna respuesta ingeniosa para eso. Solo preocupación y confusión.

—Nací el 29 de febrero —explico—. Tengo treinta y uno, pero técnicamente solo he celebrado mi cumpleaños siete veces. El año que viene es bisiesto, lo que siempre es emocionante. Y soy piscis, así que me encanta el drama.

—Es la primera vez que conozco a una persona… ¿bisiesta? ¿Tenéis una forma de llamaros?

—De hecho, sí. Bisiesto o bisiesta funcionan, pero yo siempre he preferido «eternamente joven». —Le apunto con la corteza de mi pizza—. Te toca. Dato curioso, por favor.

—Mmm. No sé si podré superar el tuyo, pero tengo un conocimiento enciclopédico de *El Señor de los Anillos*. Y no solo de los libros y de las películas. En plan, estudié élfico de pequeño. Como te podrás imaginar, eso hizo que fuera muy popular en las fiestas.

—¡Debería! Di algo en élfico.

La boca se le inclina hacia arriba.

—No sabes cuántas noches me he pasado despierto esperando que algún día una chica guapa me preguntara eso. —Acto seguido, pone una expresión más serena—. *Vandë omentaina* —dice, y la sonrisa regresa—. Técnicamente, el élfico es una familia de lenguas, con múltiples dialectos y lenguas creadas no solo por Tolkien, sino también por los fans. Eso era «encantado de conocerte» en quenya, que se originó como el idioma de los Altos Elfos, quienes abandonaron la Tierra Media para vivir en el lejano oeste, en el Reino Bendecido.

—Madre mía. —Agito las pestañas al tiempo que me inclino hacia delante sobre la mesa—. Eres… un friki, en mayúsculas.

El gruñido que suelta y la servilleta hecha una bola que me lanza merecen la pena al cien por cien.

La campana de la puerta suena cuando entra otro grupo, y tardo un momento en darme cuenta de por qué todos van disfrazados (Yoshi, Wonder Woman y algo que no reconozco), porque en Capitol Hill nunca se sabe. Este fin de semana se celebra en el centro una de esas convenciones de cómics, y supongo que acaban de venir de ella.

Al otro lado de la mesa, Drew se pone rígido y solo parece relajarse cuando el grupo pide la pizza para llevar. ¿Vergüenza ajena, tal vez? ¿Un trauma infantil residual relacionado con *Mario Kart*? Sea lo que sea, no da explicaciones, y yo no se las pido.

—Eres periodista —dice, clavando el tenedor en un trozo de pimiento verde—. ¿Lo estudiaste en la universidad?

Asiento con la cabeza.

—Fue todo muy pesimista. Los periódicos habían empezado a desaparecer en todo el país, y desde el principio nos dejaron claro que ninguno de nosotros iba a poder encontrar trabajo en un periódico local en una sección específica, en parte porque algunos de esos periódicos no existirían o solo estarían en línea, y también porque cada vez era menos común tener una sección específica. Tuvimos que aprender a hacer de todo: fotografía, vídeo, programación básica. Y luego hice estudios de género y sexualidad como materia secundaria.

Drew tose un poco y traga saliva.

—¿*En serio*? —inquiere, dándose un golpe suave en el pecho. Vuelve a toser—. Eso es... interesante.

Pongo los ojos en blanco.

—Siempre que se lo cuento a alguien recibo una respuesta pervertida. Como «¿Qué aplicaciones prácticas tiene eso?» u «Oye, ¿quieres enseñarme lo que has aprendido?». Claro, puedo darte mi libro de texto de primer año sobre el sesgo de los datos. Garantizado para poner cachondo a cualquiera.

Drew se ríe, pero no se me escapa el hecho de que se le han sonrojado las mejillas. Incluso cuando intenta hacerse el interesante, su cara le delata.

—No es algo que se oiga todos los días. ¿Por qué te decantaste por eso? ¿Y cuáles son algunas de las aplicaciones prácticas?

Gruño, me inclino hacia él y le doy un empujón, un golpecito suave de los dedos contra su manga. Eso es todo, una fracción de segundo en la que la piel entra en contacto con la manga, pero tiene unas consecuencias mortales. Baja la mirada hacia la zona que he tocado y se sonroja más, lo que hace que mi corazón salte hasta el lugar en el que se encuentra la tráquea. Quiero volver a tocarlo de inmediato y, por cómo caen sus pestañas, es posible que él quiera lo mismo.

—Un programa de educación sexual horrible basado en la abstinencia en el instituto —respondo, volviendo a centrarme en su pregunta, porque es algo que me preocupa mucho. Un programa que no me preparó de la manera adecuada para lo que pasó en mi segundo año de universidad, pero ahora no estamos hablando de eso. Y, dado que no vive aquí, lo más probable es que no vayamos a hablar de ello nunca—. O, al menos, en parte. Nunca había tenido la oportunidad de aprender sobre sexualidad en otro sitio que no fuera internet, y apenas conocía mi propia anatomía. Parecía algo que iba a poder utilizar más allá de un entorno académico. —Siento que me pongo nerviosa, sobre todo por la forma en la que me está mirando, así que le devuelvo la pregunta—. ¿Y tú estudiaste... empresariales?

—No terminé la universidad.

—Lo siento. No debería haberlo asumido —contesto, tropezándome con mis propias palabras, pero alza una mano.

—No, no. No pasa nada. Siempre tuve la intención de volver, pero llevo trabajando desde que estaba en el instituto, y me llevó a una oportunidad a jornada completa que no pude rechazar. Simplemente, no ocurrió.

—Que no te dé vergüenza. —Le doy otro mordisco a la pizza. No consigo decidir si está siendo impreciso sobre su trabajo a propósito o si de verdad es tan aburrido que no soporta hablar de él más que en términos generales—. Si viajas por trabajo, debes de ser bueno en lo que haces. Exitoso.

—Exitoso —repite, dirigiendo esa palabra a la corteza que hay en su plato, la cual está cortando con el cuchillo—. ¿Cómo se mide eso?

—Así que pasamos a la parte filosófica de la noche. —Observo el restaurante mientras me pregunto cómo he llegado aquí, cómo he acabado contándole mis penas profesionales a un desconocido judío y vegetariano que trabaja en ventas. Es increíble lo fácil que resulta hablar con él, alguien a quien no conocía hace una hora y media—. Supongo que pensaba que a estas alturas tendría… bueno, más éxito —confieso, y me río con una carcajada vacía—. Así que ahí está. No es que quiera ser famosa ni nada de eso. Simplemente quiero crear algo de lo que me sienta orgullosa. ¿Entiendes?

—Sí —responde en voz baja, con los ojos clavados en los míos, y las arrugas suaves que hay a ambos lados de ellos hacen que parezca cansado por primera vez en toda la noche.

Nos terminamos la pizza y seguimos caminando por ahí. Como su guía turística autoproclamada, me adentro en las profundidades de la tradición de Seattle. Señalo la estatua de Jimi Hendrix que hay en la intersección de las calles Broadway y Pine, el cine que solía ser un templo masónico.

En un momento dado, Drew saca el móvil y me indica que me acerque para ver la pantalla.

—He buscado «queridos hermanos y hermanas» en Google. Se puede decir en un funeral también.

Exagero un gemido.

—Odio no tener la razón.

—¿Lo mejoraría un churro? —pregunta al tiempo que hace un gesto en dirección al puesto ambulante de comida situado en la siguiente manzana, y me animo al instante.

Nos llevamos los churros a un banco del parque Cal Anderson, el cual, incluso a estas horas de la noche, está lleno de gente haciendo pícnics, bebiendo y bailando al ritmo de la música que emana de móviles y minialtavoces.

—Me alegro de que las cobayas de los camareros fueran semejantes agentes del caos —digo—. Porque de no ser así, tal vez no nos habríamos conocido.

—Benditos sean Ricardo y Judith. —Drew empuja el churro fuera del papel para darle un bocado. Mientras lo hace, sus vaqueros rozan contra los míos, lo que hace que nuestras caderas se toquen. Los pulmones se me cierran al inhalar y, cuando por fin dejo salir el aire, noto el calor que emana de él no solo a lo largo del muslo, sino en la punta de los dedos de los pies, en la nuca. Es unos quince centímetros más alto que yo, pero durante toda la noche ha llevado su estatura con una especie de gracia suave a la que no estoy acostumbrada. No se encorva, pero tampoco se siente superior con aquellos que somos de estatura menuda.

Podríamos separarnos si quisiéramos; el banco es lo bastante grande.

Enseguida se vuelve evidente que ninguno de los dos quiere hacerlo.

Todo esto es surrealista. No siento la necesidad de mirar el móvil para ver qué hora es ni de buscar una ruta de escape como haría si estuviera en una reunión en la que hubiera demasiada gente. Cuando tengo una fecha de entrega cerca, estoy supercentrada, pero la semana pasada envié la revisión final del libro del entrenador personal y ahora estoy esperando a que mi agente me mande otros encargos y mirando páginas web de empleo, en ese extraño vacío de «¿y ahora qué?». Es la primera vez desde aquel error con Wyatt que me siento a gusto en mi propia piel. Puede que desde antes, si soy sincera.

—Seattle me está conquistando —comenta Drew—. Puede que hasta me dé un poco de pena irme mañana.

Cuando lo dice, en mi pecho se produce una punzada inexplicable. Pues claro que se va a ir; solo está aquí por trabajo.

—No me imagino viviendo en ningún otro sitio. —Arranco un trozo azucarado del churro—. ¿Tú te sientes igual con el sur de California?

—Los Ángeles —especifica, y quizá se está dando cuenta de que él también puede abrirse un poco más—. Es raro. Es una ciudad en la que a todo el mundo le importa quién eres y a quién conoces y, sin embargo, es tan grande que es fácil ser anónimo. Hace que me sienta como si estuviera viviendo debajo de un microscopio y como si fuera una mancha diminuta en el universo a la vez. —Se encoge de hombros—. Pero, ya sabes, el tiempo. Y la comida mexicana. No sé si podría renunciar al sol y a los burritos.

—Tiene sentido. —Y, entonces, cuando se mueve para agarrar una de las servilletas que se metió en el bolsillo de los vaqueros, añado—: Por cierto, solo llevas abotonada una de las mangas. —Estiro el brazo y le doy un toque suave en la manga, a la altura de la muñeca—. No sé si ha sido una elección de moda intencionada o…

Soy consciente de que estoy coqueteando de manera exagerada, enfatizando casi todas las frases con una risa. No odio esta versión de mí misma. Es despreocupada y relajada, dos adjetivos que nunca he asociado conmigo. Es *divertida*.

Mira hacia abajo.

—Seguro que lleva así horas, ¿eh?

—Yo te lo arreglo. —Me inclino hacia delante al tiempo que extiende los brazos, y ahora mi rodilla también está presionando la suya—. ¿Las quieres las dos arriba o las dos abajo? —Hago la pregunta esperando una respuesta en específico. «Arriba» me daría más razones para tocarlo.

—Arriba, por favor —responde, volviendo a sonrojarse.

Tiene la piel caliente, y su respiración es regular. Me tomo mi tiempo, asegurándome de que sus mangas tienen la misma longitud, y cada vez que enrollo la tela, aparecen más pecas. Cuando mi pulgar le roza la parte inferior del antebrazo, se contrae, pero no se aparta. La siguiente vez que lo hago, no es sin querer, y sus ojos se clavan en los míos con una intensidad firme.

No pensaba que enrollarle las mangas de la camisa a un hombre pudiera ser erótico, pero aquí estamos. El corazón me martillea contra la caja torácica y, así de cerca, veo lo largas que son sus pestañas. Esas líneas alrededor de los ojos, las canas. Me pregunto cómo se sentirá al respecto, si está luchando contra ello, si ha hecho las paces consigo mismo o si es algo que nunca le ha molestado en absoluto. Su aroma, algo amaderado, podría ser restos de la colonia que ha llevado a su conferencia de ventas o algo que es puramente *él*.

Es un hombre guapo, y de repente me parece injusto que solo vaya a tener una noche con él. El misterioso Drew.

—Gracias —dice con un tono de voz nuevo. Más ronco. Más profundo.

Se me ha secado la garganta, y cuando meto la mano en el bolso para tomar la botella de agua empresarial, mis dedos rozan la parte de arriba del libro de Maddy.

Contengo una risa mientras lo saco.

—He-He robado esto sin querer —reconozco—. Se suponía que tenía que pagarlo después de que me lo firmara, pero me fui al bar y se me olvidó. Tenemos que volver.

—¿He estado retozando todo este tiempo con una vulgar criminal? —pregunta, pero su rostro refleja diversión pura.

—¡Yo podría culparte a ti también! —Le doy un golpe suave en el pecho con el libro, y se lleva una mano al corazón, fingiendo que le he hecho daño—. Si no hubieras sido tan encantador, a lo mejor no habría estado retozando contigo y no se me habría olvidado pagar.

Como si hubiera sido invocado, en una mejilla aparece un hoyuelo.

—¿Crees que soy encantador?

—Creo que eres cómplice de hurto —respondo mientras nos ponemos de pie—. Y también creo que ha sido la primera vez que he escuchado a alguien usar la palabra «retozar» en una conversación informal. ¿Me encanta?

—¿Ves? Eso es lo que hace que sea tan encantador.

No nos hemos aventurado muy lejos de la librería, solo unas cinco manzanas. Salvo que ahora, cuando caminamos, soy más consciente del cuerpo de Drew de lo que lo he sido en toda la noche. Cómo hace que sus pasos sean más pequeños para seguir mi ritmo, cómo su brazo roza el mío.

Como es obvio, cuando llegamos, está cerrada. Luces apagadas, aparcamiento vacío. Algo en lo que no me había parado a pensar en plena embriaguez de churros y lujuria.

—Mierda —digo después de intentar abrir la puerta—. ¿Y si meto algo de dinero por debajo de la puerta? —Abro la cartera y me doy cuenta de que me he gastado lo que me quedaba de dinero en el churro. Drew se lleva la mano al bolsillo, pero niego con la cabeza—. O, lo que es más lógico, vuelvo mañana, les digo que he robado un superventas sin querer y espero que no me veten de por vida.

Con un suspiro, vuelvo a dejar el libro en el bolso. Esta cosa da más problemas de lo que vale.

Esta parte del barrio es más tranquila, los sonidos de la vida nocturna resuenan en la distancia. Me apoyo en la pared de la librería, justo al lado de una pegatina con unos pocos versos de un poema, y ya solo estoy ebria de adrenalina y del hecho de estar quedándome hasta tarde con un apuesto desconocido.

Uno que parece incapaz de apartar los ojos de mí.

—Me gusta —comenta al tiempo que se toca el lado de la nariz, el mismo lugar en el que tengo un *piercing*—. Te pega. ¿Desde cuándo lo tienes?

—Desde los diecisiete. O, ya sabes, desde los cuatro y un cuarto. Mi prima encontró un sitio en el que no te pedían carnet de identidad, y está resentida conmigo para siempre porque el suyo se infectó y se lo tuvo que quitar y el mío no.

Es imposible que hablar de *piercings* en la nariz sea precursor de algo remotamente romántico, pero por la forma en la que me está mirando, cualquiera diría que acabo de decir que no llevo ropa interior.

—Te queda muy bien —dice, y el cumplido me llega al estómago. Es refrescante que alguien te diga que le gustas con tanta claridad, a diferencia de todas las idas y venidas con Wyatt. Los años de sobreanálisis, cada roce de una manga con otra que requería un informe mental de una hora.

—A ti también —suelto, y luego intento reírme—. Ha sido un reflejo raro. No tienes un *piercing* en la nariz. Ni siquiera estoy segura de lo que intentaba decir. ¿Que eres guapo, a lo mejor? En plan… No suelo hacer esto, salir por la ciudad con tipos que pueden o no ser guapos…

—Chandler —me interrumpe, con esa sonrisa bailándole en los labios mientras se acerca. Me gusta cómo suena mi nombre con su voz. Y también me gusta cómo no para de mirarme la boca, aunque probablemente no tanto como me gustaría el roce de su barba contra mi cara. Cuello. Caderas—. No pasa nada.

Y, entonces, como si quisiera hacerme saber que no pasa nada en absoluto, me pone una mano en la mejilla, me roza la oreja con los dedos y la desliza por mi pelo corto. Cierro los ojos de forma casi involuntaria. Está tan tan cerca… pero lo necesito más cerca.

—Yo tampoco suelo hacer esto —susurro, repitiendo lo que esta noche se ha convertido en una especie de dicho para nosotros.

—En ese caso, me alegro de que hayas hecho una excepción conmigo.

Abro los ojos y veo su determinación pura. Una inhalación brusca y, entonces, alzo los brazos hacia su cuello y atraigo su boca hacia la mía. El beso no es dulce, ni amable, ni educado: es brusco al instante, y sus labios se mueven contra los míos de una forma que parece urgente. Desesperada. Emito un gemido en la garganta, uno del que él se hace eco cuando deslizo mi lengua contra la suya y le agarro los hombros. Besarlo contra la pared de ladrillo de una librería mientras sus manos bajan hasta mis caderas y me sujetan para que pueda besarme con más intensidad es una sensación eléctrica y embriagadora. La espalda contra la pared. Los omóplatos clavándose en el ladrillo. Me siento drogada, borracha, completamente adicta. Desconectada de la realidad.

El hecho de ser anónima con él tiene algo que provoca que haga cosas que por lo general no haría; no en público, no con alguien al que apenas conozco. Le paso las uñas por la espalda, sin importarme cuando me besa el cuello y me arranca un gemido. El sonido que hago es casi pornográfico, y por cómo se endurece contra mí, sé a la perfección lo que siente al respecto.

Cuando nos separamos para respirar un poco de aire nocturno, tiene las mejillas de un rojo aún más intenso y el pelo alborotado, y lo único que quiero es ver en qué otro sitio puedo conseguir que se ruborice.

Posa la boca en mi clavícula y me aparta la chaqueta y la camiseta de Sleater-Kinney.

—Dios —murmura contra mi piel—. Es ridículo lo mucho que me gustas.

—Tú también me gustas —contesto, una afirmación inocente que se yuxtapone a la manera nada inocente en la que arqueo las caderas contra sus vaqueros, lo que le arranca un gemido bajo—. ¿Dónde te alojas? —La calle sigue desierta, pero imagino que no por mucho tiempo. Capitol Hill nunca lo está.

Ahí está otra vez esa sonrisa, incluso cuando se pasa una mano por el pelo alborotado.

—No muy lejos de aquí, en realidad. En el Paramount.

—Buena elección. Con las habitaciones, los ascensores y todo ese… toque Paramount en general.

—¿Has estado?

Niego con la cabeza y le subo la manga que se le ha empezado a caer.

—Igual podrías hacerme una visita guiada.

Solo soy medio consciente de lo que estoy sugiriendo cuando la frase, cargada de sugerencia, sale de mi boca. Y una vez que está ahí, sé, como no he estado segura de nada en mucho tiempo, que esto es lo que quiero.

Esta noche.

A *él*.

—Me parece justo, dado que has sido una guía increíble —contesta sin apartar los ojos de los míos. Fieros y seductores, con las pupilas del negro más intenso—. Pero he de mencionar que solo he estado en una habitación. Podría enseñarte el pasillo. Los armarios. La silla del escritorio. —Se le contrae la boca—. O cualquier otro mueble que te interese.

—Me encantan los muebles. —Esta vez lo beso con más fuerza, y el corazón me late a un ritmo nuevo y frenético—. Tú me guías.

Capítulo

TRES

Nunca he tenido un rollo de una noche. Igual hay algo de verdad en lo que dijo Wyatt sobre mí y lo de ser una Chica de Relación, pero creo que la afirmación más acertada es que simplemente soy una Chica con Ansiedad. He leído demasiadas novelas sobre asesinatos como para irme a casa con un desconocido.

Así pues, es una sorpresa (una excelente) que, en cuanto entramos en la calle en la que se encuentra el hotel, nos paremos en una tienda para comprar condones. Antes de dirigirnos a la caja, añado un bote pequeño de lubricante íntimo. No nos andamos con rodeos, no hay incomodidad, solo la seguridad de querer más cuando su mano encuentra la mía y me guía a través de las puertas giratorias y de un pasillo con muchos adornos en dirección al ascensor.

—¿Sabías que solo porque no haya número trece no significa que no estés técnicamente en la decimotercera planta? —digo cuando Drew pulsa el botón del piso catorce.

—Y, aun así, no me siento desafortunado.

Hay una familia dentro, un hombre y una mujer con dos niños que parece que acaban de salir de la piscina, dado que les gotea el pelo y tienen unas toallas alrededor de los hombros temblorosos.

—Buenas noches —nos saluda la mujer cuando entramos. Avanzamos hasta un rincón para dejar espacio y les sonrío a los niños. Estoy medio tentada a decirle a Drew que podemos esperar al siguiente, pero no odio cómo me recorre la columna con un dedo.

—Buenas noches —contesta Drew con la voz perfectamente firme.

«No me creo que esté haciendo esto». Es un pulso eléctrico de adrenalina que provoca que apriete los muslos ante la presión que está empezando a acumularse ahí. Voy a acostarme con un hombre al que acabo de conocer, cuyo apellido desconozco, al que no le he cotilleado el Instagram ni he pedido que Noemie lo investigue en LinkedIn (porque tiene una de esas cuentas que no muestran cuándo has mirado el perfil de alguien), y luego nos iremos cada uno por su lado.

Sin números de teléfono. Sin ataduras.

—Que tengáis una buena noche —le dice Drew a la familia cuando el ascensor llega a la planta catorce.

Soy todo piernas mientras salgo al pasillo con él, como si la ligera presión que está ejerciendo su dedo sobre mi columna fuese lo que me estuviera sosteniendo. Se detiene delante de la habitación 1412, y un mechón de pelo le cae sobre la frente mientras forcejea con la llave, como si los nervios le estuvieran entorpeciendo, lo que provoca que se gane aún más mi simpatía. Se me ocurre que podría ser un numerito, en cuyo caso me lo estoy creyendo del todo, pero en este momento no me importa. Lo único que quiero es su piel sobre la mía al tiempo que borramos el mundo exterior. Una noche sudorosa e indulgente y una despedida educada a la mañana siguiente.

Apenas se ha cerrado la puerta y ya me ha puesto contra ella, con la boca sobre mi garganta. No tiene nada de educado. Huele a una mezcla de azúcar y canela, a ese toque de colonia y a algo más, algo que me marea cuando le acaricio la espalda con las manos y respiro hondo. Mi piel zumba, arde, está *viva*.

No es hasta que se echa hacia atrás para quitarse los zapatos y se mete una mano en el bolsillo para dejar una acreditación sobre la mesa que puedo echar un vistazo a la habitación. La ha dejado limpia, o a lo mejor el personal del hotel ya ha pasado a ordenarla. Su maleta está abierta en uno de esos soportes para equipaje y hay un armario que revela otra camisa y una americana.

No obstante, mi mente solo consigue centrarse en eso durante una fracción de segundo, ya que vuelve a estar sobre mí y me quita la chaqueta vaquera, que cae al suelo formando un montón oscuro. Lanzo la bolsa con los condones cerca. Tal vez porque estoy demasiado ansiosa, voy a por la hebilla del cinturón primero. Se le escapa una carcajada cuando se lo quito de la cintura con una floritura. Nuestros besos se vuelven más profundos. Más intensos. Desprende un calor firme a medida que me recorre los costados con las manos, las cuales se curvan sobre mis generosas caderas y mi culo. Se lo devuelvo todo. Muevo las caderas contra el bulto que tiene en los vaqueros. Le meto la mano en los bolsillos traseros. Lo empujo para ponerlo a él contra la puerta, saboreo su mandíbula, su cuello, su garganta, al tiempo que mis dedos trabajan para desabrocharle los botones del cuello de la camisa.

Entonces, me empuja en un movimiento que hace que retrocedamos, más, más, más… hasta que mis piernas se chocan contra algo de metal duro y frío.

El soporte para el equipaje.

—*Joder* —siseo, agarrándome el gemelo mientras intento recuperar el equilibrio.

Drew me sostiene, con los ojos abiertos de par en par y el rostro cubierto de un rubor maravilloso.

—¿Estás bien?

—Sí. No te preocupes. —Esa punzada de dolor no tiene nada que hacer contra mi libido. Podría estar cojeando y, aun así, lo necesitaría encima de mí—. Y también debería comentarte que…

—Mi ansiedad interviene, recordándome que es la primera vez que hago algo así—. Me hice la prueba hace un par de semanas y di negativo.

—Yo también. Perdona, tendría que haber dicho algo antes… No me conozco el protocolo de esto. —Lo dice con cierta vergüenza.

—No pasa nada —contesto, y vuelvo a acercarme a él para terminar de quitarle la camisa.

Cierra los ojos y deja que tome el control.

—Cuando te pusiste a hacer eso en el banco... estaba muy excitado.

Arrojo la camisa a un lado y le beso el pecho desnudo a la vez que lo arrastro a la cama conmigo. Estoy demasiado distraída tocándolo como para obtener otra cosa que no sean destellos de él: la suave curva de su vientre, la piel salpicada de pecas. Un rastro de vello rojizo que desaparece dentro de los calzoncillos.

—No te voy a mentir, yo también.

Cuando me quito la camiseta, se queda unos instantes observándome los pechos, los cuales sobresalen del *bralette* que saqué esta mañana del fondo del cajón. Mi vientre también tiene una curva suave, y tengo tenues estrías rosadas alrededor de las caderas y la cintura, debajo de los brazos y a lo largo de los pechos. Creía que me sentiría cohibida con alguien a quien he conocido hace tan solo unas horas, pero la forma en la que me está mirando no deja espacio para eso.

—Tienes un cuerpo... —Se queda callado con un suspiro entrecortado y pasa el pulgar por los tirantes del sujetador. Recorre el fino algodón, allí donde los pezones están duros y desesperados por que los toque—. Ojalá pudiera decirle a ese friki de Tolkien que, algún día, le irá bastante bien.

—¿Estás pensando en *El Señor de los Anillos* ahora mismo? —pregunto, riéndome, pero no puedo negar el empujón que le está dando a mi ya inflada confianza. Cuando me imaginaba polvos ocasionales, pensaba que serían todo sudor y cuerpos moviéndose sin parar. No sabía que podían tener sentido del humor.

Entorna los ojos y su sonrisa se vuelve malvada.

—Ya no. —Se centra en mi sujetador de nuevo y extiende un brazo hacia atrás—. Son escurridizos, ¿verdad? —dice mientras tantea la tela con los dedos, y tardo un segundo en darme cuenta de que está buscando el broche.

—Es un *bralette* —le informo—. Puedo ayudarte...

—No, no, yo puedo.

Pero no parece entender a lo que me refiero.

—No. No hay broche. —Me retuerzo para intentar quitarme el sujetador. Mientras tira de él hacia arriba, noto un tirón fuerte alrededor del cuello y...

—*Ay...*

—Joder.

—Creo que se te ha quedado enganchado el reloj en mi collar —consigo decir mientras la cadena se me clava en la piel, lo que hace que suelte un suspiro tembloroso. Estoy desnuda de cintura para arriba, y mis pechos rebotan mientras tratamos de desenredarnos. Izquierda. Derecha. Por debajo. A través. Estoy medio intentando que el collar no me corte el suministro de aire, medio intentando no reírme, porque, se mire por donde se mire, estas acrobacias tienen que verse graciosísimas.

—Mierda, mierda, mierda, lo siento —dice Drew cuando el reloj me arranca un mechón de pelo.

—Esta habitación está maldita —mascullo al tiempo que me sostengo el pecho con la mano para evitar que rebote con tanto entusiasmo.

—A la tercera va la vencida —afirma—. A partir de aquí todo debería ir sobre ruedas.

—Por favor. —Le agarro los vaqueros y lo miro con las cejas alzadas cuando el acto no acaba con nadie mutilado. Lo repite conmigo y... éxito—. ¿Maldición rota?

—Yo diría que sí.

Lo atraigo hacia mí. Su pecho desnudo se encuentra con el mío y su peso me permite relajarme en el momento. De repente, volvemos a estar en marcha y el alivio es instantáneo. Entierra la cara entre mis pechos y me acaricia un pezón con el pulgar, lo que manda una sacudida de placer directamente a mi centro. Arqueo la espalda y deslizo la mano hasta la parte delantera de sus bóxeres azul marino, abultados por su deseo. El sonido que emite cuando le acaricio el miembro a través de la tela es una obra de arte. Un gemido pequeño y perfecto, un movimiento de caderas. Sus manos me aprietan los pechos.

Justo cuando empiezo a pensar que podría quedarme así toda la noche, se alza y empieza a besarme el estómago. Se ha vuelto impaciente; no se toma su tiempo. Y puede que lo entienda, a pesar de que los preliminares siempre han sido mi parte favorita. Engancha los pulgares a ambos lados de mis bragas, se detiene y enarca una ceja, esperando a que asienta con la cabeza antes de bajármelas. Acto seguido, su mano sube por un muslo, todo en mi interior se tensa, anticipándose, y me separa con dos dedos.

«Oh. Sí». Suspiro cuando me toca, le rodeo el cuello con los brazos y le agarro del pelo. Y, entonces... ¿sí?

Su técnica no es exactamente *mala*... simplemente le falta delicadeza. Mete y saca un dedo. Lo mete y lo saca. Y eso es todo. No hay variación. Lo más seguro es que esté calentando. Me niego a creer que piensa que la clave para que una mujer alcance el placer es tratar su cuerpo como una de esas trampas chinas de dedos de la que uno no se puede escapar.

La cama cruje cuando se mueve y se baja para recoger la bolsa de la farmacia. Deja los condones en la mesilla y levanta el frasquito de lubricante, haciendo una pregunta silenciosa. *Sí.*

Pero, entonces, echa un chorro...

Muy grande.

Demasiado.

Me gotea por las piernas y sobre la cama, y mi culo se encuentra sobre un charco resbaladizo que huele a vainilla y fresa.

—Ha salido un poco más rápido de lo que pensaba, lo siento —dice, avergonzado, y toma unos pañuelos de papel y hace todo lo posible por limpiarlo.

Otra cosa no, pero persistente es. Incluso si no está dando en el sitio correcto, el lubricante lo mejora todo, resbaladizo, cálido y sensible.

—¿Le gusta? —pregunta.

—¿Le?

Esboza una sonrisa de satisfacción al tiempo que señala entre mis piernas con la otra mano. Tardo más de lo debido en asimilar lo que está diciendo, y entonces me doy cuenta.

Está hablando de mi vagina. Como si fuéramos dos entidades distintas.

—Mmm. —Es lo único que consigo decir.

Es un alivio cuando inclina la cabeza, y hago todo lo posible por concentrarme en lo que está haciendo su lengua en lugar de en la mancha húmeda que hay en el edredón que tengo debajo.

Al principio pienso que es una broma, que no puede ser tan inepto. Pero no, lo que está haciendo ahí abajo va totalmente en serio, y temo que, si abro la boca para darle alguna indicación, empiece a reírme. Porque está encaramado en el borde de la cama, lamiéndome el hueso púbico como si fuera un helado el 4 de Julio.

—Lo estás haciendo muy bien —dice. Estoy haciendo muy bien... ¿el qué? ¿Estar aquí tumbada? Luego, mientras sigue pasando la lengua por el mismo sitio, añade—: Oh, sí. ¿Justo ahí?

Me quedan dos cosas claras al instante. Una, que este hombre no tiene ni la más remota idea de dónde está el clítoris. Y dos, que no es la habitación la que está maldita, sino *Drew*.

Drew, que se sonrojó cuando le remangué la camisa. Que habló en uno de los idiomas élficos con un encanto extraño. Que me besó como si estuviera deseando quitarme la ropa, pero que es evidente que está desconcertado con el sexo oral. Se supone que una noche como esta no viene con instrucciones. Al menos, eso creo.

—¿Podrías... bajar un poco? —consigo preguntarle por fin.

Me hace caso y vuelve a usar los dedos, lo que es mejor en el sentido de que siento *algo*.

—Eres increíble —dice—. Estás tan caliente. Tan *preparada*. Me encanta lo caliente y preparada que estás.

Las partes de mi mente que no están estremeciéndose, están recordando que Little Caesars vende pizzas recién sacadas del horno preparadas al momento, un hecho que no me pone más cachonda.

Su erección se tensa contra los calzoncillos. Le empujo con suavidad hacia arriba para poder girarnos. Está *extremadamente* caliente y preparado, y una ventaja adicional de todo este lubricante es que cuando le deslizo la mano dentro de los bóxers y lo rodeo con los dedos, su cabeza cae hacia atrás contra la almohada, y todas sus pecas dan la impresión de una inocencia obscena y sexi. «Madre mía». La manera en la que cierra los ojos, dejando al descubierto su elegante cuello... No odio la imagen. En absoluto. Y, joder, a pesar de todos los percances que hemos tenido hasta ahora, todavía quiero que salga bien. Se suponía que esta noche iba a sacarme de la rutina, a recordarme que puedo ser una persona alocada y despreocupada. Todavía no estoy lista para rendirme.

—Te necesito —le digo al oído, y me pregunto si hay más verdad en esas palabras de lo que me gustaría admitir. Emite un gruñido y mascula un «por favor», lo que hace que esté más cerca del orgasmo de lo que he estado en toda la noche.

Con los fragmentos de esperanza que me quedan, alcanzo la caja de condones. Enarca las cejas con malicia mientras me quita uno y, antes de que pueda decirle que no lo haga, clava los dientes en él. Cuando se lo quita de la boca, mira el envoltorio roto con el ceño fruncido. No es ningún Casanova.

Agarro otro y lo abro yo esta vez. Lo masturbo un poco con fuerza antes de ponérselo. Cierra los ojos y suelta un gemido bajo, me gira para que quede tumbada en la cama y coloca su miembro en mi entrada.

—Jodeeeeeer —exhala cuando me penetra—. Joder. Sí. Joder. *Sí.* —Hace énfasis en cada frase empujando las caderas.

Intento igualar sus movimientos, pero va tan rápido que me es imposible seguir el ritmo. Cuando bajo la mano allí donde nuestros cuerpos están unidos en un intento poco entusiasta de llegar al orgasmo, lo interpreta como que estoy buscando su mano.

—Oooh, así es —jadea mientras entrelaza nuestros dedos—. Así es.

Rítmicamente, suena como una versión porno de *Whoomp!* *(There It Is)*, que, si no es la canción menos sexi del mundo, está entre las cinco primeras al menos.

—Madre del amor hermoso —exclamo en voz alta, porque ya no puedo contenerlo más.

No obstante, lo interpreta como un grito de éxtasis y empieza a penetrarme con más fuerza.

—Ya casi llegamos —dice—. Podemos hacerlo. ¿Puedes llegar, nena?

«Nena». Como si estuviera tan perdido en el momento que podría ser cualquier persona para él.

En esa fracción, segundos antes de que llegue al límite, decido que tengo que fingir. De forma sutil, claro. Suelto unas cuantas respiraciones agitadas, aprieto los dientes y gimo antes de que se desplome sobre mí con un sonido áspero y gutural.

Rueda hacia un lado, con el pecho agitado y la cara enrojecida.

—Ha sido increíble —farfulla.

Me quedo mirando el techo, demasiado aturdida como para procesar cómo es posible que esta persona tan dulce haya resultado ser un desastre en la cama.

Al cabo de unos instantes, se vuelve hacia mí y me pone una mano en la cadera. De repente, me siento demasiado expuesta. Me subo las sábanas hasta cubrirme el pecho, pero lo que de verdad me gustaría es enterrarme debajo de toda la cama. Quizá cavar una tumba delante del hotel. MURIÓ EN POS DE UN ORGASMO IMPOSIBLE, escribirán en mi lápida. Que su memoria sea una bendición.

—¿Te ha gustado? —pregunta.

—Mmm —respondo, y me pregunto si sería muy obvio si mirara qué hora es en el móvil, el cual está en alguna parte de la tierra de nadie que hay entre la cama y la puerta. Ya deben de ser más de las dos de la madrugada.

Cierro los ojos, giro mi cuerpo hacia el suyo y suelto un suspiro de satisfacción. Y, como resultado, me siento un poco imbécil. Si estuviéramos juntos de verdad, sería sincera con él. Pero dentro de unas horas no volveré a verlo, un hecho que ahora me parece un destello de alivio precioso. Apenas sé nada de él (a lo mejor es terraplanista o no cree en las vacunas), y tampoco tengo por qué saberlo.

Quizá sea una señal del universo. Rollos de una noche: está claro que no es algo que vaya con Chandler Cohen.

«Chica de Relación», se burla la voz de Wyatt.

—No tengo que estar en la conferencia hasta mañana por la tarde. Igual podríamos dormir hasta tarde. Pedir servicio de habitaciones. —Alza la comisura de la boca mientras su mano baila a lo largo de mi cadera—. Repetir esto.

Estoy demasiado agotada como para inventarme una excusa.

—Claro.

Drew bosteza contra su hombro.

—Me alegro mucho de que te sentaras en ese bar. —Eso es lo último que me dice antes de quedarse dormido, su pecho ascendiendo y descendiendo al ritmo de su respiración.

No puedo quedarme aquí. Como nos despertemos por la mañana y me pregunte cómo «ha» dormido, voy a volverme loca. Esto ha sido una mala idea, una idea terrible, y la única esperanza que tengo de sobrevivir es salir corriendo.

Ya.

Con toda la delicadeza que me es posible, retiro las sábanas y bajo las piernas de la cama y hago una mueca ante el dolor que me sube por el gemelo. No hemos sido ordenados, por lo que mi ropa está esparcida por el suelo. Recorro la habitación de puntillas, encuentro el móvil debajo de mi camiseta y uso la luz de la pantalla para recoger el resto de la ropa.

«No pasa nada», me digo a mí misma mientras me pongo los pantalones. «Mañana me reiré de esto. Probablemente».

Por último, me dirijo a la puerta, la abro y la cierro con un chasquido silencioso, dejando mis malas decisiones encerradas dentro.

TRAS CUATRO TEMPORADAS, LLEGA EL MOMENTO DE PARTIR PARA *LOS NOCTURNOS*

POR TASHA KIM, *THE HOLLYWOOD REPORTER*

LOS ÁNGELES. Al anunciar ayer su programación de otoño, TBA Studios sorprendió a muchos de sus fans más fieles: *Los nocturnos,* un drama empalagoso que sigue a Caleb Rhodes, un hombre lobo que va a la universidad, y a un variopinto grupo de amigos que se enfrentan a la vida, al amor y a lo sobrenatural, no ha sido renovada para una quinta temporada.

Los fans acudieron de inmediato a Twitter y se lanzó una petición para revivir la serie que reunió más de diez mil firmas de la noche a la mañana. La serie, que ha obtenido unos índices de audiencia escasos pero constantes en TBA, se ha ganado todo un culto desde su estreno en 2008. Es habitual que los fans trasnochen en los estrenos y finales de temporada, y sus protagonistas son un elemento básico en las convenciones de fans de todo el país.

«No va a ser fácil despedirse de estos personajes», ha dicho su creador, Zach Brayer, quien ha admitido que todavía no se ha recuperado de la noticia. «Pero les estamos muy agradecidos a los fans que han estado con nosotros tanto tiempo. Es lo máximo que el director de una serie puede pedir».

Los nocturnos destacaba entre las series dirigidas a adolescentes, sobre todo porque los protagonistas empiezan el primer episodio asistiendo a la universidad.

«La universidad ha acabado con muchas series», afirma Marion Welsh, responsable de la programación de series de TBA. «En cuanto separas a los personajes que has conocido a lo largo de su recorrido en el instituto, la serie pierde parte de lo que te enganchó al principio. Eso fue lo que nos encantó de *Los nocturnos*: que hacían algo diferente».

Brayer dice que se prepararon para la posibilidad de que la cancelaran y que, cuando se emita el final de la cuarta temporada (ahora el final de la serie) dentro de dos semanas, espera que sea satisfactorio para los espectadores. «Le hemos dado el final que queríamos, con los personajes graduándose y saliendo al mundo, un mundo que ya saben que está lleno de peligros y misterios, pero también de amor y esperanza. Y ese era el punto crucial de la serie en realidad: que la esperanza siempre lo vencería todo».

Capítulo

CUATRO

El sonido de la cafetera de gama alta de Noemie me despierta demasiado temprano, un zumbido y un chirrido que suenan más a una tormenta de categoría 5 que al preludio del café.

Cuando la almohada no hace nada para ahogarlo, lanzo un gemido y, despacio, me libero de las sábanas y me giro para mirar el móvil.

Anoche te eché de menos.

Con un sobresalto, me yergo en la cama y me pregunto cómo narices ha conseguido Drew mi número. He debido de ser descuidada y haberme dejado algo, o a lo mejor tiene un lado turbio y ha conseguido localizarme. Dios, *no* puedo volver a verlo.

El corazón vuelve a latirme a un ritmo nuevo y menos aterrado cuando parpadeo y veo el nombre: Wyatt Torres.

«Anoche te eché de menos». Solo cinco palabras y es capaz de llevarme de vuelta a aquella noche de hace unas semanas, a los besos desesperados, las sábanas retorcidas y la entrada número uno en mi lista de arrepentimientos. Una lista que parece que no hace más que seguir creciendo.

Me dejo caer sobre la almohada y busco fotos de la fiesta en sus redes sociales. Ahí está con otros amigos de la universidad, posando delante de una impresionante tabla de embutidos. Parece una fiesta extremadamente adecuada y elegante para aquellos que tienen un empleo remunerado, ni una pelota de ping-pong ni un vaso de plástico a la vista. Wyatt, con su trabajo de reportero en el *Tacoma News Tribune*. Alyssa, reportera de investigación en un canal de televisión local. Josh, el único periodista de un periódico quincenal de la zona este, que cubre desde las reuniones del ayuntamiento hasta los partidos de fútbol del instituto.

En la universidad siempre bromeábamos diciendo que nos moríamos de ganas de llegar a una edad en la que pudiéramos organizar fiestas *maduras*, de esas con aperitivos, servilletas de cóctel y un vino que no habríamos comprado por dos dólares en Trader Joe´s. Todos seríamos periodistas galardonados, compartiríamos anécdotas sobre nuestros últimos artículos y presumiríamos de quién sería el primero en salir en portada. Si tan solo hubiéramos sabido que una portada digital era un poco menos emocionante.

Es fácil olvidar que, incluso antes de eso, quería escribir mis propios libros, antes de darme cuenta de que era poco práctico pensar que sería una de las afortunadas que podría sobrevivir solo con eso. De niña escribía todo el tiempo y grapaba pequeños libros con portadas garabateadas al azar. Los de misterio eran mis favoritos. Me encantaba la emoción que suponía engañar al lector (es decir, a mis padres o a Noemie) soltando pistas falsas que seguro que eran muy obvias y llevándolos a una conclusión que juraban que no habían visto venir. En retrospectiva, es posible que mintieran para proteger mi frágil autoestima de preadolescente. Ser capaz de crear el caos y luego cerrarlo todo calmaba mi cerebro ansioso, y el hecho de encadenar frases tenía algo satisfactorio por naturaleza, hasta el punto de que oía su ritmo en mi cabeza antes de escribirlas. No existe nada mejor que el placer de encontrar la palabra exacta para cada cosa.

Eso fue hace muchísimo, cuando podías decirles a los adultos que de mayor querías escribir libros y te sonreían y te decían lo creativa y lo inteligente que eras. Pero, entonces, te haces mayor. Te acercas más a la edad que tendrías que tener cuando una escuela imprimiera a lo que habías dedicado los últimos cuatro años de tu vida en un folio. «Tienes que ser un poco más realista», decían los orientadores. «¿Acaso hay alguien que gane dinero así?», preguntaban tus padres con preocupación. Así pues, empezaste a decir «periodista», porque eso también era escribir, solo que no tenías que inventarte nada. Y empezaron a sonreírte otra vez y a contarte todos los artículos interesantes que se habían leído los últimos días.

A veces, los fines de semana, cuando estoy entre fechas de entrega, abro la carpeta protegida con contraseña que se encuentra en las profundidades de mi ordenador, Mis documentos / Personal / Otros / Miscelánea, el tiempo suficiente como para leer lo que escribí la última vez que estuve entre fechas de entrega. A lo mejor cambio una palabra o dos, pero hace meses que no avanzo más allá de eso. Años.

De alguna manera, mirando mi habitación, con su edredón de la marca Anthropologie rebajado, sus velas consumidas hasta casi el final y su pila de novelas de misterio que he leído decenas de veces, pero que conservo cerca por comodidad, no me siento tan asentada como esperaba estarlo en esta etapa de mi vida. Todavía no estoy del todo segura de si estoy declarando bien mis impuestos.

Retiro las sábanas y me fijo en el moratón violeta que me ha salido en el gemelo. Un recuerdo precioso de anoche. Cuando llegué a casa en un Uber conducido por un chófer que hablaba demasiado (vuelvo a mirar el móvil) hace cinco horas, me puse el primer pijama y los primeros calcetines limpios que vi. Casi nunca duermo sin los pies cubiertos, excepto los dos días del año en los que alcanzamos los casi veintisiete grados. Se ha convertido en una especie de broma en mi familia que pida calcetines para cada cumpleaños o fiesta, totalmente en serio. Me encanta llevarlos, siempre tengo frío, y las burlas ocasionales merecen la pena.

No se me ocurre nada lo bastante cautivador o ingenioso para mandarle a Wyatt, pero tengo un mensaje de mi madre de esta mañana, una foto un poco borrosa del libro de Maddy acompañada del texto: todavía no s qien es, pro has hcho un trabajo stupendo! sedienta!! Y luego una cadena de emojis de gotas de agua. No me atrevo a decirle lo que significan en realidad.

Siempre tardo un momento en descifrar los mensajes de mis padres. Son un poco mayores, y a pesar de que le he enseñado cinco veces a mi padre cómo adjuntar algo a un correo electrónico, lo intentan, y los quiero por ello. Al menos este mensaje es fácil de responder, así que le doy las gracias a mi madre y me pongo una bata, tras lo que sigo escaleras abajo el olor de la caja de suscripción de Noemie con el café en grano del mes.

La planta de arriba está compuesta por mi habitación, un baño y un cuarto de invitados, y pago un alquiler extremadamente bajo en comparación con la mayoría de los apartamentos de Seattle. Es como si este pintoresco barrio de Ballard, con sus casas pintadas de colores vivos y sus patios con jardín, tuviera un cartel que dijera su cheque debe ser así de grande para mudarse. Cada vez que intento decirle a mi prima que debería pagar más, le resta importancia. «Me gusta que estés aquí», insiste, como si mi mera presencia valiera unos cientos de dólares al mes.

—¡Buenos días! —exclama Noemie desde la cocina—. Acabo de abrir una bolsa nueva. De Maine.

Poned algo en una caja de suscripción y mi prima perderá la cabeza por ello. A lo largo de los años, se ha suscrito a productos que van de lo práctico a lo estrafalario: papel higiénico, mascarillas, salsas picantes artesanales, incluso una caja que envía pistas de manera mensual para resolver un misterio. En Janucá me regaló una suscripción al calcetín del mes, y sigue siendo el mejor regalo que me han hecho en la vida.

Llevo tres años viviendo aquí y nunca deja de sorprenderme cómo se ciñe a un horario los fines de semana. Hoy toca sábado chic, con una sudadera corta y unos *leggings*, el pelo oscuro recogido en una coleta, sus gafas de carey y bebiendo café en una taza que le regaló uno de sus compañeros publicistas y que dice odio relacionarme públicamente y hojeando el *Seattle Times*, ya que nos negamos a que siga el mismo camino que el *Post-Intelligencer*.

En la vitrocerámica hay una sartén con huevos revueltos, salpicada de pimientos rojos, cebollas y brócoli, y una barra de pan nueva de masa madre junto a la tostadora: una de color rosa pálido, de la que me enamoré en la sección de liquidación de Target y que sigue siendo mi única contribución a la colección de electrodomésticos de la casa. Saco mi taza favorita, la que tiene una máquina de escribir antigua en ella, y la lleno hasta el borde.

Noemie pasa a la sección de arte y cultura mientras me siento a su lado.

—No tenías por qué preparar el desayuno —digo, y unto el revuelto con un poco de la salsa picante de nopal y chile habanero de julio.

—Era lo menos que podía hacer. Cuando llegué a casa las luces estaban apagadas, así que supuse que habías llegado antes que yo.

—¿Todo bien en el trabajo?

Sin mirarme a los ojos, se encoge de hombros.

—Pueeeeede.

—Noe. No puedes dejar que te mangoneen así. Te mereces tener una vida fuera del trabajo.

—No va a ser mi trabajo para toda la vida —me asegura, como si una carrera profesional fuera algo que puede ser permanente—. En cuanto termine esta campaña, me voy. Te lo juro. He estado mirando otros trabajos de relaciones públicas.

No sabría contar las veces que ha dicho eso. Incluso con la casa, el sueldo estable y las cajas de suscripciones, a Noemie le queda un tiempo escaso para amistades y pasatiempos. Puede que dejar a un lado el periodismo fuera la elección correcta a nivel económico, pues los trabajos como publicista son más estables y se pagan mejor, pero ha causado estragos en el resto de su vida. Ha habido más de un par de ocasiones en las que las fiestas con nuestra familia se han visto interrumpidas porque tenía un cliente que necesitaba algo en ese momento. A veces creo que hizo lo más inteligente al dejar el periodismo antes de que se aventurara en la industria y esta arrasara con su autoestima. Otras veces, me pregunto si aceleró su vida cuando es posible que fuese más feliz si redujera la velocidad.

Noemie le da un sorbo al café, y se nota que quiere cambiar de tema.

—¿A qué hora llegaste a casa?

—No llegué antes que tú exactamente. —Remuevo el huevo por el plato, debatiendo cuánto quiero compartir. Es un proceso de pensamiento inútil; al final acabo contándoselo todo a Noemie—. Me… mmm… fui a casa con alguien.

Casi se le cae la taza, y el líquido salpica por un lado.

—¿Qué?¿Con quién?

—Con uno que conocí en el bar de la librería.

—Necesito más que eso —dice—. El alcance de mi vida social es el coqueteo unilateral con el recepcionista de mi oficina. Tengo que vivir a través de ti de forma indirecta.

—Bueno… —Decido empezar con lo positivo—. Al principio fue genial. Congeniamos, era divertido y un poco friki en plan adorable. Y ya me conoces, en cuanto detecto que alguien da el más mínimo mal rollo, me voy.

—Es verdad que tienes un detector para eso excelente.

—Gracias. —Le doy un bocado a la tostada antes de continuar—. Venía de Los Ángeles y estaba en la ciudad por una conferencia. Estuvimos debatiendo de forma amigable sobre que en Seattle no hay ningún sitio bueno en el que vendan pizza por porciones…

—Cierto.

—E intentamos encontrar uno. Así que comimos un poco, hablamos un poco, tonteamos un poco… —Se me calienta la cara al acordarme de cómo me miraba mientras le remangaba la camisa. «Es ridículo lo mucho que me gustas»—. Bueno, y me di cuenta de que se me había olvidado pagar el libro de Maddy. Tengo que ir a pagarlo, por cierto. No quiero ese cargo de conciencia. —Como si fuera una respuesta pavloviana, estiro la mano hacia el vaso de agua—. Luego nos enrollamos en su hotel. En ese punto procedimos a tener… —Bajo la cabeza hacia la mesa hecha de madera recuperada y hago una pausa para darle un efecto dramático—. El peor polvo de mi vida.

Esta vez, a mi prima se le cae el tenedor sobre el plato con un fuerte sonido metálico.

—No, no, no. ¿Qué? No pensaba que fuera a acabar así.

—Créeme, yo tampoco. Fue la ley de Murphy del sexo. Todo lo que podía salir mal, salió mal. Se le quedó enganchado el reloj en mi collar, el lubricante acabó por todas partes y luego... se pasó el resto del tiempo en modo taladradora.

—E intuyo que te quedaste un poco insatisfecha.

Asiento.

—Creo que ni un mapa lo hubiera salvado. El pobre no tenía ni idea —digo—. Si hubiéramos estado saliendo, habría intentado ayudarle un poco más, pero me pareció raro darle instrucciones a alguien que no conozco.

Vuelvo a pensar en que podría haber dicho algo. Podría haberle dicho: «Oye, yo no he llegado todavía», y enseñarle cómo hacer para que llegue. He acabado sintiéndome cómoda dando indicaciones en la cama, pero no puedo evitar pensar que no merecía la pena durante un rollo de una noche. Además, he aprendido que no todo el mundo quiere que le asesoren. Algunos novios antiguos se lo tomaron como un insulto, aunque con aquellos que estaban abiertos a ello, conseguimos tener relaciones buenas y comunicativas después de un poco de torpeza inicial. Pero está claro que eso no era así con todo el mundo, y anoche no estaba de humor como para consolar el ego de nadie.

Me lo imagino despertándose esta mañana, estirando el brazo hacia el otro lado de la cama para encontrárselo vacío. Una leve punzada de culpa se me asienta en el estómago.

Sin embargo, me habría ido al final del día de hoy de todas formas.

Noemie se levanta y se rellena la taza, tras lo que le da un sorbo mientras se apoya en la encimera de la cocina con aspecto pensativo.

—Quiero preguntar cómo es posible que la educación sexual haya fallado de esta forma a tantos hombres, pero yo no supe dónde estaba mi clítoris hasta los veinticinco. Así que está claro que a mí también me ha fallado.

Conozco ese hecho, porque cuando me lo contó hace unos años, me puso muy feliz recomendarle un vibrador para principiantes y una lista de mis *influencers* favoritas prosexo. Y no fue la primera vez. Ha habido otras amigas que me han preguntado lo mismo. Desde la primera clase introductoria a la que asistí de mi materia secundaria, hablar de ello me ha parecido totalmente natural. Nada de pudor ni de vergüenza. O a lo mejor siempre tendría que haber sido natural, pero la sociedad me convenció de lo contrario.

—Parecía que pensaba que el mío estaba en los riñones.

—Lo siento. Estoy intentando no reírme por todos los medios.

—Y yo estoy intentando borrarlo de mi memoria, gracias —contesto, pero yo tampoco puedo evitar reírme. Sí, cuanta más distancia haya, más gracioso será.

Noemie vuelve a la mesa de la cocina y me coloca una mano en el hombro.

—Tengo justo lo que necesitas.

— — —

—Esto es completamente inhumano —consigo decir. Salto a la derecha, a la izquierda, alzo los brazos y luego los bajo. Encima de nosotros, hay unas luces verdes y moradas que parpadean al ritmo de la música tecno—. Eres... una... masoquista.

—Prefiero el término «entendida en ejercicios aeróbicos». —Noemie da saltos en el trampolín que hay a mi lado, lo que hace que su coleta alta y oscura se balancee de un lado a otro. Su forma es perfecta cuando se lanza de lleno a hacer una serie de diez *jumping jacks*. Yo ya me siento rezagada, los músculos protestan.

—¡Arriba las rodillas, golpead! —grita la instructora desde la parte delantera de la sala—. ¡Precioso! ¡El doble de rápido!

Con dificultades para respirar, obligo a mis piernas a ir más rápido. Durante el inusual tiempo libre que tiene los fines de semana, a Noemie le encanta probar las últimas tendencias de ejercicio y, como resultado, me ha arrastrado a *hot barre*, a pilates aéreo y, ahora, a Trampolín XXX. Sí, así se llama la clase, y cuando me envió el enlace mientras me vestía, me preocupó bastante lo que me iba a salir al pinchar en él. Somos veinte personas en una habitación oscura, sudando encima de minitrampolines mientras parpadean unas luces de neón. Es una sobrecarga sensorial, y puede que esa sea su táctica: distraerte del hecho de que estás haciendo ejercicio con una óptica cegadora y una música terrible.

La canción cambia, y la instructora salta y salta y salta al ritmo de un remix de Jennifer Lopez.

—Encontrad el ritmo, haced fuerza con esos talones. ¡Hacedlo por JLo!

Debajo de mí, el trampolín tiembla mientras intento mantener el equilibrio.

—Al menos no estás pensando en lo de anoche, ¿verdad? —dice Noemie.

—Shhh, estoy intentando no decepcionar a JLo.

En mi trampolín, salto con más y más fuerza hasta que la música se detiene y la instructora nos otorga una ronda de aplausos.

—¡Un trabajo fantástico, trampis! —grita la instructora, y me giro hacia Noemie y articulo: «¿Trampis?». Reprime una risa y nos dirigimos al vestuario del gimnasio para agarrar un par de toallas y secarnos—. ¡Hasta la semana que viene!

—¿Cómo te sientes? —pregunta Noemie, que esboza una sonrisa mientras abre su taquilla.

Me doy toquecitos en la cara con la toalla y me reajusto algunas de las horquillas que me puse en el pelo sin ton ni son para evitar que volara por todas partes.

—Increíble, y te odio por ello.

Es irritante, pero hacer ejercicio en el trampolín me ha aclarado la cabeza más que... bueno, más de lo que esperaba que hiciera el rollo de una noche. Drew ha sido un incidente breve en mi línea temporal sexual. Y estoy segura de que seré capaz de volver a ver a Wyatt sin querer meterme en un agujero y aceptar la oscuridad como mi único dios verdadero.

Aunque, muy en el fondo, una pequeñísima parte de mí teme que haya algo raro en mí y por eso Wyatt no ha querido meterse en una relación conmigo. En el último mes he tenido dos rollos de una noche; el primero porque pensaba que iba hacia algo más y el segundo porque quería sentirme *bien*, deseada y hermosa. Las cosas que pensaba que podía sentir con Wyatt, quien ya me conocía.

Wyatt Torres: ojos amables, pelo increíble, la fuente de mi agonía. Nos conocimos el primer año en una asignatura obligatoria de Periodismo y, aunque siempre me había parecido guapo, en nuestro grupo había tantas historias terroríficas sobre rupturas que me aterrorizaba actuar en consecuencia. Así pues, me convencí a mí misma de que no me importaba seguir siendo su amiga y, la mayoría del tiempo, así fue. Vivíamos en la misma residencia, íbamos a las mismas clases, hicimos las prácticas en la misma revista, pero nunca fuimos rivales. Una victoria para uno era una victoria para los dos, ¡para el futuro del periodismo! Wyatt no era muy exigente en cuanto a dónde quería trabajar; iría a cualquier sitio que lo quisiera. Así que solicitamos las mismas becas. Nos rechazaron las mismas becas. Entonces, en un brillante estallido de esperanza periodística, nos contrataron a los dos en *The Catch* un año después de graduarnos. La revista en línea cubría toda clase de temas, desde política hasta cultura pop, y llegó a su apogeo con los listículos que empezaron a aparecer a principios de la década de 2010. Era fresca y divertida y parecía muy *actual*, a pesar de que no era periodismo innovador. Yo había sido una ávida lectora durante años, y conseguir un puesto allí, trabajar junto a nombres que había leído en firmas de autores, fue como conocer a gente famosa.

Tuvimos todas esas experiencias compartidas, por lo que tenía sentido que compartiéramos el resto de nuestras vidas. Antes de vernos desnudos y arruinarlo todo.

Abro mi taquilla y busco el móvil. Tres llamadas perdidas de mi agente, quien, por lo general, hace todo lo que puede por no trabajar los fines de semana, y un puñado de mensajes con niveles de urgencia cada vez mayores. Chandler, hola, ¿estás disponible? Sé que es sábado, pero necesito hablar contigo. ¡Llámame en cuanto puedas!

—¿Qué pasa? —pregunta Noemie al tiempo que se rehace la coleta.

—Stella. —Con el móvil en el puño, agarro mi mochila tan rápido como puedo—. ¿Nos vemos fuera?

Stella Rosenberg es una de las mejores agentes de no ficción del país. Tiene unos cuarenta años, es madre de gemelas, vive en Brooklyn, es sensata con sus clientes y se convierte en un auténtico tiburón cuando hace falta, y sigo sin creerme del todo que trabajemos juntas. Aunque nunca la he conocido en persona, le debo todo por haber convertido mis artículos como *freelance* en algo parecido a una carrera profesional.

Cuando me echaron a la calle, vendí algunos artículos por centavos mientras que el mundo del periodismo ardía en llamas. Solicité tantos trabajos que, cuando recibí el correo electrónico de Stella, tuve que volver a mirar el anuncio para acordarme de qué se trataba. «Buscamos muestras de escritos para elaborar un libro como escritor fantasma. Se requiere la máxima discreción». Sinceramente, me pareció una estafa. Tuve que firmar un acuerdo de confidencialidad antes de saber para quién iba a escribir.

Al principio, el hecho de que encontrara algo usando mi título de Periodismo (técnicamente, Comunicación con Especialización en Periodismo) me pareció una buena señal. Ser escritora fantasma implicaba investigar, entrevistar, tener fechas de entrega, todas esas cosas con las que tenía bastante experiencia. Mis padres siempre me decían que tener un título universitario era un punto de partida, que en realidad no importaba lo que había estudiado porque mis habilidades serían transferibles. Pero yo no quería transferirlas a ninguna parte. Yo quería escribir.

No es que no esté agradecida por el trabajo; lo estoy, enorme-mente. Quizás fue cumplir treinta años el año pasado lo que hizo que me replanteara mi carrera profesional, pero me encantaría tener algo en lo que pudiera poner mi nombre. Y a lo mejor ese algo es un libro o a lo mejor no, pero tiene que haber alguna his-toria que me corresponda contar a mí.

Stella me contesta al primer toque.

—Menos mal que te he localizado —dice. De fondo, escucho a perros ladrando y a niños parloteando—. Perdona, estoy en el parque. Los fines de semana son un caos.

Me apoyo en la pared exterior del gimnasio.

—No te preocupes. ¿Qué pasa?

—A ver, ya sabes que te hemos presentado para unos cuantos proyectos nuevos. —Otra cosa sobre Stella: no pierde el tiempo. No se anda con rodeos, nada de formalidades—. Hay un actor que acaba de vender sus memorias y cuyo equipo busca un escri-tor fantasma. Y les encantaron tus muestras.

—Un actor —repito con cierto temor. Y, vale, puede que un poco de excitación—. ¿Quién es?

—Finnegan Walsh —responde—. ¡Lola, sabes que hay que pedir permiso antes de acariciar a un perro! Mis hijas han desayunado de-masiado azúcar. En fin, salía en esa serie de hombres lobo que termi-nó hace unos diez años. Cuatro temporadas. Fans muy devotos.

El nombre no me suena. Aunque, por otra parte, no recuerdo la última vez que tuve una tele por cable, y en la universidad usé la cuenta de Netflix de mis padres, así que, si no es una comedia de principios de la década de los 2000 o algo original de Netflix, lo más probable es que no lo haya visto.

—Sé que dijiste que esta vez querías hacer algo un poco más serio —continúa—, pero creo que esto podría ser bastante emo-cionante. Tiene un montón de seguidores, sobre todo entre los millennials y la generación Z. Y el equipo quiere que trabajéis codo con codo. No va a ser otra Maddy DeMarco. —Maldice en voz baja—. Te juro que tienen suerte de que hayas sido toda una santa al respecto.

No puedo negar que es interesante.

—Vale, ¿cuál es el siguiente paso entonces? —pregunto—. ¿Quieren hablar conmigo?

—Esa es la mejor parte. Va a estar todo el día en la ciudad por la Comic Con de Emerald City, y él y su representante quieren quedar contigo para comer. Por eso estaba tan desesperada. Estarán en el restaurante a la una y media.

«¿Para almorzar?». Son casi demasiadas cosas como para procesarlas del tirón. Miro la hora en el móvil. Ya son la una y diez.

Y llevo ropa de deporte y todavía estoy chorreando de sudor por el Trampolín XXX.

—Creo que llego.

—Excelente —canta justo cuando se oye un alboroto de fondo, y me da el nombre del restaurante—. Diles que vas a ver a Joe, su representante. Y llámame después para contarme qué tal ha ido. ¡Gracias, Chandler!

Tras eso, cuelga.

Me quedo mirando el móvil unos instantes con la mente en blanco mientras Noemie se acerca con su bolsa de deporte colgada de un brazo.

—¿Puedes llevarme al centro para que conozca a alguien llamado Finnegan Walsh?

Noemie me mira perpleja con sus ojos oscuros.

—Perdona, me he desmayado un momento. ¿Qué has dicho?

—Finnegan... ¿Walsh? Creo que es actor.

—No fastidies, pues claro que es actor —contesta—. ¿Finn Walsh, de *Los nocturnos*, la serie más significativa de mi adolescencia? Solo he intentado que la veas cien veces. —Abre la cremallera de la bolsa y saca las llaves—. Dios mío. ¿Vas a *escribir un libro* con Finn Walsh?

—Es posible —responde, y le explico la llamada. Y que tengo que almorzar con él dentro de quince minutos.

Mientras nos dirigimos hacia el centro, Noemie hace todo lo posible por ponerme al día sobre el mayor drama paranormal adolescente de 2008 mientras que yo me quito los *leggings* en su asiento trasero. Por lo general, me pasaría horas investigando sobre un posible autor nuevo, pero esta vez voy a tener que confiar en mi prima. Y es posible que sea mejor que Wikipedia.

Para cuando llegamos a la autopista, sé lo siguiente sobre Finnegan Walsh:

Protagonizó la serie de televisión *Los nocturnos* desde 2008 hasta 2012, la cual iba sobre hombres lobo sexis desenvolviéndose en la vida universitaria (aunque él ni siquiera hacía de ninguno de esos hombres lobo). Oliver Huxley era un estudiante de Biología que estaba intentando encontrar una cura para la mujer loba que le gustaba, a quien, según explica Noemie, le tenía una lealtad adorable, incluso cuando se alejó de él porque pensaba que nunca amaría a una bestia como ella. Como resultado, ocupa un lugar destacado en la lista de frikis más sexis de Noemie, entre Adam Brody y Joseph Gordon-Levitt.

Durante el rodaje, pasó desapercibido de forma relativa, es decir, sin escándalos ni polémicas («que sepamos», dice Noemie). Desde que se dejó de emitir *Los nocturnos*, ha protagonizado algunas comedias románticas de bajo presupuesto y, hace poco, hizo un par de películas navideñas sensibleras, incluida una que salió hace dos años titulada *Miss Muérdago*, que Noemie admite que vio y le encantó de forma no irónica.

Abre la guantera y me da un bote de champú seco mientras da un volantazo.

—Toma. Échate esto. Y debería haber unas manoletinas en esa bolsa de Whole Foods.

—Sé sincera conmigo. ¿Tienes un *outlet* de Ann Taylor en el maletero del coche?

Me mira por el espejo.

—No te metas con Ann Taylor. Me ha ayudado en muchos momentos difíciles.

Noemie y yo no tenemos la misma talla. Su blusa a cuadros blancos y negros me oprime el pecho, pero nada que una chaqueta no pueda solucionar. Un poco de champú seco en el pelo y estoy lista.

—¿Estás segura de que estoy presentable? —pregunto, tirando de la falda cuando se detiene en una zona de carga y descarga del centro. Se ve el moratón, pero es mejor que los *leggins* harapientos que llevaba en el gimnasio—. ¿No se me notan demasiado las tetas con esto?

Noemie me evalúa y me alisa un mechón de pelo rebelde.

—Pareces una ejecutiva informal sexi. Yo te contrataría para que escribieras un libro para los fans de hombres lobo cachondos.

Nos damos un abrazo rápido, le prometo que le contaré todo y se marcha.

El corazón me ruge en los oídos. Nunca he conocido a un autor así en persona, no en lo que parece una entrevista con dos extraños cuya existencia conozco desde hace media hora. Ha sido algo improvisado en el último minuto, lo que me pone la ansiedad por las nubes. Lo normal es que necesite una semana al menos para prepararme para algo como esto; escribir preguntas de práctica, ensayar respuestas de práctica, probarme más de diez conjuntos antes de decidirme por el que menos odie. Siempre ha sido más fácil que lo que escribo hable por mí.

«Les encantaron tus muestras», dijo Stella. Solo tengo que ser normal. Me aferro a eso mientras entro en Pear Bistro, curiosamente el mismo restaurante vegano que le recomendé ayer a Drew, aunque no es el momento de pensar en eso ahora. Espero haber aprendido lo suficiente del monólogo de Noemie sobre Finnegan Walsh como para fingir durante la reunión. *Los nocturnos. Qué suerte la nuestra*, una comedia romántica que solo salió en DVD sobre dos personas con los cupones de lotería ganadores que tienen que compartir el premio gordo. *Miss Muérdago.*

Cuando le digo el nombre del representante al anfitrión, me dedica una sonrisa con los labios cerrados.

—Por aquí —dice.

Solo cuando veo la mesa empiezo a preguntarme si no me desmayé durante el Trampolín XXX y ahora estoy atrapada en una pesadilla.

Porque sentado en la mesa junto a un hombre de mediana edad con un traje gris hay alguien que me resulta un poco demasiado familiar. Está mirando hacia abajo, al móvil, pero el pelo castaño rojizo, las pecas, la confianza en los hombros… Estoy segura de que es él.

El hombre que trató mi cuerpo con torpeza y me roció con lubricante de fresa.

El hombre de cuya habitación me escabullí hace solo nueve horas, porque se suponía que no iba a volver a verlo.

LOS NOCTURNOS

Temporada 1, Episodio 7: «Revelaciones».

INT. BIBLIOTECA DE OAKHURST. DE NOCHE

ALICE CHEN entra y ve a OLIVER HUXLEY en la mesa de siempre con la cabeza inclinada sobre un libro. Se dirige hacia él con los hombros en alto, dispuesta a decirle lo que piensa.

                    ALICE
    Tienes que dejar de pasar el rato con Meg si
    sabes lo que te conviene. Puede que creas que
    es una chica normal, pero…

                    HUX
    Ninguno de nosotros es normal. De hecho,
    siempre he considerado que lo normal es bastante
    aburrido. Prefiero ser inusual.

                    ALICE
    Una cosa es ser inusual y otra cosa es *esto*.
    Y ella no querría que te contara *esto*.

                    HUX
    Si me estás tomando el pelo, Alice, no tiene
    gracia. Ya tengo bastante con Caleb, y no es
    que sea mi forma favorita de pasar el rato.

                    ALICE
    Lo digo en serio. No es un experimento que
    puedas llevar a cabo una y otra vez hasta que
    obtengas los resultados que quieras. Es mi mejor
    amiga.

HUX

Lo sé. Y, créeme, me importa.

ALICE

L-Lo sé. Dios, voy a arrepentirme de esto…

Alice se dirige al extremo de la habitación, mira por las ventanas y toma una profunda bocanada de aire.

¿La noche en la que estabas en el comedor y de repente se tuvo que ir corriendo? ¿Y no supiste nada de ella en dos días?

HUX

Pensaba que llegaba tarde a clase. Una clase nocturna, me dijo después, una en la que le mandaron muchos deberes.

ALICE

¿O cuando tenía la ropa llena de pelo de animal y le preguntaste si tenía un perro y no supo darte una respuesta directa? ¿O cuando se puso mala durante la luna llena? ¿O los arañazos del cuello?

HUX

Tiene que haber una explicación racional para…

ALICE

Es una mujer loba, Hux.

HUX

¿Y cómo narices sabes tú eso?

Con un destello en los ojos, Alice se gira.

ALICE

Porque yo también lo soy.

Capítulo

CINCO

Esto tiene que ser un malentendido. Un error. La mesa equivocada.

Sin embargo, su representante se está poniendo de pie con una sonrisa amable.

—¿Chandler Cohen? —inquiere y, de forma un poco mecánica, noto cómo asiento con la cabeza.

Drew/Finnegan alza la vista por fin y, cuando su mirada se encuentra con la mía, se derrama uno de los zumos característicos del restaurante en la parte delantera de su camisa, por desgracia, blanca. Algo con remolacha, por el aspecto que tiene.

—¡Cuidado! —dice su representante, que llama a un camarero—. ¿Nos podría traer unas servilletas?

Me quedo ahí de pie, congelada, con la falda de Noemie demasiado ceñida a mis caderas y su blusa demasiado ceñida a mis pechos y el moratón demasiado visible y, dios, *por qué*. Y *cómo*. Y *jodeeeeer*.

Drew/Finnegan está ceniciento y no sabe si concentrarse en la mancha fucsia que se está extendiendo o en la aparición repentina del rollo de una noche que no estaba ahí cuando se despertó esta mañana. Parece decidirse por ambas y por ninguna, y se queda con la boca abierta mientras se limpia con una servilleta cinco centímetros a la izquierda de donde empieza la mancha.

—Lo siento mucho —balbuceo, preguntándome si quedaría mal con Stella si me doy la vuelta y salgo corriendo—. Tu camisa, lo…

—No es culpa tuya —le dice Finnegan a la mancha. Es una voz distinta de la que usó anoche conmigo. Profesional. Distante.

El camarero llega con otro vaso de agua y un montón de servilletas de tela que Finnegan utiliza para atacarse la camisa con un entusiasmo nuevo. Su representante me acerca una silla y me derrumbo prácticamente sobre ella, doblando las piernas para ocultar el moratón.

Poco a poco, las piezas van encajando. Vive en Los Ángeles. Estaba aquí para una conferencia, debía de ser la Emerald City Comic Con. Cómo habló de su profesión, la falta de precisión... debía de preocuparle que lo reconociera. De ahí el nombre falso. Y cuando aparecieron los asistentes a la convención disfrazados, actuó de forma extraña, ¿verdad?

—¡Bueno! Menuda forma de romper el hielo —comenta su representante con una risa. Me tiende la mano—. Joe Kowalczyk.

—Chandler. Y tú debes de ser Finnegan. —Hago un claro énfasis en su nombre.

—Finn —contesta, y cuando se separa de la mancha el tiempo suficiente como para darnos la mano, sus ojos brillan con sospecha. Como si existiera la posibilidad de que yo lo hubiera planeado todo. Bajo la luz del día se le notan todavía más las pecas. Por la noche parecía tener un aire misterioso, pero a la una y media, con el sol de septiembre entrando por las ventanas y dorándole el pelo caoba, tiene toda la pinta de Hollywood. Pómulos definidos, poros microscópicos, la mandíbula con un *aftershave* que probablemente cuesta más de lo que cuesta mi conjunto entero.

No es la primera vez que lo toco, obvio, y es mucho menos íntimo que todo lo que hicimos en aquella habitación de hotel. El apretón de manos debería ser superficial. Incómodo, tal vez. Y, sin embargo, por algún motivo, la forma en la que sus dedos se deslizan contra los míos y me roza brevemente la muñeca con el pulgar (tan leve que no le daría más vueltas si no nos hubiéramos conocido ya) consigue que salten muchas más chispas de electricidad que todo lo que hicimos anoche.

«Anoche». Cómo me besó contra la puerta de la habitación del hotel antes de que todo saliera tan mal. Cómo gemí en su boca y...

Y fingí un orgasmo.

No puedo trabajar en este libro.

Joe deja la carta con el menú.

—Gracias por reunirte con nosotros con tan poca antelación —dice—. Por lo general, habríamos organizado una videoconferencia antes de volver a Los Ángeles, pero dado que vives aquí, parecía obra del destino.

Finn sigue frotándose la camisa. No puedo mirarlo, porque cuando lo haga, voy a imaginarme a la persona que preguntó «¿Le gusta?» protagonizando una película llamada *Miss Muérdago*, y me veré obligada a preguntarme si se trata de alguien que literalmente se apellida Muérdago o si hay alguna especie de desfile con temática navideña en el que la mujer con más espíritu navideño se gana el corazón de Finnegan. Y, entonces, no podré parar de reírme. Y como empiece a reírme, le abriré un botón a la blusa con volantes Ann Taylor de Noemie y deleitaré a Joe y a Finn con un espectáculo del sujetador deportivo amarillo neón de Ross Dress for Less que llevo debajo.

Hago lo que puedo para igualar la sonrisa de Joe. También podría hacer que Finn se sienta lo más incómodo posible.

—No podría estar más de acuerdo.

Finn empieza a toser. De forma violenta.

—La comida primero, los negocios después —sentencia Joe—. Y, Chandler, yo invito.

Mientras que tanto Joe como Finn piden hamburguesas de portobello, lo más caro de la carta, no consigo pedir otra cosa que no sea la sopa del día, que, a 17 $, es el plato más barato. Mi sitio no está aquí; no con la ropa prestada que llevo y no con la historia que tengo con Finn. Este no es mi mundo.

Una vez que pedimos, Joe cruza las manos delante de él. Con su traje inmaculado y el pelo entrecano engominado hacia atrás, está demasiado arreglado para el tumulto de fin de semana de Seattle.

—No sé si te lo ha comentado tu agente, pero nos hemos enamorado de cómo escribes.

—Puede que lo haya mencionado, pero nunca rechazaría un cumplido.

Joe se ríe.

—En ese caso, permíteme que te lo repita. Tienes un estilo cercano y auténtico que pensamos que sería perfecto para el libro de Finn. Tienes esa forma de captar incluso los detalles más cotidianos y hacer que parezcan significativos.

Finn acentúa las palabras de Joe con un leve movimiento de barbilla. Me aferro al agua con la esperanza de que calme el rubor que se me ha formado en las mejillas.

—G-Gracias. Me siento halagada.

Joe parece bastante amable, pero la poca experiencia que he tenido con famosos me ha enseñado que a veces no son lo que aparentan. Ahora que sé que Finn es actor, no debería sorprenderme que me diera un nombre falso o que me encandilara con tanta facilidad, aunque esté lejos de ser una superestrella. De hecho, es un alivio que no le haya visto nunca en ningún sitio. Estaría demasiado encandilada como para hilvanar una frase.

Ahora que estoy sentada frente a él durante el día, tiene algo que me resulta vagamente familiar, pero eso también podría ser debido a que ahora que sé que es famoso, mi cerebro está trabajando horas extras para ubicarlo.

—Queremos a alguien lo suficientemente joven como para atraer a los *millennials* que crecieron viendo a Finn en *Los nocturnos*, pero con la suficiente experiencia como para encargarse de un proyecto de esta magnitud. Ha sido un reto encontrar a un escritor con esa combinación única de habilidades. ¿Tu segundo libro acaba de salir?

Asiento al tiempo que me pregunto dónde dejé el libro de Maddy cuando llegué a casa anoche.

—Y acabo de entregar la revisión del siguiente.

—Excelente —contesta Joe—. Tus editores nos han hablado muy bien de ti.

Estoy a punto de alcanzar mi umbral de cumplidos.

—¿Qué buscáis conseguir exactamente con esta autobiografía? —pregunto, incapaz ya a nivel fisiológico de hablar de mí—. O sea, es obvio que queréis que se venda bien. Pero ¿qué perspectiva estáis buscando para la historia de Dr... de Finn?

—Buenas preguntas. Como es lógico, todo actor tiene un lado que el público no ve nunca. No queremos que sea la típica autobiografía. Igual los capítulos no son cronológicos o es una serie de historias o anécdotas... algo así. Una estructura única. Básicamente, sabemos que Finn tiene una historia que contar, y esta es nuestra oportunidad de renovar su imagen al tiempo que capitalizamos lo que lo hizo popular en un primer momento.

Es raro que sea su representante el que responda en su lugar. Miro a Finn, esperando a que añada algo, dado que toda esta discusión gira en torno a un libro que es, bueno, sobre *él*.

No obstante, se limita a asentir con la cabeza y, por fin, parece desistir de la mancha de zumo y añade una última servilleta a la pila de su izquierda.

—Joe lo ha descrito bastante bien.

Pues vale.

Llega la comida y ataco la sopa de calabaza al curry como la cuerda salvavidas que es mientras intento no calcular cuánto cuesta cada cucharada. No me pasa desapercibido cómo Finn hace con los utensilios lo mismo que hizo en la pizzería. Los inspecciona de forma furtiva, como si no quisiera que nadie lo viera haciéndolo. Luego, con cuidado, corta un trozo del pan del portobello con cuchillo y tenedor. Mientras tanto, Joe agarra su hamburguesa y le da un bocado enorme, o bien acostumbrado a los hábitos de Finn o bien inconsciente.

—Hablemos de logística —dice Joe, y moja una batata frita en el alioli sin huevo—. Hemos llegado a un acuerdo con la editorial para adaptarnos a la agenda de Finn, así que lo acompañarás por todo el país mientras asiste a varias convenciones con las que ya se ha comprometido.

—Ya... ya veo. Mi agente no mencionó eso. No he viajado mucho. —Parece la forma más profesional de decir que no puedo permitírmelo.

Joe hace oídos sordos.

—Los hoteles, los vuelos… todo está cubierto, junto con lo que creo que te parecerá una dieta muy razonable. Y he hablado con tu agente y estaremos encantados de negociar un aumento del treinta por ciento sobre lo que te pagaron por el último libro.

Me atraganto con un grano de granada e intento actuar como si fuera normal recibir esa clase de oferta, si es que es una oferta. Odio lo atractivo que suena después del desastre de Maddy. Incluso con el libro del entrenador personal Bronson teníamos una agenda tan acelerada que nuestras llamadas y reuniones no dejaban mucho espacio para que la escritura respirara. Nunca había hecho algo así: conocer a un sujeto a un nivel tan profundo antes de escribir sobre él o ella.

Intento imaginármelo, sentada en un rincón con mi cuaderno mientras gente disfrazada de criaturas de otro mundo posa para las fotos con Finn.

Acto seguido, me lo quito de la cabeza, lo saco del restaurante y lo tiro a los contenedores de compost. Es imposible que mi próximo proyecto sea escribir la autobiografía de mi rollo de una noche fallido. Me reiría si no estuviera *asídecerca* de sufrir una combustión espontánea a causa de la vergüenza que me produce todo esto.

—Nuestra intención es que el trabajo dure hasta la reunión —continúa Joe.

—¿Reunión? —repito con la esperanza de no haberme perdido algo más.

—Para *Los nocturnos* —responde Finn. Es la primera vez en al menos diez minutos que me habla directamente. Al mencionar la serie, parece volver en sí, y se endereza en la silla mientras sigue cortando la hamburguesa en trozos—. Todavía no lo han anunciado de manera oficial, pero todos hemos firmado. Un especial para conmemorar que han pasado diez años desde que se emitió el último capítulo. Se grabará a principios de diciembre.

—Mi prima va a estar loca de contenta. Es una gran fan.

Joe vuelve a sonreír.

—Y después podrás terminar de escribir por tu cuenta. Lógicamente, con la colaboración de Finn y del editor, pero esa parte se puede hacer principalmente a distancia. Tendrás todo el acceso a él que quieras.

«Oh, ya he tenido mucho».

Mi cuerpo traidor se calienta. Todo esto es demasiado, y la ropa de ejecutiva informal de Noemie me está asfixiando. Muerte por culpa de unos volantes. Me tiro del cuello de la blusa. Cruzo y descruzo las piernas, mostrando el moratón sin querer.

—Eso tiene pinta de doler —comenta Finn, y puedo verlo en sus ojos: la oportunidad de ganar control sobre la situación—. ¿Cómo te lo hiciste?

Hago todo lo que puedo por fulminarlo con la mirada mientras hundo la cuchara en el plato de sopa, y el naranja intenso salpica por los lados.

Suena un móvil y Joe se lo saca del bolsillo.

—¿Me disculpáis? Tengo que contestar. Es Blake —dice, y pone los ojos en blanco con complicidad, tras lo que articulo un «¿Lively?» a Finn, cuya boca se contrae a modo de respuesta.

Cuando Joe se va, todas las preguntas y la confusión con respecto a Finn salen a la superficie. Aprieto la cuchara con fuerza. Porque no solo estoy confusa, sino que estoy *enfadada*. Enfadada porque me ha mentido, enfadada porque estoy aquí sentada como una maldita idiota con mi deliciosa sopa de calabaza mientras su representante se burla de mí con un trabajo increíble que no puedo aceptar por nada del mundo. Tomé la decisión en cuanto lo vi sentado aquí.

—Me diste un nombre falso. —Por algún motivo, eso es lo primero que pronuncio.

Casi con demasiada calma, Finn empuja una patata con el tenedor.

—No suele ser lo primero que digo. «Encantado de conocerte, salí en una serie sobre hombres lobo desde principios hasta mediados de la década de los 2000, qué mal tiempo hace».

—Dijiste que estabas aquí por «trabajo». —Con exageración, gesticulo las comillas más odiosas de la historia de las comillas—. ¡Y que *vendías tecnología*! —Cuando la mujer que hay sentada en la mesa de al lado nos mira, bajo el tono de voz—. Seguro que ni siquiera eres fan de *El Señor de los Anillos*.

—Esa es verdad. Me oíste hablar quenya. —Cruza los brazos sobre el pecho, se acuerda de la mancha y se lo piensa mejor—. Y *estoy* aquí por trabajo. Gano dinero vendiendo autógrafos y fotos, así que… —Observa el local y, luego, al ver que todo el mundo está inmerso en sus platos y que su representante sigue fuera, añade—: Además, si no recuerdo mal, has sido tú la que se marchó de mi habitación esta mañana. Si alguien tiene derecho a estar molesto, creo que soy yo.

Y, sin embargo, está tan sereno, tan aparentemente imperturbable ahora que se le ha pasado la conmoción inicial, que me enfurece todavía más.

—Da igual —contesto entre dientes. No me apetece litigar quién tiene el derecho a estar más ofendido y, desde luego, no me apetece hablar sobre por qué me fui—. No pienso hacerlo.

Me mira, perplejo. Se le ha caído un mechón de pelo sobre la ceja de una forma que seguro que volvería locas a sus fans de mediados de los 2000, Noemie incluida. Qué pena que no me lo pueda tomar en serio con Remolacha Cautivadora esparcida por su camisa.

—¿Y ya está? ¿Ni siquiera vas a pensártelo?

—Ya he oído suficiente. Es un conflicto de intereses. —Frunzo los labios con la esperanza de parecer decidida. Firme—. Veo que a lo mejor no estás acostumbrado a no conseguir lo que quieres, pero así es. Puedes encontrar a otra persona que escriba lo que seguro que es la fascinante historia de tu vida. Estoy deseando encontrármelo dentro de dos años en la caja de las ofertas de una tienda de segunda mano.

El insulto tiene el efecto que quiero. Finn retrocede un momento, con las cejas juntas formando una pequeña arruga ofendida. No me permito sentir lástima por él. Puede que no haya visto su serie, pero estoy segura de que con el *merchandising* y la visualización de capítulos repetidos gana lo suficiente como para financiarse un estilo de vida mucho más lujoso que el mío. Y ahora está haciendo lo que intenta hacer todo hombre blanco aburrido de cierta edad: escribir un libro sobre sí mismo.

Incluso mientras lo digo, pienso en mi cuenta bancaria y en cómo mi último adelanto apenas ha servido para pagar una de mis tarjetas de crédito. En lo mucho que me gusta vivir con Noemie, pero en lo increíble que sería tener una casa propia. Joe ha dicho que me iban a pagar mucho más de lo que me han pagado antes. Esa cantidad de dinero me daría espacio para decidir qué es lo siguiente. Libertad para averiguar a qué quiero dedicar mi vida.

Aunque («madre mía») le dije a Finn que mi carrera profesional era un error. Si se acuerda, no debe importarle sacar el tema.

Entonces, se me ocurre otra cosa.

—No sabías quién era cuando me senté en el bar, ¿no? Pensaste que podías buscarme y... —«Seducirme», eso es lo que iba a decir para concluir la frase, pero el horror que muestra la cara de Finn hace que me detenga.

—*No* —contesta con firmeza—. Leímos todas las muestras y los currículums a ciegas para evitar preferencias. Leí un poco de ese libro de la concursante de *The Bachelor* y un par de capítulos del libro de Maddy DeMarco a principios de esta semana. No tenía ni idea de quién eras.

Ligeramente tranquilizador.

Suelto un gemido y arrastro la cuchara por lo que queda de sopa.

—No me creo que esto esté pasando. Se suponía que no íbamos a volver a vernos.

Su voz se vuelve amable, como si se hubiera dado cuenta de que es verdad que estoy en contra de aceptar el trabajo. O a lo mejor es un gesto genuino. De todas formas, no lo sabría.

—¿Puedes escucharme al menos?

La expresión que refleja su rostro es tan afligida que me rindo.

—Vale. Adelante. Defiende tu caso. Dime por qué es tan importante este libro.

Finn deja los cubiertos a un lado y junta las manos mientras elabora las palabras correctas. Ayer hizo lo mismo, le dio tiempo a su boca para que se acompasara con su cerebro.

—Convenciones. Eso es casi todo lo que hago hoy en día. Me siento en una mesa para que la gente pague doscientos dólares por un autógrafo y una foto. Voy a paneles para hablar de la serie que protagonicé hace casi quince años, como si nada de lo que hubiera hecho después estuviera a la más mínima altura. Porque no lo ha estado. Y adoro a los fans de la serie, de verdad, pero esto no es lo que pensaba que estaría haciendo con mi carrera profesional cuando empecé.

No puedo negar que me es un poco familiar.

—No puedo seguir con el circuito de las convenciones para siempre —continúa—. Hollywood todavía se piensa que soy ese chico enamorado que suspira por su novia mujer loba. Quiero que este libro signifique algo, quiero que sea una fracción de significativo de lo que fue *Los nocturnos* para algunos de los fans. De verdad que creo que podría serlo. Si lo escribe la persona correcta. —No me molesto en señalar que, técnicamente, Finn es quien lo escribe. Yo solo soy la que sostiene el bolígrafo—. Quiero que en el libro aparezcan cosas de las no he hablado antes. Y… me encantaría que este libro ayudara a alguien en el caso de que se encuentre en una situación similar. —Se encoge de hombros con timidez—. Lo siento, entenderás que no puedo hablar de los detalles sin un acuerdo de confidencialidad.

La falta de precisión me crea una *ligera* intriga, pero…

—Lo siento por ti. De verdad. —Si no puedo convencerlo con la absoluta incomodidad que supone que trabajemos juntos, usaré la lógica—. Pero no he visto ni un capítulo. Lo que es bastante obvio, ya que no te reconocí.

—Da igual. Te documentarías. Y… me gusta. —Me mira a los ojos con una determinación renovada, y su voz se vuelve incluso más suave—. Me gusta que no vayas a adentrarte con ninguna idea preconcebida sobre quién soy.

Cuando se inclina hacia delante, tengo que luchar contra el impulso de llevarme una mano al corazón para evitar que se me acelere. Desprende seriedad, una que ayer me parecía atractiva y que ahora me resulta casi intimidante. Hace veinticuatro horas éramos desconocidos. Ahora, si me creyera lo que dice, puede que tenga el poder de alterar la trayectoria de su carrera profesional.

Y es posible que él pueda hacer lo mismo con la mía.

—No quiero arrastrarme. Pero lo haré si hace falta, Chandler. —Intento ignorar cómo me siento cuando pronuncia mi nombre de esa forma. Cómo me recuerda a su voz envolviéndolo anoche. Se dedica a esto a nivel profesional. Todo es un teatro, y hay una clara posibilidad de que esté actuando. No puedo dejar que me arrolle solo porque esté leyendo un guion con un texto para dar pena—. No quería que el proyecto fuera un quebradero de cabeza para todo el mundo. Escribiría el libro yo mismo, pero cada vez que he intentado escribir un párrafo ha sido una auténtica mierda. Hemos tenido otras llamadas y reuniones. Otros escritores. Ninguno ha sido el adecuado. Lo que Joe ha dicho antes… Hemos rechazado a gente. Y otros, bueno… —Aprieta los dientes y mira a la mesa—. Es posible que yo no haya sido la persona más fácil con la que trabajar. A veces.

—Toda una sorpresa.

—Al editor no le hace mucha gracia eso.

Suelto una carcajada.

—Vaya, que soy tu última opción, eso es lo que estás diciendo.

—En absoluto. —Su voz es firme—. Estabas en la lista de seleccionados desde el principio. Pero el editor quería probar con nombres más grandes antes.

—Nombres grandes en la industria de la escritura fantasma.

Se permite una media sonrisa, como si se diera cuenta de la ironía.

—Gente que había escrito más libros —aclara—. Así que no. No eres mi última opción, Chandler. Pero puede que seas mi última esperanza.

«Oh».

Resulta que no odio ver a un hombre arrastrándose.

Cuando recibí la llamada de Stella, asumí que era un actor poco conocido desesperado por prolongar sus quince minutos de fama. Y, no obstante, esa no es para nada la sensación que tengo.

Por alguna razón, estoy empezando a creer que sí que está siendo sincero.

—¿Y qué hay del tema innombrable?

Su expresión sigue siendo serena.

—Puedo olvidarlo si tú puedes.

Esto flota entre nosotros durante unos segundos, hasta que soy la primera en romper el contacto visual. «Olvidarlo». Hace que parezca muy fácil, como si yo solo fuera una más en una larga lista de mujeres que han compartido su cama y se han ido insatisfechas.

Seguimos en silencio cuando Joe reaparece, riéndose entre dientes mientras vuelve a meterse el móvil en el bolsillo.

—Perdonadme —dice, y parece no percatarse del cambio que se ha producido entre Finn y yo. Vuelve a sonreír, toma una patata frita y se centra otra vez en mí—. Somos conscientes de que estamos pidiendo mucho, sobre todo con lo del tema de viajar. Solo queremos que el libro destaque en un mercado concurrido. Y, si aceptas, creemos que es la mejor oportunidad que tiene para causar sensación.

Finn vuelve a cruzar su mirada con la mía, y sus ojos color avellana son cálidos e inescrutables a la vez. Y, entonces, como si se acordara de cada palabra que dije anoche, añade:

—Para ambos.

Capítulo

SEIS

—*Quédate conmigo. Por favor* —dice Oliver Huxley en la pantalla a la increíble chica de pelo negro a la que está abrazando—. *Solo una vez. Solo por esta noche.*

Meg Lawson se libera de sus brazos y la luz de la luna capta una lágrima que le resbala por el rostro mientras se aleja de él. Están en un bosque, la nieve cae a su alrededor.

—*No puedo. Quiero hacerlo, Hux, créeme. Es lo único que quiero. Pienso en ello todo el tiempo, en ti y en mí quedándonos dormidos juntos. Despertándonos juntos. Pero a la luna llena... nunca le ha importado mucho lo que quiero.*

—*¡Que le den a la luna llena, Meg!* —Hux suena casi sin aliento. Lleva el pelo revuelto, las gafas torcidas y los copos de nieve salpican su chaquetón color carbón—. *Me da igual que mañana tengas colmillos y pelo. Me da igual que te conviertas en una bestia peligrosa y aterradora y me da igual que estés demasiado perdida en ti misma como para acordarte de quién soy.*

La chica le devuelve la mirada y le dedica una sonrisa triste y melancólica.

—*Pero a mí no* —contesta en voz baja.

Levanto la vista del portátil, donde he estado revisando el contrato y el itinerario. Phoenix, Memphis, Pittsburgh y una docena de ciudades intermedias, todos lugares en los que no he estado nunca. No tenía ni idea de que hubiera tantas convenciones.

Conocía la de Emerald City y la de San Diego, pero en alguna parte del país hay al menos una cada fin de semana.

—Noe —digo desde el otro lado del sofá con todo el respeto que soy capaz de reunir—, empiezo a pensar que la serie es... mala.

—Eso es porque la estás viendo desordenada. —Detiene YouTube un segundo antes de que una Meg de ojos llorosos bese a un Finn diez años más joven en un vídeo llamado *Mejores momentos de Mexley, 4/10*—. Esto no pasó hasta la mitad de la temporada tres. Sé que Caleb era el protagonista y tal, pero Hux y Meg... bueno, me pusieron el listón *alto* a la hora de tener futuros romances. No quería estar con nadie que no intentara luchar contra una malvada corporación sobrenatural por mí.

—No me creo que no supiera lo mucho que te gustaba. —Sabía vagamente que le gustaba una serie de hombres lobo, pero igual los dos años que nos llevamos en edad habían hecho que lo considerara como algo infantil.

—Supongo que por aquel entonces se consideraba un placer culpable, pero ahora es en plan, a la mierda. Me encanta Mexley, y estoy orgullosa. —Hace un gesto en dirección a la pantalla—. También estuvieron juntos en la vida real. Finn y Hallie.

Eso lo sé por la investigación que he hecho. Finn dijo que le gustaba que no tuviera ideas preconcebidas sobre su vida y su trabajo, pero odio la idea de empezar el proyecto sin saber nada. Y, bueno, no es poca la información que hay sobre Finnegan Walsh por ahí, desde entrevistas hasta cotilleos, pasando por una sesión de fotos de detrás de las cámaras para la portada del *Entertainment Weekly* que hizo con una docena de cachorros y que es injustamente adorable.

He descubierto que tiene treinta y cuatro años, que nació en Reno y que empezó actuando en una comedia familiar llamada *Padre en formación* que se canceló a mitad de la primera temporada. En ese momento, ya había sido elegido para salir en *Los nocturnos*. Estuvo saliendo con Hallie Hendricks durante un par de años, desde la segunda temporada hasta después de que la serie dejara de emitirse. Me quedé mirando las fotos de los dos juntos más tiempo del que me gustaría admitir, los eventos de alfombra roja en los que parecían casi inhumanos de lo atractivos que eran, las fotos hechas por los paparazzi en The Coffee Bean o haciendo senderismo por Runyon Canyon. Una en los Teen Choice Awards, en la que Hallie llevaba una camiseta que ponía CUIDADO, QUE MUERDO. Por aquel entonces Finn llevaba unas gafas, incluso en la alfombra roja, igual que las que llevaba en la serie.

Es extraño conciliar los blogs de cotilleos con la persona que he conocido en la vida real. En dos circunstancias muy diferentes.

Al final, solo estuve pensándomelo el resto del fin de semana. Estoy atrapada en una rutina profesional, eso está claro. Puede que vaya a escribir otro libro en el que no aparezca mi nombre, pero el trabajo es lo bastante diferente como para cambiar las cosas. Viajar con Finn será algo nuevo, impredecible, fuera de mi zona de confort. Aunque me haya encantado la comodidad (o, al menos, me he acostumbrado a ella), necesito un cambio. No puedo seguir encorvada sobre el portátil, inmóvil durante horas mientras voy produciendo un párrafo agotador tras otro. Además, la realista que hay en mí no podía rechazar el dinero y la idealista no podía dejar de pensar en lo que había dicho Finn. «Esto no es lo que pensaba que estaría haciendo con mi carrera profesional». Si él cree que podemos actuar de forma estrictamente profesional y olvidarnos de aquellos minutos malditos en su habitación de hotel, entonces yo también.

Menos de una hora después de decirle a Stella que contara conmigo, me metieron en una cadena de correos electrónicos con todo el mundo, y Finn me envió un correo por separado.

Me alegro de que hayas aceptado, Chandler. Creo que vamos a escribir un libro excelente juntos.

Saludos,
Finn

Cordial. Breve. Había una distancia medida y casi pasivo-agresiva en el «Saludos, Finn».

No le he contado a Noemie que Finn fue mi rollo de una noche, y se me hace extraño mientras vemos cómo besa a Hallie Hendricks una y otra y otra vez. Igual me estoy tomando a pecho lo que dijo el sábado: «Puedo olvidarlo si tú puedes». Y quizás no quiero arruinar la imagen que ella tiene de él, sobre todo ahora que sé lo mucho que lo adora.

Porque lo más probable es que haya un límite ético y, si lo hemos cruzado incluso antes de empezar a trabajar juntos, bueno...

Noemie cruza las piernas en el sofá y se quita una pelusa del pantalón de chándal.

—Te das cuenta de que nunca hemos estado separadas tanto tiempo, ¿verdad?

Es verdad. De hecho, puedo contar con los dedos de una mano las veces que hemos estado separadas durante un periodo de tiempo significativo. Cuando estábamos en la escuela primaria, me fui de vacaciones con nuestros cuatro padres, ya que coincidieron con un campamento de verano al que ella asistió durante una semana, y me negué a pasármelo bien porque, si todos los demás estaban emparejados, me parecía injusto que yo no tuviera a mi media naranja. Después, cuando estaba en la universidad, hubo un verano en el que sus madres, la tía Sarah y la tía Vivi, se la llevaron a Europa durante dos semanas, y, si bien es cierto que yo quería ir, mis prácticas en la revista *Seattle Met* me parecieron más importantes. Así pues, me conformé con transcribir entrevistas y admirar sus fotos, insegura de si lo que sentía eran celos, soledad o ambas.

Una vez más, me siento más que un poco mal por ocultarle la verdad.

—Ya te echo de menos —contesto, y lo digo en serio. Mudarme con ella hace unos años no solo salvó mi salud mental, sino que es un consuelo que he necesitado más de lo que me gustaría admitir. Me he sentido, literalmente, como en casa—. ¿Y cuidarás de mis padres?

Noemie sabe lo mucho que me preocupa.

—Los invitaré a cenar algo sano y bajo en colesterol todos los domingos. Será sencillo, pero elegante.

—Perfecto, gracias. Y... —Me interrumpo y me rasco el pintaúñas color lavanda que me apliqué hace un par de días. Como no me pinte las uñas, la ansiedad hará que me las destroce hasta convertir mis dedos en muñones—. Si el trabajo se pone feo y necesitas hablar, sabes que estoy a un par de teclas de distancia. Ya esté en Minnesota o en Tennessee.

Asiente, pero no se me pasa por alto cómo rompe el contacto visual. Una evasión clásica de Noemie. Con un movimiento rápido, apaga la tele y salta del sofá.

—Debería meter las mini quiches en el horno.

—Y yo debería terminar de hacer la maleta. A menos que quieras ayuda.

Esta noche me va a organizar una fiesta informal para desearme buena suerte antes de que me vaya mañana por la mañana temprano. Hace una semana, mi vida era totalmente anodina, y ahora estoy a punto de pasar la mayoría de las horas del día con un famoso. A veces estoy emocionada y a veces aterrorizada y, por lo general, solo quiero vomitar.

Noemie me hace un gesto con la mano.

—Ni en broma. Es *tu* fiesta. —Me mira con los ojos entrecerrados—. Lo que pasa es que no quieres hacer la maleta, ¿verdad?

—¡No sé qué llevarme para algo así! —exclamo, fingiendo que lloriqueo—. ¿Qué metes en una maleta para diez ciudades y al menos cuatro climas diferentes?

—¿Capas?

Pongo los ojos en blanco y subo las escaleras. Mi maleta, una antigua y negra que me prestó mi madre porque, a mis treinta y un años, todavía no tengo mi propia maleta, está abierta y rebosante en medio de la habitación. Como hace tiempo mi madre leyó un artículo en el que decían que era más probable que robaran una maleta negra, está cubierta de una selección de pegatinas *hippies* descascarilladas y descoloridas: BUEN ROLLITO y

LIBERA LA MENTE, signos de la paz y flores retro. No mentía cuando le dije a Joe que no había viajado mucho. A mis padres y a mis tías siempre les gustaron más los viajes por carretera por la costa de Oregón que los viajes en avión, y Noemie y yo éramos felices siempre y cuando estuviéramos juntas. He estado a punto de verme seducida varias veces por esas maletas elegantes de Instagram, esas de colores estilo brisa marina y oro rosado, pero nunca he tenido un sitio al que llevarla y siempre me ha parecido un lujo. Algo que me podría permitir algún día, cuando tanto mi estatus de vida como mi sueldo fueran dignos de ello. Mi trabajo siempre ha estado aquí, como toda la gente a la que quiero.

No he tenido la necesidad de ir a ningún otro sitio.

Me coloco los auriculares y pongo a todo volumen Bikini Kill mientras hago la maleta, porque hasta mi gusto musical está anclado en el noroeste.

— — —

Paso una hora entre jerséis, camisetas y demasiados pares de calcetines, además de una crema hidratante increíble de la caja de suscripción de cosméticos de Noemie. Meto el último libro de mi saga favorita, que va sobre una empleada de una tienda de *bagels* que se convierte en detective aficionada, y solo cuando busco mi chaqueta vaquera caigo en la cuenta de que debí de habérmela dejado en la habitación de hotel de Finn. Estaba perfectamente desgastada y era suave como la mantequilla, y ahora necesito tomarme un momento de luto.

—¿Crees que me llevo demasiados vibradores si te pregunto cuántos son demasiados? —le grito a Noemie tras quitarme un auricular. Cuando no obtengo respuesta alguna, vuelvo a guardar uno de ellos en el cajón.

—Esto... ¿Chandler? Wyatt está aquí —contesta Noemie mientras sube las escaleras a toda prisa, y dejo caer a LELO, uno de mis vibradores, encima de un montón de ropa.

—Por favor, dime que no me ha oído gritar sobre mi pequeño ejército de dispositivos de autoplacer.

—Te digo yo a ti que sí. —Una Noemie frenética aparece en mi puerta, con el pelo de media cabeza alisado y el otro formando una masa caótica de rizos.

Sí, lo invité. Sí, seguro que fue una estupidez. Pero si es la última vez que voy a verlo en un par de meses, quiero darle un cierre, tenga la forma que tenga.

Antes de salir de la habitación, me miro en el espejo y me apresuro a ponerme el vestido camisero negro que tenía pensado llevar a la fiesta. Hago una mueca al ver el estado de mi pelo e intento peinar los mechones rubios cortos con los dedos para que vuelvan a su sitio.

Wyatt está en la cocina, blandiendo un recipiente y gritando: «¡He traído hummus!», como si no tuviéramos ya tres botes a medio comer en la nevera.

—Hola —dice cuando me ve, y hace un gesto con la barbilla a modo de saludo, pero sin llegar a mirarme a los ojos del todo—. Gracias por invitarme.

No me gusta cómo se me revuelve el estómago cuando lo veo, con su pelo negro despeinado que le llega hasta los hombros, sus labios carnosos que ahora están familiarizados con mi cuerpo a un nivel íntimo. Me pasé muchos años soñando con él, con este chico al que le apasionaba el periodismo tanto como a mí. O al menos, como creía que me apasionaba. Incluso lo despidieron de *The Catch* a la vez que a mí, tras lo que consiguió un codiciado puesto de periodista en el *Tacoma News Tribune*. Pensé que ese despido compartido nos uniría más. Y supongo que al final lo hizo, antes de que lo que ocurrió en agosto nos separara por completo.

No puedo negar que ese es parte del atractivo de irme de la ciudad. En vez de enfrentarme a este lío tan incómodo, me limitaré a poner más de tres mil kilómetros entre nosotros.

Para cuando vuelva, no estaré colgada de él en absoluto.

—Sí, no, claro. —Fuerzo una risa mientras que Wyatt se rasca el codo. «Sí, no»: el mantra de las personas con ansiedad crónica. Véase también: «No, sí»—. Me alegro de verte.

Noemie nos echa de la cocina, así que salimos al salón, donde Wyatt finge estar más que fascinado por los cuadros que hay colgados en la pared, encima del sofá, y yo me paso demasiado tiempo seleccionando zanahorias y tallos de apio de la fuente situada en la mesa de centro.

Por la distancia que ha creado, parece que la noche que pasamos juntos ocurrió hace meses. Estaba tan convencida de que encajábamos. Durante el segundo año de universidad, cuando hubo un brote de piojos en mi planta, me prometió hacerme preguntas para la clase de Ética del Periodismo (no paraba de mezclar casos judiciales), me dijo que no le importaba y que vendría a mi habitación a ayudarme de todos modos. Como es lógico, acabó teniéndolos también. No hay nada que una más a dos personas que os quiten piojos del pelo juntos en un centro de tratamiento llamado «Apartadse, Piojos», y escucharle soltar bromas mientras intentábamos por todos los medios no rascarnos el cuero cabelludo, no debería haber hecho que me gustara más, pero, por algún motivo, lo hizo. Era altruista e inteligente, y soñaba con que nos convertíamos en la siguiente pareja de éxito del periodismo. Una Ephron y un Bernstein de la edad moderna. Quitando los cuernos.

Conoce mi pasado, todo mi pasado, y nunca me ha juzgado por ello. Cuando aborté en el penúltimo año de universidad, me dejó una almohadilla de calor y una tarjeta de regalo para pedir comida a domicilio en mi apartamento. Nunca he tenido que explicárselo como quiero hacer en las relaciones nuevas, lo que significa que no tengo que preocuparme por encontrar el momento adecuado. Porque, si bien es cierto que es una decisión que me alegro de haber tomado, eso no hace que me dé menos ansiedad el hecho de contárselo a alguien por primera vez.

Una parte de mí siempre ha tenido miedo de no encontrar a alguien que me conozca tan bien como Wyatt. Alguien que acepte cada parte de mí.

Wyatt se gira hacia mí, jugueteando con una galleta salada de lentejas.

—Estamos bien, ¿verdad? —pregunta—. Es decir, me pediste que viniera, así que supongo que no me odias del todo. —Acto seguido, me lanza una mirada de súplica con los ojos muy abiertos, una mirada que una parte traidora de mí sigue considerando adorable.

Mojo una rodaja de pepino en el hummus de sriracha.

—¿Cómo iba a odiar a la única persona que no se queja cuando quiero hacer un maratón de *Se ha escrito un crimen*? —Deja escapar una risa, pero no consigo unirme—. Estamos bien. —Una mentira—. Supongo que estoy… —«Confundida. Avergonzada. Desesperada por obtener respuestas»—. Procesando —concluyo, y me pregunto si alguna vez he tenido fuerza de voluntad cuando se trata de Wyatt o si esto es nuevo para mí.

Suelta un suspiro de alivio.

—Bien. Porque me sentiría como una mierda si estuvieras enfadada conmigo. Hemos sido amigos demasiado tiempo como para que algo como esto se interponga entre nosotros.

Genial. Me alegro de que lo hayamos aclarado.

Aun así, no puedo evitar preguntarme por qué, si somos tan buenos amigos, no me merezco una explicación mejor de la que me ha dado. Me encantaría recibir una confirmación de que la persona por la que he estado suspirando toda mi vida adulta no ha resultado ser, en realidad, un chico que solo busca sexo en las mujeres.

—Bueno, ¿qué tal con ese Finn Walsh? —pregunta mientras mastico una mini zanahoria haciendo demasiado ruido.

Noemie atraviesa el salón manteniendo en equilibrio un par de bandejas.

—Brie al horno, tomates rellenos de queso feta y mini quiches. —Lo deja todo en la mesa de centro junto a un trío de velas—. Supongo que la temática es el queso.

—No me imagino una despedida mejor —contesto, y tomo un pedazo de brie antes de acomodarme en mi sillón verde azulado favorito. El que estará vacío durante los próximos dos meses.

—¿Estabas preguntando por Finn Walsh? —inquiere Noemie, que se ha girado hacia Wyatt—. Porque podría dar una charla TED sobre él, si quieres.

Procede a hacer eso mismo, y agradezco su intervención. Agradezco aún más cuando el timbre vuelve a sonar.

—Perdón por llegar tarde —dice mi madre, y se aparta un mechón de pelo largo y canoso del hombro. Es un espectáculo para la vista, y recibe cumplidos constantes por ello—. Tu padre tenía que terminar el crucigrama de hoy.

—Y sabía que Chandler lo respetaría. —Mi padre me abraza con un brazo, algo nuevo desde que empezó a caminar con un bastón. Intento no pensar en cómo su figura parece más pequeña cada vez que lo abrazo.

Solo me doy cuenta de lo mayores que son mis padres cuando los veo a través de los ojos de otras personas. La mayoría de mis amigos no han visto todavía a mi padre con el bastón, y veo cómo Wyatt abre más los ojos durante una fracción de segundo mientras me apresuro a tomarles las chaquetas y, en general, a hacer que se sientan más cómodos. Aun cuando me dicen una y otra vez que no hace falta.

Mis padres todavía viven en la casa en la que crecí, un acogedor bungaló situado en el norte de Seattle. Se hicieron novios durante la secundaria y fueron unos espíritus libres que se pasaron la veintena y la treintena viajando por el mundo, que es en parte la razón por la que no he viajado mucho con ellos, porque ya lo habían hecho por su cuenta. Tenían cuarenta y tantos años cuando nací, y ahora se están acercando a los ochenta. Me acostumbré a que la gente preguntara si mi madre era mi abuela cuando venía a recogerme de clase y a que se quedaran boquiabiertos al ver el permiso de estacionamiento para personas con movilidad reducida que había en nuestro coche cuando mi padre tuvo que operarse la rodilla y estar de baja durante meses. Incluso de niña, pasaba mucho tiempo en casa de Noemie, ya que sus madres podían hacer cosas para las que mis padres no tenían energía.

No puedo negar que hacer este viaje me tiene preocupada por ellos.

—Cuánto tiempo, Lev, Linda —les dice Wyatt, sonriendo—. ¡Ahora sí que es una fiesta!

—Siempre sabes cómo subirle el ego a un viejo. —Mi madre le da una palmada en el hombro a Wyatt, lo que me provoca una punzada incómoda en el corazón. Otra cosa que siempre me ha gustado de él: se lleva genial con mis padres, y ellos lo adoran también. Ha sido bienvenido en todas las cenas de cumpleaños de mi veintena (siempre me traía una vela con el número de mi edad «verdadera») y en todas las fiestas judías. Mi familia nunca ha ido al templo con regularidad, pero en el Pésaj lo damos todo y celebramos un Séder enorme en el que cada uno trae un plato. Mi madre incluso compartió con él la preciada receta de sopa de bolas de matzá de su abuela el año pasado.

«Ya basta», me digo a mí misma, porque nada de esto me está ayudando a superarlo.

Mi madre mete la mano en una bolsa de lona de Trader Joe's.

—Te hemos traído unas patatas fritas de esas de elote que te gustan —dice—. Por si te da hambre.

—No voy a irme tanto tiempo. —Acepto las patatas, porque me encantan—. Y estoy bastante segura de que hay un Trader Joe's en casi todos los Estados. Me preocupa que Noemie haya hecho que suene como si fuera a deshacerse de mí para siempre.

Mi padre me pregunta si lo puedo acompañar al jardín y le tomo del brazo para asegurarme de que no se tropieza con el peldaño suelto del porche. Alza la mano para decirme por enésima vez que está bien.

Cuando saca un porro, contengo una sonrisa. Mis padres no eran ajenos a la marihuana incluso antes de que se legalizara en Washington. Ahora la utilizan con fines medicinales, sobre todo, pero sigue siendo divertido ver a mi padre de casi ochenta años, con sus gafas redondas y el pelo completamente blanco, colocado.

Sacudo la cabeza cuando me ofrece uno.

—El vuelo sale temprano. Como fume no voy a querer despertarme.

Un asentimiento, una calada, ese olor familiar a tierra.

—Bueno —empieza mientras nos sentamos en un par de sillas de mimbre que hay en el jardín—, sé que eres lo suficientemente mayor como para apañártelas sola en el viaje…

—¿Estamos teniendo la charla de sexo? Porque puede que sea un poco tarde para eso.

Mi padre me mira con una ceja alzada.

—No eres la única de la familia que se preocupa, ¿sabes? —Otra calada—. He de admitir que vimos la serie hace unos años. Nos pareció interesante, y para cuando terminamos el tercer capítulo, estábamos enganchados.

Me quedo mirándolo.

—¿Cuánto visteis?

—Entera —responde con una risa—. Te lo he dicho, era adictiva. Sí, sabemos que lo más probable es que sea mucho más diferente en la vida real de lo que era en la tele. Pero nunca se sabe con esta gente de Hollywood. Hux… ¿es un joven decente?

—Finn —le corrijo con amabilidad, todavía procesando que mis padres sabían quién era antes que yo—. Bueno, aparte de las orgías semanales, parece no meterse en muchos escándalos. —Sacudo la cabeza—. Papá, no me va a pasar nada. Es parte del trabajo, nada más.

—¿Y quieres hacer este trabajo?

No es una pregunta combativa. Simplemente quiere saberlo.

—Me encanta escribir —respondo, porque da igual lo que esté pasando en mi mundo, eso sigue siendo verdad—. Y es la primera vez que hago algo así. Es una buena oportunidad.

Mi madre abre la puerta corredera.

—Noemie está sacando el *Cartas contra la humanidad* —dice—. Pensaba que no querríais perdéroslo.

—¡Jamás! —exclama mi padre—. Espero que no os importe perder.

Cuando volvemos dentro y empezamos a jugar y mi madre se ríe cubriéndose la boca con la mano y mi padre intenta con todas sus fuerzas ser lo más grosero posible, me doy cuenta de que no va a ser fácil dejar *esto*. Wyatt se va a su casa temprano y las madres de Noemie se pasan con otra bolsa llena de patatas fritas de elote, y me percato de que todas las personas a las que más quiero están ahora mismo en esta casa. Esto es lo que me ha mantenido aquí todos estos años, esta pequeña comunidad que tengo. No sé cómo voy a hacer para vivir sin ella hasta diciembre.

Noemie me pasa un brazo por la espalda y apoya la cabeza en mi hombro. Mi prima, quien parece haberse consolidado en la adultez mientras que yo parezco incapaz de mantener el equilibrio. Intento imaginármela llegando a una casa silenciosa después de sus jornadas laborales interminables y me golpea una punzada de soledad.

Pero a lo mejor este viaje es bueno para ambas.

Si lo pienso lo suficiente, con suerte empezaré a creérmelo.

NÚMERO DESCONOCIDO

11:07

Hola, Chandler. Confío en que hayas llegado bien.

NÚMERO DESCONOCIDO

11:09

Soy Finn Walsh, por si acaso no has guardado mi número todavía. No quiero presionarte para que lo hagas ni asumir que vas a hacerlo. Simplemente quería que lo supieras. Que este es mi número. Así no tienes que estar preguntándote quién soy.

NÚMERO DESCONOCIDO

11:12

[mensaje eliminado]

NÚMERO DESCONOCIDO

11:14

¿Bienvenida a Portland?

Capítulo

SIETE

PORTLAND, OREGÓN

Observo los mensajes de Finn mientras el avión rueda por la pista y guardo su número. El vuelo desde Seattle hasta Portland ha sido tan corto que apenas me ha dado tiempo a terminarme el primer capítulo de *Los nocturnos*, el cual introduce la pequeña ciudad universitaria de Nueva Inglaterra en la que empiezan a pasar cosas espeluznantes el primer día de clase, porque la mayoría del alumnado no sabe que al menos un estudiante de primer año es un hombro lobo y que se está librando una batalla centenaria entre el bien y el mal delante de sus narices. El personaje de Finn tiene pocas frases; se lo ve en la biblioteca, porque qué mejor manera de proclamar que es un friki que quedándose dormido entre las páginas de un libro. Cuando se despierta después de que haya cerrado la biblioteca, le recorre un escalofrío repentino. Una sensación de inquietud. Aunque no parece que esté pasando nada a su alrededor… hasta que sale a la noche y la audiencia ve huellas de animal siguiéndole por el pasillo polvoriento de la biblioteca. Y, luego, los créditos.

El Finn de mi móvil parece estar haciendo todo lo posible por ser profesional. Lo que, en teoría, no debería importarme, pero está claro que es un esfuerzo coordinado. Anoche decidí, en medio de mi incapacidad para dormir por la ansiedad que me causaba subirme a un avión y tener un trabajo nuevo, que este viaje no tenía que ser incómodo. Se me ha dado una oportunidad única y, si soy sincera, increíble. Y voy a hacer todo lo posible por disfrutarla de todas las maneras en las que no pude hacerlo con el libro de Maddy.

Ese humor dura hasta que me registro en el hotel y abro la puerta de mi habitación. Tampoco es que me esperase unos aposentos lujosos ni nada, pero apenas hay espacio para rodear la cama, la ducha del baño no tiene cortina y la única toma eléctrica de la habitación está, de forma inexplicable, dentro del armario.

«Mantente positiva», me digo, y desenchufo una lámpara para cargar el móvil.

Solo voy a quedarme aquí un par de noches, por lo que deshago la maleta de mano, pero dejo la más grande intacta. Luego, me pongo una camiseta antigua de Harley Quinn que me encontré hace años en una tienda de segunda mano y que solo me he puesto para dormir porque es un poco grande, pero hoy me parece perfecta. Me la meto dentro de los vaqueros de tiro alto y añado una americana de algodón, que cambio por una camisa de franela extra grande antes de tumbarme en la cama y obligarme a respirar.

En las convenciones tengo que ser básicamente la sombra de Finn, seguirlo desde los paneles hasta las firmas y vuelta a empezar. Ver cómo interactúa con los fans. Conocerlo, no solo su personalidad, sino su *voz*, sus gestos, rarezas y frases favoritas, lo que me ayudará a personificarlo cuando empiece a escribir. Hoy por la mañana tenía un encuentro con los fans para conocerlos y saludarlos, así que no lo veré hasta el panel de la tarde. En teoría, se supone que hoy el estrés va a ser bajo.

A pesar de que tengo algunas páginas llenas de documentación y de enlaces que he compilado a lo largo de la semana, no voy a empezar el esquema del libro hasta que no discutamos sobre lo que tiene en mente. Algunos de mis autores tenían las ideas claras en cuanto al formato y a la estructura narrativa o ya habían trabajado con un editor para elaborar el esquema, pero Finn no. Me aseguró que este libro es importante para él. He de creer que sabe un poco qué dirección va a tomar.

Si bien es cierto que se me da la suficiente dieta como para pedir un Uber y me han insistido en que lo haga, no puedo justificarlo ante el recorrido de veinte minutos caminando que hay al centro en el que se celebra la convención. La Rose City Comic Con es más pequeña que la ECCC, pero ese hecho no me prepara para el puro caos que hay cuando entro, ni para el soldado imperial que casi me arrolla. Después de soltar ambos unas disculpas profusas, me quedo quieta durante unos segundos, mirando a mi alrededor y asimilándolo todo. Es una espiral de colores y ruido, una sobrecarga sensorial extrema. Las capas se agitan al tiempo que los asistentes se amontonan encima de mapas y puestos abarrotados, donde hacen cola para comprar *merchandise* y cómics. Y en todas partes, *en todas partes*, la gente posa para fotos. Las firmas de los famosos se hacen en un sitio distinto, pero aquí, en el patio interior, una Viuda Negra *drag queen* ha reunido a una multitud enorme, junto a un trío de Chewbaccas de color rosa pálido y al menos dos perros con un disfraz de *Star Trek*, uno de ellos con orejas de Spock. Hay personajes de animes y videojuegos e incluso un hombre que se ha pintado el cuerpo entero de plateado y lleva un bañador tipo *slip* muy diminuto.

Este sitio desprende una energía única, una que noto al instante. Aquí todo el mundo siente una pasión clara por su *fandom*, ya sea *Marvel*, *Doctor Who* o *Los nocturnos*. Y hace que desee, durante mucho más tiempo del que me gustaría admitir, que me encantara algo tanto. Solía ser escribir y, después, el periodismo más concretamente, y ahora ese hueco que labré en mi corazón hace años está tan vacío como un documento de Word nuevo.

Me dirijo a la zona de prensa y recojo mis credenciales. Me cuelgo el cordel del cuello y me siento como una profesional experta, hasta que me doy cuenta de que no tengo ni idea de adónde voy.

—Disculpa, ¿sabes dónde está el Auditorio E? —pregunto a un Dalek.

Señala hacia una escalera que se encuentra en la dirección contraria.

—Por ahí abajo. Si vas a ir al panel de las dos, deberías llegar temprano. Todo lo que tenga que ver con el reparto de *Los nocturnos* se llena rápido. —Y luego, mientras introduce su disfraz metálico con forma de bloque en la multitud, exclama—: *¡Exterminar!*

Resulta que no se equivocaba. Llego al auditorio cinco minutos antes y solo me las arreglo para conseguir un asiento en la última fila. El público guarda silencio cuando una moderadora con el pelo corto y morado y una camiseta de Rose City se sube al escenario y se acerca al micrófono.

—¡Buenas tardes, PDX! —grita. La audiencia estalla en chillidos. Les dice que guarden sus preguntas para el turno de preguntas y respuestas que va a haber después del panel además de algunos protocolos generales: se pueden hacer fotos, pero sin *flash*, cualquiera que monte un alboroto será echado.

»¡Y, ahora, démosle una cálida bienvenida a nuestros invitados al estilo Rose City! Lo conocéis, lo adoráis, garabateasteis su nombre en el diario de vuestra adolescencia... ¡Finn Walsh!

No estoy nada preparada para la reacción del público. Finn se pavonea en el escenario con unos vaqueros oscuros, una chaqueta de punto verde bosque y una camiseta con una colección de símbolos que no me suenan, y sus ojos brillan cuando saluda a la multitud con cordialidad. Le responden con un *rugido*, y algunas personas hasta se ponen de pie. Es posible que la chica que tengo al lado esté hasta... ¿llorando? Se comporta diferente a como lo hizo la primera noche en Seattle e incluso el día siguiente durante el almuerzo. Desprende casi arrogancia, una confianza que solo pueden tragarse cientos de fans gritones. ¿Es más alto o es que estoy lejos? Está recién afeitado, y las luces brillantes que tiene sobre la cabeza destellan sobre su pelo caoba a medida que se sienta en una silla de felpa rosa y estira sus largas piernas.

Puede que haya visto esos clips de Mexley y un capítulo entero de *Los nocturnos*, pero este es Finn actuando justo delante de mí, o al menos a diez metros. Y es *bueno*.

La moderadora presenta a otras dos actrices: Lizzy Woo, que hizo de una agente del gobierno en una adaptación televisiva de superhéroes, pero que me suena más como una camarera con mala suerte en el amor de una comedia romántica coral con la que estuvimos obsesionadas Noemie y yo hace unos años; y Jermaine Simmons, de una serie sobre sirenas de HBO de la que vimos una temporada antes de frustrarnos por lo poco sexi que era.

«Es HBO», había dicho Noemie. «¿Por qué no se ha desnudado nadie?».

Hasta este momento, nunca me había considerado alguien que se quede particularmente embelesada por la gente famosa. Maddy me intimidaba poco, sobre todo por lo mínimas que fueron nuestras interacciones, pero mi concursante de *The Bachelor*, Amber Yanofky, que eligió Amber Y como nombre profesional al ser una de las muchísimas Ambers de su temporada, hizo que me sintiera cómoda al instante. Y, sin embargo, aquí, viendo a Lizzy y a Jermaine, me embelesa el hecho de que son seres humanos simplemente maravillosos. De una forma casi sobrenatural, lo cual parece adecuado, dado que el panel va sobre el poder imperecedero que tiene lo sobrenatural en la cultura pop.

Finn, Lizzy y Jermaine son extremadamente encantadores y le sacan numerosas carcajadas al público. Abro un cuaderno con estampado de flores, parte de un set de la marca Rifle Paper Co. que me regaló Noemie por mi cumpleaños pasado y que no había utilizado todavía porque es demasiado bonito. Ya que este viaje gira en torno a asumir riesgos, me pareció correcto traerlo. Mientras tamborileo sobre las páginas con el bolígrafo a juego, no puedo evitar preguntarme por qué quiere hacer una autobiografía que ni siquiera va a escribir él. O la razón por la que sonó tan críptico durante el almuerzo.

Sí, todo el mundo quiere creer que son lo suficientemente especiales como para haber adquirido las suficientes experiencias vitales y llenar un libro. Asumen que sus historias superprofundas volarán de las estanterías. En mi experiencia, no es cierto. La editorial tenía unas esperanzas demasiado altas en el *No preguntes por qué: Y otras cosas de las que estoy harta de hablar* de Amber. Imprimieron demasiados ejemplares, y miles acabaron triturados.

—¿Cuál es tu historia? —murmuro para mí misma mientras miro fijamente la página en blanco.

Cuando el panel llega a su fin después de la ronda de preguntas y respuestas, me abro paso hacia el escenario, donde Finn ha desaparecido detrás de una cortina roja.

—Hola, perdona. Soy… de la prensa. —Alzo la identificación.

Un hombre con una camiseta de seguridad se inclina para analizar la identificación.

—Adelante —dice.

Detrás del escenario, Finn está junto a Jermaine y Lizz inclinándose sobre una mesa con tentempiés y dándole un sorbo largo a una botella de agua. Los tres están en mitad de una conversación cuando me acerco y les dedico un saludo incómodo con la mano. Durante un segundo terrible, cuando Finn se gira para mirarme, me aterroriza que no me reconozca.

Pero, entonces, su boca se alza y me hace un gesto para que me acerque más, y de mis hombros se esfuma un poquito de la tensión que llevan acumulando todo el día.

—Chandler —dice. Cálido. Amable—. Temía que no hubieras podido venir. No te he visto.

—Dudo que hubiera sido fácil verme sentada en la última fila.

Finn frunce el ceño.

—Tenías un sitio reservado delante. No tenías que esconderte atrás.

—Oh… Lo siento. —Se me calienta la cara. Día uno, y ya me estoy equivocando—. No lo sabía.

Cambia de tema.

—Jermaine, Lizzy, esta es Chandler Cohen.

—Un placer —dice Jermaine con su elegante acento británico.

Lizzy me saluda con la mano al tiempo que toma un *muffin* de arándanos con unas uñas adornadas con piedras preciosas.

—Hola, madre mía, seguro que te lo dicen siempre, pero me encantaba *Día del Árbol.* —Estaba cien por cien convencida de que sería capaz de ser una persona funcional delante de alguien famoso y, sin embargo, aquí estoy, con las palabras quedándoseme atoradas en la garganta.

A mi lado, puede que Finn esté conteniendo una carcajada.

Lizzy sonríe.

—¡Pues la verdad es que no! Muchísimas gracias. —Acto seguido, pone los ojos en blanco—. La mayoría de los que vienen solo quieren preguntar cómo era posible que no se me cayera el disfraz de *Renegados* durante el rodaje.

Jermaine usa un tenedor diminuto para mojar un trozo de pimiento rojo en salsa ranchera.

—Los *fandoms* pueden ser despiadados —concuerda con la boca llena—. No quieras saber cuántas preguntas me han hecho sobre la anatomía de las sirenas.

Decido no mencionar que Noemie y yo hemos tenido discusiones filosóficas sobre ese mismo tema.

—Tengo que firmar en cinco minutos —dice Lizzy, y se echa el pelo negro y brillante hacia atrás—. Un panel genial. ¿Os veo en Memphis?

—A mí no, pero estaré en Pittsburgh —responde Jermaine.

—Y yo estaré en los dos —añade Finn, y lo acompaña encogiéndose de hombros de una forma que dice: «Así es mi vida».

Jermaine suelta una risita.

—No puedes dejar el circuito de las convenciones, ¿verdad?

Finn me lanza una mirada que no consigo interpretar del todo.

—Nop —contesta—. Es mi trabajo.

— — —

—Igual debería haberlo mencionado antes —le digo a Finn en la cena, después de que un camarero nos deje dos rollos de falafel salpicados de queso feta y chorreando salsa tzatziki. Estamos en un restaurante mediterráneo situado en el barrio Hawthorne de Portland, un lugar lleno de tiendas con encanto y restaurantes de moda. Lo suficientemente lejos de la locura de la convención como para darle un respiro a Finn—. Pero esta es la primera convención a la que voy.

Finn me mira perplejo.

—¿En serio? ¿Ni siquiera has ido a la Emerald City? —Cuando niego con la cabeza, pregunta—: ¿Qué ha sido lo que más te ha gustado?

—Solo... he ido a tu panel. Me perdí un poco y casi no llegué a tiempo.

Hace falta algunas acrobacias mentales para procesar el hecho de que estemos tranquilamente sentados uno frente al otro después de que nuestro primer y segundo encuentro fueran *tan* diferentes. Sobre todo, después de verlo en acción hace solo unas horas, animado y cargado de electricidad. Ahora, su energía se ha debilitado hasta el punto de que el Drew del rollo de una noche parece una persona completamente distinta. Lo que, en cierto modo, era. Lleva la chaqueta de punto remangada hasta los codos y su postura es más relajada, pero sigo sin estar segura de si Finn está relajado *de verdad* o si no es más que otra actuación.

No le toca firma y sesión de fotos hasta mañana, así que se supone que este es el mejor momento para conocernos. Mi oportunidad de rellenar todos los huecos en blanco de Wikipedia e IMDb y conocer al verdadero Finnegan Walsh, sea quien sea.

Parece casi decepcionado conmigo.

—Tiene mucho más que eso —dice, hurgando un trozo de falafel con el tenedor—. Ve mañana temprano, si puedes. Ve a ver el Callejón de los Artistas. Sé que no eres fan de *Los nocturnos* —añade, y contrae la boca con ironía—, pero tiene que haber algo que te guste de verdad.

Le doy un bocado al rollito.

—Me encantan los grupos Riot Grrrl de los noventa.

—Lo creas o no, también hay un montón de *merch* relacionado con la música. —Me dedica una sonrisa tranquilizadora. Incluso bajo la iluminación tenue del restaurante, puede que sea la persona más hermosa que he visto de cerca, y me pregunto si me acostumbraré en algún momento—. Te encontraremos algo. Un recuerdo.

—Oh... vale. Claro. Gracias. —En cierto modo, me cuesta imaginármelo: Finn y yo paseando por la convención, eligiendo un recuerdo. Sería acosado. Seguro que el «encontraremos» era en sentido figurado.

Se hace el silencio entre nosotros. No hay nada de la facilidad con la que conversamos la noche que éramos desconocidos, como si ahora ambos tuviéramos una máscara puesta. Un par de chicas universitarias con camisetas de Mexley hechas a mano que se detienen delante de nuestra mesa me salvan de una incomodidad mayor.

—¿Hux? ¿Oliver Huxley? —inquiere una de ellas, y la otra le da un codazo—. Madre mía, lo siento. ¡Finn! ¡Hola! Hemos estado en tu panel. Ha sido *increíble*.

—¿Podemos hacernos una foto? —pregunta la otra chica—. En plan, sé que en la convención hay que pagar, pero estaba un poco fuera de nuestro alcance económico. —Se sonroja—. ¡Pero ni en un millón de años pensamos que nos encontraríamos contigo así!

—Lo siento, lo siento, no deberíamos pedirte...

Pero Finn ya está de pie.

—Claro, sin problemas. Me encantan las camisetas, por cierto.

Prácticamente salto de mi asiento, desesperada por sentirme útil.

—¡Yo os la hago!

Y, mientras hago una foto de Hux alias Finn alias la realeza de la Rose City Con con estas dulces chicas, me pregunto si no me queda un poco grande.

Este no es mi sitio, e incluso se lo admití a Finn. Tal vez estaría mejor con alguien que entienda al menos la mitad de lo que dijo sobre *Los nocturnos* en su panel.

Alguien que no se haya acostado con él hace una semana y media.

«Cálmate», me insto, deseando que la ansiedad no se apodere de mí. «Te escogió a ti. Más o menos».

Cuando las chicas se van, decido tomar el control.

—Bueno. El libro —empiezo, y mojo una patata frita en kétchup de harissa—. Me sería útil tener una idea de cómo te imaginas la estructura. ¿Hay otras autobiografías de famosos que te hayan gustado, algo que pueda tener un estilo similar?

Se lo piensa un momento.

—Me gustó mucho el libro de Ali Wong.

—Ah, sí, ¿porque a ti también te gustaría darle el formato de cartas que les mandas a tus hijas sobre la vida como comediante asiáticoestadounidense?

—Igual no debería. ¿Y la autobiografía de Judy Greer? —pregunta, y le confirmo que la he leído y que me encantó—. La estaba escuchando en el avión. Para investigar —añade con un pequeño guiño—. Me encanta la idea de hacer que sea una serie de historias interconectadas, no tiene por qué ser en orden cronológico. Ya sabes, que no sea solo: nací, fui a la escuela, empecé a actuar.

Asiento con la cabeza, tomando nota e intentando no pensar en el extraño escalofrío que me ha producido ese pequeño guiño.

—Se podría hacer, sí. Quizás incluso podríamos poner citas de tus papeles anteriores como punto de partida para cada capítulo.

—¡Sí! —Se reclina en la silla, contento—. Tenía la sensación de que ibas a ser justo lo que necesitaba.

Intento no sonrojarme ante el doble sentido de esas palabras porque esto, aquí mismo, es lo que se me da bien. La razón por la que estoy aquí.

Para cuando llevamos la mitad de la comida, ambos nos sentimos seguros en cuanto a la estructura, y Finn señala algunos temas a los que podemos dedicar capítulos, tanto personales como profesionales. Su audición para *Los nocturnos*. Su primera fiesta en Hollywood, en la que cometió el error de preguntarle a un actor muy famoso: «¿Y tú quién eres?». Un intento fallido de hacer un tofupavo que casi incendia su casa, lo que incluirá una discusión más profunda sobre su vegetarianismo. Nada de secretos oscuros, pero no me esperaba que los hubiera aún; es la primera vez que hablamos de verdad sobre el libro.

Aunque debería estar como pez en el agua, soy incapaz de pasar por alto el hecho de que hace apenas una semana me estaba besando delante de una librería.

—¿No será demasiado? —me pregunta, después de que le mencione que igual debería ver todo lo que pueda de su obra, incluida *Los nocturnos* entera—. No quiero que trabajes muy duro.

Estallo en llamas en silencio. Es un delito que no vea la insinuación.

Y ahí es cuando me doy cuenta de que no puedo seguir reaccionando así ante él.

Porque, aun cuando Finn está actuando con total profesionalidad, la historia que hay entre nosotros hace que me sienta como si tuviera bolas de algodón en la garganta, como si un puño me estuviera apretando pulmones. Cada vez que sus ojos se cruzan con los míos, una corriente eléctrica me recorre la columna y me acuerdo de cómo me apretó contra la puerta. Cómo sus dedos frenéticos buscaban y buscaban y buscaban...

A pesar de las meteduras de pata, me *conoce*, a un nivel íntimo, de una forma que solo unas pocas personas me conocen. Y ahora lo tengo justo delante, fingiendo que no.

Como no consiga superar esta ansiedad, no podré escribir el libro.

—¿Estás bien? —pregunta—. Pareces un poco mareada.

Pestañeo y vuelvo a la realidad.

—Creo que... deberíamos hablar de lo que dijimos que no íbamos a hablar. —Odio cómo se me alza la voz al final, pero sigo adelante—. Sé que dijimos que íbamos a olvidarlo, pero quiero asegurarme de que no va a ser un problema. Que los dos estamos en la misma página. —Se me escapa una risa nerviosa—. Literalmente, supongo.

No estoy preparada para la fuerza con la que me mira, sus ojos color avellana enfocados con atención mientras me observa. Los pómulos más afilados que cualquiera de las espadas que he visto hoy en la convención. Doy por hecho que Finn lleva lentillas, pero no me extraña que le hicieran llevar gafas en *Los nocturnos*; de lo contrario, Caleb Rhodes, el hombre lobo protagonista interpretado por el exídolo adolescente Ethan Underwood, podría haber tenido competencia por el puesto de protagonista. Si se me está calentando el rostro, es solo porque en mi cabeza se está repitiendo la noche del viernes. Cómo tomó mi cuerpo. Su peso encima de mí. Todo ese lubricante y «*oooh*, así es».

—No veo por qué tiene que afectar a nuestra relación laboral —contesta al fin—. ¿Qué es una noche de sexo alucinante entre compañeros de trabajo?

Una aceituna kalamata se me incrusta en la tráquea cuando me da un ataque de tos. En mi afán por agarrar el vaso de agua, lo vuelco y los cubitos de hielo se resbalan por la mesa. El agua fría inunda el plato de Finn y convierte su falafel en un desastre triste y pastoso.

Si así es como Finn y yo vamos a afrontar nuestro pasado, nos van a prohibir la entrada en todos los restaurantes durante la gira.

Una camarera se acerca en mitad de mi quincuagésima disculpa y le promete a Finn que le traerá un plato nuevo lo antes posible, mientras que él le asegura que no pasa nada y yo me replanteo la posibilidad de precipitarme al sol.

Cuando por fin recupero la compostura, se me ocurre que tengo la oportunidad de volver a cerrar esta conversación. Dejarlo estar.

En lugar de eso, cometo un error garrafal e inconsciente. Una bala de plata directa a mi yugular.

—Alucinante —repito—. ¿De verdad te dejó alucinado?

Las cejas de Finn se juntan en señal de confusión.

—¿A ti no te alucinó?

—Se me está empezando a hacer bola la palabra «alucinar».

—Lo digo en serio, Chandler —afirma, con esa seriedad pintada por toda la cara. Hace treinta segundos no quería hablar de ello, pero ahora se le ha despertado el interés—. ¿Por eso…? ¿Por eso te fuiste? Estuve todo el día preguntándomelo, incluso después de quedar con Joe y contigo para comer. —Su voz es estable. Tranquila, pero preocupada. Se lleva una mano a la garganta y traga saliva—. Si hice algo que te ofendió o, espero que no, que te *hizo daño*…

—No me hiciste daño —me apresuro a decir, interrumpiéndole. «Joder, joder, joder». Se me calientan las mejillas y me quedo mirando el plato. Yo solo quería aclarar las cosas entre nosotros. No quería que saliera la *verdad*—. Perdón por irme sin decir nada. Como bien sabes, era la primera vez que hacía algo así y supongo que no supe cómo gestionarlo.

La conversación se está acercando de manera peligrosa a la verdad y, si bien es cierto que no tengo mucha experiencia con actores, tengo la sensación de que decirle a uno que no es muy bueno en la cama podría provocar una reacción para la que no estoy cien por cien preparada.

Como mínimo, basta para que me echen de este trabajo. Para que me incluyan en la lista negra del mundo editorial.

La camarera regresa con un rollo nuevo con extra de tzatziki. Finn apenas le echa un vistazo, sino que recorre el restaurante con la mirada para asegurarse de que nadie nos está prestando atención. Luego, pregunta en voz baja e insegura:

—Entonces, ¿no te… gustó?

Tengo más de diez mentiras en la punta de la lengua, pero no soy capaz de elegir ninguna.

Mi silencio me delata.

—Dios mío. —Se echa hacia atrás y se pasa una mano por la cara, a lo largo de la barba rojiza que acaba de empezar a reaparecer—. ¿Tan malo fue?

—No, no, no —respondo enseguida. El restaurante no está lleno, pero, aun así, de repente tengo la certeza de que todo el mundo sabe de qué estamos hablando. Un letrero de neón que declara: ESTA

MERA MORTAL SE ACOSTÓ CON UN ACTOR QUERIDO Y HA TENIDO EL DESCARO DE INSINUAR QUE ÉL FUE ALGO MENOS QUE DIVINO.

—Pero sonó como si… —Finn se queda callado y parece encajar las piezas. Mis jadeos forzados. Mi orgasmo fingido. La huida.

Me miro las uñas, arrancándome el esmalte de color naranja oscuro que me puse la noche antes de irme con la única intención de tener algo con lo que mantener la ansiedad a raya. Así es como voy a morir, pienso: confesándole a Finnegan Walsh que para mí no fue impresionante mientras nos comemos un falafel.

—Supongo que podríamos llamarlo actuar.

Tiene el valor de parecer asombrado de verdad.

—No sé si me había pasado antes.

—Claro. ¿Porque la mayoría de las mujeres entran en éxtasis al segundo de tocarlas?

Se le contrae la boca.

—Estoy seguro de que a veces pueden tardar hasta tres segundos enteros. —A pesar de la broma, veo cómo pierde confianza; las mejillas se le tiñen de carmesí y su postura decae. Este no es el Finnegan Walsh del panel; no estoy segura de qué versión es esta—. Lo siento mucho, Chandler. Podría haber hecho algo diferente. Podrías habérmelo dicho.

Como si fuera así de simple.

—Lo intenté.

Se le intensifica el rubor.

—Oye, no es para tanto —le aseguro, desesperada por salvar la situación—. La gente tiene relaciones sexuales malas cada dos por tres. Fue algo aislado y excepcional, y queda totalmente entre nosotros. —Ahora que lo estamos discutiendo, no sé si veo una salida. Pero aquella noche hubo muchas cosas que salieron mal y que no tenían nada que ver con las habilidades mediocres de Finn en la cama. Así pues, decido centrarme en eso—. Igual estuvimos condenados desde el momento en el que me golpeé la pierna con el soporte de la maleta.

Milagrosamente, me sigue el juego.

—Casi seguro que desde el momento en el que no pude quitarte el sujetador. —Suelta una risa autodespectiva que hace que me dé cuenta de que no pasa nada si me uno. Si los dos nos reímos de ello—. Vale. Vaya. Supongo que no estaba en forma o algo. Porque ahora lo estoy reproduciendo todo y... fue un poco desastre, ¿verdad?

—Sin duda. Y tengo el moratón que lo demuestra. —Me subo los vaqueros y le enseño la mancha violeta del gemelo.

Se lleva una mano a la frente.

—Dios, lo siento muchísimo. No fue culpa tuya. Estuviste... estuviste increíble. —Sus ojos se cruzan con los míos cuando lo dice, firmes y sin parpadear, enmarcados por unas pestañas increíblemente largas—. De verdad.

Tengo que apartar la mirada, llevar una mano al vaso de agua fría y ponérmela en las mejillas, esperando que no vea cómo me sonrojo. Me viene un destello de él antes de que nos besáramos, antes de que volviéramos a la librería. La facilidad con la que hablábamos, coqueteábamos, pasábamos por alto nuestras vulnerabilidades como no he hecho ni siquiera con las personas con las que tengo una relación más cercana.

Cómo fue la primera vez que congeniaba con alguien tan rápido.

—Entonces..., ¿estamos bien? —inquiero, y asiente con la cabeza.

—Me alegro de que lo hayas mencionado —dice—. Ahora podemos pasar página y centrarnos en el libro.

—Genial. —Enfatizo la palabra con la primera inhalación completa que he tomado en toda la noche.

—Genial —repite.

Pero si de verdad todo está tan genial, durante el resto de la cena mantiene el tema del libro a un nivel superficial y repasa el panel de hoy con los hombros caídos y soltando risas forzadas. Con una sola conversación, he hecho mella en toda esa confianza que desprendía en la convención.

Porque creo que está *avergonzado*.

—Estoy agotado —dice cuando la camarera se acerca con la cuenta—. Creo que voy a volver al hotel y a descansar para mañana. ¿Quieres compartir un Uber o tienes otros planes?

—Oh... —Me interrumpo, intentando procesar el repentino cambio de tono—. Eh, no. Me vuelvo ya.

No podría habérmelo tomado a broma y haber seguido olvidándolo como decidimos hacer en Seattle. Puede que esté poniendo buena cara, pero es un hombre blanco que ha tenido un nivel de fama modesto. Lo más probable es que su ego haya sufrido una destrucción irrevocable. Porque soy una maldita idiota.

Durante el trayecto de vuelta al hotel cargado de conversaciones triviales («mira, la luna», «guau»), caigo en la cuenta de algo con una claridad cruda y dolorosa.

«Me va a despedir».

LO MÁS DESTACADO
DEL FIN DE SEMANA

Finn Walsh, el friki más sexi de la tele, ha celebrado su veintiún cumpleaños en The Spot, en playa Hermosa, con su interés romántico dentro de la pantalla y su novia fuera de la pantalla, Hallie Hendricks.

Cuando le preguntamos qué plan tenía para el cumpleaños de una edad tan significativa, Walsh nos respondió que lo más seguro es que no saldría hasta tarde. «Nada demasiado loco», dijo, sonriéndole a Hendricks. «Simplemente ponerme cómodo en el sofá con una película y mi persona favorita».

Hendricks, que tenía un aspecto espectacular con un vestido verde oscuro con la espalda descubierta, le dio un beso en el cuello. «Es demasiado bueno para este mundo, ¿verdad?».

Ambos se han vuelto inseparables desde que empezó a emitirse la segunda temporada, y apenas se les ve en público sin el otro. Cuando les preguntamos sobre la posibilidad de que sonaran campanas de boda en el futuro, Walsh se rio.

«Que va, somos demasiado jóvenes para eso», dijo. «Ahora mismo solo estamos disfrutando».

Capítulo

OCHO

PORTLAND, OREGÓN

—*Los nocturnos* me cambió la vida. *Tú* me cambiaste la vida. He visto la serie entera nueve veces y tengo todos los DVD originales. Y, de hecho, estudié Biología por ti. —La camiseta de la chica dice PREFIERO SER INUSUAL, lo que, por lo que entiendo, se convirtió en algo así como un lema de la serie. Hux lo dijo por primera vez en la primera temporada, y más tarde se lo repitió a Meg cuando esta insistió en que se buscara a otra persona para que pudiera tener una relación normal.

Finn sonríe y traza su firma sobre la foto mientras que un miembro del personal recoge los 125 dólares de la chica.

—Me siento honrado —dice con seriedad—. Muchísimas gracias. ¿Tienes una temporada favorita?

—La tercera, sin duda —responde—. Cuando Meg y tú os quedasteis atrapados en la tormenta de nieve y tuvo que protegerte de esa manada rival... Vuelvo a ver esa escena una vez al mes mínimo.

—Creo que fue la vez que más frío he pasado en mi vida. —Le devuelve el autógrafo y se levanta para la foto—. Aunque mereció la pena al cien por cien.

—Gracias, gracias, gracias —exclama, y chilla cuando él posa a su lado delante del fondo de la Rose City Comic Con.

Estoy sentada detrás de la mesa de Finn, con el cuaderno sobre el regazo. Por desgracia, todo lo que llevo escrito es banal. «Le encanta hablar con los fans». «Le sonríe a todo el mundo». «Le gustó grabar la tercera temporada». En cualquier momento va a venir alguien a quitarme el título de periodismo.

Está claro que el nivel de fama de Finn no es de esos en los que te reconocen por la calle cada dos por tres; en Seattle no nos pasó. Me sorprendió que anoche eligiera un sitio tan público para cenar, pero además de las chicas que se detuvieron junto a nuestra mesa, nadie pareció reaccionar ante él. Y, sin embargo, aquí es un dios. Los disfraces, las camisetas con frases de la serie y el nombre de su *shippeo*, los fans que se ponen a llorar o se vuelven tímidos de repente por conocerlo… nunca he visto nada así.

Sigo un poco fascinada por todo, y tengo que preguntarme si se desvanecerá en algún momento. Cuánto tardó Finn en acostumbrarse o si siempre le ha resultado normal.

Todavía no me ha despedido, lo cual me sorprende bastante. No obstante, hoy está algo raro, o todo lo raro que soy capaz de identificar teniendo en cuenta que lo conozco desde hace una semana. La conversación de anoche no me ha dejado dormir, además del zumbido demasiado alto que hacía el sistema de climatización de mi habitación. Al principio, temía sentirme sola al quedarme en un hotel sin nadie, pero mi ansiedad no ha dejado mucho espacio para otras cosas.

¿Qué tal ha ido el primer día?, me escribió Noemie, y no tuve el valor de decirle que existía la posibilidad de que también fuera el último. Nada por parte de Wyatt, con todo lo comprometido que está con nuestra amistad. Un correo electrónico de mi agente, un par de mensajes de mis padres. ¿Finn es tan agradable como en la tele? 🦊, quiere saber mi padre. estás comiendo bn?, pregunta mi madre. no t olvides d las patatas d elote 🌽🖤

No quiero decepcionarlos.

En un momento dado, cuando vuelvo del baño mientras las firmas llegan a su fin, mi chaqueta vaquera está encima de mi silla. La que me dejé en la habitación de hotel de Finn en Seattle.

Le lanzo una mirada inquisitiva.

—Chandler —dice, y coloca una mano en el respaldo de mi silla. Es la primera vez en todo el día que me mira a los ojos—. ¿Te apetece que demos un paseo?

— — —

Acabamos en la ribera de Portland, una acera bordeada por árboles que rodea el río Willamette. Es por la tarde, el sol cuelga bajo en el cielo y las hojas otoñales se entrecruzan sobre nuestras cabezas. En un mes estarán todas en el suelo.

—Me encanta el noroeste —dice—. Hay rivalidad, ¿verdad? Entre Portland y Seattle.

—¿Supongo? —La pregunta me toma desprevenida. Me rodeo el pecho con la chaqueta vaquera recién recuperada—. Con algunos equipos deportivos, y puede que algunas personas tengan un poco de complejo de superioridad con respecto a la ciudad en la que viven. Pero la comida, naturaleza y panorama musical de las dos es genial.

—Te gusta la música del noroeste. —Es una afirmación, no una pregunta—. Llevabas una camiseta de Sleater-Kinney cuando nos conocimos.

—¿Eres fan?

Se encoge de hombros. Hoy lleva una camiseta de franela azul a cuadros y unos zapatos grises y sosos, un aspecto que parece diseñado por un algoritmo.

—He oído hablar de ellas, pero nunca las he escuchado.

—Tienes que escuchar *All Hands on the Bad One*. Creo que es mi disco favoritísimo. Me lo encontré en una cesta de ofertas en Olympia, y es posible que esté condicionada porque fue el primer disco que escuché de ellas, pero me pareció tan *especial*. —Me detengo. No es el momento, pero me es imposible no ponerme poética cuando se trata de Sleater-Kinney.

—Me encanta lo mucho que le importa la música a la gente de aquí.

—Es el lugar perfecto para ser un esnob de la música. —Si va a alargarlo, hacerme sufrir, preferiría que arrancara la tirita. Esta conversación banal resulta humillante cuando sé lo que hay al otro lado.

La habitación en la planta de arriba de la casa de mi prima. Una cuenta bancaria deprimente. Un futuro con un signo de interrogación enorme.

A nuestro lado pasa una mujer con un cochecito, una madre joven de Portland con un corte *undercut* y los brazos cubiertos de tatuajes. Se queda mirando a Finn antes de apartar la mirada con brusquedad, ya sea avergonzada porque la ha sorprendido mirando o convenciéndose de que no es quien cree que es. Quizás lo buscará en Google más tarde y se preguntará si de verdad lo vio.

—No es que no me guste discutir sobre los méritos de varias ciudades del noroeste —digo—, pero si vas a despedirme, ¿podrías hacerlo ya?

Finn para de caminar.

—¿Despedirte? ¿Por qué iba a hacer eso?

Mira a nuestro alrededor para asegurarse de que estamos solos, y me pregunto si es algo que se ha acostumbrado a hacer a lo largo de los años. Si simplemente se ha habituado a no tener privacidad, incluso con su nivel de fama relativamente bajo. Aunque cuando la serie estaba en emisión tuvo que ser incesante.

De repente, siento muchísima curiosidad por oír lo que diría al respecto.

—La cosa es que… —dice en voz baja—. La verdad es que me alegro de que me dijeras la verdad.

Estoy demasiado aturdida como para responder. Seguro que lo he escuchado mal.

—Quiero decir, ¿me da una vergüenza impresionante? ¿Quise meterme en un agujero anoche? Sí, pues claro. Pero la honestidad fue… no sé. Alentadora.

Mmm.

Eso no era lo que me esperaba en absoluto.

—Podemos olvidarlo, de verdad —contesto, sin estar segura todavía de cómo atravesar esto—. Como dijimos, solo fue algo que ocurrió una sola vez entre dos semicompañeros de trabajo y mi intención no fue molestarte...

—No estoy molesto —afirma con calma. Deja escapar un suspiro largo—. Cuando volví a mi habitación, hice algo de lo que no estoy orgulloso. Llamé... a una de mis ex.

—No necesito oír los detalles gráficos de vuestra llamada sexual.

Abre los ojos de par en par.

—La llamé para *hablar* —dice, y suena horrorizado—. Seguimos siendo amigos. Hablamos cada dos por tres. Así que me tragué el poco orgullo que me quedaba y le pregunté. Cómo era cuando estábamos juntos. Y Hallie... —Se interrumpe con una tos—. Tampoco estaba cien por cien contenta en ese aspecto.

Me quedo sin palabras. Llamó a su exnovia, Hallie Hendricks, quien interpretaba a su interés romántico en *Los nocturnos*, para preguntarle si estaba satisfecha en la cama.

Y ella le ha dicho que no.

—Eso... eso son solo dos personas —consigo decir. No sé por qué está compartiendo esto conmigo. Hemos cruzado otro límite—. Y, siendo justos, es actriz. Seguro que hacía que sonara, eh, más realista que la mayoría.

—Puede que también haya escrito a un par de personas. —Se frota la nuca, avergonzado—. También puede que hubiera alcohol de por medio. Lamento decir que no fue mi mejor momento. Y, bueno, no hizo más que empeorar. —Me mira, con las mejillas ruborizadas otra vez—. El consenso parece ser que no importa quién es mi pareja, nunca he sido capaz de hacer que sea... alucinante.

—Debe de ser intencionado cómo utiliza la palabra de ayer. Luego, suelta una carcajada vacía e incrédula—. Dios, no me creo que esté diciendo esto en voz alta.

Había asumido que los hombres se volverían agresivos cuando se les golpea el ego de esta forma, pero Finn parece más perplejo que otra cosa.

—No voy a contárselo a nadie —digo con firmeza—. Ni a ponerlo en el libro.

Eso hace que se ría más aún, lo que se convierte en un quejido.

—Ya lo estoy viendo. *Cómo hacer que tu novia ruja de risa… en la cama.*

—Superventas instantáneo.

Más quejidos, y esta vez me resulta más fácil reírme; no de él, sino de lo absurda que es la situación.

—Lo siento. —Se pasa una mano por la cara, recomponiéndose—. No quería volver a meterte en esto. Es solo que… estoy muy agradecido. De que fueras sincera conmigo. ¿Es raro?

—¿No hay de qué? —Igualo su tono inquisitivo—. A la mayoría de la gente no se le da bien al momento. Requiere práctica. Y cada vez que tienes una pareja distinta, tienes que aprender un montón de… bueno, todo.

—Claro. —Se queda callado durante unos segundos, contemplando un barco que navega en el agua—. Puede que me arrepienta de esto, pero… ¿crees que podrías darme algunos detalles? —Acto seguido, hace una mueca, como si se arrepintiera de la pregunta al instante—. Solo si estás cómoda con ello.

Me lo pienso. Supongo que ya estamos metidos en esto, y si eso ayuda a la próxima chica con la que esté…

—Bueno… —empiezo, preguntándome cómo de detallada he de ser—. Ya sabes que no… terminé. ¿Supongo que todo fue un poco precipitado? Luego estaba el charco de lubricante sobre el que estuve casi todo el rato. Y podrías mejorar lo de hablar sucio. —La mueca de Finn se hace más profunda—. Aparte de eso, creo que ninguno de los dos prestó atención a lo que le gustaba al otro.

—Tú sí —contesta en voz baja, haciendo hincapié en «tú»—. Lo noté.

Se me calienta la cara al recordar cómo se le cerraron los párpados cuando le rodeé con la mano. «Por favor», dijo.

—Hallie dijo algo parecido —continúa, lo que me devuelve a la realidad, mientras se saca el móvil del bolsillo de los vaqueros—. De hecho, creo que las palabras exactas fueron: «A veces parecía que estabas intentando encontrar algo que habías perdido en mi vagina. Mucha búsqueda y ningún rescate». Y luego... bueno, este es gracioso. Otra ex respondió con el emoji que tiene la boca cerrada con cremallera. Seguido del emoji del mono tapándose la cara.

—O sea, estás diciendo que yo te tuve en una buena noche.

Alza los brazos y está a punto de lanzar el móvil al Willamette.

—¡No lo sé! ¡No tengo ni idea de lo que estoy haciendo!

Un chico que pasa junto a nosotros montado en una bicicleta levanta el puño.

—Nadie lo sabe, hermano —dice, y Finn le responde alzando el puño con poco entusiasmo.

—No eres un caso perdido —le aseguro una vez que el ciclista ya no puede oírnos y volvemos a estar relativamente solos—. Yo también he tenido muchísimas situaciones incómodas en el pasado. Y el hecho de que no estés haciendo que esto gire en torno a tu masculinidad frágil y herida es un punto a favor enorme.

—Quiero que mis parejas se lo pasen bien. O, al menos, que podamos hablar con sinceridad sobre por qué alguien no se lo está pasando bien.

Y es ridículo, ¿verdad?, cómo esas palabras se asientan en mi vientre después de no habérmelo pasado bien con él.

—Un buen punto de partida. —Me recuesto en la barandilla y apoyo los brazos en ella—. Las mujeres pueden ser... un poco más difíciles de complacer, y no siempre es fácil expresarlo. No hay ningún botón que puedas pulsar y, *voilà*, orgasmo instantáneo.

Veo cómo traga saliva mientras inclina la cabeza, acercándose. El viento le revuelve el pelo sobre la frente y le abre el cuello de la camisa de franela.

—¿Cómo lo podría hacer, entonces? —pregunta, enroscando una mano en la barandilla junto a mí. Su voz es apenas un susurro y, aunque su cuerpo está a unos treinta centímetros del mío, siento como si me estuviera hablando al oído. Prácticamente noto las vibraciones a lo largo de mi piel—. ¿Cómo podría hacer que te corrieras?

Se me seca la garganta al instante. Ni toda el agua del Willamette podría rehidratarme ahora mismo.

—Esto es lo contrario de lo que dijimos anoche. —Intento reírme, pero no tengo suficiente aire en los pulmones. Es posible que no lo haya ni en todo el estado de Oregón.

—Quiero aprender. —Se coloca un mechón de pelo en su sitio, pero no es rival para el viento—. Me pasé media noche buscando en Google, pero al cabo de un rato todo empezó a entremezclarse. Y me dan un poco de miedo los anuncios que me van a salir ahora.

Con el corazón desbocado, suelto un suspiro hondo y entrecortado. Porque quizá lo que más miedo me da de esta conversación es que *quiero* contárselo. La emoción que me recorre la espalda es algo extraño y delicioso que me resulta imposible de ignorar. A lo mejor el hecho de que ya nos hayamos visto desnudos es lo que hace que sea más fácil hablar de esto. Tal vez es que vine con el pensamiento de que me iba a despedir y cualquier otro resultado hace que me sienta como si acabara de engañar a la muerte.

Sea lo que sea, corro hacia la sensación.

—En el hipotético caso… empezarías despacio. —Mi voz adquiere un tono ronco que parece totalmente fuera de lugar en un entorno público y, cuando bajo la voz, Finn se inclina más hacia mí—. Cuanto más excitada esté, más probabilidades tendrá de llegar al orgasmo. Es fundamental dedicar tiempo a crear esa tensión, a averiguar qué le gusta. Pregúntale. Puede que prefiera tus manos o tu boca. Puede que prefiera que la toques de una forma concreta. O, mejor aún…, que te lo enseñe.

Al oír eso, abre la boca y suelta un diminuto suspiro entrecortado. Casi no me doy cuenta, pero ese leve indicio de que la conversación le excita tanto como a mí me produce una descarga eléctrica.

—¿Tú lo has hecho? —inquiere—. ¿Se lo has enseñado a alguien?

—Sí —respondo con toda la calma que puedo—. La masturbación no siempre tiene que ser un acto en solitario. ¿Y tú?

Sacude la cabeza, y ese molesto mechón de pelo vuelve a caerle sobre la frente.

—Suelo ser bastante fácil.

—Lo sé. —Eso hace que me dé un suave codazo en el hombro—. Tienes que escuchar. La comunicación es probablemente la parte más importante, incluso más que lo físico. —Aunque no odiaría que su codo físico volviera a tocar mi hombro físico—. No puedes esperar que lo que funciona para una persona funcione para todas.

—No estoy preguntando por todas. —Su mirada se aferra a la mía—. Pregunto por ti.

«Madre mía». Tengo que romper el contacto visual o acabaré incinerada.

—Me gusta cuando es obvio que alguien está prestando atención a mi cuerpo —digo, arrastrando las yemas de los dedos a lo largo de la barandilla, y luego de vuelta. Sus ojos siguen el movimiento—. Cómo respiro. Los movimientos más ligeros que hago. Los sitios en los que podría estar más tensa y los sitios en los que me abro.

Asiente con la cabeza. Da otro paso más, y unos pocos centímetros separan su pecho del mío.

—Y me encanta cuando es obvio que está disfrutando de lo que me está haciendo. Cuando acercarme al orgasmo hace que él se acerque también… eso tiene algo increíblemente sexi. —El pulso me retumba en los oídos, más fuerte que la corriente del río—. No me importa que lleve un tiempo, y quiero saber que a la otra persona tampoco le importa. Porque cuanto más tiempo tarda, cuanto más desesperada estoy, cuanto más lo suplica mi cuerpo… mejor me siento cuando por fin llego al límite.

Ahora me lo estoy imaginando: los dos en una habitación de hotel, diferente esta vez, su mano entre mis muslos mientras narro con exactitud lo que quiero que me haga. Lo prolongaría, lo alargaría todo lo posible para que pudiera exprimir hasta la última gota de placer de mi cuerpo.

Observo el subir y bajar de su pecho, sin saber cómo hemos llegado a este punto. Mis inhalaciones son más agudas, más pesadas.

—Dios —suspira. En la barandilla, su mano está a una exhalación de la mía. No sé qué pasaría si nos tocáramos ahora. Si cruzaríamos una línea que empezó a flaquear la noche que nos conocimos—. Ojalá…

Se interrumpe, y yo no me atrevo a decir nada. Haría cosas imperdonables por saber qué hay al otro lado de esa frase.

En vez de terminarla, endereza la postura, deja caer la mano y retrocede unos pasos. Respiro con más facilidad, pero no mejor.

—No sé por qué es tan fácil hablar de esto contigo, pero lo es —continúa, apoyando la espalda en la barandilla, lo que establece una distancia sana entre nosotros—. A lo mejor porque has sido la primera en decir algo. Supongo que confío en tu opinión.

—¿Qué? ¿Volvemos a la cama para que te dé algunos consejos?

En mi cabeza suena tal y como la broma que es. Una ocurrencia desenfadada en medio de una conversación más que extraña. Y, sin embargo, en el momento en el que las palabras salen de mi boca, siento que algo cambia entre nosotros.

La tierra se inclina sobre su eje. Finn gira la cabeza despacio hacia mí. Parpadea con unos ojos que desprenden una intriga total y atenta.

Parece que no ha registrado la posible broma, dado que pregunta:

—¿Lo harías?

El corazón se me estremece en el pecho. Ambas preguntas permanecen en la acera con nosotros como si fueran entes vivos que respiran. Todas las respuestas racionales esperan en la punta de mi lengua. «¿Qué?, pues claro que no, es ridículo ¿Por qué íbamos a…? Estaba de broma…».

Por cómo me está mirando, ya no estoy segura de que estuviera bromeando. Porque cuando se ha interrumpido hace un minuto («Dios, ojalá…»), juraría que estaba a punto de decir que ojalá pudiera tener otra oportunidad.

Conmigo.

—¿En plan… darte lecciones sexuales? —inquiero, segura de que sonará ridículo una vez que las palabras salgan de mi boca.

Se encoge de hombros, tímido.

—No sé —responde, con un cuarto de risa áspera en la voz—. Igual eso es lo que necesito.

Ya no estoy atada a la realidad. En el centro de convenciones nos adentramos en un mundo de fantasía poblado de robots, demonios y chistes que no son chistes.

—E-Es posible que hayamos bebido demasiado o que nos esté dando demasiado el sol… —Miro el cielo con los ojos entrecerrados, aunque estoy temblando un poco.

—Chandler. Estoy completamente sobrio. Y apenas hace dieciséis grados.

Intento respirar hondo. A lo mejor puedo convencerle usando la lógica. A lo mejor puedo lanzarme al río. Cualquiera de las dos parece una forma realista de acabar con esta conversación.

—¿De verdad piensas que estoy cualificada para algo así? ¿Para ayudarte a mejorar en la cama?

—Eres alguien que se ha acostado conmigo, y fue malo. Quiero ser capaz de hacer que sea bueno para ti. —Se aclara la garganta—. Futuras e hipotéticas *túes.*

Dieciséis grados deben de ser los nuevos treinta, porque estoy febril.

—Ya.

—Y, bueno… —Hace una pequeña mueca—. Te especializaste en sexualidad humana.

«Madre mía». Es verdad que se lo conté. Porque, tal y como se ha establecido hace poco, soy una maldita idiota como la copa de un pino.

Una vez más, pienso en aquella noche de hace una semana, pero no en cómo terminó, sino en la excitación cuando me pasó un dedo por la espalda mientras esperábamos al ascensor o cuando nos besamos por primera vez en el aparcamiento. Cómo gimió en mi oído, cómo no le daba vergüenza lo que sentía por mí. Al principio hubo una chispa, una chispa que se apagó, sí, pero estaba ahí.

«Es ridículo lo mucho que me gustas».

Dudo mucho que esto sea lo que mis profesores tenían en mente cuando hablaban de cómo podíamos aplicar nuestros estudios fuera del aula. A lo mejor podría recomendarle algunos pódcasts y mandarle algunos vídeos de positivismo sexual, de esos que yo he utilizado muchas veces para llegar al orgasmo en la búsqueda de aquellos en los que parece que las mujeres están disfrutando de verdad. Porque los hay, solo que son más difíciles de encontrar.

El hecho de que algunos de esos vídeos estén desfilando por mi mente hace que tenga que apretar los muslos, sobre todo con Finn ahí, con aspecto de tomarse muy en serio esta cosa tan extremadamente escandalosa.

—Estamos aquí para escribir un libro —digo. Uno en el que hemos avanzado poco hasta ahora.

Retrocede un par de pasos, y es increíble cómo lo siento a mi lado todavía. En el ascensor. Contra la puerta de la habitación del hotel.

«¿Cómo podría hacer que te corrieras?».

—No voy a presionarte. —Sus palabras son dulces—. Si no quieres, lo entiendo al cien por cien. Dímelo ahora mismo y no volveré a sacar el tema. Te lo juro.

Trago saliva, preparada para decirle que, se mire por donde se mire, es una mala idea. Que no es ético de unas cien maneras distintas y que le den a la aplicación práctica de mi segunda materia.

Y, aun así…

Aquí está este hombre hermoso con el que voy a estar atrapada los próximos meses. Es una oportunidad de oro, la verdad.

Debo de estar desquiciada, dado el hecho de que sigo sintiéndome tan atraída por la persona responsable del peor polvo de mi vida. Pero tal vez eso no sea algo que tenga que seguir alejando.

A lo mejor puedo aceptarlo.

Los últimos años han sido un ejemplo perfecto de exposición, un montón de situaciones que causan tensión y que generan la expectativa de que va a pasar algo, pero que no me han llevado a ninguna parte. Mi vida hemos sido mi portátil y yo hundidos en las arenas movedizas de Seattle con descansos ocasionales para las amistades y la familia. He cancelado citas y me he perdido oportunidades porque estaba demasiado encadenada a un trabajo que no me correspondía. La idea (por extraño que parezca) atractiva de ayudar a Finn en la cama sería *divertida*, eso que me he negado a mí misma una y otra vez porque no tenía el dinero o la energía o porque estaba obsesionada con Wyatt.

Decidí estudiar sexualidad humana porque me fascinaba: la historia, la política, las expectativas sociales y culturales. A un nivel físico básico, me encanta lo que mi cuerpo es capaz de hacer y me encanta perderme en otra persona. Antes de acostarme con Wyatt, hacía años que no conectaba con nadie, y quizá por eso me sentí tan bien. Porque me obligué a dejar de pensar y a entregarme a una década de anhelo, aunque tuviera resultados desastrosos.

Pienso en la persona que era la noche que conocí a Finn, en lo mucho que me gustaba esa versión de mí misma que se lanzó a la piscina. Estaba convencida de que esa no era yo en absoluto. Pero tal vez pueda serlo.

Toda mi vida he sido la clase de persona para la que no existía eso de «vivir el momento».

Bueno, pues aquí está mi momento.

—Supongo… supongo que podría darte algunos consejos —digo. Es posible que sea lo más estúpido que he hecho en mi vida, pero al menos habré hecho *algo*. Si me ayuda a olvidarme de Wyatt, será un beneficio añadido.

Además, estaré haciendo una mitzvá para la siguiente mujer con la que se vaya a la cama. Una mitzvá doble si es en Shabat, el séptimo día del calendario hebreo.

Finn tiene grabada la conmoción en la suave curva de su boca y en las arrugas del rabillo del ojo. Se recupera rápido, se yergue y se pasa una mano por el pelo.

—Bueno. Eh. Eso es… guau. Vale. No es así como pensaba que iría la conversación.

—Yo tampoco —contesto, riéndome—. No tengo ni idea de lo que pasa ahora.

—¿Deberíamos…? ¿Deberíamos darnos la mano? —Extiende el brazo, pero lo retira al momento—. Nop, es raro. —Se rasca la nuca. Se parece a lo que hace Hux en el clip que me enseñó Noemie en el que salen Meg y él en un baile del campus, justo antes de decirle que nunca había visto a nadie tan preciosa como ella y que se moriría si no baila con él. Solo que en la vida real es más adorable aún, porque puede que sea real.

—¿Y un abrazo? —sugiero, porque en este momento un abrazo parece inocente. Algo que compartirías con un amigo o con una colaboradora barra experimentadora sexual profesional.

Se le relajan las facciones al tiempo que abre los brazos. En cuanto mi pecho se encuentra con el suyo, algo dentro de mí se afloja. Alivio, anticipación o satisfacción, no estoy segura. A lo mejor no es más que una reacción a su olor, esa mezcla agradable de tierra y especias. Entrelazo las manos a la altura de su nuca y me deleito con la calidez de su piel contra mis dedos. «Estás muy perdida», me dice la parte sensata de mi cerebro, la parte que decido ignorar. Su exhalación me envuelve al tiempo que me apoya las manos en la parte baja de la espalda, y el pulgar me provoca escalofríos en la columna.

Es oficial: sea cual sea el límite semiprofesional que todavía teníamos esta mañana ha dejado de existir.

JUSTO MI TIPO

INT. OFICINA DE PON UNA FUENTE EN TU VIDA. DÍA.

EMMA está en la sala de conferencias con CHARLIE.
Lo mira, desconcertada, mientras que Charlie se
mantiene calmado y lúcido.

                        EMMA
   No lo entiendo. Todos estos diseños, todas estas
   fuentes increíbles… ¿y, aun así, no quieres el
   ascenso?

                      CHARLIE
Se acerca a ella a zancadas y le toma de la mano.
Las manos de ambos están cubiertas de tinta.

   Porque nunca ha tenido nada que ver con el
   ascenso, Emma. ¿No lo entiendes? Cada una de
   las elecciones tipográficas, cada glifo, cada
   raíz, cada serifa, todo eso era por *ti*.

Capítulo

NUEVE

PHOENIX, ARIZONA

Espero que el arrepentimiento me golpee con fuerza a la mañana siguiente, un diluvio torrencial de «qué demonios», «es imposible» y «esto es absurdo». Y, aun así, cuando Finn solicita un coche, me ayuda con la maleta y me sonríe de lado mientras me acomodo en el asiento trasero, no llega.

No llega cuando pasamos el control del aeropuerto y manoseo mi bolsa de botes de cien mililitros con torpeza, lo que hace que un bote de champú se derrame por todas partes y me gane una pequeña charla a solas con la Administración de Seguridad en el Transporte.

No llega cuando nuestro vuelo se retrasa dos horas y Finn me conduce hasta la sala VIP del aeropuerto, donde se le cae un tomate cherri mientras pasa por el bufet de ensaladas. Esto provoca que la mujer que tiene al lado se tropiece y se caiga de boca en un bol de espinacas, lo que da pie a que nos echen inmediatamente de la sala VIP.

No llega cuando el chófer de nuestro Uber nos deja en la casa con encanto situada en un suburbio de Phoenix en la que pasaremos los próximos días hasta la Canyon Con, la convención de cómics y cultura pop más grande de Arizona.

Y luego, cuando por fin estamos solos después de seis horas de viaje, *solos* de verdad por primera vez desde la habitación de hotel de Seattle, sigo sin estar segura de que me arrepienta. Me siento increíblemente incómoda, eso sí, pero no estoy arrepentida.

Si la sonrisa ladeada de Finn sirve de indicación, él también se siente así. No es nada justo que, después del trayecto en coche, de la espera en el aeropuerto y del vuelo, tenga un aspecto desaliñado pero masculino, con las mangas arrugadas y los párpados un poco caídos, lo que no hace más que acentuar sus largas pestañas caoba. En un marcado contraste, el flequillo se me ha empezado a quedar pegado a la frente en cuanto aterrizamos en Arizona, como si estuviera protestando al momento por el tiempo.

—Bueno, eh… —dice Finn, observando el lugar—. Voy a deshacer la maleta.

Dejo la mochila en el suelo.

—Claro. Yo también.

El Airbnb es un apartamento minimalista con dos habitaciones, dos baños, una cocina compartida y carteles por todas partes que dicen PROHIBIDO MASCOTAS, PROHIBIDO INVITADOS, PROHIBIDO FIESTAS. Era más barato quedarnos aquí que volver a casa y luego ir a la convención. Por extraño que parezca, este trabajo es el escenario perfecto para el plan que trazamos en Portland. Bueno, tan «perfecto» como puede ser acceder a acostarme con un actor para ayudarle a perfeccionar sus técnicas en la cama. Ya estamos de viaje juntos, compartiendo hoteles. Todas las personas a las que hay que informar están en Nueva York o en Los Ángeles.

Anoche, antes de quedarme dormida, me imaginé una docena de formas diferentes de decirle a Finn que mi sugerencia era una broma que nunca debería haber llegado tan lejos y que debíamos mantener las manos quietas por el bien de nuestras carreras profesionales y del libro. Luego, cuando no me pareció una idea atractiva, le di vueltas a la ética una y otra vez en mi cabeza. Lo admito, Ética del Periodismo no fue mi asignatura más fuerte en la universidad, por mucho que Wyatt me ayudara a estudiar. O tal vez es que me distraía con demasiada facilidad. Pero esto no puede ser peor que lo que sucedió en esa emisora de radio de Seattle hace unos años, cuando dos locutores fingieron que habían tenido una relación por el bien de su pódcast de citas.

Y, oye, al final todo salió bien. Acabaron despidiendo a su jefe sexista y a través de los rumores periodísticos escuché que acababan de casarse.

No es que lo que tengo con Finn, sea lo que sea, vaya en esa dirección; es solo que estas cosas no siempre terminan en llamas y cenizas. Todos podemos salir ilesos, Finn con más habilidad en el arte del placer y yo permitiéndome un poco de diversión por primera vez en años.

Aun así, es posible que me tome mi tiempo para deshacer la maleta, ducharme e incluso leer un capítulo del libro de misterio de la tienda de *bagels* antes de ponerme unos *leggings* y una sudadera a rayas porque el aire acondicionado hace algunos ruidos extraños. Me hago la rutina facial más larga que mi rostro ha visto en su vida y luego me aplico un poco de espray de sal en el pelo. Le mando un mensaje a Noemie para recordarle que mire a ver cómo están mis padres, a lo que me responde al momento con el emoji del pulgar hacia arriba.

Es media tarde cuando salgo a la cocina, donde Finn está en proceso de meter en el lavavajillas lo que parecen ser todos los platos y cubiertos.

—¿Qué haces?

Finn se gira, tan sobresaltado que se le cae un plato.

—Mierda, lo siento. No pretendía asustarte.

—No, no. No pasa nada. Todo está correcto. —Recoge el plato ileso y me lo enseña con un gesto teatral y el rostro pálido—. Solo... me aseguraba de que todo estuviera limpio. Nunca se sabe.

En el silencio, el repiqueteo del aire acondicionado bien podría ser una flota de helicópteros sobrevolando el cielo. Empiezo a pensar que hay algo más que un simple deseo de comer en platos limpios, pero no voy a decirle nada al respecto. Si hay algo que Finn quiera compartir conmigo, algo que quiera poner en el libro, me lo dirá cuando esté preparado. Al menos, eso espero.

Teniendo en cuanta cómo se vuelve rápido hacia el lavavajillas, ocultándome la cara, no estoy segura de que esté preparado.

—No es para tanto —se apresura a decir—. ¿Necesitas algo? Puedo lavártelo a mano o…

—No —respondo, y alzo mi botella de agua rellenable—. Sigue. Solo venía a por agua. E igual revisar el aire acondicionado, aunque no estoy segura de ser capaz de diagnosticar qué le pasa.

Termina y mete una cápsula para lavavajillas. El zumbido de la máquina llena el espacio y crea una armonía extraña y reconfortante con el aire acondicionado.

—Si estás preparado para… —empiezo, justo cuando dice:

—Estaba pensando en…

Ambos nos apresuramos a recular. Me hace un gesto para que hable y me obligo a respirar hondo.

—Iba a decir que, si ya te has instalado, podíamos empezar en mi habitación.

Levanta las cejas.

—¿A… trabajar en el libro?

El libro. Obvio.

—No, eh… podemos hacerlo aquí fuera, claro —respondo, con el rostro encendido.

Finn tiene una llamada programada con su representante antes y que termina casi a la misma vez que los platos, así que vacío el lavavajillas. Todavía hace mucho frío en la casa, y he tenido que ponerme otro par de calcetines.

Cuando suena el timbre, Finn se desliza a mi lado para contestar.

—He hecho la compra a domicilio —explica.

—Oh. Gracias.

Tropezándonos el uno con el otro, trae las bolsas y las deja sobre la encimera de la cocina.

—He pensado que podría preparar algo si tienes hambre. Si no te importa comer vegetariano. —Tiene que hablar alto para que se le oiga por encima del sonido del aire acondicionado.

—¡No me importa! —grito.

En ese momento, la casa emite un último estruendo cuando se rompe el aire acondicionado.

— — —

Sacamos algunos ventiladores de los armarios y abrimos todas las ventanas, tras lo que nos damos cuenta de que el aire de fuera es demasiado caliente y volvemos a cerrarlas. Debatimos sobre la posibilidad de salir de casa antes de darnos cuenta de que estamos en las afueras y de que los cinco primeros Uber que intentamos pedir rechazan el viaje. Así pues, decidimos aguantar.

Me he puesto un pantalón corto y una camiseta corta de tirantes, e incluso con el pelo corto no paro de quitarme sudor de la nuca. Finn lleva una camiseta gris jaspeado y unos pantalones cortos de chándal, y en la encimera me está esperando un bol de bayas frescas. Mientras cocina, lo acribillo a preguntas básicas, de esas que son fáciles de responder a la vez que pica cebollas.

Me habla de su carrera antes de *Los nocturnos*, porque su audición está bastante documentada en internet. Cuenta la historia de que un Finn de diecinueve años empezó a hablar de la Tierra Media durante una segunda audición porque uno de los productores le preguntó si se sentía identificado con la sensación de ser un excluido, como Hux al principio de la serie. Finn divagó y divagó sobre elfos, orcos y hobbits, sin saber por qué era relevante, y para cuando hizo una pausa para respirar, estaba seguro de que la había cagado. Pero fue justo eso: era tan Oliver Huxley que no podían no darle el papel. En todas las entrevistas han dicho que eso fue lo que les hizo tomar la decisión.

—Me crie en Reno —cuenta, echándole sal al tempe (algo hecho con soja) que chisporrotea en una sartén—. Eso lo sabes ya.

Iba en coche a Los Ángeles para hacer audiciones y al principio me contrataron para un par de anuncios. Luego interpreté a uno de los hijos de Bob Gaffney en una comedia que fue cancelada durante la primera temporada, pero eso fue lo que me consiguió la audición con Zach. —Bob Gaffney: una especie de cómico de monólogos común cuyos chistes más básicos, por algún motivo, han hecho que le den tres series en las que siempre interpreta una versión de sí mismo. Vi un par de fragmentos de *Padre en formación*, la serie en la que salía Finn, y apenas fui capaz de estar cinco segundos sin sentir vergüenza ajena.

—No es un trayecto corto.

Finn se encoge de hombros.

—Ocho horas, diez si hay tráfico.

—¿Por qué te merecía la pena?

—Tuve una infancia bastante sencilla —explica, y suena como si estuviera eligiendo sus palabras con cuidado. Mueve las verduras—. Tradicional. O, al menos, mi padre lo era, lo que no encajaba con mi forma de ver el mundo, y mi madre solo quería mantener la paz. Se marchó cuando yo tenía dieciséis años y le envió los papeles del divorcio a mi madre por correo postal. Todas las peleas entre ellos… es extraño, pero así fue como empecé a actuar. Me apunté a una asignatura optativa de Arte Dramático en secundaria, pensando que al principio iba a odiarlo, pero me *obsesioné*. Sentía que podía escapar a un mundo diferente, convertirme en otra persona durante un rato. Y mejor aún si esa otra persona no era humana o vivía en otro planeta.

—Es comprensible —digo en voz baja. Trato de imaginarme a un Finn adolescente perdiéndose en el teatro porque la realidad de su vida familiar era demasiado sombría.

—Por eso de pequeño me enamoré de *El Señor de los Anillos*. No podía vivir en la Tierra Media, por mucho que lo deseara, pero podía *actuar* y, de repente, eso era lo único que quería hacer. Así que estuve yendo a Los Ángeles desde Reno durante un tiempo y, cuando cumplí dieciocho, me mudé allí solo. —Esboza una amplia sonrisa—. Y, entonces, me hice ridícula y asquerosamente famoso. Ni siquiera puedo mirar el correo sin que me ataquen los paparazis.

Me río, pero lo que estoy intentando averiguar es cómo preguntar (sin llegar a preguntarlo) si sigue persiguiendo ese subidón de cuando *Los nocturnos* estaba en emisión, si se muere de ganas de volver a ser relevante.

Y si es malo querer eso.

Cuando nos sentamos a comer, toda la casa huele a gloria.

—Está delicioso —digo entre bocado y bocado—. Es la primera vez que como tempe así. —Lo ha marinado, horneado, cocinado en salsa de cacahuete y servido con una ensalada de calabacín y zanahoria.

—¿Te pensabas que era uno de esos tipos de Hollywood con chef privado? —inquiere—. Bueno, primero, lo más probable es que no pueda permitirme uno. Y segundo, me gusta cocinar. Es relajante. Mi padre no entendía muy bien lo de ser vegetariano, así que tuve que aprender a cocinar para mí bastante pronto. Y... es más fácil cuando puedo controlarlo todo.

Siento una curiosidad enorme por su familia, pero no me parece el momento adecuado para preguntar.

—Yo sé juntar alimentos, pero no cocinar —digo—. Apuesto a que nunca adivinarías lo que hago con una tortilla y una bolsa de queso rallado.

Finn corta una rodaja de tempe. Incluso con unos mil ventiladores encendidos, tiene las patillas húmedas y el cuello de la camiseta gris está un tono más oscuro que el resto de la tela.

—Podría enseñarte algo básico. Si quieres. Ya estás haciendo mucho por mí. —Acto seguido, abre los ojos de par en par—. No es que esto tenga que ser transaccional. ¿A menos que eso sea lo que *tú* quieres?

Casi no quiero interrumpirle y dejar que siga balbuceando mientras sus mejillas adquieren un tono rosado precioso. Es el primer reconocimiento real en todo el día de nuestro acuerdo, y es casi un alivio que sea él el primero en mencionarlo.

—Creo que todavía estoy decidiendo lo que quiero.

Mastica despacio. Pensativo.

—¿Estás pensando en echarte atrás? —pregunta—. Porque no pasa nada si es así. No pasa nada de nada.

—No. ¿Y tú?

Me mira la boca.

—En absoluto.

Cuando el calor me inunda las mejillas, no sé si es por la falta de aire acondicionado o por otra cosa.

Caigo en la cuenta de que apenas nos conocemos y de que me pagan por conocerlo a él y no al revés. Me meto un poco de ensalada en la boca, y el vinagre frío no ayuda a combatir el aumento de mi temperatura corporal.

—¿A lo mejor sería menos raro si habláramos primero de la logística?

—Nada más sexi que la logística. —Cuando enarco las cejas, se retracta y hace un gesto con el tenedor—. Lo siento. Continúa, por favor.

—No puede enterarse nadie —empiezo, y asiente con fuerza. Si vamos a hacerlo, he de asegurarme de que ambos sabemos qué esperar. Y eso significa establecer todas estas cosas por adelantado—. El libro tiene que ser lo primero, por supuesto. Y estoy segura de que habremos acabado para entonces, pero cuando se termine el viaje, nosotros también. Cada uno se va por su camino y no se lo contamos a nadie. —Paso el tenedor por la salsa de cacahuete sobrante—. La protección no es negociable. Ni el consentimiento, obviamente.

—Nada que objetar a eso.

—Si uno de nosotros quiere dejarlo por cualquier motivo, puede hacerlo —continúo—. Y no va a pasar todas las noches. De hecho, creo que es mejor que no sea así, ya que el libro tiene que ser nuestra máxima prioridad. Si uno de nosotros no quiere, ya está; no tiene que defenderlo ni poner excusas.

—Si te soy sincero, no estoy seguro de poder, eh, actuar todas las noches —dice—. Así que es un alivio. —Luego, añade—: Deberíamos poder sentir que tenemos la opción de decir algo. Si alguno se siente incómodo en algún momento.

—¿Una palabra de seguridad? —inquiero, y asiente. Mira su plato.

—¿Qué tal «tempe»?

Sonrío.

—Claro. Tempe pues. Y deberíamos dormir cada uno en nuestra habitación. Para que no se vuelva… complicado. —No estoy segura de si esa es la palabra adecuada hasta que sale de mi boca. Si es cierto que soy una Chica de Relación, es probable que acostarme y despertarme con alguien con quien no tengo una relación sea la clase de cosa que confundiría a mi corazón y que me haría encariñarme demasiado. Así que evitaré que eso ocurra y ya está.

Finn se queda pensativo, como si no se le hubiera ocurrido.

—Vale. Tiene sentido.

Me miro las manos y me rasco el pintaúñas, las motas de naranja oscuro que se empeñan en quedarse ahí. No es más que sexo sin compromiso. La gente lo hace cada dos por tres. Yo lo he hecho con esta misma persona.

—Una cosa más —digo—. Digamos que hice una especie de esquema. Para las lecciones. En el avión.

—¿Mientras yo veía *Ted Lasso*?

Aprieto los labios, asintiendo.

—Sé que dijimos que solo serían «algunas indicaciones», pero pensé que igual facilitaba las cosas, y estamos haciendo lo mismo para la autobiografía, así que…

Sonríe.

—Es increíble. Estoy impresionado e intrigado.

Echo un vistazo a mi móvil antes de pasárselo.

—Todavía está en progreso. Podemos ajustarlo en función de lo que quieras trabajar o de lo que creamos que necesita más atención.

Todo sigue una lógica perfecta, al menos eso creo. Empezaremos con el acto de besar, luego, de manera gradual, iremos añadiendo diversas formas de preliminares, divididas en secciones con números romanos dedicadas específicamente a temas como el sexo oral y hablar sucio. Un plan de estudio sexual.

—Esto es… —empieza, mirándolo con detenimiento.

Me entra el pánico. Me he pasado, un clásico de Chandler Cohen: darle demasiadas vueltas a todo.

—Extremadamente minucioso —termina—. Vaya. Estoy un poco conmovido.

Exhalo despacio. En parte, era una forma de calmar toda esa ansiedad que no se desvanecía. Pero, sobre todo, me pareció natural. Soy escritora; todos los productos que termino empiezan con un esquema, y todo buen libro necesita un desarrollo adecuado. No se puede llegar al clímax del tirón, y Finn necesita algo de tiempo, sobre todo, con los primeros capítulos.

—Te lo enviaré —digo—. También hay algunos enlaces a diagramas y una lista de pódcasts y *sexfluencers* que me gustan mucho. Y, antes de que me lo preguntes, sí, eso existe. Y estaba pensando que, cada vez que lo hagamos, podríamos tener tanto un debate como una parte práctica. —Es posible que esté haciendo que suene demasiado estructurado—. En plan… si no parece demasiado formal. De esa manera, podremos hablar de todo y facilitar el proceso.

Finn no protesta. Se limita a mirar al móvil y luego a mí, con la boca torcida.

—No pensaba que pudiera ponerme tanto un documento de Google.

Decidimos encontrarnos en mi habitación en media hora, después de que hayamos limpiado lo de la cena y me haya pasado unos siete minutos cepillándome los dientes. No sé muy bien cómo se prepara una para una sesión de besos planificada con una antigua estrella de la televisión, pero la higiene bucal parece un buen punto de partida.

En cierto modo, es una oportunidad para reescribir nuestra historia. Si alguna vez siento que flaqueo, me recuerdo a mí misma que tengo ese esquema como guía. No me supone ningún problema vivir el momento… siempre que tenga un plan de apoyo.

Porque si consigo hacerlo, volveré a Seattle con la cabeza alta y los hombros relajados. Seré una Mujer Evolucionada, no me dará miedo arriesgarme y abandonar mi zona de confort.

Un golpe en la puerta interrumpe mi charla mental de ánimo.

Respiro hondo, la abro y, al instante, me llega el aroma del *aftershave* de Finn, amaderado y cálido con un toque picante. Se ha puesto una camiseta azul marino y tiene las mejillas pecosas teñidas de rosa y el pelo húmedo por la ducha. Enseguida me siento menos limpia, me paso una mano por el pelo y espero que el sudor no atraviese la capa extra de desodorante que me he echado.

—Hola —dice, al menos cien veces más estable de lo que me siento yo.

—Hola. Bienvenido a este lado de la casa. Por desgracia, hace el mismo calor que en el resto de la casa.

—No me importa.

Esboza una media sonrisa mientras me sigue hasta la cama, donde procedemos a sentarnos en silencio durante unos buenos diez segundos.

Hasta que estallo en carcajadas.

—Perdona. Te juro que no eres tú.

—No tenemos por qué hacerlo —afirma—. En serio. Si no quieres…

Antes de que pueda pensármelo demasiado, antes de que mi cerebro se apodere de mí, me inclino y lo beso. Con el menor miedo posible, tal y como hice aquella primera noche.

Es verdad, no besa mal. El acto resulta torpe solo durante los primeros segundos, y luego exhalamos y profundizamos el beso. La menta fresca de su pasta de dientes, el calor de su boca al abrirse contra la mía. Hay familiaridad en el hecho de que nos estemos reencontrando.

Finn es el primero en apartarse, y lo hace con una fuerza que me deja un poco sin respiración.

—¿Qué tal ha estado? —pregunta, sonriendo un poco.

—No ha estado mal. —La habitación da vueltas, y tengo que parpadear varias veces para asentarme en mi propia piel.

La siguiente vez que su boca se encuentra con la mía, sus manos empiezan a vagar. Una de ellas se dirige a mi cintura y se desliza hacia mi trasero, mientras que la otra sube hacia mi pecho. Al igual que la primera vez, está demasiado ansioso por dar el siguiente paso. No es del todo desagradable, pero es demasiado pronto para mí.

Con delicadeza, bajo el brazo y vuelvo a colocarle una mano en mi cintura. Finn capta el mensaje y deja caer la otra mano de mi pecho hacia su regazo. No obstante, noto que no está seguro de qué hacer con ellas.

—Puedes tocarme —digo con suavidad, y solo cuando las palabras salen de mi boca me doy cuenta de lo desesperada que estoy por que lo haga—. Pero prohibamos el acceso a ciertas partes del cuerpo.

—Tengo la sensación de que van a ser todas las divertidas.

Le sonrío.

—Cuando estoy con alguien, no quiero sentir que no soy más que una colección de partes del cuerpo. Y es posible que descubras que a tu pareja le gusta mucho que la toquen en algún lugar que desconocías —explico—. Esa es la parte más importante. Tienes que guiarte según lo que te estén dando. Esto. —Hago un gesto que nos abarca a ambos—. No funciona si no nos comunicamos.

Hace una mueca.

—Lo intentaste. Esa primera noche. Y, en la teoría, lo entiendo. Pero no siempre es lo más fácil de hacer en el momento.

—Pero siempre vale la pena —afirmo—. Seguro que voy a decirlo cientos de veces, pero la espera aumenta la tensión. Rara vez estoy lista para darlo todo al momento, da igual lo mucho que me atraiga esa persona.

Asiente mientras lo asimila todo.

—Vale —contesta con esa disposición animada que consigue que me recorra un escalofrío por la columna cuando pronuncia la siguiente frase—: Voy a descubrir lo que te gusta.

Se inclina hacia delante, pero en vez de besarme, que es lo que espero que haga, presiona su boca contra mi frente.

—¿Qué tal?

—Dulce. Muy dulce.

Me da un beso en la mejilla.

—¿Y esto?

—¿Vas a probar cada...?

Me detengo cuando sus labios se deslizan a lo largo de mi cuello al tiempo que me recorre la oreja con un pulgar y suelto un suspiro superficial. *Oh.* El escalofrío se ha vuelto un terremoto en toda regla, y noto cómo sonríe contra mi piel antes de llevarse el lóbulo de mi oreja a la boca y mover el pendiente dorado, que rara vez me quito, con la lengua.

Luego, hace algo que no me esperaba en absoluto, aunque estoy empezando a pensar que con Finn debería abandonar las expectativas por completo: me recorre el borde de la oreja con los dientes, lo que me envía un rayo de placer a través de la columna y directo a la zona abdominal.

Y suelto un maldito *gemido.*

—Vaya —me susurra al oído, justo antes de volver a hacerlo—, menuda sorpresa más agradable.

Me aferro a él en un intento por acercarme más, deseando que continúe e, inexplicablemente, deseando que intente algo más porque es casi demasiado bueno. No hay nada de incomodidad, solo su calor, su aroma y una sensación de ingravidez maravillosa y confusa.

Despacio, de forma maravillosa, explora un poco más, dándome la oportunidad de recuperar el aliento. Con las yemas de los dedos, me recorre la columna, los omóplatos, siempre por encima de la camiseta. Cuando me roza el culo sin querer, susurra un «lo siento» y vuelve a centrarse en mi espalda. Cierro los ojos y me dejo llevar por sus caricias. Hace siglos que nadie me explora de esta manera: nada de urgencia, solo una curiosidad silenciosa mientras aprende lo que me gusta.

Me mira a los ojos al tiempo que me toma una mano. Se la lleva a la boca y me da un beso en el interior de la muñeca. Luego en la otra. Sus movimientos son tan delicados, segundos eternos puntuados por una ternura extraña que, de alguna manera, consigue robarme el aliento.

—Se… te da muy bien seguir instrucciones —digo, porque es verdad. A lo mejor Finn aprende rápido y acabamos esto antes de que termine de escribir el libro.

—Hubo un director que me dijo eso una o dos veces. —Cambia de posición en la cama y se inclina para acariciarme las rodillas desnudas con la boca.

—Ahhh —digo, riéndome e intentando subirlas a la cama.

—¿Cosquillas?

—No.

Finalmente, regresa a mi boca mientras me coloco encima de él, con las piernas a cada lado de sus caderas. Sus pantalones cortos no hacen nada para ocultar su excitación, y la primera vez que me muevo contra él, juro que es sin querer.

—¿Todo bien? —pregunta, como si le preocupara haber sido él quien lo ha iniciado. Me pasa una mano por la espalda y traza el tirante de mi camiseta sin mangas.

No estaba en el esquema de hoy, pero…

Me coloco sus manos en las caderas y le digo que sí con otro movimiento hacia delante, y la fricción me arranca un gemido de la garganta que responde con otro. Dios bendiga los pantalones cortos de chándal.

Alternamos el control; a veces él me guía y otras veces tomo yo la iniciativa, frotándome contra su erección hasta que se aferra a mí cada vez más y más fuerte, con una mano en mi nuca y la otra en la parte baja de mi espalda. Todo lo que llevo puesto está húmedo y sudoroso, pero a ninguno de los dos nos importa.

—¿Ves? —inquiero con un jadeo—. Mira cuánto podemos divertirnos sin quitarnos la ropa.

Por cómo entrecierra los ojos por la satisfacción, el pelo revuelto y las mejillas sonrojadas, es obvio que él también lo está disfrutando.

—Cómo gritaste cuando estaba dentro de ti —dice, con la boca en mi clavícula—. En Seattle. Estoy deseando provocártelo otra vez. Pero esta vez de verdad.

Un dolor se me instala en la parte baja del abdomen. Estoy a punto de decirle que igual no necesitamos esa lección sobre hablar sucio, y no puedo evitar preguntarme qué habría pasado si hubiera hecho estas cosas esa primera noche que pasamos juntos.

Excepto que esto no es una reescritura.

Esto es práctica.

—Creo que por hoy ya está bien —digo, y darme cuenta de ello de forma tan repentina me devuelve a la realidad. Porque yo no soy con quien Finn está aquí; yo no soy más que la sustituta de una futura mujer misteriosa. Estoy a la espera de que alguien real asuma el papel.

Finn se detiene de inmediato cuando me alejo de él.

—¿Sí? —inquiere.

—Creo que ya lo tienes dominado. Puntuación máxima. Un once de diez.

Se queda mirándome, pero me concentro en el ascenso y descenso de su pecho, y cuando incluso eso hace que se me caliente la piel, aparto la vista y la llevo al sencillo edredón blanco. Parpadeo para alejar las estrellas que se han formado en los bordes de mi campo visual e intento no pensar en cómo, si hubiera estado un minuto más frotándome contra él, lo más probable es que me hubiera derrumbado.

—Gracias —dice—. Si no es raro decir eso.

—Creo que todo esto es raro —consigo responder—. Pero… de nada.

Unos cuantos segundos más de silencio tenso.

—Igual salgo a correr —comenta—. Creo que ya ha bajado la temperatura lo suficiente.

Cuando se va, me quedo allí unos segundos, minutos, esperando a que mi respiración regrese a la normalidad. A lo lejos, oigo cómo el aire acondicionado vuelve a encenderse, pero mi cuerpo se niega a enfriarse.

La lección uno ha sido mucho más emocionante de lo que pensaba que iba a ser. No cabe duda de que me atrae, dado que fui a su hotel aquella primera noche. Tal vez deberíamos haber seguido adelante, haberlo terminado todo en un día para así concentrarnos en el auténtico motivo por el que estamos atrapados en este Airbnb situado a las afueras de Phoenix, Arizona.

Pero estamos aquí para trabajar.

Así pues, enciendo el portátil, busco *Los nocturnos* y reproduzco el segundo episodio.

REUNIÓN DE *LOS NOCTURNOS* EN DICIEMBRE

Entertainment Weekly

Los hombres lobo han vuelto.

Después de diez años, *Los nocturnos*, la serie de TBA Studios favorita de los fans, regresará para una reunión especial que se grabará delante de un público presente en el estudio. Se han confirmado todos los integrantes principales del reparto: Ethan Underwood, Juliana Guo, Finn Walsh, Hallie Hendricks, Bree Espinoza y Cooper Jones.

Para acceder a nuestro top diez de mejores episodios de *Los nocturnos*, *haz clic aquí.*

«Es una sensación increíble», dijo Underwood, quien interpretó a Caleb Rhodes en la serie, desde el set de su nueva película, *Carrera mortal.* «Estoy deseando que toda la pandilla vuelva a estar junta».

La reunión estará disponible para verla en *streaming* a partir del 10 de diciembre a las 9 p. m. hora del Pacífico.

Capítulo

DIEZ

SAINT PAUL, MINNESOTA

El infierno es la recogida de equipajes y el interminable y vertiginoso bucle de maletas en las que no está incluida la de una. O, más concretamente, la de la madre de una.

—No está aquí —le digo a Finn—. He visto una envuelta en cinta de advertencia que ha dado la vuelta al menos veinte veces. La mía no va a aparecer.

—Tiene que estar aquí. —Frunce el ceño y se mete el móvil en el bolsillo. El anuncio de la reunión se ha publicado esta mañana y sus redes sociales han sido un caos. Ha hecho un par de entrevistas en el Airbnb esta mañana antes de irnos al aeropuerto—. Tiene todas esas pegatinas, ¿verdad? ¿Las *hippies*?

Asiento con la cabeza. Mi voz se quiebra cuando hago un gesto hacia la pantalla que cuelga sobre la cinta.

—Ahí pone que están a punto de descargar las maletas del siguiente vuelo.

Finn debe de darse cuenta de que estoy a punto de entrar en pánico, porque cuando vuelve a hablar, su voz es calmada. Tranquilizadora.

—Vamos a resolverlo. Me ha pasado decenas de veces y la aerolínea siempre la ha encontrado. Tarde o temprano, casi todas las maletas acaban de vuelta con sus dueños.

146

No estoy segura de que tenga razón y no me encanta el «tarde o temprano», pero al menos no he de lidiar con esto sola. Primero, revisamos las otras cintas para ver si mi maleta ha terminado ahí por algún motivo. No hay suerte. Luego, nos dirigimos al mostrador de la aerolínea, donde presento el comprobante del equipaje y una mujer vestida con un traje de falda azul intenso lo busca en el ordenador.

—Mmm —dice, escribiendo—. Dice que salió de Phoenix, pero no veo que aparezca en nuestro sistema todavía. Puede haber sido un error de escaneo… —Me tiende una hoja de papel—. Tendrá que completar este formulario.

Escribo los detalles de la maleta.

La mujer me dedica una sonrisa tensa.

—La llamaremos. La mayoría del equipaje retrasado llega dentro de las próximas veinticuatro horas. ¡Esperamos que esto no le impida disfrutar de su viaje a las ciudades gemelas!

—¿Podría ayudarla de alguna manera mientras tanto? —pregunta Finn.

—Sí, claro. —Me pasa un kit de artículos de baño con el logotipo de la aerolínea estampado y paquetes de gel, champú y pasta de dientes dentro.

—Gracias. Muchas gracias —contesto, agarrando el kit como si fuera un salvavidas.

Por suerte, guardé los dispositivos electrónicos en el equipaje de mano, pero en la maleta perdida están las capas para una semana, todas mis camisetas favoritas, demasiados calcetines extra, productos para el pelo y esa crema hidratante que odio admitir que me encanta. Y… madre mía, mi vibrador también está ahí.

Sé que no debería tener un apego emocional por las camisetas, pero no puedo evitar sentir que algo está desequilibrado, incluso cuando Finn me lleva a las tiendas del aeropuerto para buscar ropa de repuesto.

Así es como acabo arreglándome para la Supercon, una convención dedicada enteramente a lo paranormal, con maquillaje de hombre lobo aplicado con prisa y una camiseta que pone

ALGUIEN EN MINNESOTA ME QUIERE. Porque después de todo el caos de haber perdido la maleta, Finn tiene el descaro de decirme que igual en esta ocasión me sentía fuera de lugar si no me disfrazaba. Al menos tuvo la decencia de parecer avergonzado mientras lo hacía.

—No sé —le digo a Noemie por FaceTime después de registrarme en el hotel. Inclino la cara hacia un lado y luego hacia el otro para darle una visión completa de la pintura barata y las orejas que encontré en una tienda de un dólar a un par de manzanas del hotel—. Me parezco a ese filtro antiguo de perro de Snapchat.

—Estás *adorable*. —Noemie tiene el móvil apoyado sobre algo y, de fondo, está hurgando en la cocina—. Incluso más bonita que Meg. Por favor, dime que has visto ese capítulo.

—Ayer —respondo. Y lo admito, fue bueno: el episodio de Halloween de la primera temporada, en el que Meg se disfraza de mujer loba a modo de una broma interna, ya que solo un par de personas saben que lo es.

—Joder, ojalá pudiera verlo contigo. Te echo de menos.

Es extraño hablar con ella y no contarle todo lo que está sucediendo con Finn. El resto del tiempo que pasamos en Phoenix transcurrió sin incidentes. Esa única sesión de besos debe de habernos relajado a los dos, a pesar de que me sonrojé al menos tres veces más de lo normal a la mañana siguiente. Hemos hecho un progreso mínimo en el libro y nos hemos centrado en los conceptos básicos de su carrera profesional. Aun así, no he vuelto a dar el paso y él tampoco. Parece que está dejando muy claro que me está dando las riendas, lo cual agradezco.

—Por cierto, ha llegado la nueva caja con el misterio del asesinato —dice Noemie—. ¿Quieres que espere a que llegues aquí para abrirla?

—Sabes que ese es mi favorita. Sí, por favor, si tienes la fuerza de voluntad.

Esboza una sonrisa.

—Lo haré lo mejor que pueda.

Después de colgar, me encuentro con Finn en el vestíbulo. Cuando me ve, esboza una sonrisa que le ilumina el rostro de una manera pura y genuina y que no estoy segura de haberle visto todavía.

—Chandler Cohen —dice—. Estás fantástica. Incluso con la camiseta de Minnesota.

A pesar del cumplido, me llevo una mano a la cara. De repente, caigo en la cuenta de que voy vestida como el personaje interpretado por Hallie Hendricks, la exnovia de Finn. No quiero que piense que lo estoy haciendo porque estoy desempeñando un papel similar, ya que todo lo de Hallie fue real. Lo que estamos haciendo Finn y yo no lo es.

Si subestimé a los fans de *Los nocturnos* antes, no es nada comparado con esta tarde, lo que me ayuda a distraerme de la ansiedad por perder la maleta. Finn apenas puede moverse por los pasillos sin que lo asalten.

Entre bastidores, me presenta a Zach Brayer, el creador de la serie, y a Bree Espinoza, quien interpretó a Sofia, introducida en la segunda temporada como el segundo interés amoroso de Caleb, el que solía meterse con Hux y que se convirtió en un buen amigo.

El resto del elenco está ocupado con los medios en otras convenciones. Ethan Underwood era Caleb, el protagonista indiscutible de la serie. Juliana Guo: Alice Chen, una chica obstinada y popular que no toleraba las tonterías de nadie. Cooper Jones: Wesley Sinclair, el gracioso, un amigo de Caleb. Y Hallie Hendricks, por supuesto. Estarán juntos en noviembre en la Big Apple Con de Nueva York, planeado por sus equipos para una máxima exposición.

—Parece que vamos a hacerlo, ¿eh? —dice Bree entre bastidores. Es alta, está bronceada y tiene unos dientes blancos brillantes y un bonito vestido a cuadros. Si Alice era la chica mala y el interés amoroso de Caleb, Sofia era la típica chica buena, la que se incorporó específicamente para competir con Alice. Porque no es una serie para adolescentes si las mujeres jóvenes no se enfrentan entre sí. El *fandom* de Calice, a veces llamado Cruella por lo crueles que podían llegar a ser Caleb y Alice (tanto con otras personas como entre sí), es más fuerte que el de Caleb/Sofia, y me pregunto si es simplemente porque su nombre compuesto es más pegadizo.

—Supongo —contesta Finn, que bebe de una botella de agua—. ¿Lo estás llevando bien?

Bree se encoge de hombros.

—Mis redes sociales son una pesadilla, pero eso no es nada nuevo. Aunque podría vivir sin todo el odio hacia Sofia. —Niega con la cabeza—. Es curioso, Caleb fue quien engañó a Alice y soy *yo* la que recibe amenazas de muerte por interponerme entre ellos. Todavía. Después de todos estos años.

—Dios —intervengo—. Menuda mierda.

—Odio decir que estoy acostumbrada, pero… —Se detiene y hace un gesto con la mano.

Bree y Zach empiezan a hablar sobre un nuevo piloto en el que están trabajando. Por alguna razón, me esperaba que Zach fuera un veterano de la industria, pero solo es unos años mayor que Finn, lleva una chaqueta de lona y vaqueros oscuros y tiene una barba de varios días.

Un miembro del personal se acerca a nosotros.

—Parece que nos falta alguien que modere el panel —anuncia—. Hemos reservado de más sin querer. Pero no se preocupen, estamos buscando a alguien.

Zach me señala.

—¿Y ella? ¿Qué va a hacer durante el panel?

Me pongo pálida y abro los ojos de par en par mientras miro a Finn.

Entre sus cejas aparece un surco.

—No ha venido para trabajar en la convención. Es periodista. —La forma en la que lo dice hace que parezca una profesión mucho más seria de lo que es. Hace que quiera estar a la altura.

—Eso es perfecto. Tiene experiencia haciendo entrevistas.

Finn me sostiene la mirada.

—Puedes decir que no, Chandler.

Lo recuerdo en la cama hace unos días. La dulzura con la que me besó la frente, la mejilla, el interior de la muñeca. Incluso si fue falso, incluso si nunca estoy segura de qué versión de Finn es la real, ahora hay algo de esa dulzura en él. Está cuidando de mí y, si bien es cierto que es algo que nunca he deseado recibir por parte de un chico, es un simple acto de amabilidad.

—Si no tienen a nadie más… —Seguro que no es tan malo. No me gusta hablar delante de grupos grandes, pero ninguna de estas personas ha venido para verme a mí—. Puedo hacerlo, pero no he visto la serie entera.

—No pasa nada —dice Bree—. Todas las preguntas están escritas previamente. Seguro que serás incapaz de hacer que nos callemos.

En este momento, me siento enormemente agradecida por el maquillaje de hombre lobo, entre otras cosas porque actúa como otra capa entre el público y yo.

—Está bien —digo, medio segura de que acabaré arrepintiéndome de esto—. Lo haré.

— — —

El tiempo que tardo en recorrer el escenario: eso es lo que tardo en arrepentirme.

El empleado de la convención hizo un repaso de lo que tenía que hacer, lo que resultó ser un poco más complicado que leer las preguntas en una hoja de papel. Tengo que llevar la cuenta del tiempo, estar atenta a las señales y dar paso a la ronda de preguntas de la audiencia.

Entrecierro los ojos ante las luces al tiempo que mi estómago flota en algún lugar cerca de mi garganta.

—Mmm. Hola. —La audiencia parece ponerse más nerviosa a cada segundo que pasa—. ¿Cómo de emocionados estáis por la reunión de *Los nocturnos*?

La sala estalla en vítores.

Las manos me tiemblan sobre la hoja de papel. Mi primera tarea es fácil: presentarles a todos, lo cual hago mientras suena la banda sonora de *Los nocturnos*, una canción instrumental y espeluznante de punk-rock.

Después, nos sentamos todos en las sillas de cuero negro del escenario.

Las preguntas empiezan siendo bastante básicas.

—¿Qué es lo que más ilusión os hace de la reunión? —pregunto.

—Sin duda, ver cuánto han retrocedido las entradas de Ethan —responde Bree, lo que provoca muchas risas—. No, lo que más ilusión me hace es estar en la misma habitación con todos otra vez. Participar en esta serie ha sido lo más divertido que he hecho en mi carrera, y nos sentimos muy afortunados de poder hacerlo.

Finn cruza las piernas y se acerca el micrófono a la cara.

—Exacto. Fue un riesgo, ya que la mayoría de las series para adolescentes sucedían en el instituto. Dado que *Los nocturnos* se centraba en la universidad, siempre he tenido la sensación de que pudimos ponernos un poco más oscuros y profundizar un poco más mientras explorábamos temas que parecían universales. Incluso cuando luchábamos contra criaturas malvadas.

—Como el aumento de los costos de la matrícula —interviene Zach, provocando otra risa.

Miro la hoja de preguntas y se me acelera el corazón cuando leo una que no tengo ni idea de cómo pronunciar. «¿Cómo fue luchar contra la Liga Loup-Garou en la tercera temporada?».

Se escuchan risas dispersas del público al meter la pata.

—¡Es *loup-garou*! —grita alguien para corregirme, y me arde la cara.

—Yo tardé un siglo en decirlo bien —interviene Finn, acompañado de un contacto visual breve. Aunque solo lo diga para hacerme sentir mejor, lo agradezco—. Sé que la liga era uno de los villanos favoritos de los fans, y fue igual de emocionante frente a la cámara. Leíamos los guiones con unos pocos episodios de anticipación, por lo que no teníamos ni idea de cómo se iba a resolver esa trama. Y estoy bastante seguro de que me hice daño en un músculo durante la escena de persecución del capítulo veintiuno.

Pasamos por algunas cuestiones más hasta que llega el momento de la ronda de preguntas y respuestas de la audiencia. La primera persona que se acerca al micrófono lleva una máscara de Spider-Man que amortigua su pregunta.

—Lo siento, ¿puedes repetirlo? —pregunta Zach.

—Decía —comienza el chico al tiempo que se quita la máscara— ¿qué pensáis sobre...?

El resto de su pregunta se pierde en el grito colectivo que suelta el público, porque delante del micrófono no está otra persona que Ethan Underwood, el mismísimo Caleb Rhodes. Finn, Bree y Zach están boquiabiertos; nadie sabía que esto iba a pasar.

—¡Ethan! —dice Bree—. No me creo que estés aquí. Y también espero que esa máscara te haya impedido escuchar lo que he dicho sobre tu pelo.

Ethan esboza una sonrisa con hoyuelos. Tiene algo magnético, una cualidad particular de protagonista, y lo sabe. Lleva unos vaqueros negros y una camiseta con cuello estilo *henley* color crema que parece ser de una talla demasiado pequeña, como si estuviera diseñada para lucir sus bíceps. Últimamente solo ha protagonizado películas de acción mediocres que obtuvieron ganancias en taquilla, lo suficiente como para asegurar su próximo papel en cualquier franquicia sobre hombres luchando contra máquinas que venga a continuación. Me avergüenza admitir que he visto un par y que supe de la existencia de su nombre antes que del de Finn.

—¿Estas entradas? —pregunta, agitando las pestañas hacia la audiencia mientras inclina la cabeza hacia abajo—. He hecho las paces con el proceso de envejecimiento. He *madurado*.

—Lo creeré cuando lo vea —contesta Finn con un extraño tono monótono en la voz.

Ethan se sube al escenario y un voluntario trae otra silla, pese a que Bree le ofrece la mitad de la suya y, para deleite del público, ambos se apretujan juntos.

—¡Supongo que hoy hay muchos fans del Equipo Sofia! —exclama Ethan con una sonrisa.

Un músculo se contrae en la mandíbula de Finn. Está claro que no le cae bien Ethan.

No se puede decir lo mismo de la multitud. En la primera fila, una chica se ha puesto a llorar.

—Eh… —Busco con torpeza entre los folios antes de acordarme de que habíamos dado paso a las preguntas de la audiencia.

Ethan ya lo tiene controlado y señala a la siguiente persona que se acerca al micrófono, una mujer que lleva una sudadera de la Universidad de Oakhurst.

—Sí, hola, mmm, guau —tartamudea—. ¡No me creo que estés aquí!

—¿Había alguna pregunta por ahí? —pregunta Ethan, y aunque provoca algunas risas, algo en ello me irrita. Algo así como arrogancia.

—¡Claro, lo siento! —La mujer respira hondo unas cuantas veces—. En realidad, es una pregunta con dos partes. La primera es que sé que algunos de vosotros audicionasteis en un principio para diferentes papeles. Si tuvierais que interpretar a otra persona, ¿a quién os hubiera gustado interpretar? Y luego, la segunda parte es: ¿quién creéis que habría sido el más adecuado para interpretaros?

Finn abre la boca para hablar, pero es Ethan quien responde primero.

—En mi caso, era o Caleb o fracasar. Me hicieron audicionar para Hux, pero no era muy *yo*, ¿sabes? —Se vuelve hacia Finn—. Pero tú también audicionaste para Caleb, ¿verdad? —inquiere, y Finn asiente.

—No encajaba bien —dice—. Me identificaba mucho más con Hux.

—¿Vosotros qué pensáis? —Ethan se lleva una mano a la oreja—. ¿Creéis que podríamos haber intercambiado los papeles? ¿En ese caso habría sido una serie de éxito?

Se oyen risas escandalosas mientras el escarlata se apodera de las mejillas de Finn.

Ethan se encarga del resto de las preguntas del público y me siento demasiado intimidada como para interrumpirlo. No es hasta que aparece un voluntario delante del escenario que Ethan dice:

—Parece que nos están echando. ¡Gracias por dejar que me cuele en vuestro panel, y esperamos que todos nos veáis en diciembre!

Sigo oyendo cómo ruge la multitud incluso cuando estamos a salvo detrás del escenario.

—¿Quieres ir a por algo de cenar y hablar más sobre tus papeles posteriores a *Los nocturnos*? —le pregunto a Finn después de consultar con la aerolínea para obtener información actualizada sobre mi maleta. No hay nada—. O si tu mente sigue con los hombres lobo, podríamos hablar de eso y ya está.

Finn pone cara de decepción.

—Esto… he quedado con Bree y Zach. Y con Ethan, supongo.

—No pasa nada, tal vez me sea útil verte en tu elemento. Podría aprender mucho escuchándote hablar con ellos.

Luego me lanza una mirada extraña y dolorida.

—No estoy invitada, verdad. —Ni siquiera me molesto en formularlo como una pregunta.

—Es Ethan, en serio. La prensa ya lo ha enfurecido antes.

—Claro. Vale. ¡No pasa nada! —Lo digo con demasiado entusiasmo y, después de intercambiar una despedida, dejo que vuelva a ser absorbido por la masa de fans.

Solo he pasado una semana con él; no es que me deba nada. Sin duda, no me debe una invitación para cenar con sus compañeros de trabajo. Ha sido ridículo por mi parte pensar que iría automáticamente.

No sé cómo explicar el dolor que siento en el pecho a medida que lo veo irse, o tal vez no es más que estrés mal dirigido a causa de mi maleta perdida. Así que saco el móvil.

¿Esta noche? ¿Después de la cena?, le escribo.

Existe la posibilidad de que no esté de humor o de que acabe demasiado cansado. Y no pasaría nada. Hicimos esas reglas por una razón.

Aun así, observo su rostro cuando se detiene en mitad del pasillo, lee el mensaje y un suave destello de comprensión le atraviesa la mirada. Una pequeña emoción me recorre la columna cuando su respuesta aparece en mi pantalla.

Esta noche.

Capítulo

ONCE

SAINT PAUL, MINNESOTA

Después de una noche de desenfreno con sus compañeros de reparto, Finn parece extremadamente agotado: pelo despeinado, mejillas sonrojadas y hombros ligeramente caídos. Me pregunto si es como salir con amigos del instituto a los que hace siglos que no ves o si hay algo más profundo que los une después de cuatro años bajo el mismo microscopio.

Su habitación de hotel es un reflejo de la mía. Mobiliario anodino, decoración minimalista, un lienzo con un campo de trigo.

Toma una botella de agua que está en la mesita de noche y su garganta se mueve mientras traga.

—Me siento demasiado joven como para estar tan cansado a las diez —dice, y se pasa una mano por el pelo canoso de las sienes—. Más que nada porque aquí es una hora más que en Arizona.

—Estas cosas no siguen ningún orden, ¿eh? —Me quito los zapatos y cierro la puerta tras de mí—. ¿Siempre estás moviéndote en zigzag por todo el país?

—Más o menos.

—Debe de ser una pesadilla para tu ritmo circadiano.

—A veces, pero te acostumbras.

Trato de imaginarme lo que tiene que ser pasarme la mayor parte del año acostumbrándome a despertarme en un hotel diferente, en una ciudad diferente, yendo a un palacio de congresos diferente y saludando a un grupo de fans diferente, todos ellos allí para verte por primera vez por el mismo motivo.

En ese momento, algo me llama la atención.

—¡Mi maleta! —Corro hacia donde está, apoyada contra un sillón, prácticamente resplandeciendo bajo las luces demasiado brillantes de la habitación del hotel; tanto como puede resplandecer una maleta destartalada con pegatinas *hippies*—. Madre mía, es preciosa. ¿Siempre ha sido así de hermosa, con las cremalleras y los bolsillos y todo? ¿Cómo has…?

—La han traído hace unos diez minutos —responde, restándole importancia—. Le pedí a mi representante que hiciera algunas llamadas. Resulta que una de los altos mandos de la aerolínea es una gran fan de *Los nocturnos*.

Paso una mano por la maleta.

—No tenías por qué hacerlo. Gracias.

Le resta importancia con la mano.

—Lo único que hice fue mandar algunos mensajes.

—Aun así. Entre esto y la chaqueta vaquera, estoy empezando a pensar que eres el santo patrono de la ropa perdida.

Se rasca la nuca, algo que he notado que hace cuando está inquieto.

—No quiero que lo pases fatal durante el viaje. —Cuando lo dice, no me mira a los ojos.

«Puedes decir que no, Chandler».

Está claro que siente cierta responsabilidad, ya que fue él quien me rogó que escribiera el libro. Y, sin embargo, no sé explicar por qué la repentina suavidad de su voz pincha algo que se encuentra muy dentro de mí. Algo que hace que quiera cambiar de tema.

—¿Qué tal la cena? —inquiero. También soy consciente de que esta charla banal está retrasando lo inevitable. Sí, solo es la segunda vez que lo hacemos, pero tiene que haber un momento en el que estas reuniones clandestinas empiecen a resultarnos más naturales, menos «estoy aquí para retorcerme contra ti durante un par de horas en un estado de desnudez todavía indeterminado».

—Ethan puede ser demasiado —cuenta—. Insistió en ponernos en una mesa en la parte delantera del restaurante, a pesar de que el resto esperábamos ir de incógnito. Así que, como es natural, se convirtió en el espectáculo de Ethan Underwood. —Suelta una risa baja para sí mismo, una que indica que no le resulta nada divertido—. Hacía tiempo que no pasaba algo así. Supongo que no lo echaba de menos.

—Me lo imagino. —Y lo intento. Intento imaginarme a los cuatro acosados por fans que los adoran, a Ethan brillando siendo el centro de atención como solo puede hacerlo un protagonista. Una vez más, me pregunto si en algún momento Finn ha querido eso para él.

—Por favor, dime que tu noche ha sido un poco menos autoindulgente.

Me encojo de hombros.

—He hecho videollamada con mis padres y he leído un poco. —Y me han ingresado la primera mitad del anticipo en la cuenta bancaria, lo que causó que pidiera un trozo de tarta de queso de celebración al servicio de habitaciones.

—¿Y cómo están tus padres?

Lo miro con las cejas alzadas, porque, por algún motivo, suena como si de verdad le interesara.

—Están bien. Te juro que tienen cinco pasatiempos nuevos cada año desde que se jubilaron. Mi madre acaba de unirse a una liga de pinochle y mi padre se está metiendo en el mundo de los pájaros. Y me echan muchísimo de menos, claro, pero sobrevivirán.

—Sin duda. —Y me dedica una media sonrisa pequeña mientras se desabrocha la chaqueta de lona negra y la dobla sobre el respaldo de una silla. Después, es como si no supiera qué hacer con su cuerpo. Mira hacia la cama antes de optar por quedarse de pie y cruza una pierna sobre la otra—. Lo hiciste genial hoy. Por cierto.

Exagero un gemido.

—Acabas de arruinar el momento. Si es que quedaba algo de ese *momento* después de hablar sobre mis padres.

—¡Lo digo en serio! No es fácil subir ahí y hacer eso, sobre todo si no estás preparada. Y Liga Loup-Garou, que era una agencia secreta francesa que cazaba hombres lobo en la tercera temporada, es una palabra difícil.

—Tengo la sensación de que los fans incondicionales de *Los nocturnos* no se sienten igual, pero gracias. —Me aclaro la garganta y jugueteo con un botón de mi chaqueta de punto—. Bueno. La lección de esta noche.

—Ah, sí. Veo que la has llamado... —Alza el móvil—. «Preliminares nivel intermedio: convierte una caricia en un cosquilleo».

—Intentaba ser creativa.

Cuando sonríe, se le arruga la esquina de los ojos.

—Estoy orgulloso de estar en el nivel intermedio.

Le sonrío y me acerco a la cama.

—Solo porque te estás acostando con la profesora. —Se sienta a mi lado y coloca el tobillo sobre la rodilla. Luego entrelaza sus dedos, la imagen perfecta de un hombre adulto esperando la iluminación sexual. Si está nervioso, se le da genial disimularlo. La próxima vez que haga un pacto sexual educativo, no lo haré con un actor. O, al menos, lo haré con un actor con mucho menos talento.

Porque eso es algo que he aprendido después de ver *Los nocturnos* y *Qué suerte la nuestra* e incluso su película navideña sensiblera.

Finnegan Walsh es un *buen* actor.

Es la forma que tiene de ser consciente de sus compañeros de escena, de que su lenguaje corporal esté en sintonía con todos los de la sala. Las sutilezas de su expresión, cómo es capaz de transmitir alegría, tristeza o miedo con solo inclinar la cabeza o curvar las cejas. Y sus ojos, esos preciosos ojos color avellana que la serie escondía detrás de unas gafas, siempre gentiles, dulces e inquisitivos. Ahora veo por qué tantos espectadores se enamoraron de Hux.

—Antes de continuar —digo—, creo que deberíamos hablar del clítoris.

Finn se sonroja.

—Sí, eh… Me da que esa área me resulta problemática.

—No eres el único. —Mantengo el tono de voz desenfadado, ya que quiero que sienta que este es un espacio seguro para hablar. Preguntar. Porque explicarle esto es un poco emocionante, sobre todo por cómo escucha. En cualquier otra circunstancia, estaría trabándome con mis propias palabras, pero su presencia tiene algo que hace que me resulte mucho más cómodo de lo que debería.

Saco el portátil de mi mochila, donde ya tengo algunos diagramas esperando. En mi tiempo libre, he estado haciendo algunas investigaciones, en su mayoría repasos, con un poco de información nueva aquí y allá.

—La parte visible del clítoris está en la parte superior de la vulva, justo donde se unen los labios internos. Hay un pliegue de piel que lo protege, llamado prepucio clitorial, que se retrae para exponer más del clítoris cuando alguien está excitado. Pero, en realidad, la mayor parte del clítoris es interno. —Lo señalo en uno de los diagramas—. Y es una parte pequeña increíble de la anatomía. Es la única parte del cuerpo destinada únicamente al placer.

Finn asiente mientras lo asimila todo, con los ojos puestos en los diagramas.

Cuando era adolescente y soñaba con mis primeras experiencias sexuales, me imaginaba que alguien me tocaría y luego… *magia*. No obstante, la brecha entre las expectativas y la realidad puede ser enorme. Mis primeras parejas sabían tan poco como yo, y todavía no sabía cómo expresar lo que quería. Cómo mostrárselo.

Nunca me imaginé lo que estoy haciendo ahora con Finn, pero cuanto más tiempo pasamos aquí, más confiada me siento.

—Esto puede resultar chocante, teniendo en cuenta cómo la sociedad ha tratado los cuerpos de las mujeres a lo largo de la historia, pero la mayor parte de la investigación sobre el placer femenino es bastante reciente —continúo—. En plan… no tenía ni idea de que, cuando la sangre va hacia el clítoris y se hincha durante la excitación, básicamente se pone erecto.

—Eso me suena —dice, riéndose, y no puedo evitar unirme. Debe de ser porque es pelirrojo que todavía tiene las mejillas teñidas de rosa.

—¿Todo bien hasta ahora? —pregunto, y levanta el pulgar.

—Es que soy incapaz de hablar de algo remotamente sexi sin sonrojarme —explica—. No te haces una idea de cuánto maquillaje tuvieron que ponerme durante las escenas con Meg.

Eso hace que yo también me sonroje al pensar en su escena de sexo. Todavía no he llegado a esa parte de la serie, pero estaba incluida en una de esas compilaciones de Mexley. Fundido en negro, pero grabada de una forma preciosa, en una tienda de campaña en el bosque cuando los dos estaban de acampada, rastreando a un centauro. Destellos del cabello oscuro de ella, el castaño rojizo de él, atisbos de la parte superior del muslo de ella y de las pecas del estómago de él.

Me obligo a pensar en algo menos sexi antes de darme cuenta de que literalmente le estoy dando una lección sobre el clítoris, hecho que hace que me muerda el interior de la mejilla para evitar estallar en carcajadas.

—Debido a la ubicación del clítoris, es difícil llegar solo con la penetración —continúo—. No está dentro de la vagina, razón por la cual la mayoría de las personas con clítoris necesitan que las estimulen de otra forma.

Espera unos cuantos segundos largos antes de volver a hablar.

—Estoy pensando en cada escena de sexo que he visto y en las que parece todo lo contrario.

—Y eso sería una cosita llamada «mirada masculina». —Muevo el dedo por la pantalla—. Tómate tu tiempo. No hay por qué buscar el clítoris del tirón. Empieza con un dedo y varía la técnica: puedes trazar círculos lentos a su alrededor, darle un ligero toque, frotarlo de lado a lado. Puedes ir más rápido de manera gradual, dependiendo de la reacción que obtengas. Consúltalo con ella, observa cómo se siente. Luego, podrías agregar otro dedo. O la boca.

—¿Eso es lo que te gusta?

—Me encanta que me provoquen —admito, cruzando las piernas un poco más.

Traga saliva.

—Anotado.

—Y el lubricante casi siempre lo mejora. Nadie es igual, pero por lo general debes ser delicado. Es muy sensible y, a veces, la estimulación directa puede ser demasiado intensa. —Aprieta los labios y se le contrae un músculo en la mandíbula. Mi respiración se vuelve más rápida y brusca, sobre todo cuando me doy cuenta de cómo he estado acariciando la pantalla del portátil—. No tiene por qué ser una carrera loca hacia la meta. He estado en algunas situaciones en las que él se corre y da por concluida la noche. Incluso cuando yo no he llegado a ese punto todavía.

—Dios. Ahora no estoy del todo seguro de por qué estaba tan centrado en algo que lo hacía todo *más corto*. —Se reacomoda en la cama y solo entonces me doy cuenta de que nuestras rodillas se han estado tocando—. Entonces, ella debería ser lo primero —dice—. Antes incluso de que nos acostemos.

—Obviamente, estoy de acuerdo con eso. Pero tengo la sensación de que cuando dices «acostarse», a lo que te refieres en realidad es a la penetración. —Muevo la mano para abarcar la habitación—. Todo lo que hacemos aquí es sexo, al menos para mí. No debería haber una sola definición y la penetración no debería ser siempre el final.

—No, tienes razón. Tiene sentido —afirma—. Entonces, ¿no la disfrutas nada? Esto… la penetración. —Se pasa una mano tímida por la cara—. Si te soy sincero, es la primera vez que escucho esa palabra tantas veces en el curso de una sola conversación.

Reprimo una sonrisa.

—Sí, pero para mí no es el evento principal como podría serlo para ti. O como supongo que ha sido en el pasado. —Me lanza una mirada culpable—. No es como en el porno, aunque hay porno feminista genial que me encantaría enseñarte. O, la verdad, incluso en el cine y la televisión. No puedes limitarte a meterla de forma mecánica hasta que ambas personas se corran y, aun así, casi todo lo que ves intenta convencerte por todos los medios de lo contrario. Requiere más finura.

—No es que todas mis referencias sexuales hayan salido del porno, es que... bueno, lo ves a una edad lo suficientemente madura y algo se te queda grabado. Supongo que de ahí vino también mi manera de hablar sucio. —Acto seguido, me mira con una vulnerabilidad nueva—. ¿Qué pasa si hago todo esto y, aun así, no consigo que llegue a ese punto?

—Podría ocurrir perfectamente.

—Pensaba que ibas a decir algo como: «Por supuesto que no, Finn, serás un semental en menos de lo que canta un gallo».

Le tiro una almohada.

—Bien, en el caso de que pase, eso no significa que tu relación esté condenada al fracaso. Solo tienes que probar otras cosas. Los juguetes pueden ser increíbles, y el sexo no tiene por qué ser siempre el destino, y mucho menos... la penetración. —Esta vez se me traba la palabra y me río. No existe ningún motivo por el que no pueda ser divertido. Mi rodilla vuelve a caerse contra la suya, pero ninguno de los dos se separa—. Hay muchas paradas fantásticas en el camino, no hace falta apresurarse. O igual no son paradas, a lo mejor son el evento principal. Depende completamente de la relación. Pero la clave es la comunicación. Esa es la única manera de saber si algo funciona para alguien. Si una persona no está contenta, la otra necesita saberlo.

Lo asimila todo con una mirada de concentración.

—Eso me gusta —dice con un tono de voz más bajo. Me coloca la mano sobre la rodilla y traza un círculo lento con el pulgar—. De hecho, me gusta todo esto. Creo que ha sido más instructivo que cualquier clase de salud que recibí en la escuela.

—Me alegro, porque creo que estamos listos para la parte práctica de la lección.

Pongo la mano encima de la suya, e inclinarme hacia él me parece algo natural. Estoy más que ansiosa por que me toque, lo cual se recomienda en «Preliminares nivel intermedio». Esta vez, cuando nos besamos, al principio es suave. Exploratorio. Finn me pasa una mano por la curva de la mandíbula y, cuando me estremezco, sonríe y lo vuelve a hacer. Luego se inclina para presionar la boca contra mi oreja, repitiendo lo que hizo en Phoenix.

—¿Sigue sentando bien? —pregunta, a pesar de que estoy temblando contra él.

Cierro los ojos y murmuro mi conformidad. Es como si nuestros cuerpos se murieran de ganas de continuar por donde lo dejaron y besar ya no pareciera suficiente. «Más», noto que le digo deslizando mis caderas contra las suyas. «Más», concuerda, persuadiéndome para que me coloque encima de él al tiempo que nuestros besos se vuelven más profundos. Urgentes.

Hacer esto sin expectativas ni compromiso es *divertido*. No me preocupa lo que pasará mañana por la mañana ni si uno quiere más que el otro. Apagar el cerebro es más fácil de lo que me esperaba.

También hay algo en tenerlo solo para mí que contrasta fuertemente con el Finn de los paneles. Soy la única que tiene la oportunidad de ver este lado de él, al menos por ahora.

Y, a pesar de que nada de esto es real, la cresta dura de sus vaqueros es más que gratificante.

Me muevo contra él, bajo las manos para bajarle la cremallera a tientas y, una vez que sus vaqueros forman un charco en el suelo, me ayuda a deshacerme de los míos. Nuestras camisetas caen encima de ellos.

—Despacio —le recuerdo, aunque mis manos errantes muestran todo lo contrario—. Provócame.

Responde con un gruñido mientras se inclina para toquetearme el sujetador.

—Ya sé cómo se hace —dice, y me lo quita con una sonrisa satisfecha—. Joder. Tus tetas son *espectaculares*. Creo que no les presté suficiente atención en Seattle, y lo lamento profundamente.

—Ah. Estás aprendiendo. —Mi risa se transforma en gemido cuando pasa la lengua por un pezón—. Más de eso. Por favor —le pido, y no tarda en complacerme, provocándome con los dientes. Le meto una mano en el pelo y se me empieza a formar un calor en la parte baja del abdomen.

Esta vez no va demasiado rápido. Lame, chupa y muerde con suavidad hasta que se me endurecen los pezones y me estremezco debajo de él. Su mano desciende y me roza el hueso de la cadera.

—¿Puedo tocarte? —me pregunta al oído, con los labios rozándome la piel. Provocándome otro escalofrío, a pesar de que tengo calor por todas partes.

Asiento con la cabeza y suelta un gemido bajo cuando me toca a través de las bragas.

—Está claro que algo estoy haciendo bien. —Sus palabras son ásperas como la grava mientras recorre la tela húmeda con un dedo. Cuando su dedo se desliza dentro de mi ropa interior, noto que vacila, inseguro de por dónde empezar.

—Aquí —le indico, y bajo la mano para guiarle hasta que ambos encontramos ese sensible manojo de nervios. Lo rozo con suavidad—. ¿Lo notas?

—Creo que sí. —Suelta un suspiro entrecortado—. Sí, lo noto.

—¿Estás bien?

—Solo quince años de ineptitud derrumbándose a mi alrededor.

Me quito la ropa interior para facilitarle el acceso. Una tensión concentrada recorre sus pómulos hasta la mandíbula. Su caricia es suave, tal y como le dije que fuera. Insegura, y no puedo negar que tiene algo sexi. Me relajo y dejo que despacio, muy despacio, tome el control.

—¿Sí? —inquiere cuando se me acelera la respiración, y jadeo un «sí».

Pero, entonces, reduce demasiado la velocidad y pierdo el impulso, y no me queda más remedio que tragarme la frustración.

Debemos de pasarnos unos quince minutos así, acercándome antes de que el placer se desvanezca.

—Lo siento. No sé qué estoy haciendo mal. —Con la otra mano, se frota la frente.

—¿Y si probamos otra cosa? —Nos desviaríamos del esquema, pero es necesario—. ¿Y si...? ¿Y si te enseño cómo me toco para correrme? —La idea ya me está produciendo una presión nueva en el corazón y se me acelera el pulso. No lo había planeado, pero, de repente, me parece no solo un orgasmo garantizado, sino una oportunidad perfecta para enseñarle.

Y me gusta mucho la imagen mental de él observándome.

Inclina la cabeza, curioso.

—No me opondría.

Le doy un manotazo en el brazo.

—¿Fantasía adolescente hecha realidad?

—Tal vez si estuvieras vestida de Galadriel. —Echa un vistazo a la habitación—. ¿Subo el termostato? ¿O lo bajo? —pregunta—. No quiero que tengas demasiado calor ni demasiado frío. Ya que, eh, esa es la función de un termostato. Evitar que tengas demasiado frío. O demasiado calor. —Se pasa una mano por el pelo—. ¿Estoy mostrándome incómodo al respecto? Porque te garantizo que voy a disfrutarlo.

—Sí —respondo, riéndome a la vez que se me calientan las mejillas—. Pero es muy adorable.

Me vuelvo a tumbar en la cama, con la cabeza apoyada en la almohada. La temperatura de la habitación sube cinco grados por lo menos a medida que la electricidad corre por mis venas. A lo mejor debería haberle pedido que bajara el termostato. Sí, me ha visto desnuda, pero eso fue cuando creía que no era más que un rollo de una noche. No se estaba fijando en cada detalle de mi cuerpo.

Suelto un suspiro tembloroso y deslizo un dedo por mi estómago, pasando el ombligo. Empiezo despacio, tomándome mi tiempo para encontrar el ritmo, y pongo toda mi atención en el calor que siento debajo de la mano. Tengo el cuerpo tenso, mis rodillas casi se están tocando. Cada vez que muevo el dedo, siento que se me aflojan las piernas.

Las reacciones de Finn me animan y ahuyentan toda la timidez que me quedaba. Se le agitan los ojos cuando deslizo la mano libre hacia arriba para tocarme los pechos. Agarra las sábanas con el puño y los nudillos tensos, cuando por fin separo las piernas por completo y dejo caer las rodillas a un lado de la cama, con el corazón latiéndome con fuerza. No pensé que tenerlo a mi lado me excitaría tanto. No sabía lo intensas que iban a ser sus reacciones.

Me relajo y tomo un poco de lubricante de la mesita, que, por algún motivo, sienta todavía mejor de lo que pensaba, y cuando suelto un gemido, él también lo hace.

Desde que empezamos, he estado atenta a cada ligero movimiento que hace, a cada sonido suave que emite. Podría medio inhalar y cada célula de mi cuerpo lo sentiría. Incluso si aparto los ojos de él, está *ahí* con tanta firmeza que me es imposible olvidar que estoy siendo observada. Y no solo observada, sino *estudiada*, y Finn es extremadamente aplicado. El sonido de su respiración, cómo se le eleva el pecho y, de algún modo, incluso su *calor* físico a más de medio metro de distancia.

Deslizo un dedo dentro y arrastro la humedad hasta mi clítoris. Traga saliva con fuerza, y la nuez le tiembla en la garganta.

—Estás increíblemente sexi así, joder —dice—. Si está bien decir eso.

—Sí. *Dios.* —Observo cómo se le contraen los músculos del antebrazo, cómo no pestañea apenas. La idea de que esté a punto de perder la compostura porque me está viendo *a mí* a punto de perder la compostura, obligándose a contenerse… es imposible describir lo mucho que me pone. Las palabras salen antes de que tenga la oportunidad de cuestionármelas—. ¿Te tocas conmigo?

Su mirada se clava en la mía.

—¿Sí?

«Me muero porque lo hagas», pienso pero no digo. En vez de eso, asiento con la cabeza.

Se mueve para colocarse a mi lado. Maldice en voz baja. Luego, se lleva una mano a la parte delantera de los calzoncillos y se frota, soltando un gruñido en cuanto hace contacto, tras lo que se los quita como si no pudiera esperar más.

Cuando se rodea la verga con la mano, suelta un suspiro irregular que parece alivio. Parte de la tensión desaparece de su rostro, de su cuerpo, como si hubiera estado conteniéndose desde que llamé a su puerta. «Precioso». Lo recorro con la mirada, el movimiento rítmico de su puño, los músculos tensos de su cuello y el triángulo de sudor en el hueco de su garganta. Mis dedos se mueven más rápido, los omóplatos se clavan en el colchón.

De su boca sale un sonido estrangulado.

—Joder, ya estoy muy cerca.

—Puedes… —empiezo, con la intención de decirle que no pasa nada, que puede dejarse llevar.

—No. Quiero esperarte.

—Y-Ya casi estoy.

Sus movimientos se vuelven más bruscos. Rechina los dientes.

Me pongo el brazo izquierdo sobre la cara justo cuando noto cómo se me contraen los músculos. Necesito esa liberación más de lo que necesito respirar. Me faltan unos segundos, todo en mí está tenso y a punto de estallar.

Entonces, de repente, los dos caemos al vacío. El placer me atraviesa como un maremoto fluorescente y brillante y grito a la vez que un jadeo salvaje le desgarra la garganta. Todo lo demás desaparece. No hay nada más que mi cuerpo y esta sensación pura y desesperada, Finn derrumbándose a mi lado, su mano libre apretándome el muslo.

Respiramos juntos, agitados y recuperándonos, durante al menos un minuto entero. Las caras enrojecidas. Las piernas flácidas.

Luego se vuelve hacia mí, con los ojos pesados mientras me roza la cintura con los dedos.

—Joder —dice, con una risa dulce e incrédula en la voz—. He estado haciéndolo muy, pero que muy, mal.

Twitter

@nocturnosfanpage

Es oficial: *Los nocturnos* NO va a ser renovada para una quinta temporada. Opina a continuación, y que sepáis que estamos tan desconsolados como vosotros. 😭 ⚪ 🐺

@mexleysiempre

hay una petición en alguna parte? no podemos permitir que esto pase! llevo viéndola desde que tenía doce años, literalmente crecí con hux y meg! #prefieroserinusual #salvadlosnocturnos

@fan_1_de_caleb_rhodes

Sé que han dicho que el final va a ser la graduación peroperopero TENGO MUCHÍSIMAS PREGUNTAS. ¿Caleb y Alice duran? ¿De verdad funciona el suero de control de Hux? ¿Y QUÉ le pasaba a ese jabalí de T3E17? 🐺 🐺 🐺 🐺 🐺 #SalvadLosNocturnos

@calicecalicecalice

ya les echo de menos wtffffff

@justiciaparasofiaperez

Acabo de subir una petición. POR FAVOR firmad!!! No pueden ignorarnos, verdad?? 🥺 #justiciaparasofia

Capítulo

DOCE

MEMPHIS, TENNESSEE

—Los medios de comunicación impresos están muriendo —nos dijo una profesora de Periodismo el primer día de clase, y una oleada de murmullos inquietos recorrió el aula más rápido de lo que se envían las solicitudes de prácticas para el *Seattle Times*—. No vais a graduaros, conseguir un trabajo en un periódico local al momento y trabajar allí durante treinta y cinco años hasta que os jubiléis.

De hecho, eso era justo lo que había hecho la profesora.

Alguien alzó la mano.

—No lo entiendo —dijo un chico a dos asientos de mí—. ¿Nos está diciendo que cambiemos de especialización?

La profesora negó con la cabeza.

—En absoluto —respondió con calma, pero con firmeza—. Pero tendréis que esforzaros un poco más. Ser un poco más versátiles. Tendréis que *innovar*.

No sé por qué, pero tengo la sensación de que cuando dijo eso, estaba pensando en algo como aprender a usar Photoshop y no en hacerle ajustes a un plan de lecciones pornográficas para Finnegan Walsh.

Llevamos dos semanas de viaje y he estado tan ocupada con nuestras actividades extracurriculares que casi he descuidado la razón por la que estamos aquí: escribir el libro de Finn. Sí, me he pasado algunos de nuestros días libres en cafeterías, intentando darles sentido a las notas que he tomado hasta ahora, mientras que Finn se queda en su habitación leyéndose el guion de una comedia romántica navideña y sana o haciendo... lo que quiera que haga en su tiempo libre. No obstante, en cuanto aterricemos en Memphis para la convención de este fin de semana, estoy decidida a sacarle más material.

Para asegurarlo más aún, estamos trabajando desde el lugar menos sexi que uno se pueda imaginar: una sala de conferencias en un DoubleTree by Hilton.

Portátil y cuaderno abiertos, grabadora de voz encendida. Sin presión.

—Anoche escuché a Sleater-Kinney —dice Finn desde el otro lado de la mesa antes de que pueda formular la primera pregunta. Deja el móvil en el centro y empieza a sonar una sucesión de acordes que me resulta familiar. La canción que da título a *All Hands on the Bad One*, mi disco favorito—. Tienes razón; son bastante buenas.

Es tan repentino que me sobresalta.

—Has... oh. Guay —contesto como una tonta, y no sé qué hacer con esto. Me aclaro la garganta—. En plan, me alegro. Me puse súper feliz cuando volvieron juntas, pero no son lo mismo sin Janet Weiss.

—La batería. Se marchó en... ¿2019, creo que fue?

Alzo una ceja.

—Alguien ha estado indagando en Wikipedia.

Se limita a encogerse de hombros, tamborileando sobre la mesa con uno de los bolígrafos gratuitos del hotel al ritmo de la canción.

—Dijiste que te encantaban. Tenía curiosidad.

No sé muy bien qué nombre ponerle a la forma en la que reacciono, así que decido ignorarlo.

—Si intentas distraerme con el Riot Grrrl, es posible que funcione, así que deberíamos centrarnos en el libro.

Apaga la música.

—Estoy listo —dice, tras lo que se aparta el pelo de la cara y se endereza de inmediato—. Dispara.

Empezamos con algunas cosas fáciles: travesuras detrás de las cámaras durante *Los nocturnos*, documentación para los personajes. Después de lo que hicimos en Minnesota hace unos días, me siento aliviada de poder volver a nuestros papeles profesionales.

—Durante un tiempo estuviste encasillado como el friki —indico—. En *Los nocturnos*, claro está, y en *Qué suerte la nuestra*. —Donde interpretó a un profesor de ciencias de secundaria que todavía vivía con sus padres—. Y en *Justo mi tipo*. —Su personaje de diseñador de tipografías apenas era capaz de hablar con su interés amoroso sin que le entraran los sudores fríos.

—También hubo un piloto fallido —comenta—. Una comedia sobre un grupo de contables socialmente ineptos. Televisión de calidad. Y tiene gracia, porque ni siquiera era que me habían encasillado, ya que yo era así. Hux no era una exageración, aunque para mí era Tolkien y la mitología en lugar de la ciencia. —Acto seguido, se vuelve tímido y se da unos golpecitos en la piel bajo los ojos—. Mi publicista hasta me obligó a llevar gafas sin graduación cuando no estábamos grabando, a pesar de que no las necesito.

—*No*. ¿En serio?

Asiente, riéndose.

—¿A que es ridículo? Pero estaba agradecido por tener el trabajo. Debería haber estado más agradecido, ahora que sé que estaba a punto de consumirse.

—Podríamos hacer un capítulo entero sobre eso —propongo—. El estereotipo del friki y cómo Hollywood lo ha degradado e hipersexualizado por turnos.

No me espero que Finn reaccione con tanta energía, pero se le iluminan los ojos al instante.

—¡Sí! Me encanta.

Mis dedos vuelan sobre el teclado mientras hablamos de cómo fue pasar de Reno a Los Ángeles, y me cuenta la primera vez que lo reconocieron en público.

—Estaba en un Ralphs del Valle, esperando en la cola para comprar una variedad absolutamente horrible de comida —cuenta—. Pop-Tarts, aros de cebolla congelados de Red Robin, una bandeja entera de quesos de lujo que me iba a comer yo solo... Lo que pasa cuando tienes veinte años y vives solo por primera vez. Había dos chicas que tendrían unos pocos años menos que yo y no paraban de mirarme, y estaba convencido de que me estaban juzgando por lo que iba a comprar, así que intenté ocultarles mi cesta. No fue hasta que salimos al aparcamiento que me preguntaron si era Finn Walsh, y me impactó tanto que se me olvidó dónde había aparcado el coche. Caminé aturdido durante quince minutos intentando encontrarlo.

—¿Cómo fue eso? —pregunto, sonriendo ante la imagen mental—. Lo de que te reconocieran y lo de vivir solo por primera vez.

—Surrealista. Si te soy sincero, todavía no me he acostumbrado. Y no solo porque hoy en día sea menos frecuente. Cuando la serie estaba en emisión, tenía que ir de incógnito a todas partes; gafas de sol, sombrero, todo. Ahora ni me molesto en hacerlo. Las pocas veces que ocurre, siempre estoy convencido de que, no sé, uno de los niños de *Stranger Things* está detrás de mí y es a quien están mirando en realidad. —Parece acertado, teniendo en cuenta lo que he observado hasta ahora. Nadie parece conocerlo a menos que lo *conozcan*, a menos que estén en ese mundo—. Y supongo que debería aclararlo. Al principio tuve un par de compañeros de piso, pero trabajaban en restaurantes durante la noche y hacían audiciones durante el día, así que casi nunca los veía. Al final de la primera temporada, me mudé a mi propio apartamento. Y me encantó. Ya llevaba un tiempo siendo bastante autosuficiente, así que una vez que saqué todas las Pop-Tarts de mi sistema, empecé a cocinar con bastante regularidad. Y volvía a Reno a ver a mi madre siempre que podía.

El sonido de mi teclado sigue llenando el espacio entre nosotros.

—Me encantaría saber más de tu familia —digo, vacilante, porque no se me ha olvidado lo que dijo sobre su padre y por el hecho de que no ha mencionado ir a verlo.

Otro par de golpecitos del bolígrafo sobre la mesa.

—A ver… ya sabes que se divorciaron cuando iba al instituto. Mi madre se dedicaba a la facturación hospitalaria, pero ahora es rabina, una líder espiritual.

Suelto un grito ahogado.

—¿En serio? Eso es increíble. Podemos ponerlo en el libro, ¿no? Por favor, no le digas que como cerdo.

—No va a juzgarte —me asegura—. Y, de hecho, la conocerás en unas semanas. Pasaremos unos días en mi antigua casa de Reno cuando estemos allí para la Biggest Little Comic Con.

—Suena a mina de oro.

—Estoy muy orgulloso de ella. Fue un cambio de profesión enorme y tuvo que volver a estudiar, pero es lo que siempre había querido hacer y lo consiguió.

—¿Y qué opina de *Miss Muérdago*?

Se ríe y hace como que me va a tirar el bolígrafo.

—¡Fue bastante dinero! Y si te fijas bien en la escena de Nochebuena, hay una menorá al fondo.

—Guau, cuánta representación.

Eso hace que se ría más y que se le arruguen las esquinas de los ojos.

—Quiero que eso salga en el libro. No solo la triste menorá, aunque es una gran imagen para abrir un capítulo, sino mi religión en general.

Asiento con la cabeza mientras tomo nota.

—¿Y tu padre?

Forma una línea fina con la boca.

—No sé dónde está hoy en día. Suele aparecer solo cuando quiere algo de mí.

—L-Lo siento.

—No lo sientas —dice, haciendo un gesto con la mano para quitarle importancia, y me da la sensación de que hay mucho más detrás—. En realidad, es un alivio no tener que preocuparme por si está contento con lo que hago o si piensa que es una pérdida de tiempo infantil, que es lo que dijo cuando empecé a hacer audiciones.

—Aprieta los labios—. No estábamos de acuerdo en nada, la verdad. Política, dinero, a lo que quería dedicarme... Era una persona amargada e infeliz y su misión parecía ser asegurarse de que todo el mundo a su alrededor se sintiera igual.

Habla más sobre su madre y me cuenta una historia sobre cómo convenció a la hermandad de su sinagoga para que se disfrazaran de personajes de *Los nocturnos* durante un Purim. Como es lógico, exijo pruebas fotográficas.

—Tengo la sensación de que esta no es la razón por la que querías escribir el libro —indico mientras le devuelvo el móvil. Está *tan cerca* de contármelo que puedo sentirlo. Solo necesito darle un empujoncito.

Se toma unos instantes para pensar lo que quiere decir, como me doy cuenta que suele hacer antes de revelar algo más profundo. Y me gusta que necesite tiempo para reunir las palabras adecuadas. Muchos nos apresuramos a soltar lo primero que se nos ocurre.

—Todo el tiempo que estuve en *Los nocturnos* —dice finalmente—, los medios de comunicación especularon sobre con quién salía. Con quién no salía. Si era tan dulce y generoso en la cama como mi personaje. También querían hablar de lo friki que era en la vida real y de lo mucho que sabía sobre Tolkien. Era el chico bueno por excelencia, ¿no? ¿No sería el mejor novio para todos esos lectores que no sabían nada sobre quién era en realidad? Para las mujeres de la serie, estar bajo ese microscopio era incluso peor. Y no paraban ni un maldito segundo.

—N-No lo había pensado de esa manera —admito. No me parece correcto mirar la pantalla del portátil mientras habla con tanta franqueza, así que lo aparto y dejo que la grabadora de voz se haga cargo.

Se le acelera la respiración a medida que gana fuerzas y, con los antebrazos sobre la mesa, se inclina para asegurarse de que la grabadora capte cada palabra.

—Y luego les encantaba tirarle mierda a la serie. Eso es lo que hace Hollywood, ¿no? Cualquier cosa destinada a adolescentes, a pesar de que ninguno éramos adolescentes, esa era nuestra demo principal. Cada vez que decía algo públicamente, tenía que pensar en todas las formas en las que podía malinterpretarse. Los extractos de audio que condensaban algo y para lo que me había tirado una eternidad buscando las palabras adecuadas en un clip de cinco segundos. No podía decir lo que pensaba. No podía actuar fuera de mi personaje, ni siquiera en mi día a día, porque nadie quería ver eso. Querían a Hux, no a mí. Este libro es la oportunidad de enseñarles quién soy en realidad. ¿No es eso lo que queremos todos? ¿Poder hablar o crear y que los demás nos escuchen?

Oh. Guau. Puede que me haya calado.

—Y, entonces, todo… desapareció. Adoro la serie. Adoro a los fans —asegura—. Pero algunos de los actores y actrices tenían casi treinta años e interpretaban a jóvenes de dieciocho. Es como si estuviéramos atrapados en una extraña adolescencia prolongada, y la reunión… —Se interrumpe para volver a sopesar sus palabras—. No quiero que mi nombre sea conocido, de verdad que no. He visto lo que ese nivel de fama le hace a la gente. Juliana… bueno, seguro que has leído los artículos.

Sí. Paparazis documentando sus adicciones y el tiempo que pasó en rehabilitación, galerías de imágenes cuestionando si está demasiado delgada o si no está lo suficientemente delgada y cuánto tiempo estará sobria esta vez antes de volver a recaer. Todo horroroso.

—Y eso es lo que llega a las páginas de cotilleos —dice—. Pueden ser despiadados de narices.

—Pero ¿merece la pena? —inquiero—. ¿Merece la pena toda la mierda?

Se lo piensa un momento.

—No sé si es que merece la pena toda la mierda o que no tengo ninguna otra habilidad vendible. Bueno, a lo mejor. Pero no hay nada igual, de verdad. Tienes la oportunidad de crear un arte que importa a otras personas, algo que los pone contentos, que les inspira, que les ayuda a procesar o que simplemente les permite escapar del mundo real durante un rato. A lo mejor encuentran una conexión con eso que no buscabas; eso es parte de la magia. Cuando estoy delante de una cámara, no tengo que preocuparme de otra cosa que no sea hacer que la interpretación sea lo más creíble posible, y es una liberación increíble. Y espero seguir haciéndolo todo el tiempo que pueda, aunque no consiga grandes papeles. Aunque esos papeles no sean «prestigiosos». Igual me gustaría producir o dirigir algún día, pero por ahora me gusta mi intimidad. En realidad, lo que más me apasiona es la salud mental.

Eso me toma desprevenida. Esperaba que sus motivos para escribir el libro estuvieran relacionados con Hollywood, con su relación con su familia quizá. Pero no puedo decir que esto no responda a algunas preguntas que no he hecho todavía.

Se mira las manos y entrelaza los dedos.

—He estado esperando el momento oportuno para contártelo, porque quiero que sea un punto central del libro, pero es posible que no haya un único momento oportuno. —Esboza una media sonrisa, una que sé que le cuesta un gran esfuerzo—. ¿Ves? Estoy dando rodeos cuando lo que quiero hacer es decirlo directamente. Vale. —Respira hondo y, luego, confiesa—: Tengo un TOC bastante severo.

—Pensé que podría ser algo así —contesto con toda la amabilidad que me es posible. Cómo inspecciona los platos. Cómo opta por el tenedor y el cuchillo en lugar de usar las manos.

—No siempre es fácil hablar de ello. Lo padezco desde niño, y antes de empezar a medicarme y de conocer a mi actual psicóloga, era un maldito desastre. —Se frota la nuca, y sus ojos recorren la habitación antes de volver a posarse en mí—. La mayoría de mis obsesiones giran en torno a los gérmenes, la contaminación, el moho, sobre todo con relación a la comida. Si algo está ligeramente sucio, no puedo estar cerca de ello. O, al menos, solía ser así. No comía en restaurantes porque no podía estar seguro de lo limpio que estaba algo y me preocupaba enfermarme. Tiraba la comida. Volvía a meter las sábanas limpias en la lavadora si detectaba cualquier olor raro. Me sentía como una mierda porque desperdiciaba muchísima agua, lo que aumentaba más aún mi ansiedad.

»Durante mucho tiempo se lo oculté a mis padres —sigue—. Sobre todo, a mi padre. Me llevó años de terapia darme cuenta de lo abusivo que era a nivel emocional. Tenía asumido que, como nunca nos ponía la mano encima, todo iba bien, pero tenía una opinión sobre todo y, si no tenías la misma, acababa en una pelea a gritos. Él odiaba desperdiciar comida, así que, si había algo en la nevera que estaba a punto de caducarse o tenía la más mínima mancha, lo más probable es que fuera... joder, no sé. Algún conservante. Esperaba a que se fuera de casa y lo escondía en el fondo del cubo de la basura, y cuando me preguntaba dónde estaba, le decía que me lo había comido. A veces incluso llevaba un montón de cosas al contenedor del final de la calle porque me aterrorizaba que mis padres se enteraran.

—Dios —digo en voz baja, porque odio pensar en un joven Finn tan asustado, tan inseguro. Con un cerebro que funciona en su contra—. No debe de haber sido fácil. Lo siento mucho.

—Se me empezó a dar bien. —Una sonrisa triste—. Como es lógico, a veces tenía que ponerme guantes y ducharme justo después. Y, como es lógico, mis padres acabaron descubriendo lo que hacía. Mi padre se puso furioso, y creo que mi madre le tenía demasiado miedo como para decir otra cosa. Y él me... me dijo que me aguantara, que estaba «actuando como un maldito loco». Y «ni se te ocurra dejar que nadie te vea haciendo eso». —Se le ha acelerado un poco la respiración y aprieta el puño sobre la mesa—. Así que eso fue lo que hice. Mis obsesiones se transformaron, y la mayor parte de mi tiempo libre lo dedicaba a averiguar cómo sentirme seguro y cómodo sin que nadie lo descubriera. Si había una manchita de algo extraño en el plato, decía que no tenía hambre. Me deshacía de las sábanas y de las mantas antiguas en el colegio y me compraba otras con el dinero de Janucá. Ansiaba *tanto* contentar a mi padre, y eso significaba no ser el hijo jodido que se pensaba que era.

—Finn. *No* lo eres en absoluto —le digo con firmeza, deseando poder hacer algo más para tranquilizarlo.

Sacude la cabeza.

—Eso era lo que parecía la mayor parte del tiempo. Ni siquiera tenía mucha relación con mi madre hasta que mi padre se fue, y menudo alivio. Pero lo peor fue la última temporada de *Los nocturnos*, cuando nos enteramos de que no nos iban a renovar. Me daba mucha ansiedad lo de conseguir un trabajo nuevo, porque todos los demás tenían cosas planeadas y yo no. Me presionaba demasiado, y acababa de comprarme una casa que no sabía si iba a poder seguir pagando, y lo único que parecía que podía controlar era lo limpia que estaba. Me quedaba atrapado en unos ciclos horribles, fregando la casa, devolviendo la vajilla que acababa de comprar porque estaba seguro de que la caja olía raro al abrirla, haciendo la colada cada dos por tres porque nada parecía estar lo suficientemente limpio. Y, entonces, la factura de la luz se disparó y eso no hizo más que aumentar el estrés. Sabía que tenía que hacer algo, pero no sabía por dónde empezar. No fue hasta que se emitió el final de la serie que no empecé a recibir ayuda. Hallie fue quien lo sugirió, de hecho.

—Eso es genial —contesto, y lo digo en serio—. Yo también he ido a terapia. Por trastorno de ansiedad generalizada. Creo que lo he tenido casi toda mi vida, pero no acudí a alguien hasta los veintitantos. Hace unos meses que no voy, ¿aunque igual debería?, pero me encanta la terapia.

Asiente.

—Entonces, lo entiendes.

—No todo, pero algo. —En ese momento, caigo en algo—. ¿Y qué hay del sexo? Si te parece bien que pregunte. Ya que obviamente hay, bueno, mucho tocamiento.

—También lo he trabajado mucho en terapia —responde—. El sexo oral fue un poco obstáculo al principio, pero llevo años sin tener problemas con ello.

—Si no te sientes cómodo, no tenemos que…

—No. Quiero hacerlo. Incluso si mis habilidades son, eh, nulas ahora mismo… Me encanta hacerlo. —Suena tan sincero. Trago saliva con fuerza y me pregunto si un DoubleTree by Hilton tiene algo sensual por naturaleza que no he tenido en cuenta. Sé que a muchos hombres les gusta comérselo a las mujeres, pero oír cómo lo admite con tanta naturalidad…

Por suerte, cambia de tema antes de que pueda dedicarle más tiempo.

—Por eso no funcionó con los otros escritores fantasma —explica—. No me sentía del todo a gusto con ellos, no hasta el punto de poder hablar abiertamente de esto. Y estoy mucho mejor que antes. Puedo ir a restaurantes, aunque nunca uso las manos para nada; eso es algo que he estado trabajando en terapia últimamente. Procuro evitar los baños públicos si puedo, pero ya no salgo corriendo a comprar sábanas nuevas cada dos meses como antes. La mayoría de las veces es de bajo nivel, manejable, pero a veces las situaciones de mucha ansiedad… lo exacerban. —Suelta una carcajada—. Y, qué suerte la tuya, pareces estar cerca durante la mayoría de ellas. No es algo que le cuente a todo el mundo —añade—. ¿Y tú?

—A veces. Depende de lo cercana que sea la persona. —Me arrepiento de las palabras al momento, temiendo que si, al decir eso, he dado a entender que tenemos alguna clase de cercanía.

Pero se limita a asentir.

—No quiero que siga siendo así. Me he pasado demasiado tiempo de mi vida escondiendo, mintiendo, fingiendo. Quiero que el libro sea las historias divertidas de detrás de las cámaras durante *Los nocturnos*, sí. Pero, más que eso, quiero hablar del estigma del TOC y de la salud mental en Hollywood. —Su voz gana confianza y su mirada se encuentra con la mía con toda la pasión de lo que está diciendo—. Mi intención es destinar todos los beneficios del libro a crear una organización sin ánimo de lucro para ayudar a actores y actrices con problemas de salud mental. Aspirantes, consagrados… cualquiera. No quiero que nadie sienta que el dinero o el estigma le impiden obtener la ayuda que necesitan.

Me quedo mirándolo. Su rostro empieza a reflejar timidez, que sustituye a la confianza de hace un momento.

—¿Qué? —pregunta, con las cejas fruncidas por la preocupación—. ¿Por qué me miras así? ¿Crees que es una mala idea?

—No, para nada. —Vuelvo a usar el portátil y escribo SIN ÁNIMO DE LUCRO en negrita—. Creo… que suena increíble, Finn. De verdad.

Un rubor le tiñe las mejillas.

—Todavía no he hablado mucho de ello, excepto con mi equipo y con algunos posibles donantes, pero podría enseñarte el plan de negocio, si quieres.

—¿Más documentos de Google? Sí, por favor.

Hace una mueca, pero sé que está contento. Se lo veo en la cara: este es su bebé.

—Ya no quiero ser solo ese chico de la serie de hombres lobo —dice, desafiante—. He hecho todo lo que estaba en mi mano para cambiarlo, pero he empezado a darme cuenta de que, a menos que ocurra algo grande, estoy… atascado.

«Atascado».

—Entiendo esa sensación —contesto en voz baja, porque, si bien es cierto que no lo he experimentado, entiendo lo que es estar atrapado—. A lo mejor esto es el algo grande para los dos.

— — —

Para cuando me envuelvo en una toalla y me encuentro con Finn en la piscina del hotel, donde sugirió que fuéramos para tomarnos un descanso, ya no estoy segura de si lo estoy haciendo a regañadientes. Por algún motivo, se me ocurrió traer un bañador en el último momento, un bikini negro que me compré hace cinco años de esa forma soñadora con la que la gente del noroeste del Pacífico compra bañadores y espera que brille el sol.

Finn ya está ahí con un bañador azul oscuro, estirando a un lado como si se estuviera preparando para nadar doscientos metros espalda. Es la primera vez que lo veo sin camiseta bajo una luz decente. No es muy musculoso, cosa que ya sabía. Aunque estaba delgado en *Los nocturnos*, ahora ha ganado un poco más de peso. Las pecas le salpican los hombros, la columna y las caderas con pequeños remolinos de color.

—¿Llevas *calcetines*? —pregunta, incrédulo.

Miro hacia abajo, donde he metido los pies con calcetines en unas Birkenstock. Y no unos calcetines cualesquiera: mi par favorito, uno con caras malhumoradas por todas partes.

—Vale, a ver. No quería que tuviéramos esta conversación tan pronto, quizá nunca. Pero siempre tengo frío y odio la sensación de ir con los pies desnudos. No voy a nadar con ellos ni nada.

Finn sacude la cabeza.

—Lo siento, no lo entiendo. ¿Por qué estamos escribiendo un libro sobre mí cuando está claro que eres una alienígena disfrazada de humana? —Se acerca, me mira con seriedad y me pone la mano en el hombro—. ¿Te sientes sola aquí? ¿Están preocupados por ti en tu planeta?

Intento golpearle con la toalla, pero se aparta.

—Todos tenemos nuestras rarezas, ¿vale?

—Mientras no te los pongas después, me parece bien.

—No soy un monstruo. —No tiene por qué saber que llevo un par extra en la bolsa de tela con esa misma intención.

Se dirige hacia la piscina y me mira levantando las cejas con exageración antes de zambullirse en la parte honda con confianza. Emerge con una sonrisa, se quita el agua de los ojos y se echa el pelo hacia atrás.

—Déjame adivinar, aprendiste a nadar para una escena arriesgada de rescate submarino de *Los nocturnos* —digo mientras sus brazos seccionan el agua. No soy ninguna experta, pero su técnica parece bastante perfecta.

Niega con la cabeza.

—*Aguamarina 2: El chico fuera del agua.*

—No sabía que esa película tenía una secuela.

—Sí, igual no debería haberla tenido. Fue un fracaso comercial y recibió críticas malísimas, pero las clases de natación estuvieron bastante bien.

Dejo el móvil junto al borde de la piscina y compruebo si he recibido algún mensaje de mis padres antes de sumergirme en el agua.

—Para tu información —le comento a Finn, que ya ha pasado al estilo mariposa—, hace unos diez años que no nado. —Hago un gesto con la cabeza hacia la señal de NINGÚN SOCORRISTA DE GUARDIA.

—Por suerte para ti, he hecho varios cursos de reanimación cardiopulmonar. No estoy seguro de cuánto recuerdo, pero te aseguro que puedo hacer que *parezca* que te estoy salvando la vida. —Observa la piscina—. Ninguno de estos hoteles tiene personalidad, ¿verdad? ¿Cuánto tiempo más vamos a quedarnos en Memphis? A lo mejor podríamos salir un poco mañana. Explorar.

—Deberíamos estar trabajando. Nos quedamos dos días más y luego nos vamos a Denver el jueves.

—Podemos hacer ambas cosas. —Nada hasta ponerse a mi lado, y las gotas de agua le cubren las cejas y le cuelgan de las pestañas—. Estamos en un sitio en el que no has estado nunca. ¿No tienes curiosidad? Y, oye, a lo mejor estimula nuestra creatividad.

Como este es el viaje en el que salgo de mi zona de confort, accedo. Y vuelvo a comprobar el móvil.

—¿Todo bien? —pregunta.

—Sí, lo siento. A mi madre le hicieron una colonoscopia la semana pasada, así que estoy esperando a que me diga qué tal fue.

—He de decir que siento curiosidad por las personas que criaron a alguien que insiste en llevar calcetines a la piscina de un hotel.

—Son increíbles. Un poco *hippies* liberales. Fuman maría, y mi madre incluso tuvo una fase en la que seguía a Grateful Dead a todas partes durante un tiempo, mucho antes de que yo naciera —digo—. Antes de que se jubilaran, mi padre trabajaba de consultor de sostenibilidad para grandes grupos empresariales y mi madre era profesora de Música de primaria. Pero son un poco mayores. Igual me preocupo por ellos demasiado, sin duda más de lo que les gustaría. No puedo evitarlo.

—Cuando dices mayores…

Aprieto los labios, preparándome para su reacción.

—Casi ochenta años. Cuando iba al colegio, los niños y niñas siempre asumían que eran mis abuelos. Y ahora que soy adulta, solo caigo de vez en cuando que están muy muy diferentes a como solían estar. Y eso me aterroriza a veces. —Bajo el tono de voz, y el rumor de los filtros de la piscina llenan el espacio.

—Yo estaría igual —contesta—. No debe de ser fácil.

Su voz desprende algo nuevo, una amabilidad que me insta a seguir hablando.

—Es como que… cada año trae consigo preocupaciones nuevas y adicionales. ¿Vamos a alcanzar temperaturas bajo cero? Me preocupa que salgan del coche cuando hay hielo. ¿Cómo tienen la vista, los reflejos? ¿Es seguro que conduzcan? Y… —Me interrumpo, preguntándome si estoy diciendo demasiado. Sin duda, es más de lo que le he contado a nadie aparte de Noemie—. Incluso si sí necesitaran ayuda, tengo la sensación de que harían lo posible para evitar que me enterara. Porque no querrían causarme ninguna molestia.

Hubo una vez que no me contaron que a mi padre le habían hecho una biopsia cutánea porque no querían causarme ansiedad. Lo que es probable que fuera la decisión correcta, porque, cuando a mi madre se le escapó en un mensaje que, por suerte, según los resultados era benigno, la llamé cinco veces seguidas cuando no respondió. Cuando por fin me devolvió la llamada, no entendía por qué estaba tan preocupada.

—Son personas buenas —afirma—. Se nota.

—¿Porque me toleran a mí y a mis tendencias alienígenas?

—No. Es por cómo hablas de ellos. En la industria hay muchas historias horribles sobre padres, gente que obligó a sus hijos a crecer demasiado rápido. Supongo que hacía mucho que no escuchaba a alguien queriendo a sus padres y llevándose bien con ellos de verdad.

El mensaje de mi madre aparece por fin, lo que les da a mis hombros la oportunidad de relajarse. tdo nrml 👍 tu pdre y yo vms a clbrarlo cn 🌿 🍾

Alejo el móvil de la piscina, pero no demasiado.

—En fin, no hace falta que escuches la historia entera de mis padres.

—¿Y si quiero que me cuentes cosas del señor y de la señora Cohen? —Se mueve para flotar de espaldas y me lanza una sonrisa de oreja a oreja—. Va a ser bastante aburrido si solo hablo yo. Yo también quiero saber cosas sobre ti.

Y, entonces, se aleja nadando, salpicándome.

Capítulo

TRECE

MEMPHIS, TENNESSEE

Es muy fácil enamorarse de Memphis, lo que hago casi al instante. Está llena de historia y de cultura, *viva*. El sol parece seguirnos
por las calles de edificios de ladrillo, calentándonos el cuello y
bañándolo todo de tonos ámbar.

Hacemos un *tour* por Sun Studio, donde Finn insiste en hacerme una foto sujetando el micrófono que se supone que utilizó Elvis para grabar su primera canción. Pongo los ojos en
blanco cuando me la enseña. Estoy mirando a la cámara con un
aspecto demasiado serio: hombros tensos, mandíbula apretada,
la mano libre cerrada en un puño a la altura de la cadera.

—Futura carátula del disco de tu surgimiento Riot Grrrl en
solitario —dice con una sonrisa.

Luego, vamos al Museo Nacional de Derechos Civiles y pa-
seamos por Beale Street, la cual, con los carteles luminosos de
neón e innumerables tiendas de recuerdos, me parece un poco
trampa para turistas. Aunque, por otro lado, eso es justo lo que
somos. Para cuando nos sentamos para disfrutar de la auténtica
barbacoa de Memphis (yaca para Finn), es la primera vez que lo
veo tan relajado. Tiene las pecas calentadas por el sol, le brillan
los ojos y va vestido informal, con unos vaqueros desgastados y

una camiseta que pone «MARATÓN DE MORDOR» y, debajo, en letras pequeñas: «UNO NO CAMINA Y YA ESTÁ».

El restaurante es acogedor. Las mesas son de madera, las paredes están cubiertas de pósteres antiguos de estrellas de la música *country* y por los altavoces suena Johnny Cash, y todo eso hace que sienta que yo también puedo relajarme un poco. Finn tenía razón en cuanto a lo de que esos hoteles eran sofocantes. Ayer les mandamos a nuestros equipos un esquema, por lo que es como si nos hubiéramos ganado este tiempo para explorar. Ahora nos queda esperar a que lo aprueben antes de empezar a escribir.

Estiro el brazo por encima del mantel a cuadros para agarrar la botella de salsa barbacoa.

—Ya decía yo que me sonaba. A mi prima le vino en una caja de suscripción de salsas barbacoa. —Finn me mira con perplejidad, así que se lo explico—. Está un poco obsesionada con que cada mes le lleguen sorpresas por correo postal. Casi que da igual lo que sean, siempre y cuando haya una caja que abrir. Esta le encantó. Le compraré una botella antes de irnos.

—Tu prima y tú estáis muy unidas —reflexiona—. Hablas mucho de ella.

Asiento con la cabeza.

—Noemie y yo... nos criamos juntas. Fuimos a las mismas escuelas, a la misma universidad, incluso nos especializamos en lo mismo antes de que ella decidiera tomar el camino más pragmático y más económicamente estable de las relaciones públicas. Y vivo con ella. Somos como hermanas, la verdad.

—Yo solía querer una hermana. —Mete el tenedor en la ensalada de col—. Pero al menos tuve a Krishanu, y fuimos bastante inseparables durante un tiempo. —Lo mencionó hace un par de días. Krishanu Pradhan, su mejor amigo de la infancia, quien sigue viviendo en Reno y enseña inglés en un instituto—. Tú también lo conocerás en un par de semanas.

—Estoy deseándolo. Espero que tenga historias embarazosas.

—Seguro que tiene demasiadas.

—¿Qué hace Finnegan Walsh cuando no está grabando o viajando? —pregunto—. ¿Para ti qué es la vida real?

—Esta es mi vida real —responde, objetivo.

Niego con la cabeza.

—No, no, no. La vida real es cuando estás en casa y no hay nadie, así que lames la salsa del plato de espaguetis o vas por ahí desnudo o meas en la ducha. Eso es lo que quieren los lectores.

—¿Quieren que mee en la ducha?

—Metafóricamente, sí.

Finn se toma unos segundos para pensárselo al tiempo que la música cambia a Dolly Parton.

—Es muy aburrida, la verdad. Cocino mucho. Leo mucho. A veces hago videollamada con mi madre o con Krishanu. —Se encoge de hombros—. Grabo otra película ñoña que se estrenará en diciembre, pero quería centrarme en el libro, así que ahora mismo no tengo nada en desarrollo. Es gracioso, cuando estoy en casa, echo de menos viajar. Y, cómo no, cuando estoy en pleno circuito, lo único que quiero es irme a casa.

Hay sufrimiento grabado en esas palabras, intencionado o no. Ambas opciones parecen profundamente solitarias: en casa solo o de viaje rodeado de gente que conoce a su personaje, pero no a él.

—Por eso acepté el trabajo. —Le doy un bocado divino a las tiras de cerdo—. Porque no he salido nunca de Seattle.

—Conque habrías dicho que sí a cualquiera que te pidiera que le escribieras un libro si eso significaba seguirle por todo el país. —Corta un trozo de pan de maíz y, ahora que sé el motivo, hago lo posible para no mirar—. ¿Cómo te metiste a trabajar de escritora fantasma?

—La verdad es que fue de casualidad —respondo, y le explico lo de la oferta de trabajo, cómo encontré a Stella, cuando escribí el libro de Amber Y y los otros dos que fueron de todo menos satisfactorios. Cómo, debido al secretismo que lo rodea, al principio temía que alguien descubriera quién era y que me metiera en problemas. Mi ansiedad no me dejó respirar hasta que estuve a mitad del segundo libro. Una vez incluso encontré un hilo de Reddit en el que la gente intentaba desenmascarar la identidad de la escritora fantasma de Amber Y, y me pasé una hora entera revisando mis redes sociales, a pesar de que estaba segura de que no había nada que pudiera ligar el libro conmigo. No había folios ni esquinas de la pantalla del portátil en los que alguien pudiera hacer *zoom* y encontrar un párrafo de *No preguntes por qué*. Aun así, incluso mirar el hilo hacía que me sintiera como si estuviera sobrevolando una trituradora de papel junto con el acuerdo de confidencialidad.

—Cuando te conocí —dice, como si acabara de caer—, dijiste que estabas atravesando una crisis profesional. Intuyo que este no es el trabajo de tus sueños, ¿no?

Tenía la esperanza de que se olvidara de eso.

—Aquella noche… bueno, estaba ahí por el libro de Maddy DeMarco, que supongo que ya conoces. Fui a pedirle que me firmara mi ejemplar, le dije mi nombre completo… y ni siquiera supo quién era. —Me miro las uñas, las cuales me volví a pintar anoche de un azul pálido que me traje, y me rasco el pulgar mientras me acuerdo de cómo se me cayó el corazón a los pies—. Por eso estaba tan mal cuando me conociste.

Finn se limita a parpadear, intentando comprenderlo.

—¿Le escribiste el libro entero y no tenía ni idea de quién eras?

—Apenas hablé con ella durante el proceso de escritura. Esa es parte de la razón por la que accedí a esto; porque trabajaría contigo de verdad. —Se me calientan las mejillas, aunque debe de saber que lo digo desde un punto de vista puramente profesional.

—Deberías haberle dicho algo. Hacerle sentir como una mierda por haber hecho eso.

Me encojo de hombros para restarle importancia.

—Tal vez. En cierto modo, solo quería salir de allí. —Ante eso, no puedo evitar reírme—. Y, gracias a ti, supongo que lo hice. En más de un sentido. —Coincidencia, destino, una broma cósmica… sea lo que sea, en este momento estoy plenamente agradecida por ello. Este trabajo es diferente a todos los demás, que era

justo lo que necesitaba—. Estoy empezando a pensar que no existe el trabajo de mis sueños. Mi esperanza era empezar con encargos más ligeros: *influencers*, estrellas de *realities*. Y después podría
pasar a algo más profundo. Algo con un poquito más de… sustancia.

—¿En qué parte de ese espectro entro yo? —Pasa un dedo por
la mesa—. ¿Asumiste que no tendría sustancia alguna porque soy
actor?

—N-No. —No estoy acostumbrada a que me pongan en situaciones comprometidas así, y tal vez eso debería aportarme un
poco más de empatía hacia él. Soy plenamente consciente de que,
a estas alturas, tiene suficiente para, al menos, un par de capítulos
sobre mí—. Bueno, tal vez al principio. Tienes que tener un poco
de ego para verte en la pantalla, ¿verdad?

Finn se encoge de hombros.

—Claro, mucha gente lo hace para sentirse importante, pero a
mí me encanta actuar desde que era niño. Muchos de nosotros lo
hacemos por puro amor a esta forma de arte.

—Me he equivocado antes —continúo—. Esa estrella de *reality*
tenía mucho más que decir de lo que inicialmente le di crédito.
Pero, por otro lado, también me pregunto: ¿quién decide qué es
sustancia y qué no? A lo mejor lo que a mí no me importa, para
otra persona es sustancia.

—Y estás intentando encontrar mis cualidades profundas.

Cuando sus ojos se posan en los míos, nos veo a nosotros en
la cama en Minnesota, hombro con hombro. La garganta de Finn
apuntando hacia el techo, diciéndome con esa voz áspera lo cerca
que estaba.

—Si te sirve de algo —dice, empujando su canasta roja vacía de
comida a un lado—, estás haciendo un trabajo fantástico. —En ese
momento, parece que se le ocurre algo—. Con esto de ser escritora
fantasma… ¿no te gustaría escribir tu propio libro algún día?

Se me enciende la cara por completo, sostengo el vaso de agua
vacío y luego miro a mi alrededor con ansiedad en busca del camarero.

—*Oh*. Sí que quieres.

—A ver. ¿Acaso no quiere todo el mundo? ¿La gran novela americana y todo eso? —Hago lo posible por reírme. Hace mucho, mucho tiempo que no lo verbalizo delante de alguien. Ese sueño murió antes de darle el suficiente espacio para respirar, y se ha convertido en un mero pasatiempo. De hecho, no he abierto ese documento desde que salimos de Seattle.

»Antes sí —aclaro—. Pero ya no. Ahora… —Hago un gesto que abarca lo que nos rodea—. Hago cosas como esta.

Debe de darse cuenta de que no es algo en lo que quiera detenerme, ya que no me presiona. Aun así, es casi como si lo de ayer en la piscina fuera una promesa. «Yo también quiero saber cosas sobre ti».

Salvo que conmigo hay límites.

Y esas conversaciones no terminan con ambos recibiendo un cheque de pago.

— — —

—Hay algo más que me he estado preguntando —dice Finn cuando salimos al brillo de la media tarde, ante lo que se pone unas gafas de sol. Ha pasado una hora y todavía me siento un poco como si su cursor estuviera sobre esa carpeta de mi ordenador. Cuando asiento, vuelve a hacer eso de esperar unos segundos para reunir las palabras al tiempo que se frota la barbilla sin afeitar—. ¿Qué te aporta esto? Los «pocos consejos» que me has estado dando… —Esas palabras me congelan en el sitio—. He estado pensando en ello y me imagino que no es posible que lo hagas porque posees un corazón bondadoso.

Ojalá pudiera verle la cara, sobre todo, porque el sol me ruboriza las mejillas. Es una conversación mucho más fácil que la de mi escritura.

—Supongo que he tenido mis razones. Durante años estuve enamorada de uno de mis mejores amigos —empiezo y, por curioso que parezca, no me resulta demasiado difícil admitirlo—. Wyatt. Me empezó a atraer en la universidad y el sentimiento no desapareció del todo. Salía con otra persona, rompíamos y la atracción volvía con sed de venganza.

Finn asiente, no interrumpe.

—Unas semanas antes de conocerte… nos acostamos. Y tuve un montón de fantasías y, como es lógico, en ese momento no me di cuenta de que no eran más que eso, en las que nos convertiríamos en la pareja perfecta al momento. Me gustaba muchísimo y había sido paciente, y parecía que todo estaba encajando. —No es ningún secreto oscuro, pero no es divertido revivirlo—. Hasta que me dijo que eso no iba a suceder. Que yo era «una chica de relación» y que él no estaba buscando una relación.

—¿Qué significa eso de «una chica de relación»?

Pienso en mi historial sentimental. Justin, mi novio de la secundaria y la primera persona con la que me acosté, acto que duró un total de seis minutos. David, con quien salí en el segundo año de universidad, quien me apoyó mucho cuando me quedé embarazada y decidí abortar. Solo rompimos porque él se fue a estudiar al extranjero durante un semestre y ninguno de los dos quería tener una relación a distancia. Luego vino Knox, el primer chico con el que tuve un orgasmo, lo que me hizo más audaz con el resto: un puñado de chicos a lo largo de mi veintena procedentes de un puñado de distintas aplicaciones de citas, relaciones que duraron de cuatro a dieciocho meses, hasta que terminaron y volví a suspirar por Wyatt.

—Supongo que nunca he tenido algo informal. Hasta ahora. —Me vuelvo a rascar el pulgar y aflojo una pequeña franja azul—. En cierto modo, tiene razón. Pero me pareció una indirecta horrible viniendo de él, de alguien que me conocía tan bien y que me gustaba tanto. Yo era una Chica de Relación… pero él no quería tener una relación conmigo.

Es la primera vez que pongo esas palabras juntas. Porque esa es la verdad, ¿no? Si hubiera querido estar conmigo, no habría importado qué tipo de chica soy.

Vuelvo a mirar a Finn con la intención de restarle importancia a todo esto si cree que es algo muy trivial que le pasa a cualquiera.

No estoy segura de por qué ese es mi primer impulso. No obstante, cuando vuelve a hablar, su voz es seria.

—No hay nada de malo en ser una persona de relaciones. O no serlo —dice Finn en voz baja—. Yo he hecho eso de tener sexo ocasional. El primer año que estuvo en emisión la serie. No estoy orgulloso de todo eso. Más aún, imaginando lo terribles que debieron de ser esas relaciones sexuales. Pero era joven e inexperto y la situación me superaba. —Intenta sonreír—. A lo mejor mi entusiasmo lo compensó.

Me río ante eso.

—¿Solo has salido con gente de Hollywood?

Asiente con la cabeza.

—He descubierto que nadie más parece *comprender* la industria —explica—. Sí, puede ser estresante, pero es más fácil cuando ambas personas entienden ese estrés tan singular.

Lo que está diciendo tiene mucho sentido y, sin embargo, no sabría explicar por qué me aterriza en un lugar extraño del estómago.

—¿Todavía sientes algo por él? Por Wyatt. —El tono de Finn está teñido de una curiosidad cautelosa, como si pensara que no debería importarle la respuesta, pero, aun así, quisiera saberlo de verdad.

—No estoy segura —respondo con sinceridad. Es cierto que hace al menos una semana que no pienso en él, lo cual es un descubrimiento bienvenido, y ya no miro el móvil en busca de mensajes que no llegan—. No es que todavía piense que podemos ser algo. Sé que no se puede. Pero esos sentimientos no desaparecieron de la noche a la mañana. Y, bueno, mentiría si dijera que esa no fue también parte de la razón por la que dije que sí a este trabajo.

—Lo siento. Siento que no haya salido como querías. —Suena sincero, una compasión que no estoy acostumbrada a escuchar en él. Se coloca las gafas de sol sobre la cabeza y veo esa compasión pintada en el suave ángulo de sus cejas, en su mandíbula. De repente, me está mirando con tanta concentración que me saca de la ciudad y me lleva a una habitación de hotel.

Todavía no he respondido a su pregunta, pero falta poco.

—Luego fui al evento de Maddy y parecía que mi carrera profesional también iba en la dirección equivocada. Como si no fuera capaz de ganar en nada. Así que así estaba cuando me conociste: no había tocado fondo, pero sí que estaba en un punto muy bajo. Llevaba todo ese tiempo centrándome en mi carrera profesional y no iba en la dirección que quería. Y mi vida romántica giraba en torno a Wyatt. Así que supongo que, cuando empezamos a bromear sobre las lecciones, pensé que igual me daría la oportunidad de divertirme un poco.

Su mirada no se ha apartado de la mía.

—¿Y ha sido divertido? —pregunta.

Me acuerdo de Minnesota y me recorre otra ola de calor. Minnesota, Phoenix y quizás esta noche, ya que no tenemos ninguna fecha de entrega inminente ni que despertarnos temprano. Estoy segura de que no me imagino cómo se acerca a mí.

Aprieto los labios y asiento.

—Y creo que está a punto de mejorar más todavía.

Porque estamos delante de una tienda con BOUTIQUE ERÓTICA MEMPHIS escrito en letras de color rosa neón.

—¿Por qué tengo la sensación de que lo tenías planeado? —dice Finn, y se ríe—. Seguro que está en alguna parte de ese documento de Google. En letras muy pequeñas.

Alzo las cejas mientras se reajusta la gorra de béisbol y se pone las gafas de sol. Disfrazándose.

—¿En serio? ¿Te preocupa que los empleados de una tienda erótica de Memphis, Tennessee, reconozcan a Oliver Huxley?

—Oye. Nuestros fans son muy diversos y, con suerte, prosexo.

—No hay nada de lo que avergonzarse. —Muevo el brazo para hacerme con su gorra, pero se aparta—. Venga.

A regañadientes, se quita la gorra y las gafas de sol. Aun así, lo encuentro desviando la mirada cuando entramos y fingiendo que le interesan los escaparates de juguetes modelados según partes de la anatomía pertenecientes a estrellas porno. Finnegan Walsh, en una tienda erótica, con su camiseta de Mordor. Se le sonrojan las mejillas de una forma tan adorable a medida que pasamos por los productos más atrevidos, la sección BDSM, las muñecas hinchables. Mientras tanto, lo miro todo, medio atenta a cualquier cosa que podamos usar en nuestras lecciones, medio porque es interesante y ya está. Las mejores tiendas eróticas son espacios abiertos e inclusivos, y me costó mucho entrar en una.

Tomo una botella de lubricante de un estante.

—Siempre es bueno tener uno.

—Ajá. —Finn mueve la cabeza para señalar otro escaparate. Veo cómo empieza a relajarse poco a poco—. ¿Para qué es eso?

—¿Las pinzas vibradoras para pezones? Más o menos lo dice el nombre.

—Ah. Creo que para eso tendré que reunir valor. —Señala un tubo de lubricante efecto calor—. Aunque podría apuntarme a algo como esto.

Se me desata una sacudida de emoción en la parte baja del abdomen.

—¿Sí? Vamos a comprarlo.

Me está mirando con una expresión de interés en el rostro.

—Te sientes muy cómoda —dice, sonando casi impresionado, y se pasa una mano por el pelo—. Hablando de todas estas cosas. Estando aquí.

—Supongo que parte de eso fue gracias a la universidad —contesto—. Y el resto... supongo que se podría decir que practiqué. Sabía que, si no me sentía cómoda, sería imposible decirle a otra persona lo que quería. —Le dedico una sonrisa maliciosa—. Es empoderador decirle a una pareja lo que quieres. Y solo porque sea cómodo no significa que no pueda ser excitante también.

—Hazme caso, ahora lo sé.

Ayer estuve pensando sobre ello, y hoy lo confirmo: nos hemos vuelto más abiertos el uno con el otro. Contra todo pronóstico, existe la posibilidad de que Finn y yo resultemos ser algo más que compañeros sexuales o escritor y autora fantasma: es posible que seamos algo cercano a *amigos*.

Cuando llegamos al estante de los vibradores, me paso un par de minutos buscando antes de elegir un masajeador de clítoris similar al que tengo en casa.

—¿Y esto?

—Me… parece bien.

—He pensado que podríamos usarlo juntos.

—Ahora me parece todavía mejor.

Nos dirigimos al mostrador con el vibrador, el lubricante y una variedad de condones: aromatizados, con textura, ultrasensibles. La mujer de mediana edad que hay en la caja registradora nos saluda con amabilidad, comienza a escanear las cosas y, luego, deja caer el escáner al hacer contacto visual con Finn.

—Dios mío, ¿Finn? ¿Finn Walsh? —inquiere con un acento sureño melodioso—. Pensaba que me habían engañado los ojos cuando entraste, pero eres tú, ¿no?

A mi lado, la postura de Finn se vuelve recta como un palo. Mira hacia la puerta, como si estuviera debatiendo cómo de rápido podría alcanzarla, y luego parece darse cuenta de que es imposible escapar.

Alza la mano para gesticular un saludo poco entusiasta.

—Hola. Encantado de conocerte.

Se lleva las manos a la boca.

—¡Madre mía, *eres* tú! Soy Tamara, la dueña de esto, ¡bienvenidos! ¿Puedo ayudaros a encontrar algo? O… —Estira el cuello para ver lo que llevo—. ¡Parece que tu novia ya ha elegido algunos de nuestros productos más vendidos!

—No es…

—No soy…

Tamara nos guiña un ojo.

—No os preocupéis, no se lo voy a decir a nadie. —Acto seguido, suelta otro grito ahogado—. ¡Debes de estar muy ocupado con la próxima reunión! *Grité* cuando me enteré y casi maté a mi marido del susto.

—Estamos muy entusiasmados.

Sonrío, adorando cada segundo de lo que está ocurriendo.

—¿Puedo hacerte una foto? Siempre he querido tener uno de esos muros de famosos, pero, bueno, aquí no viene tanta gente famosa como me esperaba. ¡Es posible que seas el primero!

—Qué suerte —contesta Finn con la voz plana—. Por supuesto.

Una Tamara alegre saca el móvil.

—Pienso matarte —dice Finn con los dientes apretados.

—¿Con el consolador con púas o con el látigo de cuero?

—Lo que sea más lento y doloroso.

—Suena pervertido. —Le doy un codazo mientras la dueña de la tienda le apunta con el móvil—. Ahora *sonríe*.

Temporada 2, Episodio 18: «Algo retorcido, algo salvaje».

INT. LABORATOIO DE BIOLOGÍA DE OAKHUST. DE DÍA

El PROFESOR DONOVAN está sentado en una mesa del laboratorio detrás de un microscopio, rodeado de tubos de ensayo, matraces y radiografías. CALEB RHODES se apoya con indiferencia en la mesa mientras OLIVER HUXLEY espera a su lado con nerviosismo.

PROFESOR DONOVAN

Tal y como han mostrado todos mis experimentos, no hay nada que pueda alterar su ADN y borrar su parte canina por completo. Siento decir que es un proceso irreversible.

CALEB

Eso le he dicho. No se me dan muy bien las cosas científicas. Y no me importa ser un hombre lobo. De hecho, creo que se me da muy bien.

Caleb intenta aullar, tras lo que le da un ataque de tos.

Bueno. Casi siempre.

HUX

No es para él. Es… para otra persona.

CALEB

¿Le has preguntado, Hux? Igual deberías empezar por ahí, ¿no?

HUX

Pues… no. Pero ¿crees que de verdad elegiría esto si tuviera elección?

CALEB

Se acerca a Hux y le da en el pecho con el dedo.

Somos súper fuertes, súper rápidos y tenemos visión nocturna. Oigo conversaciones que están teniendo lugar a un kilómetro y medio de distancia. Me curo si me hieren. Y, no es por fardar, pero es un hecho: somos más guapos que el resto de vosotros. Pelo más brillante, piel perfecta, músculos más grandes. ¿Quién no querría eso?

HUX

¿Y tú cómo sabes lo que quiere ella?

CALEB

Porque yo la convertí.

Capítulo

CATORCE

MEMPHIS, TENNESSEE

La energía que hay entre nosotros es diferente a medida que atardece. Cinética. Mi manga roza la de Finn al menos seis veces, y durante unos segundos se le olvida apartar la mano cuando su palma aterriza sobre mis lumbares. Tras un paseo por la ribera, le pregunto si está listo para volver al hotel, y su «sí» entrecortado hace que el corazón me vaya a un ritmo nuevo. La tarde es inusualmente cálida para finales de septiembre, y el aire húmedo me llena los pulmones y me vuelve inestable. Nada de alcohol, solo un trago estable de deseo directo al cerebro.

Enciendo las luces de mi habitación y vacío la bolsa de la tienda erótica sobre la cama. Con la mayor indiferencia que soy capaz de reunir, le doy la vuelta a la novela de misterio que hay en la mesita. No me da vergüenza, es solo que *El asesino del pan* no es el título más sexi.

Se suponía que la próxima lección iba a ser el sexo oral, pero no hay motivos por lo que no podamos darle chispa. Otra desviación del esquema, pero una esencial.

Teniendo en cuenta cómo está mirando Finn nuestras provisiones, piensa igual.

—Sería una pena que no lo probáramos todo —dice mientras gira un condón con textura—. Para asegurarnos de que todo funciona.

—No podría estar más de acuerdo.

Agarra el vibrador y abre la caja.

—¿Algo que deba saber antes de usar esto?

—Empieza despacio —respondo, a pesar de que estoy deseando que ponga las manos sobre mí—. Pero por lo demás… siéntete libre de jugar con él.

—Esa es mi intención. —Lo deja en la mesita y se centra en mí—. Pronto —me promete, tras lo que se sienta en la cama y da un golpecito a su lado. Es una indicación pequeña, pero mi cuerpo se emociona al pensar en él tomando el control y sabiendo lo que hacer.

»Me ha gustado el día de hoy —continúa, y alza la mano para acariciarme el pelo. Cierro los ojos ante la presión agradable de sus dedos. Sube la otra mano, la ahueca para sostenerme la mandíbula y recorre su curva, tras lo que deja el pulgar en el labio inferior—. Gracias. Por complacerme. Es posible que se me hubiera olvidado que yo también podía divertirme un poco.

—¿Esto no es divertido para ti? —Abro los labios para saborear la sal de su piel. Le paso la lengua por el pulgar un par de veces antes de metérmelo a la boca.

Agarrándome el pelo con más fuerza, gime mientras observa cómo le chupo el dedo.

—Creo que sabes lo que esto es para mí. —Con una urgencia entrecortada, me saca el pulgar de la boca y me cubre los labios con los suyos—. Pero esta noche es sobre ti.

Y estoy demasiado excitada como para discutirlo.

Me encanta ver cómo va ganando más confianza. Nos quitamos la ropa más rápido incluso que la primera noche, en Seattle; camisetas, vaqueros, cinturones y ropa interior apilados en el suelo. Descubro un lunar entre sus omóplatos, un poquito descentrado, antes de que se tumbe de lado, mirándome, decidido de una forma preciosa e intensa mientras me recorre el cuerpo con la mirada.

A mí también me encanta esto, el hambre con la que me asimila. Así pues, se lo digo. Porque todo gira en torno a la comunicación.

—¿Sí? Porque podría hacerlo toda la noche, si lo prefieres —contesta al tiempo que le aparece una leve sonrisa en el rostro.

Niego con la cabeza, riéndome, pero para cuando me sube la mano por el muslo y la acerca a donde lo quiero, el aire se me queda atrapado en los pulmones.

Si esta fuera nuestra primera vez, es posible que me diese vergüenza lo necesitada que estoy, evidenciado por lo resbaladizo que está cuando su dedo se mete entre mis pliegues. Podría volverme adicta a cómo reacciona a los sonidos de mi cuerpo. El roce bajo de su respiración. La presión de su cara contra mi cuello.

No obstante, llevado por el entusiasmo, va un poco demasiado rápido, demasiado pronto.

—Con más delicadeza —digo, y le empujo el brazo con los dedos—. Más suave.

—Cierto, cierto, cierto. Perdón. —Su caricia se vuelve ligera como el aire, y cierro los ojos y me aferro a sus hombros. Ahí.

No hay duda de que prestó atención la otra noche, ya que se nota que está reproduciendo mis movimientos, trazando un círculo agonizante con el dedo. Está concentrado, esperando a ver cómo reacciono antes de cambiar la velocidad o la presión.

—¿Bien? —pregunta cuando me roza el clítoris y se estremece. Asiento y suelto un «sí», moviendo las caderas para alentarlo. Lo hace una y otra vez, provocaciones de placer brevísimas. Luego, toma el lubricante efecto calor, se lo restriega por las yemas de los dedos y lo desliza entre mis muslos. Gimo cuando hace contacto con mi piel, y todo ese calor me empuja a estar más y más cerca.

»Eres increíble —murmura contra mi pecho, y atrapa un pezón con la lengua. Lo lame con suavidad y luego con más fuerza al tiempo que me llena con su dedo. Tras introducirlo unas cuantas veces, lo vuelve a deslizar hacia arriba y acaricia y frota y traza y «Dios. Santo». Me aferro a él con más fuerza porque sienta demasiado bien, incluso cuando trastabilla. Sobre todo, cuando oye cómo se me corta la respiración y empieza a moverse más rápido.

Sobre todo, cuando estira el brazo hacia la mesita para asir el vibrador.

No obstante, no me lo coloca entre los muslos al momento. En vez de eso, lo enciende y me dedica una sonrisa malvada. Se inclina, me lo acerca a la boca y lo mantiene ahí unos segundos. Las vibraciones que me atraviesan son agradables, aunque me hacen un poco de cosquillas. Después, lo baja hasta el cuello. La silicona me recorre la piel con pulsaciones lentas y cada vez más satisfactorias.

—Sienta… sienta muy bien —digo, y sonríe como si supiera lo bien que iba a sentarme.

Cuando llega a mis pechos, juega con ellos unos instantes antes de presionar el vibrador contra un pezón con fuerza y luego contra el otro. Se me arquea la espalda y se me contraen todos los músculos. «Más abajo. Por favor».

Siento un ligero cosquilleo cuando mueve el vibrador a lo largo de mi abdomen, pero no es tan fuerte como la anticipación. Mi cuerpo desea tanto que me dé placer, quiere estremecerse y apretarse contra él antes de explotar.

Muevo las caderas hacia delante para hacer todo lo posible por instarle a que baje un poco más hacia el sur. Se da cuenta de lo que estoy haciendo, pero no muerde el anzuelo.

—Has dicho que vaya despacio —susurra, y lo vuelve a subir, lejos del único lugar en el que quiero que esté.

Un gemido sale de mi garganta.

—Que le den a ir despacio. No hagas que te suplique.

Se ríe y sigue provocándome. El estómago. Los pechos otra vez. El ombligo. Me encanta. Lo odio. Quiero estrangularlo y empujar su cabeza entre mis muslos al mismo tiempo.

—Puede que me guste oír cómo suplicas.

Por fin, *por fin*, hace una pausa para echarle lubricante al vibrador y, cuando lo coloca entre mis piernas, suelto un suspiro de alivio. Seguido al instante por un grito ahogado.

Aumenta un poco la velocidad.

De mi boca sale un torrente de obscenidades a medida que alterna la velocidad, la presión y el lugar. Todo es increíble.

—No pares —le pido cuando encuentra el punto exacto—. *Dios...* por favor...

—Ni en broma —se apresura a asegurarme con la respiración más acelerada. Más superficial.

Noto cómo se me forma el calor al final de la columna. Esta vez va a ocurrir, con él, estoy segura. Me aferro a las sábanas. Parece leerme la mente y aumenta la velocidad una vez más hasta que no existe nada excepto mi cuerpo, esta sensación y cómo frunce las cejas con determinación cuando ajusta su peso para que pueda inclinarse más sobre mí. Más rápido. *Sí.*

Algo se abre en mi interior y un gemido me desgarra el pecho. Es una liberación preciosa, una que me hace temblar, gemir y agarrarle el pelo. Suelta el vibrador y experimenta las réplicas conmigo.

Estoy completamente agotada. Sin palabras. Y puede que él tampoco sepa qué decir, porque se le inclina la boca hacia arriba para esbozar esa leve sonrisa y vuelve a acercarme la mano a la cara, tal y como hizo antes. Esta vez, hay casi una reverencia en cómo me sostiene la mandíbula, algo que seguro que me debo de estar imaginando. Es natural sentirse más cercano después de un orgasmo. Es posible que acabe de hacer que una mujer se corra por primera vez. Con un poco de ayuda por parte de la Boutique Erótica Memphis.

—Chandler —dice en voz baja. Solo que nunca llego a oír lo que hay al otro lado de mi nombre. Parpadea un par de veces, y estoy lo bastante cerca como para ver el patrón de pecas que le salpica los párpados. Después de semanas viendo a Oliver Huxley, descubro que Finnegan Walsh todavía tiene algunas expresiones que soy incapaz de leer.

Me pasa un dedo por debajo de la barbilla, acercándome. Cuando se encuentran nuestras bocas, me sorprende la repentina suavidad con la que me besa. La delicadeza con la que roza los labios contra los míos, muy despacio, antes de apartarse.

Y, entonces, desde algún lugar bajo la montaña de ropa, suena un móvil.

El de Finn.

No hace ademán de contestar.

—Dejarán un mensaje —afirma. Aun así, nos ha separado, y todavía me hormiguean los labios con el recuerdo de los suyos.

El móvil para de sonar, solo para que el mío empiece a hacerlo justo después.

—Debería… —digo, y asiente con la cabeza.

Salgo de la cama a trompicones y revuelvo entre las camisetas, cinturones y ropa interior. En serio tenía que meterlo tan para dentro en el bolsillo y es un delito que los vaqueros de mujer tengan bolsillos en los que solo cabe un tercio de un móvil y…

—Es nuestra editora —anuncio.

Finn se coloca en el borde de la cama a toda prisa y corre a ponerse los calzoncillos mientras pongo el móvil en altavoz y me pongo la camiseta al revés. No puedo tener una llamada de trabajo desnuda y, si nos ha llamado a los dos, debe de ser importante.

—Hola, Nina —digo al contestar, y Finn grita un «hola» de fondo.

—¡Qué bien, estáis juntos!

Aprieto los labios. Con fuerza.

—Ajá.

Finn se ha vuelvo a colocar en la cama, sentado con una pierna medio dentro de los vaqueros y la otra metida debajo de él.

—Perdón por llamar tan tarde —continúa con despreocupación—. Pero estaba demasiado emocionada. Esta tarde he terminado vuestro esquema y me ha encantado. Creo que vais por el buen camino.

Los hombros se me relajan y Finn me hace un gesto con el pulgar hacia arriba.

—Estamos encantados de oír eso —contesto.

—Chandler ha estado trabajando horas extras. Muchas horas. —Me mira con las cejas alzadas—. Hasta tarde.

Me llevo el puño a la boca y le doy un codazo.

—Considerad esto vuestra luz verde oficial —afirma Nina—. Estoy deseando leer el borrador.

—Muchas gracias —respondo, y Finn lo repite—. Nos meteremos de lleno.

Cuando se termina la llamada, en la habitación reina el silencio. Se me ocurre que no es demasiado tarde. Que podríamos seguir.

—Deberíamos dormir algo —digo en vez de atraerlo hacia mí—. Para que podamos empezar con el borrador a primera hora de la mañana.

—Cierto. Claro. —Finn hurga en busca de su camiseta y se le tiñen las mejillas cuando se fija en el vibrador tirado—. Muy buen trabajo, por cierto. Tenía la sensación de que lo íbamos a clavar. —En ese momento, capta el doble sentido. Hace una mueca—. ¿Por qué hay tantas insinuaciones relacionadas con la escritura? —murmura, y cuando me río, suena hueco.

«Solo sale con gente de Hollywood», me recuerdo, porque parece que merece la pena recordarlo. Si alguna vez me noto dudando de que esto pueda ser algo más que una relación informal, reproduciré esa conversación. No estoy en la industria. Fin de la historia.

Aun así, no sé por qué, pero mientras lo acompaño a la puerta, me siento extrañamente agradecida por la interrupción.

Tampoco sé por qué, cuando ya hemos hecho progresos sustanciales en ambos esquemas, no puedo dejar de pensar en la ternura con la que presionó sus labios sobre los míos.

FINN WALSH: EL *CRUSH* FRIKI POR EXCELENCIA

BuzzFeed

De alguna manera, no seguimos viendo *Los nocturnos* por las escenas sin camiseta gratuitas de Ethan Underwood, quien hace del hombre lobo alfa Caleb Rhodes, sino por el friki dulce, decidido y adorable Oliver Huxley, alias Hux. Y resulta que no se diferencia demasiado de su homólogo en la vida real, Finn Walsh.

Según cuenta la historia, Finn consiguió el papel porque habló en élfico durante la audición. Sí, el idioma inventado de *El Señor de los Anillos*. Por si fuera poco, sabemos de buena fuente que se leyó el libro de Biología de su personaje entre toma y toma y que incluso consultó a un científico de verdad para asegurarse de que Hux sonara lo más auténtico posible. Procedemos a: ¡desmayarnos!

¿Qué opináis de Finn Walsh? ¿Con gafas o sin gafas? Y con todo ese pelo rojo, ¿creéis que se sonroja *en todas partes*?

Capítulo

QUINCE

DENVER, COLORADO

> ¿Está Finn contigo? Acaba de llamarme el personal de la convención y se suponía que tendría que haberse registrado hace veinte minutos. Tampoco responde al móvil.

Frunzo el ceño mientras leo el mensaje de Joe Kowalczyk, el representante de Finn. Estoy en el vestíbulo del hotel esperando a que Finn baje para ir al palacio de congresos para la Rocky Mountain Expo. Tampoco ha respondido al mensaje que le envié esta mañana, ese en el que le decía que, al parecer, en este hotel «desayuno continental» significa yogur blanco y un plátano verde. Asumí que lo ignoró porque no fue un comentario apasionante que digamos.

A pesar de mi miedo debilitante *millennial* a las llamadas telefónicas, lo llamo. No responde.

Qué raro.

Cuando nos registramos anoche, su habitación estaba justo enfrente de la mía. Parecía cansado, lo cual tenía sentido, dado que habíamos optado por subir los cinco tramos de escaleras hasta nuestra planta. Un intercambio razonable a esperar detrás de una familia que se subía al ascensor con sus ocho maletas. Dijo que se iba a acostar temprano, y supongo que no sería raro que se haya quedado dormido, incluso sin querer. Aunque mi ansiedad decide ayudarme y me informa del número de accidentes que podría ocurrirle solo en una habitación de hotel, muchas de las cuales están desfilando por mi mente ahora mismo.

El ascensor no es lo suficientemente rápido, así que vuelvo a subir por las escaleras.

Sin aliento, toco la puerta con suavidad al principio. Puede que demasiado suave.

—¿Finn? —inquiero, y espero. Nada. Seguro que está en el baño. O sigue durmiendo. Sin duda, no está en el suelo inconsciente. No hace falta entrar en pánico. Salvo que el no-pánico hace que la voz se me vuelva aún más aguda al tiempo que empiezo a golpear la puerta—. ¿Finn? ¿Estás ahí?

Debo de estar tocando tan fuerte que no escucho a nadie acercarse a la puerta y, cuando se abre debajo de mí, me tambaleo hacia delante. Tardo unos momentos en recuperar el equilibrio mientras lo miro.

Y ahí está, la cara medio oculta por el edredón con el que se ha cubierto como si fuese un mago triste.

—Solo necesito unos minutos más —dice con la voz ronca antes de girarse y caminar despacio hacia la cama. La habitación es un desastre, con las maletas desparramadas en medio.

—Estás... enfermo —indico en voz baja.

—Estoy bien. Como he dicho, solo necesito unos minutos más. —Tras eso, un escalofrío le recorre el cuerpo entero—. ¿Hace frío o soy yo?

Se me queda atascada una risa en la garganta porque *no* está nada bien.

—Sí, ya. Vamos a cancelarlo. Deberías descansar.

Me mira con el pelo revuelto y la cara cenicienta. Sí que parece estar fatal. Estrellas: ¡son como nosotros!

—Pero toda esa gente... cuenta conmigo. Me comprometí.

—Lo entenderán —contesto—. Estas cosas pasan. No me digas que nunca te has tomado un día libre por enfermedad.

Por cómo me mira, me pregunto si es posible que no lo haya hecho nunca. Noemie y él tienen eso en común.

—Vuelve a la cama. —Hago un gesto en dirección al lío de sábanas—. Yo aviso a la convención.

Paso la tarjeta que hay en la mesita de noche para salir al pasillo, donde le escribo a Joe y llamo a nuestro contacto de la Rocky Mountain, a quien le digo que Finn les envía sus disculpas pero que está demasiado enfermo como para asistir hoy. Una vez que he terminado, vuelvo a entrar en la habitación de Finn.

—Hola —digo mientras me acerco a la cama—. Ya está todo arreglado. ¿Te traigo algo? ¿Qué síntomas tienes?

—Mmm —responde, y se rodea más con el edredón—. Duele. Todo.

—Puede que sea gripe. Voy a bajar a comprar algunas cosas, ¿vale?

Finn abre la boca como si fuera a objetar, pero debe de darse cuenta de que le costaría demasiada energía y decide no hacerlo.

—Si quieres.

Media hora y cincuenta dólares más tarde, dejo el botín sobre el escritorio de la habitación de Finn.

—¿Has atracado el hotel? —pregunta.

Abro una caja de pastillas y desenrosco el tapón de una botella de agua. Echo un sobre neón de vitamina C.

—Cuanto antes te mejores, antes podremos volver a trabajar. Eso que tanto te molesta perderte.

—Ya. —Me quita la medicina y se la traga con otro pequeño espasmo—. Igual deberías irte —añade—. Hacer turismo. No quiero que te pongas mala.

Le resto importancia con la mano.

—Tengo un sistema inmunológico fuerte. Además, hemos estado tan cerca que, si va a pasar, lo más probable es que ya me hayas contagiado. —No estoy segura de si eso es cierto a nivel científico, pero suena como si lo fuera, y basta para que Finn deje de protestar.

Porque el caso es que no se me ha pasado por la cabeza ni una sola vez la idea de dejarlo aquí solo mientras yo exploraba Denver.

—Si estás segura… en ese caso, supongo que no odiaría tener compañía. Gracias. —Casi es adorable cómo se rinde, una resignación forzada, como si tuviera la esperanza de que me quedara—. Al menos podríamos trabajar en el libro o…

Suelto una risa-quejido. Hace dos días empecé con el borrador, reproduciendo otra vez nuestras conversaciones grabadas para encontrar el ritmo de su voz. No sé si lo he conseguido ya, así que pasar más tiempo con él solo puede ser bueno. Para el libro.

—Finn. No. Te vas a tomar un día libre y punto. ¿No puedes simplemente ver cualquier tontería en la tele como hacemos el resto?

—Elige tú —responde mientras agarro el mando a distancia y la enciendo—. Estoy demasiado desilusionado como para disfrutar de cualquier tontería televisiva estos días.

—Bueno… he estado viendo una serie sobre hombres lobo.

Suelta un gemido.

—¿Qué capítulo?

—Acabo de llegar al último de la primera temporada.

Se queda callado durante unos segundos antes de decir:

—Ese es un capítulo muy bueno.

—Vamos a verlo. Pero espero comentarios de detrás de las cámaras.

Miro el hueco vacío que hay a su lado en la cama y luego al sillón situado al otro lado de la habitación. Podría arrastrarlo o…

Finn está lo suficientemente lúcido al menos como para adivinar lo que me estoy debatiendo.

—Puedes sentarte aquí —dice, dándole un golpecito a la cama—. Si no te importan los gérmenes.

Con cautela, me coloco a su lado, encima de las sábanas, con mis vaqueros de tiro alto y mis calcetines salpicados de limones diminutos. Luego, pongo la serie y me acomodo para ver *Los nocturnos* con una de sus estrellas, lo cual es ridículo. El acto tiene algo doméstico, hasta el punto de que casi soy capaz de olvidar que la persona de la pantalla es la que está en la cama tosiendo en un pañuelo.

Cuando el último capítulo de la primera temporada termina en una batalla que enfrenta a los hombres lobo con los humanos que intentan acabar con ellos y empieza el primero de la segunda temporada, no dice nada. Vemos cómo Caleb, que acaba de confesar su amor por Alice en el último capítulo de la primera temporada, se siente tentado por Sofia, la chica nueva. Y Hux, que se ha convertido en amigo de Meg, le consulta a Wesley, el chico guay, cómo salir de la *friendzone*, un término cuyo significado acaba de aprender.

—En retrospectiva, era un poco problemática —comenta Finn mientras Wesley le responde a un horrorizado Hux que tiene que pasar a la acción, decirle a la chica lo que siente y no aceptar un no por respuesta. Ambos hacemos una mueca ante el último consejo—. Bueno, puede que más que un poco. Después de todo, era finales de los 2000. Y menos mal que no le hago caso.

Hux sigue acercándose a Meg con torpeza y la invita a una cita para estudiar que resulta gracioso lo mal que sale: pilas de libros volcadas, café derramado y el pelo largo de Meg enganchado en el respaldo de la silla. Hasta que es interrumpida por una chica de un clan de vampiros con la que Meg tiene una antigua rivalidad. En ese momento Meg no sabe que Hux sabe que es una mujer loba, y cuando lo salva de los vampiros al final del capítulo, ambos comparten una mirada prolongada. *Ahora* lo sabe, y consigue comunicar tanto alivio como inquietud en la toma final del capítulo.

—Tuvimos que rodar esa escena unas treinta veces porque Hallie y yo no parábamos de reírnos —cuenta—. A pesar de que se supone que es un momento serio. Si te soy sincero, pensé que Zach nos iba a despedir allí mismo.

Y, teniendo en cuenta las ganas que tengo de ver qué pasa a continuación, he de admitir que les he tomado un poco de cariño a estos personajes.

— — —

Hux y Meg siguen eludiendo sus sentimientos hasta que pasan dos capítulos más y Finn empieza a quedarse dormido. Doy un respingo cuando llaman a la puerta, a pesar de que ya me lo esperaba. Con el mayor sigilo que puedo, voy a por la entrega y la llevo al escritorio.

—¿Qué es eso? —pregunta Finn desde la cama, aturdido.

—Lo siento. Puedes volver a dormirte —responde—. Sopa de bolas de matzá. Mis padres la hacían siempre que me ponía mala. Mi madre tiene plena confianza en ella.

—¿Has pedido sopa de bolas de matzá?

—Es vegetariana —le aseguro—. No lleva caldo de pollo.

No me espero su reacción, la sonrisa lenta que le nace en la comisura de los labios mientras intenta reprimirla.

—Eres demasiado amable conmigo —dice, y enarca una ceja—. ¿Por qué estás siendo tan amable conmigo? Podrías haber dejado que me marchitara.

—Nadie va a marchitarse. —Retiro las tapas de los dos cartones de sopa.

—Creo que ya he tenido suficiente —indica mientras las acerco. Hace un gesto en dirección a la televisión, la cual se ha quedado congelada en su cara—. Solo soy capaz de aguantar hasta cierto punto.

La apago, vuelvo a acurrucarme en la cama y me llevo la sopa a la boca. Es increíble que en Colorado sea tan reconfortante como en el estado de Washington.

Durante unos minutos, nos quedamos sentados en relativo silencio con nuestras bolas de matzá. Es media tarde y el sol frío de octubre salpica nuestras sombras sobre la cama. Está bien pasar tiempo así con él. Seguro que verlo pálido y congestionado borrará todo lo que creí sentir en Memphis antes de que la llamada de nuestra editora interrumpiera aquel beso extraño.

—¿Qué veía la Chandler adolescente? —pregunta Finn, y mueve la cabeza en dirección a la televisión.

—Los gustos de la Chandler adolescente eran variados y ligeramente anacrónicos. Pasé por una fase Agatha Christie que empezó con los libros, claro está, así que después tuve que ver todas las adaptaciones también. Pero para mí no había nada mejor que los libros.

—No me he leído ninguno —admite—. ¿Me hablas de tus favoritos?

Así pues, lo hago. Le hablo de Miss Marple y de Hércules Poirot, de quien estaba un poco enamorada cuando leía sobre él de niña. Le hablo de *Y no quedó ninguno*, mi novela favorita de Agatha Christie, asegurándome de no destriparle ninguno de los puntos de la trama. Despacio, despacio, nos acercamos al documento de mi ordenador.

—Intenté imitarla durante mi adolescencia —confieso, porque no me parece una verdad arrancada de lo más profundo de mi corazón—. Escribir como ella, quiero decir.

—¿Sí? ¿Chandler Cohen, matando a personas ficticias? —Está sonriendo, y apoya la cabeza sobre el codo y se gira para mirarme. El pelo le sobresale por la parte de atrás, donde estaba presionado contra la almohada—. ¿Sabes qué? Lo veo. Es una forma de sacar toda tu agresividad. ¿Que alguien te hace daño en la vida real? Lo matas en una página.

—No estás *del todo* equivocado —respondo. Es posible que una víctima por ahogamiento de uno de mis primeros intentos preadolescentes, *Tumbas de agua*, estuviera basada en una niña que se copió de uno de mis exámenes de Matemáticas en quinto curso—. En las manos equivocadas, mis diarios de preadolescente serían muy preocupantes. Pero no soy súper fan de la sangre y el gore. ¿Sabes lo que es un *cozy mystery*?

—¿Una novela de misterio que lees junto a la chimenea con una taza de chocolate caliente?

—Idealmente. Pero no, es una novela en la que el misterio lo resuelve alguien que no es un detective profesional. Todo se soluciona al final y ninguno de los personajes principales muere. Me vino genial para la ansiedad. No hay violencia en las páginas ni sexo, de hecho, lo cual es un poco aburrido, y suelen tener lugar en una pequeña ciudad o en un pintoresco pueblo costero. Y tienen títulos fantásticos. Como *La quiche letal*, donde un juez de un concurso de repostería muere envenenado, o *Vive y deja beber*, que va sobre la propietaria de una tetería acusada del asesinato de un cliente. —Me lo pienso un momento—. No *todos* son juegos de palabras sobre comida, pero muchos sí.

Se limita a mirarme con una expresión ilegible en el rostro.

—¿Qué pasa?

—Hacía tiempo que no te veía iluminarte así —responde—. Te gustan muchísimo.

De repente, me siento cohibida y giro ligeramente la cabeza hacia otro lado.

—Son reconfortantes, divertidas y absurdamente adictivas. Siempre sabes que al final van a atrapar al villano. Pero ya sabes… Ahora solo las leo.

—¿Por qué dejaste de escribir? —inquiere—. Ficción, quiero decir.

Respiro hondo, porque presentía que esto iba a pasar.

—No he parado exactamente. Solo estoy haciendo una pausa muy larga. —Entrelazo los dedos, jugueteo con el edredón y ahueco la almohada. Todo mientras Finn espera a que continúe—. Es la misma historia de siempre, la misma razón por la que la mayoría de la gente deja de hacer algo que le gusta: no era práctico. Intentar que me publicasen algo habría significado dejar muchas cosas al azar. Tenía más sentido como afición, pero cuando decidí centrarme en el periodismo… esa afición se desvaneció. —Sacudo la cabeza, porque lo abandoné hace mucho tiempo—. Pero no pasaba nada. Porque podía hacer lo que me gustaba y, aun así, cobrar un sueldo fijo.

Excepto que los sueldos rara vez son fijos y llevo mucho tiempo atrapada contando las historias de otras personas en lugar de las mías.

—Además —continúo—, tengo la sensación de que en este momento sé demasiado sobre la industria editorial, y todo se trata de vivir al menos un año en el futuro. Siempre estás mirando el final y no el proceso. Es fácil olvidarse de disfrutar escribiendo.

A medida que lo digo, me doy cuenta de que es verdad. Que antes era una pasión, pero ahora no es más que un trabajo.

Se le cambia la cara.

—¿No estás disfrutando de esto?

—No, no, no —me apresuro a decir—. Es la primera vez que lo disfruto en un par de años. —Cuando se le suavizan las facciones, esa sensación inquietante de la noche del vibrador vuelve con toda su fuerza. Cómo me puso un dedo debajo de la barbilla y me besó con tanta ternura… En ese momento fue casi demasiado fácil olvidar que lo que estamos haciendo no es real.

—Puedo decir con total sinceridad —empieza, dejando el plato de sopa en la mesita y jugueteando con las sábanas—, que esto es lo más divertido que he hecho en mucho tiempo durante una gira.

—Supongo que eso puede tener algo que ver con lo que ha estado pasando en nuestras habitaciones de hotel, ¿no?

Finn se ríe, ese sonido abierto y estridente que he descubierto que es su verdadera risa. No la que reserva para los paneles, esa que tiene los bordes ligeramente más afilados. Esta es más suave. Más ligera.

—Claro, no lo descarto. Pero puede que estuviera hablando de mí mismo cuando decía que no he salido mucho últimamente. Por lo general somos el hotel y yo, y puede que algún servicio de habitaciones, si me siento aventurero.

Se le están empezando a caer los párpados y arrastra las palabras. La medicación está haciendo su trabajo.

—Así son las cosas —continúa con un movimiento descoordinado de la mano—. Y sé que existe la posibilidad de que se publique el libro y que no cambie nada, pero…

—Lo hará —digo con firmeza, creyendo no solo en la calidad de mi escritura sino en la historia que tiene que contar. Porque de verdad que lo creo.

—A veces me pregunto. Después de todos estos años, si me estoy aferrando a la relevancia como todo el mundo. Solo que lo estoy haciendo de una forma diferente. —Se hunde en la almohada, incapaz de mantener la cabeza erguida—. ¿A alguien le va a importar acaso la asociación sin ánimo de lucro? Porque... soy un poco don nadie.

—Eso es totalmente falso. Nos hemos pasado tres horas viendo cómo don nadie defiende la Universidad de Oakhurst. La cual tiene un número sorprendentemente alto de muertes estudiantiles para ser tan pequeña. —Mi intento de aportar ligereza hace que me gane una pequeña mueca—. Mira, ya he aprendido más sobre el TOC de lo que jamás pensé que aprendería. Tienes algo importante que decir, y para mucha gente esta va a ser la primera vez que lean sobre ello. Para otros quizá sea la primera vez que alguien ponga palabras a algo por lo que están pasando. Y quizá sea el empujón que necesitan para buscar ayuda: saber que no están solos.

Asiente despacio, asimilándolo.

—Gracias. Por todo esto —dice, y me intenta dar una palmadita en el brazo, pero no lo consigue—. Lo digo en serio. Lo más probable es que a estas alturas sería una persona reducida meramente a una cáscara si no fuera por ti.

La forma en la que lo dice hace que me pregunte si alguien más ha cuidado de él así antes.

Si él lo ha permitido.

—No es nada —contesto, con la garganta seca de repente.

Su cabeza se inclina hacia un lado de la almohada y está claro que los medicamentos son más fuertes de lo que pensábamos.

—Chandler, Chandler, Chandler. Debe de ser un infierno trabajar conmigo. Apenas me creo que me estés aguantando.

—Es por el sueldo, más que nada.

Abre los ojos de par en par y me mira fijamente, y el peso de su mirada me inmoviliza.

—Nooooo debería decirte esto, pero… sé de alguien a quien le gustas.

Lo dice cantando, como si estuviéramos en el recreo de cuarto curso y me estuviera transmitiendo el mensaje de un amigo.

—Ja, ja —contesto—. A ver, no tenemos muchos amigos en común, así que…

—Soy yo —aclara al tiempo que levanta el pulgar y el índice—. Solo un poquito cuando nos conocimos.

—A mí también me pasó. Por eso fui a tu habitación.

Su sonrisa se acentúa y mueve el dedo de un lado a otro.

—Después de eso —indica—. No solo esa primera vez. Un poquito en Portland también, y puede que también en Arizona. —Arruga la nariz—. Sé que se supone que tenemos que ser profesionales, pero puede… puede que ahora mismo también.

Levanto el cuello para mirar hacia el escritorio con la esperanza de que no note cómo se me calientan las mejillas.

—¿Cuánta medicina te has tomado?

—Lo digo en serio, Chandler Cohen. —Se acerca a mí en la cama, con sus largas pestañas, sus pecas y su pelo revuelto. Incluso con los ojos empezando a cerrársele, sigue estando impresionante.

—Pero… pero *no puedes* —digo, como si solo con negarlo fuera a convertirlo en falso. «No puedes» y retrocedemos treinta segundos, cuando nuestra relación seguía teniendo sentido. Porque esto no tenía que ir así.

Tengo que hacer acopio de todas mis fuerzas para moverme hasta el borde de la cama, y lo hago con tanta brusquedad que casi me caigo. No es real. Es puramente químico y su cerebro lo está convenciendo de que siente algo por la persona con la que se acuesta. Debería haber una advertencia en esos medicamentos: NO MEZCLAR CON OXITOCINA.

A pesar de que a estas alturas ya nos hemos visto desnudos unas cuantas veces, sus palabras perduran, me envuelven el corazón y echan raíces ahí, donde podrían convertirse en algo todavía más invasivo. Desprenden una dulzura aterradora, una inocencia que no siempre está ahí cuando las puertas de nuestras habitaciones de hotel están cerradas.

«Puede que ahora mismo también».

—¿Quién dice que no? —Parece tener otro estallido de energía y se sienta en la cama—. Eres… tan inteligente. Tan amable. Y llevas calcetines cuando no deberías y me llevas a tiendas eróticas y lees libros sobre gente que se mata con pasteles envenenados. —Me mira con una vulnerabilidad feroz que hace que se me hinche el corazón en el pecho—. Y eres preciosa y adorable y guapa, y supongo que algunas de esas cosas significan lo mismo, pero lo mantengo. Estoy tremendamente prendado de ti, y ahí está. —Extiende los brazos y lo enfatiza todo con una amplia sonrisa.

Luego bosteza, se deja caer sobre la almohada y se queda dormido al momento.

Pues… estoy jodida.

Capítulo

DIECISÉIS

MIAMI, FLORIDA

La cara de Maddy DeMarco me devuelve la sonrisa desde la mesa de «Elección del personal» que hay en la librería del aeropuerto. ¡SUPERVENTAS DEL *THE NEW YORK TIMES*!, declara la nueva pegatina dorada de la cubierta.

—¿Chandler? —me llama Finn.

Con un suspiro, dejo atrás a Maddy y me apresuro para tomar nuestro vuelo.

La convención de Miami es enorme, pero he de admitir que están empezando a entremezclarse un poco. Más autógrafos, otro panel, otra cola de fans esperando para conocer a su licenciado en Biología ficticio favorito y absolutamente entregado a su novia mujer loba.

Cada segundo que no estoy escribiendo el primer borrador, estoy actualizando el rastreador de vuelos de Alaska Airlines con frenesí. Porque anoche, con la confesión de Finn haciendo acrobacias en mi pecho, le envié un SOS a Noemie antes incluso de llegar a mi habitación.

—Sé que son seis horas de vuelo y que tienes un millón de cosas que hacer y...

—Chandler —dijo con calma, un grato contraste con el caos de mi cerebro—. Me da igual. Voy a ir. Mañana a primera hora.

—Estaba en modo «relaciones públicas que resuelve problemas», y puede que esa sea la versión de ella que necesito.

Llevo toda la mañana intentando darle una explicación. Fue la medicación que le estaba afectando, o igual lo dijo con un sentido diferente, en plan: «¡Me gusta cómo trabajas!». O simplemente estaba siendo educado. Todo el mundo sabe que se le dice a alguien que te gusta cuando te cuida mientras se está malo. No es más que protocolo.

El hecho de que Finn no parezca recordar mucho de lo que hablamos después de mi diatriba sobre el *cozy mystery* es una pequeña bendición, y, si se acuerda, está haciendo un trabajo increíble ocultándolo. Yo, por mi parte, soy un auténtico desastre, más aún porque nuestra próxima parada es Reno, donde voy a conocer a su madre y a su mejor amigo de la infancia.

Nada de lo que pasó anoche tuvo sentido. En todo caso, hoy debería resultarme *menos* atractivo, pero eso, por desgracia, no es así. No debería haberme ruborizado esta mañana cuando llamó a la puerta de mi habitación con una taza de café como agradecimiento por haber cuidado de él.

Porque que uno de los dos sienta algo por el otro sería todo un desastre.

«Que te guste alguien es pasajero», me recuerdo mientras Finn posa para las fotos, sonriendo y mostrándose encantador de narices. Que te guste alguien es pasajero, y ya hemos consolidado lo nuestro como una relación informal. Si se convirtiera en algo más y acabara mal, también podría perjudicar nuestra relación laboral, y jamás me perdonaría poner en peligro un trabajo así.

De todas formas, iremos por caminos separados cuando el libro esté terminado. Sin ataduras. Sin sentimientos.

—¿Podrías ponerlo a nombre de Noemie? Se escribe N-o-e-…

—¿Noe? —El sonido que sale de mi boca solo se puede comparar a un chillido de pterodáctilo. Salto de la silla, cuyas patas chirrían contra el suelo de linóleo. Ahí está, la última persona de la cola de firmas, sonriéndome—. ¡Estás aquí!

En mi intento de abrazarla, casi derribo una pila de fotos de Finnegan Walsh. No me sorprende que tenga un aspecto tan arreglado incluso después de un vuelo de seis horas, con el pelo oscuro recogido en una coleta baja y ni una sola arruga en sus pantalones de lino.

—Gracias, gracias, gracias. Te quiero. —Cuando la suelto, está mirando a Finn con unos ojos que bien podrían tener la forma de corazón.

—La famosa Noemie —dice Finn, y mi prima parece estar a punto de desmayarse.

—¿Le has hablado de mí? —susurra de forma teatral.

—Solo de las cosas embarazosas. —Y mencioné que venía en avión, claro está, con la mentirijilla de que de repente tenía tiempo libre y quería tomar el sol.

Finn le tiende la mano.

—Encantado de conocerte. He oído hablar mucho de ti.

—Nomecreoqueseasreal —contesta de un tirón—. Intentaba mantener la calma cuando estaba en la cola, pero… madre mía. Eres *él*. En plan, es tú. Y eres cien veces más guapo en persona. No es que no seas guapo en la tele. Me refiero a que… —Inhala en un intento por calmarse al tiempo que se le ruborizan las mejillas—. Guau. Por eso no deberían dejarme salir de casa.

Finn se ríe.

—Gracias. La verdad es que me alegro bastante de que hayas salido de casa.

—Llevo años intentando que Chandler vea *Los nocturnos* —continúa Noemie, que se endereza hasta alcanzar su altura completa—. Cuando me dijo que iba a conocerte, casi me da algo. Siempre he pensado que Hollywood no te ha reconocido como es debido. Deberías haber conseguido mejores papeles. Papeles más desafiantes, más interesantes.

Finn me lanza una mirada significativa.

—Es agradable estar por fin con alguien que aprecia mi talento. —Que sea capaz de decirlo con la cara seria es una prueba de dicho talento.

—Anda ya —intervengo, y pongo los ojos en blanco y muevo el brazo para abarcar la sala—. ¿Qué crees que es todo esto?

Finn contiene una sonrisa antes de volver a prestar atención a mi prima, quien se está derritiendo poco a poco.

—Chandler me ha dicho que te gustan mucho las cajas de suscripción —comenta, y Noemie asiente con la cabeza. Saca el móvil y mira algunas fotos—. Hice una de esas para cócteles hace unos años. Es la única razón por la que tengo un carrito de bar algo decente.

—¡La tengo! Es genial.

Los dos empiezan a comparar sus cajas mensuales, charlando. Todo esto es surrealista, mi mejor amiga y mi… lo que sea Finn. «Colaborador» no suena del todo bien, pero tampoco hay nada que suene bien. Todo lo que Noemie no sabe sobre nosotros, por ejemplo.

Porque el SOS también significa que tengo que contarle a Noemie lo que en realidad está pasando en este viaje.

—Mañana harán una proyección privada del final de la serie, las dos partes seguidas, con comentarios míos y de Cooper —dice Finn—. Si sigues en la ciudad, tengo entradas VIP…

Noemie se queda boquiabierta.

—¿Lo dices en serio? Sería increíble. Más que increíble. ¡Gracias!

No debería tomarme por sorpresa, ya que Finn es una persona amable. Generosa. Y, sin embargo, la oferta me provoca un extraño tirón en el pecho.

Uno que me hace estar aún más agradecida de que Noemie esté aquí.

— — —

Noemie y yo pasamos la tarde en la playa, mirando al sol con los ojos entrecerrados y bebiendo cócteles aguados. El estar lejos de Finn me ayuda a respirar un poco mejor, pero no me ha aportado más claridad.

—No me creo que hayas podido conseguir tiempo libre —digo mientras me pongo la gorra que me compré por cinco dólares en el paseo marítimo. En Seattle, estaría llevando al menos cinco capas—. A menos que… —Me interrumpo con un grito ahogado—. ¿Esto significa que por fin lo has dejado?

Finge estar muy interesada en ajustar su tumbona.

—No exactamente —responde—. Digamos que, eh, acepté dos clientes nuevos.

—*Noemie*.

Su sonrisa triste me recuerda a la cara que tenía cuando me dijo que no iba a seguir estudiando Periodismo. Que las relaciones públicas encajaban mejor con ella y que el mercado laboral del periodismo la aterrorizaba.

—Lo sé. Voy a hacerlo. Después de este proyecto. Lo juro. —Le da un sorbo a su margarita—. Bueno. Suéltalo. Sé que no me pediste que volara hasta aquí solo porque me echas de menos.

Espero un momento durante el que jugueteo con el borde deshilachado de la toalla antes de dejarla caer sobre la arena debajo de nosotras. La playa se ha vaciado un poco, las familias recogen a sus hijos quemados por el sol y los veinteañeros cambian el océano por la vida nocturna de Miami.

—Es complicado. —Durante todo el día, este secreto me ha parecido demasiado pesado y, de repente, siento que podría derrumbarme con su peso. Hago unas cuantas respiraciones profundas y purificadoras, de esas que aprendimos a hacer cuando Noemie me arrastró a yoga aéreo el año pasado—. ¿Te acuerdas del tipo con el que me acosté en septiembre? ¿Justo antes de conocer a Finn y aceptar este trabajo?

—El peor sexo de tu vida.

—Exacto. Y recuerdas que al principio no tenía ni idea de quién era Finn… —Me quedo callada con la esperanza de que ate los cabos para no tener que decirlo en voz alta.

Abre los ojos de par en par y se gira sobre la silla.

—No. *No*. No es… Dime que no eran la misma persona, Chandler.

Me cubro la cabeza con la toalla.

—Me dijo un nombre falso. Ninguno de los dos sabía quién era el otro hasta aquel almuerzo en Seattle.

—Te acostaste con Oliver Huxley —dice despacio—. Santo. Cielo.

—No hubo *nada* de santo en ello —respondo, con la voz medio amortiguada por la toalla.

Se inclina hacia delante, me quita la toalla y sacude la cabeza con incredulidad.

—Lo siento, mi cerebro está reescribiendo todo lo que ha supuesto sobre Finn Walsh, el friki bollito de pan de mis sueños. Esto es absolutamente devastador.

—Me estaba matando no contárselo a nadie.

—¿Y aun así quisiste trabajar en el libro? ¿Ha ido bien? Porque, por mucho que te haya echado de menos, me ha alegrado mucho mucho que estés haciendo esto.

Mastico la pajita, preguntándome qué significa eso en concreto.

—Acordamos que no íbamos a hablar de ello, que era cosa del pasado. Pero acabé contándole cómo fue para mí aquella noche, y se convirtió en una broma que puede que no fuera una broma en absoluto sobre ayudarle a mejorar su técnica en la cama. Y, en fin...

—*¿Le estás dando consejos sexuales a Finnegan Walsh?* —Noemie casi se cae de la tumbona—. Nunca he estado más feliz ni más sorprendida por ser familiar tuya.

—Y yo nunca he estado más sedienta en toda mi vida. Es como si cuanto más estamos juntos, más quiero estar con él. Es una paradoja terrible y lujuriosa. ¿Es lo más estúpido que he hecho?

—Aparte de la ética cuestionable de que trabajéis juntos... no lo sé. Jamás te juzgaría, excepto cuando pasaste por la fase de vaqueros JNCO.

—Totalmente merecido.

Su voz se suaviza y desaparece esa energía frenética de hace unos minutos.

—Estáis usando protección, ¿verdad? —pregunta, y asiento con la cabeza—. Lo siento, no voy a recuperarme de esto en la vida.

—Vas a tener que hacerlo, porque necesito consejo. —Con la pajita, le doy unos golpecitos a los posos de mi piña colada mientras hago acopio de todo mi coraje una vez más. No me había dado cuenta de lo mucho que necesitaba esto—. Hace un par de noches me dijo que le gustaba. Mientras estaba colocado con medicamentos para el resfriado. Y parece que no se acuerda de haberlo dicho, así que no sé si eso significa que yo también debería olvidarlo. Porque parece que soy fisiológicamente incapaz de hacerlo.

Noemie se queda callada unos instantes.

—¿*Tú* sientes algo por él? —No lo pregunta juzgándome, sino mostrando una curiosidad amable.

Pienso en aquella primera noche en Seattle. Cómo no había tenido esa chispa inmediata con alguien… bueno, nunca.

—Casi que da igual —respondo en voz baja—, porque tampoco es que pueda ir a alguna parte a largo plazo. No sale con nadie que no sea de la industria, y el libro tiene que ser nuestra prioridad.

Además, el escozor que me produjo el rechazo de Wyatt sigue estando demasiado fresco. A pesar de que es un alivio que lleve un tiempo sin pensar en él (al menos, no de una forma que me mantiene despierta por las noches), no sé si mi corazón está preparado para volver a pasar por eso.

—Voy a decir algo, y no quiero que te enfades. —Se examina una quemadura de sol que le está saliendo en el antebrazo—. Estoy segura de que podría decir lo mismo de mí misma, pero creo que a veces evitas correr riesgos.

Esperaba que me diera alguna clase de ánimo, como «pero tú estás *un poco* en la industria», o que me presionara por no responder a su pregunta, así que tardo unos instantes en encontrar una respuesta.

—Me parece un argumento válido. Es parte de la razón por la que acepté el proyecto. A mis padres les preocupaba este viaje. A ti te preocupaba este viaje. Y, sí, tal vez he vivido en el mismo lugar toda mi vida, con la misma gente. Tal vez intenté tener una relación con uno de mis mejores amigos y me salió el tiro por la culata. Pero este es el mayor tiempo que he estado fuera de casa prácticamente por mi cuenta, y soy *feliz*, Noe. Sin ataques de ansiedad, sin soledad existencial. Hasta me hago la rutina facial completa la mayoría de los días. —Agito las pestañas al tiempo que me coloco las manos debajo de la barbilla, enseñando mi rostro casi libre de manchas—. Soy funcional. Estoy *prosperando*, podría decirse.

—Todo eso es estupendo —contesta—. Pero no me refería solo a eso. Desde que te despidieron, ha sido duro. Lo entiendo. Estás dedicando tu carrera profesional a escribir bajo el nombre de otras personas en vez del tuyo. Estoy segura de que a algunas personas les encanta ser escritoras fantasmas, pero *sé* que no eres feliz. ¿Cuándo fue la última vez que abriste tu libro?

Sé que no es su intención, pero la pregunta toca una fibra sensible. Una que se ha ido deshilachando y desgastando con los años.

—Abro mucho el documento.

Alza las cejas.

—Entonces, ¿cuándo fue la última vez que le dedicaste tiempo?

Me quedo callada, con los ojos fijos en la franja azul del horizonte.

—Cuando éramos pequeñas, recuerdo que ahí es cuando eras más feliz —continúa, y me viene un recuerdo. Noemie siempre fue mi primera lectora, y me encantaba imprimir un capítulo y cruzar la calle para enseñárselo. Nunca me corregía, nunca me criticaba, solo me decía que quería *más*—. Me encanta ver que sales y sé que vas a escribir un libro fantástico. Pero me pregunto si a veces te niegas cosas que sabes que quieres. Eso es todo.

No sé por qué todos los que me rodean se empeñan en sacar a relucir mi pasado. Lo he superado; Noemie debería ser capaz de hacer lo mismo. Puede que ser escritora fantasma no sea el trabajo de mis sueños, pero da mucho menos miedo que intentar cambiarlo por algo en lo que no sé si tendré éxito.

Aun así, me permito imaginarme cómo sería esa profesión para una versión diferente de mí misma. Solo durante un momento. Horas dedicadas a idear tramas y construyendo arcos argumentales. Perderme en mi propio misterio. Una cubierta. Una firma de libros.

Sosteniendo esas páginas en mis manos y sentirme *orgullosa* por fin de algo que he creado.

Cómo de difícil sería arriesgarme, cerrar los ojos y saltar.

—Lo entiendo —indico, aun cuando lo digo con los dientes ligeramente apretados—. Me alegro de que estés aquí. Te quiero.

Me pasa el brazo por los hombros.

—Te quiero todavía más ahora que sé tu secreto íntimo y oscuro.

Mientras guardamos nuestras cosas y volvemos al hotel, no puedo parar de pensar en que Noemie tiene razón: mi colaboración con Finn tiene fecha de caducidad, y la dolorosa verdad es que no tengo ni la más remota idea de qué hacer cuando llegue ese momento. Se suponía que este proyecto iba a ayudarme a averiguarlo.

Si eso es cierto, no sé por qué me siento más lejos que nunca de encontrar una respuesta.

5 NOVELAS *COZY MYSTERY* PARA LEER ESTA TEMPORADA

por Chandler Cohen

Me encantan las novelas *cozy mystery*. Una persona normal y corriente resuelve un crimen, es brutal y, a lo mejor, se enamora al final. Lo mejor es que te sientes como si estuvieras desentrañando el misterio junto al protagonista, lo que lleva a un final sumamente satisfactorio para ambos. Ya seas alguien nuevo en el género o un lector experimentado, aquí tienes cinco de mis favoritas. ¡Perfectas para hacerte bolita con ellas este invierno!

DOS PÁJAROS DE UN HILO, DE C. B. MARQUEZ

La primera novela de la saga de misterio *Club de Punto Briar Beach*, en la que se descubre a una de las clientas más valiosas de la tienda estrangulada con un hilo.

LA CREMA DE LA MUERTE, DE ROSE RUBIN

En un pequeño pueblo de Nueva Inglaterra, un cocinero es envenenado cuando alguien manipula su mundialmente famosa crema de queso. Abundan los juegos de palabras con la palabra *bagel*.

ATRASADO Y BAJO TIERRA, DE TOYA LEGRAND

Una bibliotecaria encuentra un cadáver en el sótano de su biblioteca y hay un libro abierto que contiene pistas sobre el asesinato, que ella resuelve con la ayuda de un encantador cliente.

FRUTO DEL DESTINO, DE NATALIE CHANG

Una pastelera investiga un asesinato en la fiesta anual de la fresa de su pequeña ciudad. Incluye recetas de mermelada.

SE HA ESCRITO UN CRIMEN, PROTAGONIZADA POR LA ÚNICA E INIGUALABLE ANGELA LANSBURY

Aquí estoy haciendo un poco de trampa porque es una serie de televisión, pero ¿sabes qué? Había una saga de libros *spin-off*, y la protagonista es una escritora de novelas de misterio, así que cuenta. Jessica Fletcher es un icono y no pienso escuchar argumentos en su contra.

Capítulo

DIECISIETE

RENO, NEVADA

—Pensaba que iba a hacer más calor.

—Una idea equivocada habitual sobre Reno —dice Finn mientras salimos del coche frente a la casa de su madre. Me ajusto más la chaqueta—. No es Las Vegas. Estamos en el desierto pegado a Sierra Nevada. En verano hace un calor abrasador y en invierno hace frío y nieva. —Me mira los pies—. ¿Calcetines de cactus hoy?

—Quería seguir la temática.

Noemie se quedó un par de días más, trabajando a distancia, y asistió a la proyección VIP y a otro panel. Ayer por la tarde me despedí de ella antes de volar a Nevada, y Finn accedió a hacerse no menos de mil *selfies* y luego la hizo más feliz de lo que la he visto en mi vida dándole una entrada para la grabación de la reunión de diciembre.

—Noemie es genial —dijo esta mañana en el avión—. Ya veo por qué estáis tan unidas.

—Sin duda, estaba más emocionada de verte a ti que a mí. Pero te perdono.

Hizo una pausa y luego preguntó:

—Se lo has contado, ¿no? —La mirada que le dediqué debió de haber comunicado mi sorpresa—. No estoy enfadado —aclaró, alzando la mano—. Supuse que lo harías.

—No va a decirle nada a nadie. Te lo prometo.

—Confío en ti —contestó, y, por alguna razón, esas tres palabras me provocaron un extraño escalofrío en la columna. No nos hemos acostado desde Memphis, y ya no sé si lo echo de menos o si agradezco la distancia. Lo más probable es que sean ambas cosas.

Después de la conversación con Noemie, decidí hacer todo lo posible para olvidar la confesión drogada de Finn. Es lo más seguro para todos.

Primero veo a los chihuahuas, una jauría entera en el porche delantero, mientras una mujer de mediana edad con el pelo oscuro hasta la barbilla se acerca al coche.

—¡Finnegan! —grita, y los perros trotan detrás de ella, con las colas enloquecidas, un tornado de blanco, negro y marrón.

Finn levanta a uno de los perros antes de darle un abrazo y un beso en la mejilla a su madre.

—Mamá, hola. ¿A cuántos has adoptado desde la última vez que te vi?

Hace un puchero exagerado.

—Solo uno —responde antes de susurrarme de forma teatral—: *Dos*.

Uno blanco me pisa los talones y me agacho para darle un poco de cariño.

—Son, mmm, muchos perros —comento de forma estúpida.

—Todos son adoptados —explica la madre de Finn—. Empecé con uno, y luego pensé que estaría bien que tuviera alguien con quien jugar y, bueno, a partir de ahí se descontroló un poco. Ahora soy incapaz de imaginarme la vida sin ellos. —Alza a dos—. ¿A que sí? Me manipulasteis con vuestras narices diminutas y vuestras patitas perfectas. —Luego, me tiende una mano—. Sondra. Encantada de conocerte.

—Chandler. Muchas gracias por invitarnos.

Finn está rascándole debajo de la barbilla al perro que tiene en brazos y dándole besos en la cabeza.

—Ya está. Esta vez no pienso volver a Los Ángeles, en serio.

—Vuelve a decírmelo cuando te despierten a las seis de la mañana para desayunar. —Sondra juguetea con el pelo de su hijo durante unos segundos—. ¿Le pagaste a alguien para que te lo dejaran así?

—Sí. Puede que demasiado —contesta, y luego se dirige a mí—. Me estuvo cortando el pelo en casa con un tazón durante dos años, así que no puedo confiar del todo en su opinión.

—Y todas las viejecitas de la sinagoga te elogiaban —indica al tiempo que le da unas palmaditas en la mejilla.

—Por favor, dime que tienes fotos —intervengo, y Sondra me asegura que sí.

Después de que su madre nos presente a los perros, Freddie, Gofres, Alce, Galileo y Duquesa, entramos en la casa. Es un bungaló hogareño de una planta con cortinas estampadas de colores llamativos y muebles lujosos y acogedores. Su madre revolotea por la cocina, saca vasos de agua y coloca un plato de galletas sobre la mesa. Aunque no son galletas normales, sino que son toda una monstruosidad de masa, trozos de chocolate, M&M's, nueces y malvaviscos. Intento capturar mentalmente cada detalle con la intención de hacerle justicia a este sitio en los capítulos sobre la infancia de Finn.

Se le iluminan los ojos.

—Te has acordado.

—Pues claro. Siempre —contesta su madre, y parece complacida. Me da que es alguna broma interna.

—Las hacíamos cada dos por tres cuando era pequeño —explica Finn—. *Kitchen sink cookies*. Se usan todos los ingredientes habidos y por haber. Hasta el día de hoy, es mi galleta favorita. Mi postre favorito, y punto. —Agarra una servilleta y la utiliza para tomar la galleta. Su madre ni siquiera pestañea ante esto.

He de reconocer que las galletas están increíbles.

—¿Lleva patatas fritas? —pregunto entre bocado y bocado.

—Para un toque más crujiente —responde Sondra—. ¿Qué tenéis pensado hacer el resto del día?

—Quería enseñarle el terreno a Chandler. Los sitios a los que solía ir y todo eso. Para el libro —aclara Finn—. Y no nos podemos perder tu servicio de Shabat el sábado por la mañana.

—Perfecto. Intentaré comportarme lo mejor posible. ¿Cómo va el libro?

Finn y yo intercambiamos una mirada.

—Chandler hace que parezca mucho más fascinante de lo que soy en realidad.

—Eres bastante fascinante —insisto, y no sé por qué, en este momento, en esta casa, su mirada hace que se me calienten las mejillas. Me dirijo a Sondra, lo que me parece mucho más seguro, y si bien es cierto que tengo cientos de preguntas para ella sobre el hombre con el que he pasado el último mes viajando, de repente no tengo ni idea de por dónde empezar—. ¿Te tomó por sorpresa cuando decidió que quería ser actor?

Tras hacerse con otra galleta, Sondra se recuesta contra la encimera de la cocina.

—Un poco, sobre todo porque me preocupaba lo inestable que podría ser. Pero siempre tuvo talento para lo dramático. Incluso antes de estudiar teatro en la escuela, a veces representaba escenas de sus libros favoritos durante la cena.

Finn se pasa una mano por la cara, gimiendo.

—Me había olvidado por completo de eso.

—Entonces también debes de haber olvidado que grabé algunas.

Vuelve a gemir.

—Eso es adorable —digo—. ¿Usaste el salero y el pimentero como atrezo? ¿Le ponías voces a los cubiertos?

—Estás siendo cruel. Y sí. Sí, lo hacía. —Luego se vuelve hacia su madre, quien está sonriendo ante este intercambio de tal manera que me entran ganas de asegurarle que no hay nada entre su hijo y yo. Nada que no sea informal, al menos—. Serás la primera en leerlo, te lo prometo. Después de nuestra editora.

Sondra le coloca un brazo sobre el hombro.

—Sabes que puedes escribir lo que quieras sobre mí. Pero… bueno, me preocupo. Una vez que salga a la luz, ha salido a la luz. Tienes que asegurarte de que te sientes cómodo con lo que le estás contando a la gente. No puedes retractarte.

Finn se traga un bocado de galleta.

—Lo sé —contesta en voz baja, y me mira a los ojos durante un breve momento—. Eso es lo que estoy averiguando.

Me hace un recorrido por la casa y me detengo en las fotografías familiares. Su padre está ausente de forma notoria; en cambio, hay fotos de Finn cuando era niño, estudiante de primaria y adolescente. Está el prometido corte de pelo a lo cuenco, que, por algún motivo, es más adorable de lo que debería ser. Esas viejecitas judías tenían razón. Veo cómo se pone y se quita aparatos, cómo toma malas elecciones de moda y cómo posa con sus coprotagonistas. Luego hay fotos de su madre con sus amigos, con sus perros, todos ellos con su propia cama con su nombre bordado.

Luego, se detiene fuera de su habitación.

—Antes de entrar —dice con voz seria—, necesito que sepas que de niño estaba profundamente obsesionado con *El Señor de los Anillos*.

—Eso ya lo sé. De hecho, fue una de las primeras cosas que me dijiste.

—Ya, pero *saberlo* y *verlo* son dos cosas muy diferentes. —Su rostro se ha vuelto sombrío—. Estás al pie del Monte del Destino. No es demasiado tarde para dar marcha atrás.

Le empujo el pecho con suavidad.

—Estás siendo melodramático. Seguro que no es para tanto.

Se encoge de hombros en un gesto de derrota y alcanza el pomo de la puerta.

—Recuerda que has sido tú la que lo ha pedido.

Abro la boca de par en par.

—Por favor, dime qué se te está pasando por la cabeza —dice a mis espaldas—. No sé si soy capaz de soportar el silencio.

—Bueno, para empezar, creo que tenemos que reescribir el libro entero. Desechar todo lo que tenemos.

Baja la cabeza y finge una expresión sombría.

—Temía eso.

Es un *santuario* dedicado a la Tierra Media en toda regla. Las paredes están cubiertas de pósteres de las películas y de pergaminos escritos a mano con traducciones élficas. Un estante con figuritas coleccionables, un ejército de orcos en miniatura. Camino por la habitación y me dirijo a la estantería repleta de libros de Tolkien. Por mucho que vaya a burlarme de él por esto, también me encanta. Esa pasión que tiene es la que yo he estado persiguiendo. Hay algo muy significativo en poder ver a alguien en su mundo. Me imagino a un joven Finn practicando los guiones, soñando con vivir con elfos y luego con Hollywood.

Escondiéndose de su padre.

Planeando su fuga.

En ese momento, veo un par de zapatillas peludas y marrones asomándose por el armario.

—Madre mía. ¿Eso es un disfraz de Hobbit?

—Yyyyyy nos vamos —responde, haciendo todo lo posible para empujarme hacia el pasillo.

—¿Te sigue quedando bien? ¿Puedes probártelo? Prometo que no voy a volver a pedirte nada nunca más…

Todavía me estoy riendo cuando cierra la puerta detrás de nosotros.

— — —

El *tour* oficial de Finnegan Walsh por Reno pasa por su escuela primaria, su escuela secundaria y su instituto, además de por el centro lleno de casinos, y hace una parada en lo que él declara que es el Taco Bell bueno.

—Los fines de semana solía pasar bastante rato aquí —dice cuando aparcamos en un centro comercial. Señala un Barnes & Noble. Al lado hay una tienda de juegos con un cartel de REBAJAS POR QUIEBRA colgado en los escaparates—. Ahí también. Era el típico niño suburbano de finales de los noventa y principios de los 2000.

—No está mal crecer así. —Le doy un bocado a mi burrito de frijoles, abro un paquete de salsa picante y le echo un poco más.

—No lo estuvo —coincide—. Todos eran bastante amables y nunca sentí una atracción hacia Las Vegas. Además, estamos a menos de una hora del lago Tahoe.

—¿Vienes con frecuencia?

—No con la suficiente frecuencia —responde—. Cada pocos meses, más o menos. Y siempre participo en la convención de Reno; es la primera a la que asistí como fan. —Mira hacia el aparcamiento—. Hay buenos recuerdos asociados a este sitio, pero también hay algunos no tan buenos. No puedo borrar a mi padre por completo.

—Lo siento mucho. Te merecías algo mucho mejor que eso.

Si fuéramos personas diferentes, estiraría el brazo y le colocaría una mano sobre la suya. Tranquilizarlo más de lo que puedo hacer en mi calidad de escritora fantasma.

Como eso es lo único que soy, desenvuelvo otro burrito.

Para cuando volvemos a la casa de la madre de Finn, son casi las nueve y mi cuerpo está atrapado en otra zona horaria. Sondra está sentada en la mesa de la cocina, ajustando el discurso para el servicio de Shabat del sábado, con Galileo sobre su regazo, mientras los demás se encuentran sobre mantas y camas para perros en el salón contiguo. Mañana será día de escribir y el sábado estará completo: servicio, convención, quedar con los amigos de Finn.

Me pesan los párpados, pero no quiero asumir que voy a dormir aquí solo porque Finn va a hacerlo, así que dejé la maleta en el pasillo.

—Lo siento, ¿podrías darme la dirección para pedir un Uber? —pregunto.

Finn se detiene junto al fregadero de la cocina, donde ha estado inspeccionando un vaso de agua antes de llenarlo.

—¿Para qué necesitas un Uber?

—Pues… ¿para ir a un hotel?

—No seas tonta —interviene Sondra—. Te quedarás aquí con nosotros. Ya tenemos una habitación de invitados preparada.

—No quiero entrometerme.

Sondra me dedica su mejor mirada de madre.

—Cielo, no te estás entrometiendo. Además, ¿no es esto mejor que un hotel frío y deprimente?

—Quédate —dice Finn, y luego añade un «por favor» con una sonrisa que derrite a cualquiera y que les debió de haber encantado a todos sus directores.

Es extraño lo dulce que suena la palabra *quédate* con su voz. Cómo hace que esas raíces se profundicen en mi pecho.

Tan rápido como me viene el pensamiento, lo descarto. Hux debió de decirlo en alguna de sus escenas y por eso me hace reaccionar así, estoy segura.

— — —

Estoy menos segura el sábado por la mañana, después de un día entero escribiendo en el que terminamos los borradores de dos capítulos, cuando Finn se pone una kipá a la entrada de la sinagoga y resulta injustamente atractivo. Tengo que reprimir una sonrisa, en parte porque no estoy acostumbrada a verlo con una y en parte porque no creo que una kipá deba inspirar esta clase de sentimientos.

Sondra me contó ayer que la congregación tiende a ser personas mayores y que el templo es muy sencillo, sin muchos fondos, pero que tiene su encanto. De niña, solo acompañaba a mis padres al templo en los Yamim Noraim, una tradición que Noemie y yo hemos intentado mantener de adultas. Pero hace años que no asisto a los servicios, sobre todo, porque mis fechas de entrega siempre me parecían más importantes. Ahora no consigo recordar por qué pensaba que era incapaz de dejar de lado mi trabajo durante un par de horas a la semana.

No hay nada como sentirse como en casa dentro de una sinagoga, esa sensación inmediata de pertenencia. Al igual que el rabino Zlotnick, Sondra tiene un magnetismo natural en su forma de hablar. Me he dado cuenta de que, por mucho tiempo que pase fuera del templo, las oraciones vuelven a mí casi sin esfuerzo, como si me las hubieran grabado hace mucho tiempo.

No obstante, lo que más me sorprende es cuando miro a mi lado y veo a Finn moviendo los labios; porque pues claro que lo hacen. Al igual que yo, creció con esto.

Nos hemos criado con las mismas canciones, hemos hablado el mismo idioma. Es como descubrir que nuestro libro favorito es el mismo, y no solo eso, sino que nos gustan las mismas partes, que las hemos marcado y subrayado y que hemos doblado las esquinas de las páginas cuando deberíamos haber utilizado un marcapáginas.

Cuando nos retiramos al vestíbulo para tomar unos aperitivos, Finn me presenta a la gente.

—¿Ese es Finnegan? —pregunta una anciana con un vestido de flores malva.

Finn le dedica una sonrisa genuina.

—Hola, señora Haberman. *Shabat shalom*.

—*Shabat shalom* —contesta, dándole un abrazo—. Estábamos todos cuchicheando antes del servicio preguntándonos quién era tu encantadora acompañante.

—Esta es mi amiga Chandler Cohen. Chandler, esta es Ruth Haberman.

—Tu amiga —repite la señora Haberman con un brillo en los ojos cuando le estrecho la mano.

Una versión de esto se repite unas cuantas veces más, con el señor Barr, el señor Lowenstein y la señora Frankel, una mujer que me dice que grabó todos los episodios de *Los nocturnos* en su viejo reproductor de VHS.

—Algún día valdrá mucho dinero —dice. Finn se limita a sacudir la cabeza, y me da la impresión de que llevan años con esa broma.

—Aquí todo el mundo te quiere mucho —indico cuando tenemos un rato para nosotros. Hemos llenado unos pequeños platos de papel con zanahorias, hummus, jalá y mermelada.

—No hagas como que te sorprende. Soy bastante encantador.
Pongo los ojos en blanco.

—Ya me entiendes. Aquí tienes a toda una comunidad.
Pincha una uva con un tenedor de plástico.

—Tengo suerte —dice simplemente—. Crecí viniendo aquí, y cuando mi madre decidió ir a la escuela rabínica, esta era la única congregación que quería liderar. A pesar de que no es tan elegante como el nuevo templo que hay al otro lado de la ciudad. Así que conozco a toda esta gente desde siempre.

—No tenía ni idea. —Le doy un bocado al jalá—. En internet no hay mucho sobre tu religión.

—Ah. Es raro cuando se tiene un nombre que no se interpreta como judío.

—¿Walsh es el apellido de tu padre?

Me mira como si no se creyera que no me lo hubiera explicado todavía.

—No, es un nombre artístico. Finn siempre ha sido real, pero me cambié el apellido legalmente a los veinte años. El apellido de mi padre, con el que crecí, era Callahan, y mi primer representante me dijo que Finnegan Callahan era demasiado trabalenguas como para que me contrataran en algún lado. Demasiadas consonantes. —Hace una mueca—. Pero hace años que no soy Finn Callahan. Apenas le tengo apego. De hecho, estoy esperando a ser Finn Walsh más tiempo del que fui Finn Callahan, y ya queda poco. Unos años más. Una conexión menos con mi padre.

—Me alegro.

—Cuando decidí cambiarme el apellido, estuve mucho tiempo pensando en si quería uno que se notase que fuera judío o no. Y, de vez en cuando, me pregunto si hice la elección correcta —dice—. He estado bastante protegido del antisemitismo, pero ahora... no sé.

Sin la grabadora, intento aprenderme de memoria sus palabras. El judaísmo es importante para él: la comunidad, las tradiciones, la historia. El capítulo que empieza con la imagen de *Miss*

Muérdago en la que aparece la menorá al fondo va a ser toda una maravilla. No voy a conformarme con menos.

—Como persona que tiene un nombre que se reconoce al instante como judío, es una mezcla de todo. Me encanta la conexión inmediata que tengo con alguien gracias a ello, pero por otro lado… —Me acuerdo de un listículo que escribí en *The Catch*, «Ocho películas inesperadamente judías para ver esta Janucá» (un artículo insignificante, de verdad, algo que debería haber sido inofensivo), en el que tuvieron que desactivar los comentarios cuando se volvieron antisemitas, lo que no suele tardar mucho cuando eres visiblemente judío en internet. En mis mensajes directos empezaron a aparecer imágenes horribles y tuve que cerrarme la cuenta de mis redes sociales durante semanas. Se lo cuento y niega con la cabeza, asqueado.

—Menuda puta mierda —murmura—. Siento que hayas tenido que pasar por eso.

Intento encogerme de hombros para restarle importancia, ya que hace tiempo que lo acepté como un efecto secundario de moverme por el mundo con un apellido judío. Pero, entonces, me detengo.

—Sí —contesto. Con fuerza. Con firmeza—. Fue una mierda.

Un hombre mayor se detiene junto a nuestra mesa y le pregunta si puede hacerle una foto para su nieta.

Antes de levantarnos, Finn vuelve a colocarme una mano en la muñeca, una levísima caricia antes de volver a dejar el brazo al costado.

—¿Chandler? Por si acaso no te lo he dicho últimamente, me alegro muchísimo de que seas la que está escribiendo el libro.

Capítulo

DIECIOCHO

RENO, NEVADA

Esa tarde, la convención transcurre entre capas y tinta de rotulador. Después, acabamos en un bar de karaoke en el que el portero escudriña durante unos instantes mi carné de identidad con la fecha de nacimiento del 29 de febrero, algo a lo que me acostumbré hace años y que a Finn le hace bastante gracia. Es un antro con letreros de neón, altavoces chirriantes y, lo más importante, el mejor amigo de Finn del instituto. Krishanu es alto e indio americano y tiene el pelo oscuro ondulado bajo una gorra de los Reno Aces, un equipo de béisbol. Es profesor de inglés en el instituto, y su novio, Derek, un chico blanco con una sudadera universitaria y de sonrisa fácil, entrena a los equipos de fútbol, natación y béisbol del instituto.

—Recortes presupuestarios —explica, y se encoge de hombros.

Finn parece relajarse en cuanto nos sentamos en el banco de vinilo delante de ellos, ya que se le suavizan los hombros. Nunca lo había visto tan desenfadado, tan aliviado.

—Ha pasado demasiado tiempo —dice Krishanu mientras un camarero nos trae una jarra de cerveza espumosa.

—¿Cuánto? ¿Tres meses? —inquiere Finn—. ¿Tanto de menos me has echado?

—No, solo estaba siendo amable. Apenas pienso en ti.

Me entero de que, de niño, Krishanu también era un gran fan de *El Señor de los Anillos*, una de las cosas que les unió a Finn y a él desde el principio, y que la parte más popular de su clase es una unidad sobre la Tierra Media.

—¿Ya está haciendo que te arrepientas de haber aceptado el trabajo? —pregunta Krishanu.

Finn cruza los brazos sobre el pecho con una actitud desafiante.

—Que sepas que es un placer trabajar conmigo.

Cuando suelto un resoplido, Finn se lleva una mano al corazón.

—No, no, eres genial. Obvio. Es el mejor trabajo que he tenido en mi vida.

—El sarcasmo. Cómo duele.

—Me muero por leer el libro —comenta Derek, y le da un sorbo a la cerveza—. Cuando Krish me dijo que no solo te conocía, sino que habíais sobrevivido a la pubertad juntos, me dije que no podía estropear nuestra relación o no llegaría a conocerte nunca.

Inclino la cabeza hacia Finn.

—Estoy segura de que Krishanu podría escribir un libro mucho más fascinante y escandaloso.

—Acabaría en protección de testigos si lo hiciera.

—Tienes que contarme cómo era cuando era un adolescente torpe y tímido —le pido a Krishanu—. No te dejes ni un grano.

—Por desgracia para ti, siempre he sido bendecido con una piel impecable.

—Seguro que no te ha hablado de la primera obra en la que actuó, ¿verdad? En octavo. —Cuando niego con la cabeza, la sonrisa de Krishanu se vuelve malvada—. Nuestro colegio representaba *La Bella y la Bestia*, y él hizo de Din Don.

—Sin importar el hecho de que no sé cantar —agrega Finn, y asumo que está siendo modesto.

—En fin, no teníamos mucho presupuesto, así que su disfraz era básicamente un trozo de cartón grande y endeble pintado como un reloj. Y, durante la última función, justo en mitad de *Qué festín*, una servilleta estaba bailando, tropezó con él y se lo arrancó.

—No —contesto—. Por favor, dime que llevaba algo debajo.

—Solo unos calzoncillos con elfos.

—No hace falta que eso aparezca en el libro —dice Finn con un gemido, y deja caer la cabeza sobre la mesa.

—Ya aparece. Es el capítulo uno.

Krishanu mira a Finn a los ojos con una ceja alzada. Finn niega con la cabeza levemente, pero con firmeza, y me da la sensación de que sé la conversación que acabo de presenciar. «¿Estáis...?». Y Finn negándolo al momento.

No estoy segura de por qué se me forma un nudo en el estómago. No somos pareja. Somos compañeros que también se están acostando, lo que es un poco más difícil de comunicar moviendo las cejas.

—Basta de hablar de mí —indica—. Acabáis de comprar una casa, ¿no?

Derek asiente.

—Hay que arreglarla un poco, pero estamos emocionados.

—A ver si nos seguimos sintiendo así cuando derribemos el ático para añadir una segunda habitación —dice Krishanu.

Cuando lo llaman para el karaoke, Krishanu se levanta para cantar *Werewolves of London*, para horror de Finn, y lo da todo en los aullidos. Derek y yo lo acompañamos en algunos, mientras que Finn entierra la cabeza en las manos y jura que no volverá a hablarnos nunca. Derek es el siguiente, con una buena ejecución de *Don't Speak*, de No Doubt. Luego, Finn me mira con el reto en los ojos.

—Lo hago si tú lo haces —dice.

Miro al escenario. Estoy lejos de tener el suficiente alcohol en el cuerpo como para que sea una proposición cómoda.

—No es justo, tú tienes... confianza. Te dedicas a ello.

—¿A cantar? Te digo yo a ti que no.

—Y por un buen motivo —interviene Krishanu.

La mirada de Finn sigue fija en la mía. Insistente.

—Vale —cedo—. Pero tú vas primero.

Krishanu flexiona las manos detrás de la cabeza mientras Finn se levanta y se dirige al escenario.

—Esto va a estar bien.

Espero que Finn tenga la voz de un ángel, o al menos, parecida a la de Art Garfunkel. Sin embargo, cuando se acerca al micrófono, nos lanza un guiño y empieza a cantar *Come On Eileen*, tengo que apretar los labios para no reírme, aunque Krishanu y Derek ni siquiera intentan ocultarlo. Porque Krishanu tenía razón: Finnegan Walsh es un cantante espantoso, y lo sabe.

Y no parece importarle.

Envuelve el micrófono como si fuera algo preciado y delicado antes de sacarlo del soporte y pavonearse por el escenario. Se entrega a la canción y el público canta con él.

Me inclino hacia Krishanu, recordando lo que dijo la madre de Finn sobre sus actuaciones durante las comidas.

—¿Siempre ha sido así?

Niega con la cabeza.

—Para nada. Si solo estaba con una persona, sí, podía ser bastante animado. Pero la mayor parte del tiempo, cuando éramos niños, era mil veces más probable que tuviera la cabeza metida en un libro que en el escenario. Ha sido todo un viaje ver cómo se convierte en una persona completamente diferente. —Acto seguido, lo considera durante un momento y le da un sorbo a la cerveza—. Aunque cada vez que vuelve aquí, es como si nunca se hubiera ido. Así que quizá no haya cambiado tanto, al menos en lo que importa.

—¿En qué sentido?

—No es alguien que se abra con facilidad —explica Krishanu—. Siempre ha mantenido su vida privada muy en privado. Así que el hecho de que lo esté haciendo contigo, que te esté dejando ver ese lado suyo…

—Es para el libro. —Casi me sorprende lo a la defensiva que suenan las palabras, sobre todo, después de ese gesto con la ceja que le hizo Krishanu a Finn. El que Finn se apresuró a negar.

Krishanu y Derek intercambian una mirada extraña, de esas que se dedican las parejas que llevan juntas el tiempo suficiente como para comunicarse sin una sola palabra.

—Claro.

Finn arrastra el pie de micrófono por el escenario, se echa el pelo hacia atrás y canta el estribillo a viva voz. El público canta con él.

Me mira a los ojos.

My thoughts, I confess, verge on dirty. Come on, Eileen.

(Confieso que mis pensamientos rozan lo sucio. Vamos, Eileen).

Me recorre un escalofrío.

Me gusta esta faceta suya.

Puede que me guste mucho.

El público enloquece y Finn se desploma en el asiento con dramatismo, como si la actuación le hubiera arrebatado toda la energía. Tiene el pelo revuelto y el cuerpo caliente. Me muero de ganas de levantarme y, a la vez, siento curiosidad por saber qué pasaría si me acercara un poco más.

«No, no, no», me recuerdo a mí misma, intentando olvidar su confesión inducida por el DayQuil. Además, aunque fuese verdad lo de que le gustaba, es muy posible que ya se le haya pasado. Que yo me haya pasado años colgada de Wyatt no significa que los sentimientos de Finn no sean volubles.

Y *gustar* es una palabra muy inocente, ¿no? No significa que se pase todo su tiempo libre pensando en mí. Podría significar simplemente que me encuentra atractiva, lo que ya sé por el tiempo que hemos pasado en la cama.

Así que, en realidad, a lo mejor no fue una revelación en absoluto.

—Recuerda que has sido tú el que lo ha pedido —le digo a Finn mientras me dirijo al escenario, donde agarro el micrófono con las manos temblorosas.

Lo último que me esperaba cuando empiezan los acordes de *Bohemian Like You*, de los Dandy Warhols (son de Portland, no escucho siempre lo mismo) es que mi mesa suelte un grito. Eso me anima, hace que mi voz salga algo menos temblorosa de lo que me esperaba.

No es una canción difícil, sino que es lo suficientemente fácil para mi limitado registro vocal, a excepción de un número bastante absurdo de *woo-ooh-oohs*, con los que se me quiebra la voz al principio. Aprieto el micrófono, observando a Finn y a sus amigos. Apenas aparta los ojos de los míos, excepto cuando se inclina sobre la mesa para decirles algo a Krishanu y a Derek. Cuando clavo el segundo estribillo, se le inclina la boca hacia arriba, y eso me da más confianza aún.

Cuando vuelvo a la mesa y me da un abrazo, no sé por qué el corazón me late más rápido que cuando estaba en el escenario.

Le doy unos sorbos a la cerveza mientras suenan las notas de una canción de Frank Sinatra y, cuando el anciano que hay sobre el escenario abre la boca, todo el bar se queda en silencio.

—Joder —dice Krishanu, porque el hombre es *bueno*—. Nos está dejando en evidencia a todos.

Finn tiende la mano y tardo un segundo de más en darme cuenta de que me la está tendiendo a mí.

—Parece la clase de canción que no se puede no bailar.

Eso es lo que está haciendo la gente a nuestro alrededor, incluidos Krishanu y Derek. Así pues, le doy la mano a Finn y dejo que me conduzca a la pista de baile.

—Ha sido genial —le digo mientras me coloca la otra mano en la parte baja de la espalda y yo apoyo la palma en su hombro. Hay bastante espacio entre nuestros pechos, como si ambos temiéramos lo que podría significar si estuviéramos demasiado cerca—. Conocer a tu madre. A tus amigos. Me da igual si es sesgo de inmediatez, pero creo que estoy enamorada de esta ciudad.

Finn me sonríe.

—Creo que eso es lo más bonito que ha dicho alguien sobre Reno. Y estoy medio seguro de que todas las viejecitas de la sinagoga estarían dispuestas a adoptarte.

—Puede que mis padres pongan pegas, pero no me importaría.

El hombre mayor canta el estribillo con suavidad. Otra estrofa.

—Hablando de tus padres… ¿cómo están?

Alzo las cejas.

—Mi madre está empezando a enfadarse con mi padre por la cantidad de libros de aves que ha pedido, pero están bien.

—Bien. Solo preguntaba. Y ahora tengo curiosidad por saber cuántos libros de aves son demasiados. —Su palma es cálida mientras nos balanceamos de un lado a otro y, cuando me hace girar, mi rostro no oculta la sorpresa. Baja la voz, con la boca pegada a mi oreja—. Puede que no sepa moverme en la cama —agrega—, pero en la pista de baile…

—Tus movimientos en la cama están mejorando.

Otra vuelta.

—¿Qué es lo siguiente en el plan de estudio?

Pienso en ello, a pesar de que me lo memoricé la noche que lo hice.

—Es más una asignatura optativa que troncal, pero he pensado que podríamos trabajar en cómo hablas sucio.

—Fui bastante horrible, ¿verdad? —inquiere con un suave gemido—. Adelante. Puedo soportarlo.

—Es solo que… —Busco las palabras adecuadas—. No parecía personal. Una parte es lo que dices y otra parte es cómo lo dices. La mayoría parecía que no me estabas hablando directamente *a mí*, no sé si me explico. No parabas de decir: «Oooh, así es. Oooh, así es». Y tenía el mismo ritmo que…

Abre la boca.

—¿Esa canción de los ochenta? ¿*Whoomp! (There It Is)*? —Cuando me quedo callada, añade—: Tu cara lo dice todo.

—También estuvo la parte en la que te referiste a mi vagina como una entidad separada —continúo, esforzándome por bajar la voz—. Y eso no significa que a otra persona no vaya a gustarle esa forma de hablar sucio. Con la persona adecuada, después del tiempo adecuado.

—Pues enséñame —dice—. Enséñame a hablar sucio.

Le lanzo una mirada incrédula.

—¿Aquí?

—Puedo ser silencioso si tú puedes. —Enarca una ceja. Un desafío.

La canción termina, pero antes de que el hombre pueda abandonar el escenario, el público le ruega que cante otra.

Ninguno de los dos nos movemos.

Krishanu y Derek aparecen a nuestro lado con las chaquetas y las bufandas puestas.

—Nos vamos ya —anuncia Krishanu, y le da un codazo a su novio—. Este tiene entrenamiento con el equipo de natación mañana temprano.

—Ha sido genial conoceros. De verdad. —Todos intercambiamos abrazos, y Finn promete que volverá a la ciudad en cuanto pueda. El Día de Acción de Gracias, espera, si tiene suficiente tiempo libre entre convención y convención.

Todo esto atenúa mi libido, pero solo un poco. Cuando empezamos a bailar de nuevo y Finn nos aleja del escenario y nos conduce a la barra, donde hay menos gente, no registro la canción. Podría ser otra de Sinatra o podría ser de Harry Styles; así de distraída estoy.

—Bueno —empiezo, consciente de que me está sujetando un poco más cerca que antes, de que me está agarrando la parte baja de la espalda un poco más fuerte—. Tal y como hemos establecido, lo más importante es la comunicación. Si a tu pareja no le gusta, querrás darle un cambio. O igual no le gusta en absoluto, y tampoco pasa nada. Lo hablaríais.

—Vale.

—Un buen punto de partida es crear expectación. Dile cómo te sientes con respecto a ella, lo que quieres hacerle. —No hay ningún problema en esto. Resulta indiferente, incluso. Completamente seguro—. Y puedes decir partes reales del cuerpo. Sé específico. Y en caso de duda, siempre hay algunas palabras que no fallan nunca.

—Que serían…

—Duro. Apretado. Profundo. Mojado. —Es irónico, pero se me seca la garganta y se me calienta la cara—. Y todo eso. Un buen «joder» o cualquier palabra o expresión malsonante no hace daño tampoco.

Asiente, asimilándolo todo en silencio.

—Entonces… —Su pulgar me roza la columna al tiempo que baja la voz—. ¿Me la has puesto como una puta piedra? ¿Algo tan básico?

—Básico, pero efectivo. —Y si de verdad es tan básico, no estoy segura de por qué me marea al instante y el bar que nos rodea se difumina mientras Finn permanece nítido.

—¿Voy a hacer que estés jodidamente húmeda?

«Sí. Sí, vas a hacerlo».

—Eso… eso funciona.

Parece ilícito hablar de esto en público, a pesar de que no nos puede oír nadie. Hasta ahora hemos mantenido las lecciones nada más que dentro de la habitación, y ahora no sé qué significa que se estén derramando en la vida real.

—¿Qué dirías a eso? —pregunta, y, acto seguido, tiene el descaro de hacerme girar otra vez. Cuando vuelve a colocarme contra su pecho, me agarra con más fuerza incluso, respirando de forma entrecortada.

Sea lo que sea lo que estoy sintiendo, tiene que ser puramente científico, nada más. La atracción no es más que química de nuestras células combinada con el hecho de que nos hemos visto sin ropa casi con la misma frecuencia con la que nos hemos visto con ella.

Trato de recuperar el control y muevo las caderas contra las suyas, saboreando el poder que tengo. Le clavo las uñas en los hombros.

—Que tengo las bragas empapadas y me duelen los pezones y necesito sentirte dentro de mí. —Arrastro cada frase, hablando tan despacio como puedo. Lo noto duro contra mi abdomen, así que me presiono más contra él—. Que llevo esperándolo todo el día, que deseaba tocarme, pero sabía que tú serías mejor. Pero me preocupa que me corra demasiado rápido cuando por fin me toques, así que vas a tener que provocarme.

Retiene un gruñido.

—Querré que me la metas hasta el fondo —continúo, sin reconocer del todo el sonido de mi voz—, porque así es como me gusta que me lo hagan. Pero no puedes empezar por ahí. Tendrás que ser amable conmigo, a pesar de que te suplique. ¿Crees que puedes soportar eso?

—*Chandler*.

—Luego podrías decirle cómo se siente. —Estoy segura de que puede oír cómo me late el corazón contra el suyo—. Cómo sabe.

—Mmm. —Parece recomponerse, su rostro a milímetros del mío mientras su aliento me atraviesa la piel—. Seguro que sabes increíblemente dulce —dice, con la boca rozándome la oreja. Su olor, esa mezcla de tierra y especia, me bloquea los sentidos por completo—. Llevo desde Seattle deseando lamerte otra vez.

La sala se inclina. Todo mi cuerpo se vuelve ingrávido. Si no me estuviera sosteniendo, no sé si podría confiar en mis piernas.

De repente, el público estalla en aplausos, y tardo unos segundos en darme cuenta de que ha terminado la canción.

Vuelvo a mirar a Finn.

—¿Deberíamos irnos de aquí? —pregunto, y la ferocidad de su mirada me indica cómo se siente a la perfección.

Me toma de la mano y me conduce a través del laberinto de gente que hay en la pista de baile. En cuanto paga lo que hemos bebido y deja una propina considerable, salimos a la noche, al callejón estrecho que hay al lado del bar. Antes de que pueda preguntar si quiere buscar algún hotel, me tiene contra la pared, pecho contra pecho, caderas contra caderas. Lo suficientemente cerca como para besarnos.

Pero no lo hace. Todavía no.

—Pensaba que iba a explotar ahí dentro —dice contra mi cuello, y su boca me dibuja un camino ardiente a lo largo de la mandíbula.

Le rodeo los hombros con los brazos y lo acerco más. Durante un breve momento, me acuerdo de nuestra primera noche en Seattle, fuera de la librería. Solo que esta vez no quiero irme de este sitio.

—Entonces lo estamos haciendo bien. —Le paso los dedos por la nuca, los subo hasta su pelo—. Dime qué más quieres hacerme.

—Tengo que asegurarme de que se lo ha aprendido. Por el bien de su educación.

Me mira de una forma que convierte todo mi cuerpo en líquido.

—Lo que digas, profesora.

Bajo su boca hacia la mía, esa boca perfecta y sucia, y giro la lengua junto a la suya. Ha pasado demasiado tiempo desde que nos besamos, muchísimo tiempo por lo desesperado que resulta el beso.

—Quiero que te corras tan fuerte que me supliques que lo haga otra vez —dice, y me besa el cuello. La garganta—. Pienso en ello todo el tiempo.

«La madre que me parió».

—¿Me vas a penetrar con los dedos? ¿Con la boca?

—Con los dos —responde contra mi piel—. Muchas veces. Y a menudo.

Coloca la rodilla entre mis piernas y sus manos caen sobre mis caderas. Se me escapa un «oh» mientras me guía contra sus vaqueros y la costura de los míos crea una fricción maravillosa. Tortuosa y placentera a la vez.

Esboza una sonrisa malvada.

—Mmm. No puedo decir que me haya imaginado exactamente esta situación.

Me río, a pesar de lo delirante que me resulta todo esto. Luego, me abandona toda la gracia a medida que empieza a aumentar la sensación. Me muevo más rápido contra él y le rodeo las caderas con la pierna mientras me agarra con fuerza y ejerce una presión más profunda.

El bulto de sus vaqueros no hace más que volverme más necesitada. Le aprieto la nuca más, me aferro a su pelo, húmedo por el esfuerzo. Su piel cálida. Su aroma. Me inclina hacia él y me clava los dedos en el culo mientras mantenemos este ritmo implacable. Tiene la determinación pintada en el rostro, como si ni un apocalipsis pudiera hacerle perder la concentración.

Debe de notar que estoy empezando a respirar más rápido, porque me alza más sobre su muslo.

—Así es —dice—. *Dios*, te he echado de menos.

En realidad, no se refiere a que me ha echado de menos a mí, sino que ha echado de menos *esto*. Le corregiría, pero ya no soy capaz de formar palabras.

Me olvido de que estamos en un lugar público. Me olvido de que trabajo para él y de que todo esto está empezando a volverse un poco confuso. Me olvido de todo excepto de la avalancha de placer que se produce entre mis piernas y de la adrenalina que me recorre las venas.

Luego, me desmorono, todo en mí se aprieta antes de estallar con una repentina oleada de calor. Giro la cara hacia el lado y jadeo en la noche, y Finn vuelve a tirar de mí y atrapa mi gemido con la boca.

Se abre una puerta con un fuerte chirrido, y Finn me cubre el cuerpo con el suyo, como si nos hubieran sorprendido haciendo algo que no deberíamos estar haciendo. Noto cómo tiemblo a causa de una risa silenciosa, agradecida de que me esté sosteniendo.

—Shhhh —dice justo antes de soltar unas risitas.

Se escucha un golpe seco cuando alguien tira una bolsa en un contenedor que hay al otro lado del callejón y, una vez que se cierra la puerta del bar, Finn me toma de la mano y, jadeando y riéndonos, corremos hacia el coche tan rápido como nos es posible.

Me preocupa que el trayecto de vuelta a la casa de su madre esté inundado por un silencio incómodo. No obstante, en cuanto nos metemos en el coche de alquiler, Finn deja la mano sobre mi muslo, sonriendo, como si estuviera tan orgulloso de sí mismo que le fuera imposible contenerlo.

—Vives aquí —susurro mientras caminamos de puntillas desde el coche hasta la puerta de entrada—. O *vivías* aquí. No hace falta que entres a hurtadillas.

—Los perros —explica—. Son mejor que cualquier sistema de seguridad.

Cuando entramos, me preparo para una sinfonía de ladridos. Sin embargo, solo aparece Duquesa, una chihuahua cariñosa con tres patas marrones y una blanca, que trota hacia nosotros, deja que le demos algo de amor y, luego, vuelve a desaparecer por el pasillo.

Finn me lanza una mirada malvada y juguetona.

—Buenas noches —dice con dulzura.

Niego con la cabeza, conteniendo una sonrisa.

—Buenas noches —repito antes de que cada uno siga su camino al final del pasillo.

PADRE EN FORMACIÓN

Temporada 1, Episodio 7: «Papá, el canguro».

INT. SALÓN DE LA FAMILIA WILKINS. DÍA

CHERYL WILKINS llega a casa después de un fin de semana fuera. BOB WILKINS está dormido en el sofá con el BEBÉ WILL en el regazo. ANDY WILKINS da vueltas con el patinete alrededor del salón desordenado mientras que JENNA WILKINS le maquilla la cara a su padre dormido.

CHERYL

¿Cariño? ¿Niños? ¿Qué es todo esto?

BOB

Se despierta de un sobresalto y mira el caos que hay a su alrededor.

Pero ¿qué...? ¡Oh! ¿Por qué, Cheryl? No sé de qué me hablas. ¿Y puedo decir que estás extremadamente *radiante*?

Pausa para unas risas grabadas.

ANDY

Con una voz mecánica.

Papá nos ha cuidado súper bien. Nos ha dado de comer platos equilibrados y nos ha acostado a las nueve todas las noches.

CHERYL

¿Y cuánto te ha pagado para que dijeras eso?

ANDY

Veinte dólares.

CHERYL

Levanta al bebé, que ha empezado a llorar.

Tesoro, no te preocupes, mamá está aquí.
Un momento. ¿Dónde está Laurie? ¡Se suponía
que tenías que recogerla del ensayo del grupo
de baile!

*BOB mira a la cámara y se encoge de hombros en un
gesto de culpa exagerado.*

TODOS

¡Papáááááá!

Capítulo

DIECINUEVE

COLUMBUS, OHIO

—*Hambre lobuna: Cocina vegetariana con Finnegan Walsh.*

Finn niega con la cabeza.

—Ni de broma.

—*¿El lobo feroz? La historia del hombre menos villano de la televisión.*

—Creo que se te olvida que yo no hice de ningún hombre lobo.

—Pero así es mucho más fácil pensar en un juego de palabras. —Tamborileo sobre la mesa plegable—. Ya lo tengo. *Aullar de la risa: 101 bromas frikis aprobadas por Finn Walsh.*

—Prohibido. Tienes prohibido hacer bromas durante las próximas veinticuatro horas. Mínimo.

Me giro en mi asiento junto a la ventanilla para mirar el pasillo, hacia la parte delantera del avión.

—¿Es raro que todavía no hayamos despegado?

Como si lo hubiera invocado, se escucha un anuncio por los altavoces.

—Buenas tardes, al habla el comandante. Estamos sufriendo algunos atrasos relacionados con el tiempo, pero deberíamos despegar en cuanto control aéreo nos dé la señal.

Abro la mochila y saco una bolsita de compota de manzana. No soportaba más la comida grasienta del aeropuerto, y esto parecía lo que menos probabilidades tenía de revolverme el estómago.

—Creo que eso es para niños pequeños —indica Finn—. Pero supongo que concuerda, ya que solo tienes siete años. ¿Eso es lo que compraste en Starbucks mientras estaba en el baño?

—Este puré de manzana es mi apoyo emocional —respondo—. Esta bolsita no tiene nada que diga que es para niños pequeños.

—¡Tiene un dibujo de un *niño pequeño*!

—Ahhhhh, no, no, en realidad, es un adulto muy pequeño. Pero entiendo por qué te has confundido. —Me inclino hacia su cara y absorbo el puré de manzana con fuerza hasta que se quebranta y empieza a reírse.

Saca un libro gordo de su mochila, una biografía de Tolkien.

—Grita si me necesitas.

Igual yo también debería aprovecharme del atraso, por lo que saco el portátil. Desde que nos fuimos de Reno el lunes, la semana ha consistido en trabajar sin parar. Finn tuvo un viaje de un par de días a Los Ángeles para una reunión de prensa de *Los nocturnos* mientras yo me quedaba en Columbus convirtiendo los esquemas en resúmenes de capítulos. Cada vez que me costaba captar su voz, volvía a reproducir las grabaciones o le escribía para hacerle una pregunta. Volvió para la Comic Expo Ohio y ahora nos dirigimos a Pittsburgh.

Despacio, muy despacio, se está convirtiendo en un libro. Siempre me ha encantado esta parte, ver cómo un frenesí de notas y frases inconexas se transforman en oraciones, párrafos. Resulta un poco mágico desarrollar sus anécdotas, darles una estructura narrativa.

Nuestra editora ha pedido los primeros cinco capítulos a modo de informe de la situación para mañana y, a pesar de que ya casi he terminado tres, es posible que tengamos que trabajar toda la noche para terminar el resto.

Una hora más tarde, ha empezado a nevar y seguimos en la pista.

—Lo sentimos, pero se está acercando una tormenta desde el oeste y no parece que vaya a amainar pronto —dice el piloto a través de los altavoces—. Todos los aviones van a permanecer en tierra esta noche. —Una oleada de conversaciones frustradas recorre los pasillos mientras sigue hablando para decir que le reservarán a la gente un asiento en los siguientes vuelos que salgan mañana.

—Mierda. —Me cuelgo el maletín del portátil en el hombro y me rasco el pintaúñas negro mientras esperamos a bajarnos del avión. Estoy empezando a sentirme mal por los cachitos que he ido dejando por todo el país, un pequeño y colorido sendero de confeti hecho con ansiedad—. Tenemos que entregarlo esta noche, y luego la cena de bienvenida de la convención de mañana… igual si salimos mañana por la mañana, llegamos a tiempo, ¿no?

Finn se toma unos momentos para pensar.

—Alquilaremos un coche. Solo está a tres horas. La tormenta está entrando por la dirección opuesta a la que nos dirigimos. —Inclina el móvil hacia mí para enseñarme la previsión del tiempo.

—¿Con este tiempo?

—Vengo de las montañas —responde, restándole importancia con la mano mientras nos dirigimos a la recogida de equipaje a por nuestras maletas—. Aprendemos a conducir así antes de aprendernos el abecedario. Además, siempre son muy cautelosos con estas cosas. —Me dedica una sonrisa amplia y despreocupada—. Seguro que no es tan malo como dicen.

— — —

La tormenta es, en realidad, peor.

—¿Qué es lo que dijiste antes? —pregunto cuando el coche de alquiler se detiene con un chirrido en una carretera congelada de dos carriles, a una hora de distancia de Columbus. Los coches paralizados salpican la vía, conductores bastante más listos que nosotros que ya se han rendido—. ¿Con qué edad aprendiste a conducir con este tiempo?

Finn se pelea con el volante y pisa el acelerador. No hay suerte.

—Supongo… que es bastante posible que haya pasado mucho tiempo desde la última vez que conduje con este tiempo.

La nieve golpea el parabrisas. Es obvio que esto era una mala idea y, aunque consiguiéramos arrancar el coche, no sé si podríamos volver a la ciudad. El pánico por la fecha de entrega empieza a abrirse paso despacio, lo que hace que agarre la mochila con más fuerza. Lo único que quiero es tener las manos sobre el teclado y quizás una estufa.

—No podemos quedarnos aquí —digo—. Moriremos congelados.

Finn ya está mirando su móvil, al que insulta cuando no tiene cobertura.

—Había un cartel de un alojamiento a un kilómetro y medio más o menos.

En teoría, un kilómetro y medio no parece un trayecto demasiado largo como para recorrerlo a pie. Pero un kilómetro y medio con nieve cuando no sientes las manos y las ruedas de la maleta de tu madre se deslizan por el hielo es menos que ideal. Finn hace todo lo que está en su mano para ayudar, y lleva tanto mi maleta como la suya mientras yo me encargo de su mochila y me promete que ya casi estamos con los dientes castañeándole.

Para cuando llegamos al B&B, un edificio encantador y salpicado de nieve rodeado de robles, se han despegado casi todas las pegatinas de la maleta de mi madre y calculo que me quedan apenas unos minutos para sucumbir al congelamiento. Un letrero colgado de la entrada tiene escrito POSADA CASA DE MUÑECAS con una letra con espirales.

—¡Hola! —dice la mujer desde detrás del mostrador, bajita y de mediana edad, con el pelo corto y gris y un jersey de cuello vuelto de punto—. Hace fresquito fuera, ¿no?

—Se podría decir así. —Finn se quita nieve de la chaqueta con una mano temblorosa mientras que yo intento recuperar el aliento—. No tenemos reserva, pero ¿por casualidad tiene una habitación disponible para esta noche?

—Mmm, déjenme ver. Normalmente reservamos con bastante antelación… —Abre un libro de reservas auténtico, y ahí es cuando me percato de dos cosas.

Una: no hay ningún ordenador en el vestíbulo.

Y dos: el sitio está *plagado* de muñecas.

Muñecas antiguas en estantes, muñecas en mesas diminutas bebiendo té imaginario, muñecas con jerséis navideños y muñecas llevando muñecas más diminutas. Cada una de ellas me está mirando con unos ojos vidriosos y sin vida.

Supongo que el nombre de la posada era literal.

—¡Parece que solo nos queda una! La Habitación Victoriana. Tenéis suerte. Es mi favorita.

—Nos la quedamos —contesto, e intento evitar la mirada fija de una muñeca bebé especialmente poseída mientras nos pasa una llave anticuada que tiene más pinta de abrir una casa de campo del siglo diecisiete que un B&B moderno—. Muchísimas gracias. Igual es una pregunta tonta, pero ¿tenéis wifi?

Suelta una risita.

—¡Pues claro! —responde. Noto cómo se me relajan los hombros—. Pero acaba de irse. Lo siento. Va a venir alguien a mirarlo mañana… si es que consigue llegar.

Subimos las maletas un tramo de escaleras y me trago un grito ahogado cuando abro la habitación. Es preciosa, con una chimenea de leña de verdad y un papel de pared lujoso de terciopelo. Solo hay una muñeca, la cual lleva un delantal azul y blanco y un lazo en el pelo. Le falta un ojo. Tomo la decisión ejecutiva de meterla en un cajón, y Finn me hace un gesto con el pulgar hacia arriba.

Luego, examino el resto de la habitación, algo que debería haber hecho nada más entrar. Porque justo en mitad hay una cama *queen size* tapizada y de color esmeralda intenso.

Solo una.

—Oh —digo, y suelto la mochila en el suelo—. Puedo dormir en el sillón o en el suelo o…

—No seas ridícula —contesta—. *Yo* dormiré en el sillón.

Me dirijo a la cama, como si hiciese falta que la inspeccionase. Como si, de alguna forma, de cerca fuera a convertirse en dos camas.

—Hay mucho espacio para los dos.

No debería parecer raro. Nos hemos acostado, pero no hemos dormido juntos y, aun así, la idea de dormir a su lado es extrañamente íntimo. Verlo en el momento en el que se despierta, todavía somnoliento, despeinado y con los ojos medio cerrados, y ¿duerme con una camiseta, en calzoncillos solo o…?

Aparto ese pensamiento por ahora. Tenemos cosas más importantes de las que preocuparnos.

Deshacemos la maleta un poco, y consigo que mi móvil sea un punto de acceso para tener internet.

—Sabía que te gustaban los calcetines, pero ¿cuántos pares hay en esa mal…? —empieza Finn.

—¡No importa! —exclamo con demasiada brusquedad, pero no tiene nada que ver con los calcetines. Todos esos capítulos tienen que estar escritos. Me cambio los calcetines mojados y me siento con el portátil en uno de los sillones que hay junto a la chimenea, y la ansiedad me mantiene más caliente que las llamas. Intento decirme que todo va a salir bien. Solo son las cinco, no tenemos nada más que hacer y ahora mismo no hay muñecas que pueden o no estar poseídas por espíritus malignos.

Finn debe de darse cuenta de que estoy nerviosa, porque después de ponerse un jersey que parece extremadamente suave, se arrodilla junto al sillón y posa una mano sobre la mía.

—Oye —dice, y lo retiro, su voz es lo más cálido de todo—. Va a salir bien. Lo conseguiremos.

Sin embargo, mi cuerpo se niega a creerle. No es solo el vuelo atrasado ni los capítulos; es todo, todo a la vez. Me aprietan los pulmones, se me ha encogido la garganta, tengo la boca seca, me pesan las extremidades…

«No». Ahora no. No aquí.

Intento asentir, pero tampoco parece funcionar. El pánico se me ha asentado en los músculos, me recorre las venas y me inmoviliza.

—¿Chandler? —inquiere. Apenas lo oigo por encima de mis inhalaciones trabajosas y de mis exhalaciones aceleradas. Joder. No puedo controlar los sonidos que estoy emitiendo.

Hacía tiempo que no me pasaba esto, y lo último que quiero es derrumbarme delante de él, con la fecha de entrega tan cerca...

—Todo... todo está saliendo mal —consigo decir entre respiraciones guturales. La frase termina con un hipo, y Finn sostiene mi portátil antes de que se caiga al suelo.

Frunce el ceño con preocupación mientras deja el portátil en la alfombra que tiene al lado con delicadeza.

—Sé que ha sido un día raro. Un día duro. Pero vamos a solucionarlo. No tienes que hacerlo sola, cielo. Estoy aquí.

«Cielo».

No me esperaba esa palabra, lo que no hace más que provocar que se me acelere más el pulso. Parece que ni se ha dado cuenta de lo que ha dicho.

Sacudo la cabeza con energía.

—No quiero fastidiártelo. Es importante. Y quiero... solo quiero hacerle justicia.

—No estás fastidiando nada. —Su voz es firme, pero amable, y ha empezado a acariciarme los brazos, un movimiento relajante que me ayuda a anclarme a la habitación. *Arriba*, y siento la silla debajo de mí. *Abajo*, y oigo cómo centellea la chimenea—. Escúchame. Eres en quien más confío para que le haga justicia, *nadie* más. A estas alturas te lo habré dicho más de diez veces, así que me preocupa un poco que se te suba a la cabeza.

Se me escapa una risa.

—¿Hay algo que pueda hacer por ti ahora mismo? ¿Necesitas algo?

Sus preguntas son demasiado sinceras. Lo que no sé si puedo contarle es que no es solo este momento, con la fecha de entrega.

Son todas las cosas que no puedo decir aún, las preguntas que metí en la maleta junto a mis vaqueros favoritos y mi cepillo eléctrico. Llevo tanto tiempo corriendo que ya no estoy segura de dónde se encuentra la línea de meta ni si hay una línea de meta siquiera. Y, a veces, eso me da un miedo atroz.

He estado toda mi vida dejándome la piel, persiguiendo algo que siempre está fuera de mi alcance.

—Solo esto —respondo, y mi voz sale un poco áspera. Pero se me ralentiza la respiración, se me empiezan a relajar los hombros.

Me acaricia los nudillos con el pulgar antes de bajar las manos, y me quedo mirando el espacio que ha tocado más tiempo del que probablemente debería. Bajo la luz de la chimenea, su pelo es de un dorado intenso y los mechones grises se vuelven plateados. Los hermosos ángulos de su rostro, medio ocultos en la sombra. Nunca ha dudado de mí ni una sola vez, ni siquiera durante aquella primera reunión con su representante.

—Vale. Cre-creo que estoy bien. Manos a la obra. —Me muevo para agarrar el portátil—. Y… gracias.

Finn me mira a los ojos durante unos segundos más. Con el fuego crepitando a nuestro lado y la tormenta rugiendo fuera, este momento tiene algo casi… *romántico*, un adjetivo del que me arrepiento en cuanto entra en mi mente.

Si fuéramos otras dos personas, sería muy fácil dejar el portátil, subirme a su regazo y convertir esto en una escapada idílica de invierno.

Pero somos Chandler y Finn, y estamos aquí para trabajar.

Es como si Finn parpadeara y saliera de un aturdimiento a la misma vez que yo. Obligo a mis ojos a que vuelvan a la pantalla del portátil mientras se sienta en el otro sillón, donde se aclara la garganta y estira las piernas.

Trabajamos durante toda la tarde tan rápido como podemos, con Finn leyendo secciones en cuanto termino de hacer el borrador y ofreciendo notas y correcciones.

Alrededor de las siete y media, Maude, la mujer del mostrador, toca la puerta con una bandeja de comida.

—La cena —dice con dulzura—. Pensé que os vendría bien algo de comida caliente.

Se lo agradecemos profundamente.

—¿Qué te parece esto? —pregunto una hora más tarde, con el estómago lleno de risotto de champiñones, al tiempo que giro el portátil hacia él. Es una sección sobre su primer día en el plató de *Padre en formación*. Al parecer, la serie se hizo únicamente para reforzar los roles de género, con tramas que giraban en torno a preguntas del estilo: ¿Cómo narices va a cuidar este padre obrero de sus hijos durante un fin de semana entero mientras su mujer está fuera? ¿De verdad puede gestionar hacer *brownies* para la venta de repostería de su hija mientras ayuda a su hijo con el proyecto para la feria de ciencias? Por no mencionar al bebé. ¡Y todos sabemos que apenas sabe cambiar un pañal! Entrada de risas grabadas.

Finn lee lo que he escrito sobre cómo estaba tan nervioso que leyó las acotaciones, no solo sus frases, y cómo su personaje, que al principio se suponía que tenía que montar en monopatín dentro y fuera del plató, para gran disgusto de sus padres de la tele, era incapaz de mantenerse de pie, así que lo cambiaron por un patinete.

—Es perfecto. Has capturado a la perfección de qué iba la serie sin insultar demasiado a nadie. Aunque tampoco sé si me importaría. Bob Gaffnew era un imbécil.

—Vi un par de episodios y me quedé bastante horrorizada, si te soy sincera.

Pone una mueca.

—Ya, si hubiera sido más listo, no lo habría hecho. Pero una parte de mí anhelaba ese núcleo familiar que no tuve. Y supongo que me llevó a *Los nocturnos*, así que… —Sigue leyendo y señala un párrafo—. No me veo usando la palabra *ostentoso*, pero aparte de eso, me encanta. Y suenas como yo. —Me mira a los ojos—. Es un poco injusto que tu nombre no aparezca, después de todo esto.

Me encojo de hombros y cambio *ostentoso* por *extravagante*, obligándome a no detenerme en el cumplido.

—Así es el trabajo. Por eso contrataste a una escritora fantasma.

—Lo sé —dice con suavidad—. Pero ojalá... —Se interrumpe, sacudiendo la cabeza, y vuelvo a sumergirme en el capítulo.

Es casi la una de la mañana cuando la muestra está pulida hasta el punto en el que ambos nos sentimos bien al respecto. También es más o menos la hora en la que mi punto de acceso se rinde.

—Tiene que haber cobertura en algún sitio por aquí —digo mientras agito el móvil.

Finn está al otro lado de la habitación haciendo lo mismo.

—No tengo nada.

Me subo a un sillón y luego al escritorio, alzo el móvil lo más alto que puedo, pulso «enviar»...

—¡Conseguido! —grito, y el escritorio cruje bajo mis pies.

Finn se acerca a zancadas y estira la mano para que choque los cinco. Salvo que ahí es cuando pierdo el equilibrio, me tropiezo con mi propio pie y caigo en sus brazos.

Y es en este momento, cuando me está sosteniendo, cuando nos estamos mirando a los ojos y su expresión es cálida, abierta y victoriosa, que estoy casi segura de que es real. Juro que dejo de respirar cuando desliza los dedos por mi pelo corto. Vuelvo a hacerlo solo para inhalarlo, ese aroma reconfortante y embriagador que lleva semanas jugando con mi cerebro.

Luego, me desliza por su cuerpo, sólido y firme, tan despacio que me pregunto si es deliberado, antes de dejarme con delicadeza en el suelo. Me ayuda a alisarme la ropa.

No es solo el abrazo. De verdad he disfrutado de esta colaboración, y entregar esos capítulos me recuerda que en un futuro no muy lejano todo esto se habrá terminado.

Aunque la realidad es que a veces tengo la sensación de que podría escribir una trilogía entera sobre Finn Walsh y apenas rascaría la superficie.

—Deberíamos prepararnos para irnos a la cama —me apresuro a decir, y tomo mis cosas y corro al baño. Finn ya ha sacado y ordenado las cosas de su neceser, y junto al lavabo hay una maquinilla y una crema de afeitado formato viaje. Está el frasco naranja con el tratamiento recetado, sin vergüenza, como debería ser.

Nos cambiamos para que pueda hacer lo mismo y, después, nos sentamos en lados opuestos de la cama. Casi siempre duermo con una camiseta grande, pero esta noche mi pijama es el único conjunto a rayas que poseo. Finn lleva unos pantalones cortos a cuadros y una camiseta blanca fina, y caigo en la cuenta de que es la primera vez que lo veo tan informal. La ropa lo suaviza al instante, sobre todo, cuando me doy cuenta de que tiene un pequeño agujero en la manga izquierda.

Descubro que quiero acercarme más. Contarle cosas que llevo mucho tiempo sin compartir con nadie. Ya sabe mucho sobre mí y, aun así, mi sensación es que soy incapaz de tener una relación cercana de verdad con alguien hasta que no sepa lo de mi aborto.

No puedo pensar en lo que significa que quiera contárselo.

—¿Cansada? —inquiere, y es como si la cama tuviera un cabecero con forma de corazón y pétalos de rosa esparcidos. Si ese abrazo me ha impactado tanto como lo ha hecho, solo me preocupa ligeramente cómo me sentiré con su cuerpo dormido a poco más de medio metro del mío.

Sacudo la cabeza.

—Debe de ser toda la adrenalina.

Debería estar agotada. El viaje ha sido discordante; un día estamos en medio de un desierto y al siguiente, en medio de una ventisca. Hemos experimentado las cuatro estaciones en el lapso de un mes y medio.

—¿Estás bien? —pregunta cuando me ve moviendo las manos y las muñecas hacia delante y hacia atrás.

—Sí, es solo que se me entumecen un poco después de escribir durante tanto tiempo. Duele un poco. —Flexiono los dedos.

—Ven aquí —dice al tiempo que le da unos golpecitos a la cama junto a él, y me acerco. Estira las manos, y ni siquiera me detengo a pensármelo antes de tenderle las mías.

»No me creo que estemos aquí —añade, y utiliza ambas manos para masajearme la mía—. No solo en un B&B en mitad de Ohio con muñecas que, sin duda, van a resucitar en mitad de la noche, aunque eso también, sino… juntos. —Hace una mueca—. No *juntos*, ya me entiendes. Supongo que me he acostumbrado tanto a hacer estas cosas solo que se me había olvidado lo que era viajar con otra persona. No está mal tener algo de compañía.

—No me imagino haciendo todo esto sola.

Se me cierran los ojos. La manera en la que me está tocando, con los dedos moviéndose en círculos… no difiere de la forma en la que le he enseñado a *tocarme*.

¿Y vamos a… pasar por alto el escándalo del «cielo»?

—¿Sabes? Eres como un enigma —dice, y se cambia a mi otra mano—. O, al menos, lo eras al principio. ¿Estás más cerca de descubrir qué quieres hacer con el resto de tu vida, Chandler Cohen?

—Me gustaría irme a la tumba sin haber aprendido nunca lo que es un NFT.

—Como todos. —Finn me da un toque en los nudillos—. Hablo en serio.

—El resto de mi vida —repito—. Eso es demasiada presión. ¿Hay alguien de veintitantos o treinta y tantos que pueda decir, de forma categórica, lo que quiere hacer con el resto de su vida? —Se desplaza a la muñeca, hundiéndome los pulgares en la piel—. Me gusta esto. Trabajar en el libro contigo, sentir que de verdad estamos colaborando. Es diferente al resto.

Sonríe.

—¿Estás diciendo que soy tu favorito?

—Solo si me prometes que no te vas a acomplejar. —Me muevo un poco, medio con la esperanza de que el masaje se termine pronto y, al mismo tiempo, deseando que no pare nunca—. Incluso cuando disfrutaba con este trabajo, no me hacía sentir realizada, no como pensé que lo haría cuando empecé en el periodismo. Incluso cuando estaba en *The Catch*, no sé si me sentía realizada todos los días. Es probable que lo haya exagerado en mi cabeza porque el despido hundió mi salud mental, pero desde el punto de vista creativo, profesional, lo que quieras, no quería escribir listículos periodísticos el resto de mi vida. Quiero amar lo que hago con todo mi corazón. ¿O eso no es más que una mentira que la sociedad nos vendió a los *millennials* cuando éramos jóvenes y, en realidad, ninguno de nosotros ama su trabajo?

—Algunos sí lo hacemos —responde—. Pero entiendo lo que dices. Me recuerda a esos pósteres que todos los profesores tenían en las aulas. Apunta a la Luna…

—Y, si fallas, al menos estarás entre las estrellas —termino con él. Esa tontería resume la experiencia *millennial*. Porque la cosa es que algunas estrellas están a tomar por saco de la Luna. Y a lo mejor no quieres ninguna de esas estrellas lejanas. Igual nunca quisiste la Luna para empezar, no sabes ni si quieres ir al espacio, pero tienes que tomar una decisión pronto. Y más vale que sea algo que te veas haciendo *el resto de tu vida*.

No hay espacio para la incertidumbre, lugar que parece que he estado habitando estos días.

—Antes de este viaje, me sentía totalmente atrapada —continúo—. Nos dijeron que podíamos tenerlo todo, pero no es verdad. Que podíamos hacer algo creativo, pero también algo estable. Algo que te llene, pero que no te cree adicción al trabajo. Algo bueno para el planeta, pero que también te dé dinero. Crecí con todo el mundo diciéndome lo *especial* que era, lo que se vio amplificado por haber nacido el 29 de febrero. Siempre era «vas a hacer algo grande» y «puedes hacer lo que quieras» y nunca «no pasa nada si no lo descubres ya». Pero estoy empezando a preguntarme si algo de eso es verdad.

—A lo mejor ser escritor fantasma no es muy diferente de ser actor. —Finn me suelta las manos y la forma en la que su cara está a centímetros de la mía, con los ojos sinceros, puede que sea peor que el masaje—. Adoptas la voz y la identidad de alguien durante un rato y prometes que la cuidarás bien. —Se frota la nuca—. Yo también me siento así —añade—. Atrapado. Por mi cerebro a veces, cuando desearía ser capaz de detener los pensamientos obsesivos, pero estoy demasiado metido en la espiral. O cuando pienso en la percepción general que se tiene en cuanto a que el TOC está ligado a la limpieza, lo que es cierto en el caso de algunas personas, pero no en el caso de todas. Y luego empiezo a preocuparme de caer en ese estereotipo, a pesar de que en mi caso no tiene que ver con que las cosas estén limpias y ordenadas. Es algo más en plan, si esta comida se ha puesto mala, va a envenenarme a mí o a alguien a quien quiero. Tengo síndrome del impostor con mi TOC. ¿A que es ridículo?

—No —respondo—. Yo tengo síndrome de la impostora con casi cada faceta de mi identidad.

—Nuestros cerebros son órganos muy muy crueles.

Nos quedamos en silencio durante unos segundos mientras las ráfagas de nieve pintan el cielo nocturno y el fuego se convierte poco a poco en ceniza. Nuestra relación ha sido un viaje extraño en el que las piezas físicas y emocionales se han unido en momentos distintos. Hacía tiempo que no me mostraba tan vulnerable con alguien, y resulta liberador. Cómodo. *Seguro*.

—Hay algo que quería contarte —empieza—. Sobre mi pasado. Si te parece bien.

Finn frunce el ceño.

—Claro. Puedes contarme lo que sea.

Cierto. Ya lo sabía, sí, pero oírlo hace que las palabras salgan con más facilidad aún. Si voy a ser abierta de verdad con él, no puedo retroceder; y a lo mejor no quiero retroceder.

A lo mejor siempre he podido confiar en él así.

—Tuve un aborto —digo. Sin apartar la mirada. Sin evitar el contacto visual—. En el segundo año de la universidad.

Finn asiente despacio, dejándome elegir cuánto quiero compartir.

—Llevaba unos pocos meses viéndome con un chico. David. Nunca he sido la mejor tomándome la pastilla anticonceptiva, y dimos por sentado que, como usábamos condón, estábamos tomando precauciones. Pero no me llegó el periodo y luego empecé a tener náuseas todo el tiempo, así que me hice la prueba. Y dio positivo. —David era dulce, se contentaba igual yendo a una fiesta fuera del campus que viendo una película en el sofá raído de la casa que compartía con otros ocho compañeros de piso. Nos conocimos porque nos sentábamos juntos en la clase de Física a la que asistíamos para obtener un crédito de ciencias—. Me dijo que era decisión mía, que me apoyaría hiciera lo que hiciera. Yo veía toda mi carrera delante de mí, o al menos la imagen de lo que quería que fuera, y cuando vi esas dos líneas en el palo... todo cambió por completo.

»No tenía dinero para criar a un niño —continúo mientras paso un dedo por el edredón de flores—. No *quería* criar a un niño, no cuando tenía muchos otros planes para mi futuro. Así que creo que, en el momento en el que pensé por primera vez en la posibilidad de estar embarazada, supe lo que iba a hacer. No es un secreto íntimo y oscuro, pero quería contártelo porque es parte de mí. Parte de mi historia.

Finn se toma unos segundos más para recomponerse, como hace siempre que no está seguro de lo que quiere decir. Me está mirando con una intensidad cuidadosa, una que tranquiliza cada una de las células ansiosas de mi cuerpo.

—Me alegro mucho de que pudieras tomar esa decisión. Y no te estoy juzgando. Para nada —aclara con la voz más firme que nunca—. Es la primera vez que alguien me cuenta eso. ¿Podrías decirme si estoy metiendo la pata reaccionando así?

—No —contesto. El alivio es instantáneo—. No estás metiendo la pata.

—Puedes contarme lo que quieras al respecto. O nada. Lo que te sientas cómoda diciendo.

Cuando pienso en ese día, lo que más recuerdo es cómo mi madre me agarró la mano en la sala de espera y me dijo que estaba ahí para lo que necesitara. Lo rápida y relativamente indolora que fue la intervención, un poco de incomodidad y luego algunos calambres. Nunca supe si algún día querría tener hijos, no del todo. Siempre era algo que creía que descubriría cuando fuera mayor. Y a lo mejor sí que quiero, algún día, pero sigo sin estar segura. Solo sabía que no quería uno con diecinueve años.

Resulta que no hay nada sobre el tema que me incomode contarle.

—Tuve suerte de que en el estado de Washington no fuera muy difícil encontrar una clínica, y estaba de diez semanas, todavía en el primer trimestre. Había manifestantes fuera, unos pocos solo, pero una vez que entré, todo el mundo fue muy amable. Mi madre me acompañó y no fue más que... una intervención médica. Fue algo que ocurrió y fue la decisión correcta para mí —digo—. Sé que para mí fue mucho más fácil que para mucha gente por lo poco avanzado que estaba, lo mucho que me apoyaron mis padres y porque pude permitírmelo. Y me siento agradecida por todo eso. —Tomo lo que parece la séptima bocanada profunda de aire en los últimos minutos—. No me arrepiento de haber abortado. Si soy sincera, no pienso en ello muy a menudo.

Solo se me ocurre describir su expresión como genuinamente *afectada*.

—Gracias —contesta con la voz firme y sincera—. Por contármelo. Por confiar en mí.

—Si alguien va a formar parte de mi vida, necesito que lo sepa. Y necesito que lo acepte. De lo contrario... o no tendremos una relación cercana, supongo, o no estaremos mucho tiempo en la vida del otro.

Demasiado tarde, me doy cuenta de que he indicado que existe una cercanía entre nosotros que va más allá del viaje, más allá del libro. No obstante, Finn ni siquiera se inmuta.

—Me gustaría estar un tiempo en tu vida —dice—. Si me dejas.

Alza un brazo y me mira, haciéndome una pregunta silenciosa con los ojos. Cuando asiento, me rodea los hombros con él. Me acaricia la espalda. Dejo la barbilla sobre su hombro y exhalo.

Es demasiado agradable que te abracen así.

Intento no pensar en si ese sentimiento agradable tiene fecha de caducidad, si seguiremos hablando cuando él regrese a Hollywood y yo vuelva a Seattle. Si en ese momento, el grado de nuestra amistad será yo viéndolo en la televisión y él sin responderme ya a los mensajes porque está rodeado de gente más interesante.

—Dios, son casi las tres de la mañana —digo cuando veo el reloj que hay en la mesita—. Deberíamos dormir.

Parece un poco trastornado por cómo me alejo de repente, pero no discute.

—Pero no me toques con esos pies raros con calcetines.

Como es lógico, no puedo resistirme a hacerlo.

—Al menos no pasaré frío.

Capítulo

VEINTE

EN ALGÚN LUGAR DEL CENTRO-SUR DE OHIO

Me despierto con el olor a sirope de arce.

—Espero que no te importe que te haya preparado un plato —dice Finn desde el otro lado de la habitación—. Me he despertado a una hora impía, y lo bueno se estaba acabando rápido. No quería que te lo perdieras.

—Oh… Gracias. —Me paso una mano por la cara para eliminar los últimos retazos borrosos del sueño. Es la primera vez que me ve por la mañana, y tengo que luchar contra el impulso de correr al baño para pasarme una mano por el pelo, frotarme los dientes con el dedo índice y ponerme presentable.

El plato antes mencionado espera en la mesa que hay delante de la chimenea, y *plato* es un término demasiado insulso. *Brunch con forma de festín épico* se le parece más, repleto de tortitas, gofres, gajos de patata, huevos revueltos, beicon crujiente con pimienta y al menos cinco tipos de quesos.

—Tampoco sabía qué te iba a apetecer, así que he escogido un poco de todo.

—Es perfecto. —Mi estómago ruge para responder del mismo modo—. No escatiman en la parte de «desayuno» de B&B, ¿eh?

La tormenta no ha amainado y, después del desayuno, cuando llamamos a una grúa para que se lleve el coche de alquiler, nos dicen que lo más probable es que no puedan sacarlo hasta mañana. Siempre me ha encantado la nieve, y en Seattle no nieva lo suficiente, así que, como ahora ya no estamos conduciendo por ella, aprovecho la oportunidad para salir a caminar. Finn tiene sesión de terapia *online* y tiene que ponerse al día con algunos correos electrónicos, y me promete que nos veremos después.

Puede que sea lo mejor. Me dará la oportunidad de aclarar la cabeza y de desenredar algunos sentimientos. Porque si bien es cierto que Finn y yo no hemos estado juntos las veinticuatro horas del día, llevo mucho tiempo sin sentirme *sola* de verdad. Si no estamos en la misma habitación, por lo general estoy trabajando en su libro. Ya esté a mi lado o no, siempre está en mi cabeza.

Esa tiene que ser la explicación de por qué siento este extraño apego hacia él. Simplemente no he hablado con ningún otro chico en semanas.

Cuando Finn no se une a mí y no me manda ningún mensaje, regreso y tomo dos tazas de chocolate caliente en el vestíbulo antes de subir a la habitación. Llamo una vez, solo para asegurarme de que sepa que voy a entrar.

Y nada en el mundo podía prepararme para lo que veo a continuación.

Finn está sentado en uno de los sillones, sonriéndole a la cámara del portátil y haciendo el símbolo de la paz con la mano.

—¿Qué tal, Mason? Soy Finn Walsh, y solo quería decirte que vas a *arrasar* en el examen de español de la semana que viene, al igual que Caleb, Meg, Alice y yo arrasamos con esa horda de *banshees* que…

—¿Qué haces?

Nunca había visto a un hombre adulto tan asustado. Da un salto de literalmente quince centímetros antes de cerrar el portátil con más fuerza de la necesaria.

—Dios —dice, y se entierra la cabeza en las manos—. No deberías haber visto eso.

Paso la mirada de él al portátil cerrado.

—¿Estás grabando un cameo? —pregunto mientras intento contener la risa.

Finn asiente, miserable.

—Es vergonzoso. No me lo piden mucho, pero intento hacer un trabajo decente con los que me surgen.

—Seguro que son geniales.

—Estás intentando no reírte con todas tus fuerzas, ¿verdad?

—Con todas mis fuerzas.

Cuando vuelve a abrir el portátil, me doy cuenta de que lleva un chándal gris. No sé qué tienen, pero hacen que un tipo pase de ser un seis a un diez al instante, y Finn ya era bastante más que un seis.

—Vente a la nieve conmigo —digo—. Al menos podemos hacerte algunas fotos adorables cargando con leña para que te adulen en Instagram.

Nos ponemos los abrigos más calentitos que nos hemos traído, y el pelo rojo de Finn asoma por debajo de un gorro de lana.

—Esto es nieve *de verdad*. —Hay cierto asombro en mi voz mientras la atravesamos. La pensión está rodeada por un bosque, y la nieve apenas está marcada con pisadas. Es demasiado precioso como para que importe el frío.

—¿A diferencia de?

—En el noroeste no pasa esto —explico—. Un año, fui a Whistler con un ex, y me pasé muchísimo tiempo planeando los conjuntos de invierno perfectos. Luego llegamos allí y... nada. Las mínimas fueron de unos once grados. Quedé destrozada.

—Un ex. —Finn suena intrigado—. Cuéntame más sobre el historial sentimental de Chandler Cohen.

—Como bien sabes, está definido principalmente por el amor imposible. —Me rodeo con el abrigo con más fuerza—. Tuve mi primer novio en secundaria. Rompimos después de la graduación porque íbamos a estudiar en sitios diferentes. Luego, en la universidad, estuvo David, a quien mencioné anoche. Un chico con el que salí el último año de universidad y después de la graduación, pero el desempleo inmediato nos chocó demasiado como para que duráramos —cuento—. Un par más, pero no he tenido nada serio de verdad en un par de años. —Porque pongo mi carrera profesional en primer lugar. Porque di por hecho que todo iba a encajar con Wyatt—. Sé que estuviste saliendo un tiempo con Hallie, pero no sé mucho sobre tus otras relaciones, además de… lo que no pasó en la habitación y de que solo han sido con personas de Hollywood. ¿Todas actrices? —Pues claro que no se lo estoy preguntando porque estoy pensando en si de repente dirá: «¿Sabes qué? Es hora de un cambio. Se acabó lo de salir con personas de Hollywood. ¡Muchas gracias por volver a sacar el tema, Chandler!».

Y, como es lógico, no lo hace.

—Casi. Salí con una diseñadora de vestuario en *Justo mi tipo*, pero solo estuvimos juntos unos pocos meses. Hallie fue mi relación más seria. Y rompimos… ¿hace diez años? Dios, me siento mayor.

—¿Qué pasó? —pregunto—. ¿Por qué se acabó?

Se rasca la barbilla.

—Creo que nos distanciamos, aunque igual el sexo tenía algo que ver. Ambos teníamos periodos en los que nos costaba encontrar trabajo, y yo era bastante nuevo todavía en lo de la terapia, así que fueron muchas cosas a la vez.

—Aunque ahora sale en esa serie de médicos.

—*Médicos de Boise*. Lo hace increíble —dice—. Era verdad. Seguimos siendo buenos amigos. Y nos va mucho mejor así. Es difícil encontrar a gente que entienda a la perfección lo que vivimos durante la serie y, aunque veo a los otros de vez en cuando, nunca hemos estado tan unidos.

Asiento, porque, aunque no pueda sentirme identificada, lo entiendo.

—Por favor, no me malinterpretes, porque lo dije con sinceridad. Es una tragedia que sigas soltera. Un día de estos, Wyatt va a darse cuenta del error que ha cometido y no será capaz de perdonarse.

No puedo evitarlo, suelto un bufido.

—Creo que estoy bien. Últimamente he estado muy ocupada teniendo una relación física y ocasional con uno de los chicos de oro de las convenciones de cómics.

Deja de caminar, con el fantasma de una sonrisa en la boca.

—Ah. ¿La tienes ahora?

Culpemos al canto de sirena que es el chándal gris, pero me acerco a él y agarro los flecos de su bufanda.

Estoy segura de que va a besarme, pero, en vez de eso, dice:

—He leído tus libros.

Retrocedo, ya que la revelación ha sido una conmoción para mi sistema.

—Quise decírtelo antes —continúa—, pero pensé que igual era demasiado estresante si sabías que los estaba leyendo en el avión.

—Quieres decir que has leído los libros de Maddy y de Amber.

—Claro —contesta—. Supongo que sus nombres aparecen en la cubierta. Igual es porque estaba buscándote a ti, pero te oía incluso en sus voces.

Abro la boca para discutir, pero no sale nada. El hecho de que sea tan visible en esos libros, lo suficiente como para que esta persona que solo me conoce de hace siete semanas me vea ahí…

—Entonces lo hice mal —digo simplemente.

Se acerca a mí, y no parece importarle que tenga las deportivas mojadas.

—Yo no lo veo así. Puede que intentaras esconderte en sus historias, pero seguías *ahí*. Así de talentosa eres. Así de viva es tu forma de escribir. No puedes borrarte de ella por completo, aunque lo intentes. —Trago saliva con fuerza, insegura de cómo procesarlo—. Sé que sería un riesgo y sé que no sería fácil. Pero podrías escribir para ti misma si quisieras. Lo que dijiste la noche en la que sobreviví de milagro a una enfermedad debilitante…

—Le golpeo las costillas—. Lo de llevar un tiempo sin ser capaz de disfrutar escribiendo… me puso muy triste. Porque incluso si, en el caso de esos libros, lo hacías solo por el sueldo, noté lo mucho que te encantaba.

—¿Te acuerdas de eso? —inquiero, y me pregunto cuánto recuerda. Solo la conversación sincera sobre escribir o también la confesión de que le gusto.

Cuando se sonroja, prende algo en mi interior que llevo siglos intentando ignorar.

—De todo.

Todo lo que está diciendo, los halagos y el subtexto, es demasiado abrumador. El abrigo me aprieta demasiado, el viento es demasiado despiadado y tengo los calcetines empapados. Todo este momento es una sinfonía de Demasiado. Si me permito pensar que podría triunfar como escritora, eso significa exponerme a la posibilidad de fracasar. Significa dejar atrás la seguridad que me proporcionan nombres que significan mucho más que el mío.

Así pues, me agacho, reúno un poco de nieve y le lanzo una bola, porque eso es más fácil que pensar.

Se lleva una mano al pecho, allí donde está salpicado de blanco.

—Te has metido en un lío —dice, removiendo la nieve para formar una bola mientras corro hacia el bosque nevado.

— — —

Finalmente, cuando ya no sentimos los dedos de las manos ni de los pies, volvemos a la pensión temblando. Tenemos la ropa mojada por la pelea de bolas de nieve, así que nos la quitamos y la dejamos al lado de la chimenea para que se seque, tras lo que arrastramos almohadas y mantas al suelo, junto a las llamas.

—¿Algún cameo más que tengas que grabar? —pregunto mientras jugueteo con el borde de una manta.

Me lanza una mirada maliciosa.

—No. Estoy cien por cien libre el resto del día. —Luego, baja la voz, a pesar de que somos los únicos que están en la habitación—.

No puedo parar de pensar en lo que pasó en Reno. Fuera del bar. Casi acabó conmigo lo silenciosa que tuviste que ser.

El recuerdo provoca que me salga un gemido de la garganta. Lo necesito encima de mí, que su peso me presione contra la alfombra. Todavía hay dos temas importantes en el plan de estudio que no hemos abordado, y estoy segura de que, como no tenga su boca entre mis piernas esta noche, podría morir. Necesito el recordatorio de que esto es solo físico.

—La siguiente lección —digo con una exhalación y con la boca a dos centímetros de la suya—. ¿Te acuerdas…?

Se le oscurecen los ojos.

—Como si no me lo hubiera memorizado entero la noche que me lo mandaste. *Sí*, me acuerdo. —Me roza los labios con los suyos—. Pensaba que te había dicho lo mucho que quería lamerte.

Cierro los ojos, los músculos ya tensos. Esperando. *Deseando.* El último par de veces que hemos estado juntos, yo he sido la única que ha terminado. Quiero oír cómo se derrumba y saber que he sido yo la que lo ha deshecho. De repente, lo ansío.

Nos besamos encima de la manta, frente a la chimenea, y esta vez no vamos despacio. Me quito de debajo de él para ponerme encima, le acaricio la erección con la palma de la mano y me deslizo por su cuerpo para besarlo a través de los calzoncillos. Me agarra el pelo y lanza una maldición en voz baja. Me encanta cuando está así: completamente entregado a su placer. Sin vergüenza. No he visto lo suficiente.

No obstante, cuando le agarro la cintura de los calzoncillos, niega con la cabeza.

—Tú primera —dice, y dado que no sé cómo discutírselo, aprieto los omóplatos contra la alfombra.

—Dime lo que dijiste en Reno. —Porque allí no hubo romance, solo pura necesidad física.

Exhala cuando se inclina sobre mí y me mete la mano debajo de la ropa interior.

—¿Lo de que quería que estuvieras mojada? —Una risita divertida—. Creo que ya lo estás.

Prácticamente me rompo las bragas en mi prisa por bajármelas por las piernas.

—Más.

Gime contra mi boca al tiempo que me separa con sus dedos.

—Quiero que hagas ruido —dice, acompasando sus palabras con sus caricias. Dibuja un círculo. Un cuadrado. Una forma que los matemáticos no han descubierto todavía—. Quiero sentir cómo te tiembla el cuerpo hasta que no puedas contenerlo más, y luego quiero que te corras en mi lengua.

Estoy jadeando y aferrándome a sus hombros. Su dedo no basta. Necesito más.

Baja la cabeza hasta mi pecho y me besa el abdomen, los muslos. Los labios. Luego, cuando me estoy retorciendo y estremeciéndome y estoy más que preparada para él, me da una lamida larga y lenta. Suelto un gemido ante el contacto, ante la sensación caliente y resbaladiza de su boca sobre mí.

—Dios, qué bien sabes. —Sigue provocándome, alternando caricias rápidas con otras más largas y tortuosas. Solo cuando lo ansío, lleva la lengua a mi clítoris por fin, y no tarda en aprender que los toques más suaves bastan para volverme loca.

—Finn —murmuro mientras sigue un ritmo constante—. *Finn*.

Se detiene un momento. Me mira.

—¿Qué? —inquiero.

—Creo que es la primera vez que dices mi nombre. Cuando estamos así.

Tiene razón. Lo he evitado. Vuelvo a decirlo, lo que hace que suspire y apriete la boca contra mí con más fuerza.

Durante unos segundos, casi puedo olvidarme de que él es Finnegan Walsh y de que yo soy la persona sin nombre que está escribiendo su libro. Durante unos segundos, solo somos dos personas con una atracción desesperada que están entrando en calor en un día de nieve.

Salvo que, claro está, esto no es real. No está haciendo nada de esto porque esté locamente enamorado de mí, sino que está intentando aprender.

Para que en algún momento pueda complacer a alguien que no soy yo.

Sigo con la mano en su pelo.

—Espera. —Se detiene al instante y me mira—. Lo siento, tengo... tengo que hacer pipí.

Me levanto del suelo, me desenredo de las mantas y me pongo una camiseta (no me detengo a comprobar si es suya o mía) de camino al baño.

Cómo no, es suya. Cómo no, me queda como debería quedar la camiseta de un novio: holgada, sexi y perfecta.

«Contrólate», le digo a mi reflejo una vez que me he encerrado dentro. Tengo la cara sonrojada y el pelo alborotado. «No sientes nada por él».

Dos meses, y ya siento que estoy más dentro de lo que nunca estuve con Wyatt. No tiene sentido. Mis sentimientos por Wyatt fueron creciendo a lo largo de diez años de amistad, clases, fiestas y noches hablando hasta las tantas de nuestro futuro. Cuidé de ese enamoramiento como a una suculenta quisquillosa y le di todo el sol que necesitaba para convertirse en una especie invasora.

Con Finn, lo que siento es algo feroz y extraño.

Y eso me provoca un miedo irracional.

Me obligo a pensar en cuando estaba enfermo y enterrado entre sábanas con una pirámide de Kleenex. Nada de eso debería resultar atractivo y, sin embargo...

Lo más probable es que no tarde en ser increíble en la cama. Con la próxima mujer, y con la siguiente.

«No tienes que hacerlo sola, cielo».

Sí, pienso. Sí, tengo que hacerlo.

Le lanzo una última mirada a mi cara en el espejo para borrar cualquier evidencia de que estaba teniendo una crisis y me voy.

Finn está sentado en uno de los sillones con los botones de la camisa desabrochados y el pelo despeinado. Cuando me ve, su expresión cambia al instante.

—Ey —dice, y me da un codazo en el brazo—. ¿Estás bien?

Asiento con la cabeza, y no sé por qué, pero de repente noto que estoy a punto de llorar.

—¿Quieres hablar de algo?

—Supongo que tengo la cabeza en otra parte. Lo siento.

—No tienes nada de lo que disculparte. —La preocupación de su rostro es casi demasiado, teniendo en cuenta lo que me estaba haciendo su boca hace diez minutos—. Nuestra relación es más que estas lecciones. Creía que eso era obvio a estas alturas.

«Quiero creerte», pienso. Excepto que una vez que se termine la gira, una vez que vuelva a Seattle y acabe el libro, ¿qué relación queda?

Le digo que me voy a ir a dormir temprano. De ese modo, no tengo que deslizarme bajo las sábanas a su lado, ver su pelo sobre la almohada, oír su respiración tranquila y constante mientras nos quedamos dormidos.

Porque, entonces, tendría que pensar en lo mucho que quiero despertarme en la misma cama de verdad.

PORTADA DEL ENTERTAINMENT WEEKLY

VÍDEO DE DETRÁS DE LAS CÁMARAS

FINN WALSH: ¿Deberían...? ¿Está bien que...?

FUERA DE CÁMARA: Sí, sí, déjales que corran. Estaremos grabando todo el tiempo.

FINN WALSH A LOS CACHORROS: Holaaaaaa. Eres perfecto, ¿a que sí? Sí que lo eres. ¡Oh! Y tú también eres perfecto.

FUERA DE CÁMARA: Si pudieras tomar a uno de los cachorros y sonreírnos... Genial. Así está genial. Sigue haciendo lo que estás haciendo.

FINN WALSH: Hola. Hola. Te quiero. Ahhhh, me estás mordiendo los zapatos, pero no pasa nada. Puedes morder lo que quieras. Porque te quiero.

FUERA DE CÁMARA: ¿Alguien tiene alguna bolsa para las cacas?

FINN WALSH: Pero mira qué pequeño eres. ¿Cómo puedes ser tan pequeño?

Finn intenta sostener en brazos al mayor número de cachorros posible.

FINN WALSH: ¿Puedo llevármelos a todos a casa?

Capítulo

VEINTIUNO

CIUDAD DE NUEVA YORK

Para cuando llegamos a la Big Apple Con a mediados de noviembre, la semana después de quedarnos tirados en Ohio, es imposible no darse cuenta del revuelo que está causando la reunión de *Los nocturnos*. Casi todos los días, Finn concede una entrevista, habla con un productor o publica material promocional en sus redes sociales. LOS NOCTURNOS: LA REUNIÓN, grita una enorme valla publicitaria en Times Square en la que aparece una vieja foto del elenco que se transforma en una que se hicieron cuando Finn estuvo el mes pasado en Los Ángeles. Más de cinco personas lo pararon de camino al Javits Center, y posó con buen humor para las fotos y juró que no podía contarles ningún secreto sobre la reunión y que tendrían que verlo por sí mismos. Luego, activó el modo incógnito y se puso unas gafas de sol.

Los ensayos empiezan la semana que viene en Los Ángeles y coinciden con Acción de Gracias, lo que me da la oportunidad de ir a casa para ver a mi familia antes de regresar a Los Ángeles a principios de diciembre. Reunión, terminar el libro de Finn y volver a la vida normal. Así serán los próximos meses y, a pesar de que echo de menos a mi familia (Noemie me envió anoche una foto de ella cocinando con mis padres), soy incapaz de aceptar que este viaje esté llegando a su fin. Que no tengo programadas más convenciones después de esta.

Una de las grandes ventajas de Nueva York es que es tan abrumadora y está tan abarrotada y tan llena de gente que es fácil desaparecer. Una vez vine aquí a una conferencia de periodismo, cuando iba a la universidad, pero apenas debí de rozar la superficie de la ciudad porque todo parece nuevo. Nueva York significa que no tengo que pensar en Ohio. Significa que puedo poner algo de distancia entre Finn y yo para evitar que mi corazón divague.

Sin embargo, también significa que no estoy preparada para contarle lo que hice en el avión. Cuando por fin pudimos volver a Columbus y tomar un vuelo a Pittsburgh, justo a tiempo para que Finn hiciera su último panel de la convención, hice algo que no había hecho desde antes de irme de Seattle: abrí el viejo manuscrito de mi novela de *cozy mystery*. Solo unos minutos. Solo para leer algunos detalles de la ambientación, ya que ahora que había estado en Florida (por una razón que ya no recuerdo, decidí que iba a tener lugar en un pequeño pueblo costero ficticio situado en el extremo sur del estado) podía hacer que pareciera un poco más auténtica.

En el libro, un cliente muere el día de la inauguración de la papelería de mi protagonista, que da la casualidad que se llama La Pluma Envenenada, una elección de la que se arrepiente cuando se ve implicada en el crimen. Pero había algo que seguía sin sonar bien, y esos detalles de ambientación no parecieron arreglarlo.

Así pues, me pasé a la autobiografía y empecé a trabajar en un capítulo sobre la búsqueda de Finn de un psicólogo y sobre cómo ama la terapia más de lo que jamás creyó posible.

En la Big Apple Con también conoceré a Hallie Hendricks por primera vez. Me preocupaba que fuera incómodo, en parte porque me he pasado la mayor parte de mi tiempo libre viendo cómo su yo de hace una década se enamoraba de Oliver Huxley y porque me acuesto con su ex (aunque, claro está, eso no lo sabe), pero me dedica una sonrisa sincera después de que Finn nos presente en uno de los camerinos de la convención.

—¡Es fantástico conocerte por fin! —dice, tendiéndome la mano para estrechármela, pero luego la retira y me abraza—. Finn me ha hablado mucho de ti.

—¿En… serio? —Lo miro. Finn se encoge de hombros con timidez.

—Solo cosas buenas. Estoy *deseando* leer el libro.

Hallie es más cautivadora todavía en persona, ya que ha cambiado su larga melena de Meg Lawson por un corte *bob* con capas que le enmarca el rostro a la perfección. Lleva unas gafas ovaladas de montura fina sobre unos llamativos ojos azules, un mono estampado y un bolso Chanel de satén. Debe de ganar bastante dinero en *Médicos de Boise*, porque todo en ella brilla, desde el pelo hasta las hebillas de los botines de tacón.

—Seguro que lo has oído mil veces —empiezo—, pero es la primera vez que veo *Los nocturnos* y me encanta. De hecho, eres mi personaje favorito.

Estoy segura de que Hallie le va a restar importancia al cumplido que tiene que ver con algo que hizo hace diez años.

—Gracias. Meg también ha sido mi favorita siempre. Da igual cuántos guiones lea, nunca me la saco del todo de la cabeza.

—Me lo imagino —contesto, y me cae bien al instante—. Es como cuando dicen que la música que escuchamos de adolescentes sigue resonando más en nosotros, incluso de adultos, porque la escuchamos cuando nuestros cerebros todavía se estaban desarrollando o algo así.

—Vaya, ¿es por eso que todavía me emociono con Avril Lavigne?

Le devuelvo la sonrisa.

—No te juzgo.

Finn parece contento de que nos llevemos bien. No puedo evitar imaginarme a los dos juntos, la relación que terminó hace seis años.

Seis años, y nada serio desde entonces.

Pensé que los paneles llegarían a resultar repetitivos, pero aquí, con el resto del reparto, Finn está totalmente en su elemento, y es imposible no admirar cómo interactúa con los fans, quienes comparten un amor puro por una serie de la que yo también me estoy empezando a enamorar. Ahora entiendo por qué no ha renunciado a todo esto, por qué su primer instinto fue forzarse a seguir adelante incluso cuando estaba enfermo. Trata a cada fan como si fuera la primera persona que le hace una pregunta o un cumplido. Hace que cada persona se sienta especial, y es un talento increíble. Hace que creas que se preocupa por cada uno de ellos, porque de verdad creo que es así.

En algún punto entre Tennessee y Ohio, yo también empecé a ver el atractivo de Finnegan Walsh.

— — —

Después de una sesión de fotos con fans conjunta con Hallie y antes de reunirnos con el resto del elenco para la cena, Finn se desvía por algunas calles secundarias.

—¿Adónde vamos?

—Ya lo verás —responde mientras me guía por un laberinto de tiendas y de restaurantes de mala muerte. Cuando por fin se detiene delante de una tienda de maletas, lo miro extrañada.

—He preguntado por ahí —dice—, y resulta que es costumbre hacer un regalo a tu escritor fantasma cuando termináis de trabajar juntos. De hecho, no es nada negociable. Está escrito en nuestro contrato en letra diminuta.

Enarco las cejas y reprimo una sonrisa.

—Sé que todavía no hemos terminado, y me habría encantado darte una sorpresa, pero creo que es muy importante que la elijas tú. —Abre la puerta y señala todas las pilas y pilas de bolsas y maletas que hay dentro—. Ya has viajado más en los últimos dos meses de lo que jamás pensaste que lo harías. Así que... elige una maleta. Considérala una inversión en tu futuro y en todos los viajes que no has hecho todavía.

Durante unos instantes, me quedo mirándole impotente, incapaz de comprender la generosidad de semejante gesto.

—No puedo. Es demasiado caro.

—Ya te lo he dicho, está en el contrato. Párrafo 12, cláusula B, subapartado 7C. Por eso siempre hay que leer la letra pequeña. —Me da un golpe en la cadera con la suya—. Tengo la sensación de que no quieres seguir tomando prestada la maleta de tus padres el resto de tu vida.

No le falta razón. La maleta de mi madre, con sus restos de pegamento y sus pegatinas maltrechas que ahora declaran sin entusiasmo EN ROLLI, no va a durar mucho más. Y algunas de las que hay aquí son bastante bonitas. Ya estoy gravitando hacia una de un malva elegante.

—En ese caso, creo que me he quedado sin excusas.

— — —

El restaurante es moderno, tiene una iluminación tenue y está totalmente fuera de mi presupuesto. Tapas de lujo, la clase de sitio en el que pagas dieciocho dólares por plato para compartir cinco zanahorias asadas glaseadas con vinagre balsámico y unas cuantas rebanadas de pan artesano y te vas con hambre. Y es posible que sean las mejores zanahorias que has probado en tu vida, pero por tus principios te niegas a gastarte esa cantidad.

Cuando dejamos la maleta en el hotel, le dije a Finn que tal vez debería saltarme la cena. Me acordé de lo que dijo Ethan hace un tiempo sobre lo de no fiarse de la prensa.

—Si es solo el reparto —dije—, igual debería quedarme. —Finn me miró de una forma que no supe interpretar.

—Quiero que estés ahí. —Acto seguido, enderezó la columna y se serenó—. Si tú quieres estar ahí, claro.

Después de esquivar a algunos paparazis que querían ver a las celebridades después de la convención, nos instalamos en un reservado con Hallie, Ethan Underwood, Bree Espinoza, Juliana Guo y Cooper Jones. Después de ver *Los nocturnos* durante la mayor parte de mi tiempo libre de los últimos dos meses, estoy un poco deslumbrada. Finn me presenta como alguien de su equipo, y nadie hace ninguna otra pregunta al respecto.

—Hacía años que no hacíamos algo así —indica Cooper mientras toma una rebanada de pan. A sus cuarenta años, es el mayor del grupo, y se ha retirado casi por completo de la actuación para centrarse en la granja que regenta con su mujer en el norte de California. Una vida mucho más tranquila.

—Porque Ethan suele estar demasiado ocupado saltando de un avión solo para poder decir que hace sus escenas de riesgo. —Juliana le dedica una sonrisa tensa que hace que piense que fingir que estuvo enamorada de él durante cuatro temporadas requirió una actuación de primera categoría. Es un poco mordaz, como Alice, y va vestida con un peto de pana y una sudadera de flores. Los petos nunca han estado tan de moda—. ¿Dónde estuviste el mes pasado? No puedo seguirte la pista.

—Fiji —responde Ethan—. Pero eso fue por vacaciones. Empiezo a rodar el *reboot* de *Indiana Jones* en Mallorca después de la reunión.

—Una vida dura —comenta Finn.

Ethan alza su vaso de burbon y enseña sus relucientes dientes blancos.

—Por eso pagan tanta pasta.

Me resisto a poner los ojos en blanco. A mi lado, Finn inspecciona su vaso de agua y, cuando el camarero se acerca con otra bandeja de aperitivos, pide otro en voz baja y con educación. Y no me pasa desapercibido cómo Ethan observa toda la interacción.

—¿Qué odiáis más? —pregunta Bree—. ¿«Esto es más un comentario que una pregunta» o «tengo una pregunta en dos partes»?

Cooper se pasa una mano por la barba canosa.

—No creo que participe en suficientes convenciones como para que me moleste demasiado ninguna de ellas.

—Más un comentario, sin duda. —Juliana bebe un sorbo de vino y se limpia el pintalabios rojo con una servilleta—. Esos siempre quieren sacar algún detalle super específico, solo para que parezca que conocen la serie mejor que nadie.

Ethan sacude la cabeza.

—No, no, no. Los de las dos partes son lo peor.

—A mí no me importan —interviene Finn.

—Pues claro *a ti* no te importan —contesta Ethan—. Prácticamente vives en estas cosas. ¿Cuándo fue la última vez que apareciste en un canal que no vean solo los abuelos?

A excepción de Hallie, el resto se ríe, e incluso en la penumbra veo cómo las mejillas de Finn se ponen rosadas.

La conversación pasa a los proyectos actuales de cada uno.

—Yo estoy trabajando en una película independiente —dice Hallie desde el otro lado de la mesa—. Me moría por hacer algo con A24, y ha sido todo un sueño.

—¿De qué va? —le pregunto.

—Va de… Bueno, hay una mujer que se siente un poco sin rumbo en cuanto a su trabajo y a su vida amorosa. —Hallie frunce el ceño un momento—. Supongo que no hay mucho énfasis en la trama. Lo más importante es, sobre todo, la atmósfera.

Bree se ríe.

—Madre mía, Hallie *odia* las tramas.

—Es verdad. Dadme personajes interesantes mil veces antes que explosiones —responde—. En *Médicos de Boise* cobro genial, pero no es arte, ni mucho menos.

Finn me lanza una mirada de disculpa, supongo que por toda la charla sobre la industria. Y, entonces, por debajo de la mesa, su mano se posa en mi pierna.

Todo en mí se tensa.

Espero que la mueva al cabo de unos segundos, que sea una palmadita suave, un gesto en plan «hola, te veo». Pero no lo hace. Y me encuentro acercando la pierna hacia él justo cuando su pulgar empieza a trazar un lento círculo sobre la tela de pana.

—¿Has probado las zanahorias? —pregunta Hallie, y me pasa el plato. Decido no comentarle que he calculado el precio por zanahoria y que es desorbitado. En lugar de eso, sonrío y tomo una, que, de hecho, resulta ser lo más delicioso que he probado en mi vida.

Tras otra ronda de bebidas, Ethan chasquea un dedo y me señala.

—Acabo de caer dónde te he visto antes. En una de las convenciones.

—Las ciudades gemelas —contesto—. La Supercon.

—Claro, claro —dice, y me mira de forma inquisitiva—. ¿Qué haces para Finn exactamente?

—Estoy trabajando en una autobiografía —explica Finn—. Chandler la está escribiendo.

Al oír eso, Ethan se echa a reír, lo que silencia todas las conversaciones paralelas de la mesa.

—¿Tienes una escritora fantasma? ¿Qué pasa? ¿Eres incapaz de encontrar tiempo para escribir tu propio libro con tu apretada agenda?

Y ahora todos nos están escuchando.

—¿Estás trabajando con una escritora fantasma? —inquiere Cooper—. ¿En... un libro?

—Mucha gente utiliza escritores fantasmas —intervengo—. No es ninguna vergüenza.

—Oh, estoy completamente de acuerdo contigo —dice Ethan, que asiente con una condescendencia horrible—. Pero me pregunto qué has hecho que merezca la pena poner en un libro. ¿Toda la investigación sobre el personaje que hiciste para *Los nocturnos*? Deslumbrante.

Toda la mesa parece manifestar cierta incomodidad, y la mayoría mira fijamente su comida o le da sorbos a su bebida. Ethan está en plan Caleb de la primera temporada. Finn me aprieta la pierna, no hasta el punto de hacerme daño, pero sí lo suficiente como para que me dé cuenta.

Hallie le lanza una mirada fulminante.

—No seas imbécil, Ethan. ¿Cuándo fue la última vez que investigaste para alguna de tus películas sobre coches grandes que explotan?

—¿Para la última que fue número uno en taquilla el fin de semana que se estrenó? O, eh, veamos, la anterior a esa… ¿Sabes? Creo que también fue número uno. —Ethan le hace un gesto a un camarero para que le llene el vaso.

—No todo es cuestión de dinero —digo con más brusquedad de la que pretendo.

—No, supongo que no. —Ethan vuelve a mirar a Finn—. Imagino que algunos lo hacemos solo por amor a la actuación, ¿no? Supongo que es tu caso.

Bree se tose con fuerza contra el codo.

—¿Alguien tiene planes para Acción de Gracias?

No me pasa desapercibido que Finn se mantiene callado el resto de la cena.

—Deberíamos hacer esto más a menudo —sugiere Juliana al final, mientras los brazos vuelven a introducirse en los abrigos y las bufandas se enrollan alrededor de los cuellos—. No puedo creer que haya pasado tanto tiempo.

Finn se mete las manos en los bolsillos.

—Sin duda —responde—. Nos vemos en diciembre.

Capítulo

VEINTIDÓS

CIUDAD DE NUEVA YORK

Finn permanece callado en el metro de vuelta al hotel, y el trío de veinteañeras que lo reconoce debe de darse cuenta de que está ensimismado, porque lo único que hacen es susurrar y señalarle de la forma más sutil que pueden. Está demasiado ocupado mirándose los cordones de los zapatos como para darse cuenta.

Cuando subimos a nuestra planta, después de que se encoja de hombros ante mi sugerencia de tomarnos algo o un postre, lo sigo hasta su habitación. Sin dudarlo, deja que entremos los dos, y ese gesto tiene algo tan natural que me paraliza. Durante una fracción de segundo, vislumbro una vida diferente. Un universo alternativo.

Somos una pareja que vuelve a casa después de cenar, y ha ocurrido algo que ha disgustado a mi novio. Lo único que quiero es servir un par de copas de vino y acurrucarnos en el sofá, que me cuente lo que le pasa para poder solucionarlo juntos. Nos quedaríamos hasta tarde hablando, y él acabaría riéndose y nos daríamos cuenta de que podemos resolverlo. Igual ponemos Netflix, bebemos más vino o nos desabrochamos la ropa con sueño y dejamos que nuestros cuerpos encajen el uno con el otro. O igual nos quedamos dormidos en el sofá, con mis piernas sobre su regazo y su cabeza sobre la mía.

La imagen me sobresalta, aunque solo sea porque parece tan *real*.

A ese universo alternativo no le importa la lógica. Aunque Finn se sintiera igual, él mismo lo ha dicho más de una vez: solo ha salido con gente de Hollywood. Hay una incompatibilidad intrínseca en nuestras vidas. Él vive en la carretera; yo vivo en casa de Noemie. Tenemos niveles de ingresos muy diferentes. Yo no tengo ni idea de lo que estaré haciendo dentro de unos meses, mientras que él empezará a promocionar su libro y su organización sin ánimo de lucro.

La persona de la que había sido amiga durante años solo quería acostarse conmigo y pasar página. Finn solo me conoce desde hace un par de meses. No tengo ni idea de si eso es tiempo suficiente como para considerar a alguien digno de una relación ni de cómo aspirar a llegar a ese punto con cualquier otra persona. Wyatt ha alterado todas mis líneas temporales y ha recortado los bordes de mi confianza.

Si bien es cierto que me encantaría pensar que Finn y yo seguiremos siendo amigos después de esto, no me lo imagino llamándome solo para hablar. Quedando para comer algo la próxima vez que esté en Seattle. Sé que entre nosotros hay algo más que el libro y las lecciones, pero sin esas cosas que anclen nuestra relación, no puedo aceptar esa imagen acurrucándonos en un sofá más allá de lo que es: una fantasía.

Quitándome todo eso de la cabeza, cierro la puerta de su habitación.

Se quita un zapato sin entusiasmo antes de sentarse en la cama y apoyar los codos en las rodillas. Cuando por fin alza la vista para mirarme con los ojos pesados, no me espero en absoluto lo que dice.

—Lo siento.

Me desabrocho la chaqueta y me siento a su lado.

—No tienes que pedir perdón por nada.

Se pasa una mano por la cara, y a lo mejor es por la pésima iluminación de la habitación del hotel, pero esos primeros signos de la edad son más evidentes de lo que suelen ser. Las arrugas alrededor de la boca, entre las cejas. En la frente, donde su peinado está menos estilizado. Tengo que luchar contra el impulso de trazarlas, porque como empiece, tengo la sensación de que sería incapaz de parar. Tendría que pasar las yemas de los dedos por todas las marcas, líneas y pecas de su cuerpo y, aun así, no me quedaría satisfecha.

—¿Por ser un pedazo de basura deprimido durante la última hora? Sí, creo que sí que tengo que hacerlo. Y porque la cena… no fue lo que ninguno de los dos se esperaba —dice—. Es vergonzoso que te enteres de que apenas he logrado lo suficiente como para publicar una autobiografía.

—Eso no es verdad. —Le golpeo la rodilla con la mía—. Y Ethan es un imbécil.

—Odio no haber sido capaz de enfrentarme a él. Gracias… por lo que dijiste. De verdad.

—No dije nada que no fuera verdad.

—Aun así. Significó mucho para mí. —Su voz se vuelve más cálida—. No todos son malos. Algunos son buenas personas. Buenos amigos.

—Buenos amigos que no dieron la cara por ti.

Por el peso de su pausa sé lo mucho que le duele.

—Es difícil en esta industria. Nos enfrentamos los unos con los otros desde el principio. Todo el proceso de las audiciones es una competición. Todos quieren siempre algo que no tienen y, cuando lo consiguen, están contentos con ello durante un segundo antes de echarle el ojo a otra cosa. Algo más alto. A veces mis amigos de Hollywood sienten… que hay una falta de permanencia. Nunca sabes lo que de verdad piensan sobre ti. O a lo mejor termináis y no os volvéis a ver nunca.

Eso parece ser la verdad sobre Hollywood en general, esa falta de permanencia. Muchas personas se están aferrando a la relevancia sin saber cuándo pasarán de página sus fans. Las convenciones parecen salvaguardar las cosas que amamos, conservarlas en ámbar para que siempre podamos encontrar a aquellos que comparten ese amor.

—Serías honesta conmigo si pensaras que soy un perdedor integral —dice—. Si fuera un idiota sin talento que no hace más que engañarse pensando que tiene algún futuro en la industria.

Nunca lo había visto así. A lo largo de los últimos dos meses, me ha dado acceso a la versión de sí mismo que nadie ve y, de repente, parece un privilegio que no sé cómo gestionar. Su vulnerabilidad me rompe el corazón, me lo abre de par en par y lo deposita a sus pies, brillante y latiendo todavía. Provoca que haga cosas que de otro modo no haría.

—Finn. —Estiro las manos hacia las suyas y siento alivio cuando me deja tomárselas, cuando ni se inmuta ante el desastre abstracto que es mi pintaúñas. Pienso en su mano debajo de la mesa dibujándome círculos en el muslo. Igual había algo de sensualidad en el gesto, pero, más que eso, tocarlo me tranquiliza. No puedo evitar preguntarme si él también se siente así—. Voy por el último capítulo de la segunda temporada, y como Hux y Meg no se besen pronto, voy a *perder* la cabeza. Y he visto tus otras películas también, las más recientes. —Es verdad, incluso las películas navideñas. Espero que sepa que estoy siendo sincera, que no lo hago para inflarle el ego—. Sé que no tuvieron el mismo impacto que *Los nocturnos*, pero eres *fantástico* en ellas. En todas ellas. Y no es solo cómo actúas. Eres una buena persona y tu trabajo te importa de verdad. Es imposible no admirarte.

Finn parece bastante impactado por esto y parpadea unas cuantas veces antes de orientarse.

—¿Cómo es que siempre consigues que me sienta como si cada dato insignificante sobre mí importara?

—Porque ese es mi trabajo. —«Todo importa. Muchísimo»—. Por eso me contrataste, ¿no?

Sacude la cabeza.

—En parte, quizás. Pero es más que eso.

—Tú haces lo mismo. —Hablo en voz baja, pero con firmeza. El miedo sigue ahí, pero es más pequeño de lo que ha sido en mucho tiempo—. Llevaba mucho sin tomarme en serio lo que escribo. Pero… ayer lo abrí en el avión y jugueteé un poco. Sigo sin estar segura de si lo que hice iba en la dirección correcta, y no fue mucho, pero fue *algo*.

—Estoy deseando leerlo.

—No nos adelantemos.

Se gira hacia el escritorio y agarra una bolsa de papel.

—Tengo algo que enseñarte. Que darte, en realidad —dice—. Por favor, no lo rechaces por lo de la maleta. Porque me los encontré en el Callejón de los Artistas hoy y no pude resistirme.

Lo miro con las cejas enarcadas, abro la bolsa y se me sube el corazón a la garganta.

—¿Me has comprado unos calcetines?

—Siempre tienes los pies fríos, y dijiste que jamás tendrás suficientes. Y esos me recordaron a ti. —Le resta importancia, como si los calcetines fueran un regalo completamente normal para alguien con quien te estás acostando de forma educativa. Un paquete de tres calcetines adorables con temática de detective: uno con puñales diminutos, otro con lupas y el tercero con una calavera.

Y, entonces, hago algo que no me esperaba hasta ese momento: me inclino hacia él y lo beso. No porque crea que podemos convertirlo en una lección, sino porque quiero. Finn parece atónito al principio, a pesar de que lo hemos hecho incontables veces, pero un segundo después me devuelve el beso y enreda las manos en mi pelo mientras dejo los calcetines sobre la cama.

Es un beso delicado durante medio minuto. Después, se vuelve desesperado, hambriento. Derramo todo lo de esta noche en ese beso, todo lo que llevo conteniendo los últimos días o semanas o desde que empezamos el viaje. Dejo que salga todo, y él me lo devuelve. Lo acerco más a mí, le introduzco las manos debajo de la camiseta y le rozo el lunar de la espalda con el pulgar. Cada detalle de él ha adquirido una belleza increíble, y hay demasiados que no he memorizado todavía.

Mañana volveré a Seattle, pero esta noche no pienso contenerme. Nada de esconderse en el baño si soy incapaz de controlar mis emociones.

En esto se han convertido nuestros «algunos consejos»: un deseo ardiente y doloroso por la única persona que no puedo tener. Construimos dos lados separados de una relación y trazamos una línea entre ellos, y pensaba que habíamos usado tinta permanente. Ahora, esa línea se ha emborronado y es más fina que nunca. Quiero esto, *a él*, y ahora mismo eso es lo único que importa. Es posible que, más adelante, mi corazón sufra por ello, pero es un riesgo que tendré que correr.

Si esta es la única manera en la que alguien puede desearme, que así sea.

Me ha puesto sobre su regazo y tiene una mano extendida sobre la parta baja de mi espalda mientras la otra me sostiene la mandíbula.

—Preciosa —dice, y es un delito que esa única palabra sea capaz de provocar un gemido. Su voz se vuelve baja. Ronca—. ¿Sabes en lo que estoy pensando? —pregunta, y niego con la cabeza—. Estoy pensando en lo rosa que está ahora mismo tu bonito sexo. —Sube un nudillo hasta mi cara y me traza el rubor—. ¿Más rosa que tus mejillas?

—Te has vuelto bueno en esto.

Eso hace que me gane una sonrisa irresistiblemente sexi.

—Si te penetro con la mano —continúa—, me pregunto cómo de mojada estarías. ¿Mi dedo se... deslizaría dentro sin más? —Levanta una mano y, con el dedo corazón, traza un círculo lento y perezoso en el aire—. Sí —dice—. Sí, eso creo. Caliente, resbaladizo y jodidamente perfecto.

Se me escapa un gemido.

—¿Te gusta eso?

Asiento con la cabeza.

—¿Debería seguir?

«No».

—Sí.

Se inclina hacia mí y coloca la boca contra mi cuello.

—Iría despacio, porque quiero saborearte. Seguiría provocándote, justo como te gusta. Puede que quiera abrirte bien y frotarte el clítoris de inmediato, pero me obligaré a esperar. Te haré esperar *a ti*.

Me aferro a él e intento que su boca vuelva contra la mía.

Pero, entonces, se detiene. Se aparta y enarca una ceja.

—Tienes que darme algo —dice—. Me siento un poco como si estuviera haciendo el trabajo pesado.

De alguna manera, me las apaño para hablar.

—S-Siempre me pones mucho —empiezo, y eso hace que me sujete con más fuerza—. No solo cuando estamos así. Podría estar sentada a tu lado en una convención y pensando en lo que hicimos la noche anterior. O en lo que me gustaría hacer la siguiente noche. Me pongo tan cachonda que apenas soy capaz de soportarlo, pero no puedo hacer nada al respecto.

Echa hacia atrás la cabeza y suelta un gemido increíble.

—¿Eso no forma parte de todo esto? ¿Lo dices en serio?

—Sí —respondo con una exhalación, preguntándome si estoy firmando mi sentencia de muerte. Si ese es el caso, será una muerte maravillosa—. A veces, para aclararme la mente, también tendría que tocarme antes de vernos para trabajar.

—¿Y en qué pensarías?

—En cómo se te corta la respiración cuando me tocas por primera vez. —Aquí está. Nada de inhibiciones—. En ti hablándome como ahora. En si querrías que te montara o si querrías metérmela por detrás o contra una pared.

Cierra los ojos y suelta un «mmm» bajo.

—Todo eso. —Me recorre la columna con un dedo—. No sabría decirte cuántas veces he hecho lo mismo. Cuántas veces me he imaginado tu mano o tu boca en vez de mi puño. —Bajo la mano hasta la parte delantera de sus vaqueros. Hace demasiado tiempo que no lo veo desmoronándose. Quiero verlo necesitado, desesperado. Suplicando—. Pasábamos juntos una noche y al día siguiente lo único que quería era volver a tocarte. Me sentía tan depravado, joder, como si fuera incapaz de saciarme de ti.

Suena tan real que necesito oír cómo lo dice otra vez.

—¿En serio?

Frunce las cejas.

—¿No piensas que eres irresistible? —inquiere—. Siempre me has atraído. Desde que nos conocimos en el bar de la librería. Cuando fuiste una ladronzuela.

Le golpeo el pecho con la mano libre.

—Que sepas que devolví el libro y me sentí tan mal que compré dos más.

Me toma de la mano y se la lleva a la boca. Me besa los nudillos.

—Una persona honrada en toda regla. Una buena samaritana. —Suelta un pequeño gruñido—. ¿Cómo es posible que cada parte de ti sepa tan bien? —dice—. Nadie debería tener unas manos que sepan tan bien.

Me tumba en la cama y se toma su tiempo para besarme el cuerpo. Me ayuda a quitarme el sujetador, me chupa un pezón mientras me toca el otro, lo que hace que arquee la espalda y la despegue de la cama. No se detiene. Me mete la lengua en el ombligo y me besa la cintura antes de saltarse las caderas por completo y bajar la boca hasta las rodillas. Los gemelos. Me levanta un pie y me besa el tobillo antes de dejarlo sobre la cama y repetir lo mismo con el otro.

Cuando vuelve a subir deslizándose por mi cuerpo, sus ojos emanan un hambre oscura y codiciosa.

—Aquí —dice—. Aquí es donde mejor sabes. Tan *dulce…* —Me besa a través de las bragas, inspira hondo y pasa la lengua despacio. El sonido que suelta cuando lo hace es totalmente irreal. Inclino las caderas para instarle a que se acerque más—. Quiero pasarme el resto de la noche enterrando la lengua dentro de ti. Pero no solo dentro. También en tu clítoris. Porque ya sé dónde está.

Suelto una carcajada ahogada, aunque el placer se me instala en la base de la columna vertebral.

—Por favor. —Son las dos únicas palabras que soy capaz de pronunciar cuando tiene esa boca sucia y preciosa tan cerca de donde lo necesito—. *Por favor.*

No tengo que seguir suplicando. En un instante, me quita las bragas y me levanta hacia su cara hasta que estoy abierta contra su boca. Arqueo la espalda y me agarro al cabecero para estabilizarme.

Lo siento todo: los giros que hace con la lengua, el ritmo de su respiración. Incluso una sonrisa. Se me tensan los muslos alrededor de su cabeza mientras me muevo sobre él y me froto contra su boca al tiempo que me da caricias suaves y rápidas y otras más amplias que hacen que me agarre a los sedosos mechones de su pelo mientras me aferro al cabecero con la otra mano. Ya no siento que tengo el control como lo tenía en nuestras primeras lecciones, cuando le decía lo que tenía que hacer. Ahora sabe lo que quiero y sabe cómo dármelo.

Me rodea los muslos con los brazos y me abre más.

—*Finn* —digo, recordando lo mucho que le gustó que dijera su nombre.

Mueve la lengua más rápido, rozando el punto en el que más lo deseo hasta que creo que voy a gritar como no me lama ahí. Y, entonces, lo hace: pasa la lengua antes de succionarme el clítoris durante un instante.

—Dios. Haz eso otra vez.

Noto cómo se ríe mientras obedece, y esta vez succiona durante más tiempo antes de soltarme. Empiezan a temblarme los muslos, y él mantiene un ritmo implacable, lamiendo, succionando y anclándome a su cara apretándome el culo con las manos, hasta que me tapo los ojos con el brazo, se me contrae el cuerpo con fuerza y, entonces, lo suelto todo.

Me incinero.

Ambos nos quedamos en silencio, respirando sincronizados mientras el techo sigue dando vueltas.

Vuelvo a tumbarme en la cama y me acomoda contra su cuerpo, tras lo que desliza las yemas de los dedos por mi pelo.

—Me encanta tu pelo.

—¿Sí? —Es la primera vez que somos tan generosos con los cumplidos.

Asiente.

—Uno, es adorable —responde, y, a pesar de lo que acaba de pasar con su boca entre mis piernas, noto cómo se me calienta la cara—. Y dos… —El resto de la frase se desvanece mientras parece sopesar lo que quiere decir a continuación—. Puedo verte la cara entera. Y lo que sea que estés sintiendo. Bueno, no eres la mejor ocultándolo. Está justo ahí. —Me inclina la cara hacia él y me toca el aro de la nariz durante unos segundos antes de pasarme un dedo por las cejas y dejarlo justo en el centro—. Cuando estás enfadada, te sale un pequeño surco justo aquí. Cuando estás cachonda, te ruborizas… aquí. —Posa el dedo en mi clavícula. Desciende—. Y aquí. Y aquí.

Le aparto la mano de un manotazo y, mientras se ríe, yo no podría estar más lejos de hacerlo. Todo lo que dice hace que se me retuerza el corazón de esa forma que he intentado evitar desde la noche que nos conocimos.

Finalmente, me ha alcanzado ese sentimiento del que he estado huyendo.

Y, sin embargo, no puedo evitar preguntar:

—¿Y cuando estoy feliz?

Esboza una sonrisa fácil.

—Ese es el mejor. Se te pone bizco un ojo. Solo uno.

—Suena encantador.

—Lo es —insiste, y se echa hacia delante para darme un beso en cada párpado mientras suelto un gritito.

Lo más probable es que sea bueno que me vaya mañana y que no lo vea hasta dentro de unos días. En Ohio, quería alejarlo para protegerme el corazón, pero igual mi cuerpo es más fuerte que mi mente.

Ahora es mío, y voy a demostrarle lo orgullosa que estoy de los progresos que ha hecho.

Le hago señas para que se acerque. Yo también quiero contarle todo lo que me gusta de su cara, de sus pecas, del ángulo de sus pómulos y, sobre todo, de la preciosa calidez que desprenden sus ojos cuando hablamos así. Cómo el tono de su pelo no ha tardado en convertirse en mi color favorito.

—Ven aquí. —Es lo que digo en su lugar.

—Insaciable —contesta, y es verdad, porque ya estoy ávida de otro orgasmo: el *suyo*.

—¿Tienes los condones? —pregunto.

—¿Crees que estoy preparado para eso?

—Mientras no uses los dientes para abrirlo.

Me mira con las cejas alzadas. Un desafío.

—Mira, estoy seguro de que, con un poco de práctica, podría hacerlo bien. —Se baja de la cama y vuelve con los condones y el lubricante que compramos en Memphis. Le quito uno, desciendo la mano por su cuerpo y le rodeo la dura longitud. No le hace falta (lleva preparado desde que nos quitamos la ropa), pero lo acaricio un poco de todas formas. He echado de menos lo que esto le provoca. Cómo cierra los ojos y se aferra a mi hombro con el puño. Un poco de lubricante y el condón se desliza con facilidad—. Dicho eso... *Dios*, Chandler. Me encanta cómo lo haces.

La forma en la que dice mi nombre resuena cerca de mi corazón.

—Ahora solo tengo que albergar la esperanza de que no me entre el pánico escénico —añade con una risa autocrítica.

Me siento a horcajadas sobre él, con las rodillas apoyadas en el colchón.

—Ya sabes lo que hacer.

Ambos lo sabemos.

Y, entonces, con un movimiento ágil, bajo las caderas y saboreo lo que se siente cuando me llena. Despacio, muy despacio, centímetro increíble a centímetro increíble, mientras que, con una mano en la cintura, me sujeta contra él. Tengo que recuperar el aliento en cuanto se asienta dentro de mí.

—¿Bien? —me pregunta cuando suelto un jadeo agudo. Sube las manos para agarrarme las caderas, pero no empieza a moverse todavía.

Asiento con la cabeza, mordiéndome con fuerza el labio inferior.

—Es solo que… me gusta mucho la sensación.

Como si mis palabras lo hubieran animado, empuja hacia arriba con movimientos lentos y deliciosos. Alzo las caderas al mismo ritmo que él y luego acelero, incitándole a ir un poco más deprisa. Se me cierran los ojos, la sensación ya es demasiado. Demasiado buena. Llevo semanas deseándolo así y, por algún motivo, es incluso mejor de lo que me imaginaba. Cómo me clava los dedos en el culo, cómo su verga palpita en mi interior. Los sonidos roncos y desesperados que emanan de su boca.

—*Dios.* —Suelta una exhalación temblorosa al tiempo que echa la cabeza hacia atrás—. No lo aprecié lo suficiente la primera vez.

No tardamos en empezar a jadear, y estoy segura de que ninguno de los dos va a durar mucho, sobre todo cuando su pulgar se posa ahí donde se unen nuestros cuerpos. Todo en mí se tensa cuando acaricia, frota y se lame los dedos antes de volver a deslizarlos hasta mi clítoris. *Madre mía.* Ahora que sabe lo que me gusta, es casi demasiado poderoso. Aprieto los dientes y empiezo a moverme con más fuerza mientras su otra mano me sujeta a la altura de la cintura.

—Siempre giras la cara cuando te corres —indica—. ¿Puedo verte?

—¿Ah, sí? —En cuanto lo digo, me doy cuenta de que tiene razón. De que quizás, a pesar de toda mi fanfarronería, todavía hay algunas cosas que he aferrado con fuerza.

—Quiero verlo todo —dice, con sus dedos trazando más y más círculos.

Así pues, le dejo, porque creo que yo también he empezado a aprender de estas lecciones. No retengo nada, ni mis gemidos ni la forma en la que me tiembla el cuerpo, y cuando eso basta para que él también llegue al límite, le rodeo el cuello con los brazos para acercarnos más.

No es como nuestra primera vez. No se parece a nada que haya tenido antes, y ya sea porque los dos llevamos semanas deseándolo o por otra cosa, no estoy segura de que quiera saberlo.

«No es más que práctica», me digo a mí misma cuando nos despertamos en mitad de la noche y volvemos a buscarnos. «Algo casual», me recuerdo cuando me susurra palabras melosas contra la piel. «Nada de emociones», pienso mientras sus dedos se enroscan entre mis piernas y grito contra su garganta y repito su nombre como si fuera algo sagrado.

Soy una maldita mentirosa.

MISS MUÉRDAGO

EXT. GRANJA DE ÁRBOLES DE NAVIDAD. NOCHE

El desfile de MISS MUÉRDAGO acaba de terminar.
DYLAN sale de entre los árboles y se encuentra a
HOLLY sentada sola sobre el tocón de un árbol.

DYLAN

¿Holly? Tenía la esperanza de encontrarte aquí.

HOLLY

Secándose las lágrimas de los ojos con rapidez.

Hola. No te preocupes. Solo estoy
compadeciéndome de mí misma.

Suelta una risa vacía.

Fue una tontería pensar que tenía la oportunidad
de ganar Miss Muérdago, pero mi madre ganó, y
mi abuela… y supongo que solo quería que se
sintieran orgullosas. Pero es obvio que no he
estado sintiendo la alegría de la Navidad tanto
como suelo hacerlo.

DYLAN

Eso no es verdad.

Se acerca un poco a ella sobre el tocón.

Tú *siempre* me alegras. Nadie me hace reír tanto
como tú. Cada vez que entras en mi cafetería,
me sacas una sonrisa. Y mi hijo te adora.

HOLLY

Sí, ¿no?

DYLAN

Dijo que eres mucho mejor que yo contándole historias en la cama, y ni siquiera me ofendió. Puede que no estés sintiendo la alegría de la Navidad... pero *yo* sí. Por ti.

Capítulo

VEINTITRÉS

SEATTLE, WASHINGTON

Mi prima se me queda mirando con los ojos entrecerrados.

—Te noto algo distinto —me acusa.

—Ahora tengo una maleta. Quizás es eso.

Noemie niega con la cabeza.

—No, no. No es eso. Aunque *es* una maleta preciosa.

Sigo deshaciendo la maleta, con Noemie apoyada en el marco de la puerta de mi habitación. Volver a Seattle después de haber pasado dos meses fuera es un poco surrealista. Todo me resulta familiar, claro, pero la casa tiene un olor nuevo, y no estoy segura de si ha estado ahí todo el tiempo y simplemente estaba acostumbrada o si Noemie ha cambiado de fragancias o de productos de limpieza.

Por suerte, consigo evitar el interrogatorio el resto del día y, a primera hora de la mañana siguiente, tenemos que empezar a preparar la cena de Acción de Gracias en casa de mis padres, en el norte de Seattle. A pesar de que crecimos en la misma calle (aunque las madres de Noemie compraron un piso en Bellevue hace unos años), nuestros padres siempre le han dado prioridad al tiempo en familia durante estas fiestas, una tradición que hemos mantenido de adultas. Además, Sarah, la madre de Noemie y hermana de mi padre, hace el puré de patatas más delicioso que ha existido en la historia de la humanidad.

Mientras Noemie y yo preparamos la salsa de arándanos casera en la cocina de mis padres y fingimos inocencia cuando mi madre nos pregunta cuánta hemos probado, hago todo lo posible por olvidarme de Finn. Lo que pasó la noche antes de irme no fue como ninguna de nuestras lecciones pasadas, y no pienso preguntarme si él también lo sintió.

No pienso preguntarme qué estará haciendo ahora. Sin duda, no veré el vídeo con los cachorros.

Por desgracia, mis padres y mis tías están ansiosos por saber cómo es Oliver Huxley en la vida real, a pesar de que los he mantenido informados durante todo el viaje.

—¿Os perseguían los paparazis? —pregunta mi padre cuando nos sentamos a cenar, y no me queda más remedio que romperle la ilusión y decirle que no.

—¿Conociste a más personas famosas? —quiere saber la tía Vivi mientras sirve salsa en su plato.

La tía Sarah pone los ojos en blanco.

—Lo que está preguntando en realidad es si conociste a Dakota Johnson.

—¿Qué? Es una actriz con mucho talento.

Todos los comensales se ríen, conscientes de que es el amor platónico de la tía Vivi desde hace tiempo.

Les hablo del resto del reparto de *Los nocturnos* y de los otros actores que vi de pasada en las convenciones. Pero odio que mi voz suene tensa y que mis sonrisas sean forzadas. Porque todo el tiempo, el idiota de mi cerebro no puede evitar imaginarse a Finn aquí con nosotros, cautivando a mis padres y haciendo que todo el mundo se enamore un poco de él.

Cuando llega la hora de recoger la mesa, me apresuro a interceptar a mi padre antes de que tome la pesada fuente con los restos de relleno.

—Ya me encargo yo —digo, y me dirige una mirada severa.

—Puedo arreglármelas, Chandler. —Hay un ligero hilo de enfado en su voz, lo suficiente como para ponerme a la defensiva.

—Vale, vale. —Levanto los brazos y vuelvo a dejar el plato sobre la mesa—. Lo siento.

— — —

Después de cenar, me retiro a mi habitación de la infancia. Hace más de una década que no vivo en esta casa y, sin embargo, este espacio sigue pareciéndome un museo de mi adolescencia conservado a la perfección. La estantería abarrotada de libros de misterio, la colección de Agatha Christie que busqué en todos los Half Price Books de Seattle. El edredón de Bed Bath & Beyond con una mancha de helado en una esquina. Las paredes llenas de fotos de Noemie y mías en el jardín, en el centro comercial, apoyadas en las marquesinas de las paradas de autobús e intentando parecer geniales.

Cuando me imaginaba volviendo a casa de adulta, pensaba que iba a ser diferente. Casi me avergüenza admitir que pensaba que tendría un libro mío y que lo añadiría a esta estantería, uno que expondría con la cubierta hacia delante y haría que mis padres hicieran lo mismo en nuestro salón.

El móvil me vibra en el bolsillo de los vaqueros. Dos mensajes, uno detrás de otro.

Reno te echa de menos.

Los perros también.

Esto viene acompañado de una foto de los chihuahuas de la madre de Finn, dos de ellos descansando juntos en el sofá y tres esperando ansiosos las sobras de la mesa.

Esos chihuahuas son unos angelitos, pero estoy totalmente convencida de que se comerían a uno de los suyos si eso significara asegurar su supervivencia.

Es probable. ¿Qué tal tu Acción de Gracias?

La forma en la que se me relaja el cuerpo al leer algo así supone un alivio precioso. Me deslizo hacia atrás en la cama hasta apoyarme en las almohadas con motivos de margaritas. Como si estuviera en el instituto y estuviera escribiéndole al chico que me gusta.

Bien. Mis tías están decepcionadas porque no he conocido a nadie famoso.

¿¿¿¿No saben que me has conocido a MÍ????

No puedo evitarlo, me río a carcajadas.

¿Qué tal el tofupavo?

Asumiendo con razón que eso es lo que Finn ha comido esta noche. Me envía una foto de la mesa de comedor de su madre: relleno salpicado de arándanos, verduras glaseadas, panecillos espolvoreados con harina y lo que parece un pan de lentejas rociado con salsa de champiñones.

Demasiadas sobras. Me duele un poco que no pueda terminármelo todo antes de volver a Los Ángeles.

Y ahí estoy yo, sobreanalizando otra vez. ¿Que hable de que hay demasiadas sobras significa que le gustaría que estuviera allí para ayudar a reducir la cantidad? ¿O simplemente me está diciendo que han hecho demasiada comida?

Cuando Noemie llama a la puerta, me doy cuenta de que, por mucho que haya intentado apartarlo, creo que necesito hablarlo con mi mejor amiga.

—Tengo un pequeño problema —digo, y cuando intento reírme de ello, la risa sale estrangulada, aguda—. Es sobre Finn y mi repentina incapacidad para dejar de pensar en él. Y de cómo nos acostamos antes de irme y fue diferente a todas las otras veces y creo que estoy jodida a unos niveles estratosféricos.

Suelto todo esto en un suspiro y, cuando termino, tengo el pecho agitado.

—Vale. Más despacio. —Se une a mí en la cama y mete las piernas debajo de ella. Me sorprende que haya salido ilesa de la cena con su jersey de lana marrón topo. Yo me he pasado diez minutos en el baño restregándome una mancha de arándanos en los vaqueros.

»Te gusta.

—Me temo que es más que eso. —Abrazo una de las almohadas de margaritas contra mi pecho—. Y tampoco es solo físico. Me gusta pasar tiempo con él. Me gusta hablar con él. Es dulce, divertido y… muy *bueno*. —Pienso en cómo se quedó conmigo durante mi ataque de pánico. Cómo me masajeó las manos, localizó la maleta de mi madre y me defendió cuando hice de sustituta en ese panel de la convención que ahora parece que sucedió hace una vida—. Noe… le conté lo de mi aborto.

Abre los ojos de par en par.

—*Oh*. —Y en esa única palabra, entiende a la perfección lo que haría falta para que me abriera así a alguien. Me pone una mano sobre la rodilla—. Te gusta mucho mucho.

Asiento con la cabeza, miserable.

—Todo esto ha sido una idea horrible. Yo también debería haberlo sabido. Lo *sabía*, pero supongo que me gustaba la idea de ser alguien capaz de tener algo informal. Y luego pasar página emocionalmente ilesa.

—¿Alguna vez te has replanteado la posibilidad de que para él tampoco sea algo informal?

Pues claro que sí. Le he estado dando vueltas sin parar desde Nueva York, desde que trazó todo lo que le encantaba de mi rostro y me abrazó contra él hasta que nos quedamos dormidos. Ni siquiera soy capaz de pensar en ello sin que una ternura aterradora se apodere de mi corazón.

—Es posible que no lo sea —contesto—. Pero eso no cambia el hecho de que vivimos en mundos que no tienen nada que ver.

Se queda callada durante unos momentos, asimilándolo.

—Incluso después de haberlo conocido, es difícil desligarlo de *Los nocturnos* —dice—, pero, si te soy sincera, parece una persona maravillosa. —Eso es lo peor. Que, en teoría, es tal cual la clase de persona con la que me gustaría estar—. Ni siquiera me creo que esté diciendo esto, pero ¿hay alguna razón por la que no funcionaría una relación real entre tú y Finnegan Walsh, estrella de *Justo mi tipo*, la comedia romántica basada en tipografías? —Intenta sonar desenfadada, y esbozo una sonrisa para apaciguarla—. Aparte del hecho de que sigues trabajando con él, pero ya casi habéis terminado, ¿no?

Aunque no es su intención, es como si me clavaran y retorcieran un cuchillo justo debajo del corazón. «Casi habéis terminado». Y luego pasará a proyectos nuevos. A gente nueva.

—No vivimos en el mismo lugar —ofrezco como una estúpida.

Me da un toque en la rodilla con las uñas.

—Porque nunca antes una relación a distancia ha tenido éxito, claro. Siguiente.

—Nuestras vidas son incompatibles. Siempre está viajando, y seguro que también se irá de gira una vez que se publique la autobiografía, y yo... —Busco la palabra correcta, pero no encuentro ninguna—. Y es obvio que tiene muchísima más estabilidad económica que yo.

—¿Te preocupa que piense que no eres lo suficientemente buena? ¿Lo suficientemente exitosa?

Escondo la cabeza en la almohada. «No lo sé, no lo sé, no lo sé».

—A lo mejor esa es la razón por la que Wyatt no quiso estar conmigo —digo en voz baja—. Tenía una carrera periodística próspera y yo tenía... no sé, ¿pocas inhibiciones en la cama?

La expresión de Noemie se vuelve sombría.

—Creo que Wyatt te ha confundido mucho. —Se acerca para pasarme la mano por el antebrazo y darme un apretón—. Porque eres *brillante*, cariñosa, divertida, rara (en plan halago) y eres muchísimo más que tu sexualidad. —Me mira a los ojos, sin parpadear—. Sobre todo, teniendo en cuenta lo que estás haciendo con Finn, quiero que sepas que eso no es todo lo que tienes que ofrecerle a alguien. Ni de lejos.

Quiero creerle. Sigo intentando conectar los puntos, pero es como si estuviera usando tinta invisible.

—Supongo que lo descubriré la semana que viene en Los Ángeles. No sé cuánto tiempo podré seguir escondiéndolo. —O igual ya lo sabe y está usando este tiempo para averiguar cómo suavizar el golpe—. ¿Y tú has estado bien? Mientras he estado fuera.

Frunce el entrecejo.

—¿Por qué no iba a estarlo?

—Todo lo que hablamos antes de irme. Lo de que esto iba a ser el mayor tiempo que íbamos a pasar separadas.

—Claro —responde—. Pero he estado probando recetas nuevas, asistiendo a clases nuevas. Tienes que probar el hula hoop moderno conmigo. Te he echado de menos, obviamente, pero no me ha importado estar sola. Al menos, no tanto como pensaba.

—Eso es genial. Me alegro. —No estoy segura de qué me esperaba. ¿Que estaría derrumbándose y suplicándome que no volviera a marcharme?

Tal vez es una señal de que las cosas están cambiando.

—Tengo que ayudar a mis madres a limpiar la casa —dice—. La cocina está hecha un desastre. ¿Nos vemos en casa?

Se va tras un abrazo y me deja sola en la habitación de mi infancia, con demasiados recortes de revistas de gente cuyos nombres no recuerdo y una espiral de pensamientos ansiosos.

Sin embargo, en lugar de dejar que se vuelvan más fuertes, abro la mochila y me dirijo al escritorio. Coloco allí el portátil, justo donde estaba el antiguo ordenador de sobremesa que usé durante la escuela primaria y secundaria hasta que me compraron un portátil en el primer año de instituto, lo que me pareció muy elegante y vanguardista.

La silla del escritorio no es para nada lo que hubiera elegido hoy en día; es rosa claro y está cubierta con algunas pegatinas *hippies* de mi madre. Pero, cuando me siento, recuerdo todas las horas que pasé aquí haciendo deberes y escribiendo historias. Lo feliz que era antes de decidir que no era una carrera realista.

No puedo seguir abriendo y releyendo el libro. Tengo que progresar.

Así pues, a pesar de que tengo miedo, me dirijo al final del documento y subrayo una sección que sé que no va a funcionar de cara a la nueva dirección que he decidido tomar. Luego, escribo una frase. No una frase buena, nada profundo, solo una transición para hacer que avance la trama.

Ya está.

No obstante, hay algo que falla. Frunzo el ceño, la desmenuzo hasta que me gusta un poco más, hasta que me suena mejor. Se convierte en un párrafo. Y después otro. Cambio el escenario a Seattle, porque es el lugar que mejor conozco, y cuando mis padres me avisan de que se van a la cama, les doy las buenas noches y sigo escribiendo.

Es posible que el *cozy mystery* ya no sea el género adecuado, ya que quiero que este libro también sea sexi. Hago que el interés amoroso de mi protagonista, un diseñador gráfico cuyo trabajo vende ella en su papelería, sea todavía más irresistible y creo más tensión entre ellos. Le pongo una melena que siempre está un poco despeinada. Manchas de tinta en las palmas de las manos y en las muñecas, un detalle en el que ella no para de fijarse.

A mí me resulta acogedor, y eso es lo que más importa.

Por culpa del periodismo, me olvidé que hubo un tiempo en el que soñé con esto, y cuanto más me adentraba, menos importaba. Me pasé años sin escribir ficción, sin escribir nada para mí, y me convencí de que no lo echaba de menos. Hasta que me despidieron, lo que puede que haya sido lo mejor que me ha pasado en la vida. Hasta que abrí un documento en blanco y me di cuenta… de que siempre me había parecido lo correcto. No fácil, necesariamente, o al menos no siempre, pero *correcto*, como si las palabras hubieran estado esperando su momento para salir y esparcirse por la página.

Capítulo

VEINTICUATRO

LOS ÁNGELES, CALIFORNIA

Cuando me recibe en el aeropuerto con un cartel que dice CHANDLER LEIGH COHEN, lo primero en lo que pienso es que he visto su letra cien veces, garabateada en autógrafos por todo el país. Pero, por alguna razón, ver cómo ha grabado mi nombre me parece algo personal e íntimo. No hay dos letras que sean del mismo tamaño, y el rotulador se ha inclinado ligeramente hacia arriba. Se nota que le ha dedicado tiempo, que no es un «prefiero ser inusual» con prisa en un autógrafo antes de la siguiente persona de la cola.

Tiene el pelo un poco más largo y lo más probable es que necesite un corte. Sus ojos se vuelven brillantes cuando me ve y se quita las gafas de sol durante un breve momento antes de volver a ponérselas en su lugar. No lo culpo; un aeropuerto parece el peor lugar para que te reconozcan. Me pregunto si tendrá que seguir haciéndolo después de que se emita la reunión. Lleva una camisa que he visto antes, azul a cuadros, y algo en esa familiaridad provoca que les inste a mis rodillas a mantenerse firmes mientras me acerco a él en el área de recogida de equipaje.

—No tenías por qué encontrarte conmigo aquí. Sé que el aeropuerto de Los Ángeles parece sacado de una pesadilla.

—Exacto. No me parecía bien que pasaras por eso sola. —Entonces, llega ese momento en el que no estamos seguros de cómo saludarnos. Se lo veo en el rostro: ¿abrazo o apretón de manos? Estiro la mano y desliza su palma dentro de la mía—. Me alegro de volver a verte —dice.

Y, en ese momento, me echo a reír.

—Ha sido raro, ¿no? El apretón de manos.

Finn parece visiblemente aliviado.

—Muchísimo. Te he echado de menos —agrega con un poco de timidez—. Sé que solo han pasado unos días, pero... te he echado de menos. Puede que también sea raro decir eso, ¿eh?

—Lo más probable es que echaras de menos tener a alguien con quien burlarte por dormir con los calcetines puestos —contesto mientras intento no pensar en lo que me provoca el «te he echado de menos». Porque, *Dios*, que te echen de menos es algo precioso, casi doloroso.

Después del Día de Acción de Gracias, tomé una decisión. Necesito saber si esto es real, lo que significa decirle que lo que siento por él ya no es solo profesional. Y la idea de hacerlo, el miedo al rechazo, hace que me entren ganas de vomitar sobre la cinta de equipaje.

Por desgracia, las cosas no se vuelven menos incómodas mientras nos dirigimos en coche a su casa, sobre todo, porque quiero inclinarme sobre la guantera entre los asientos y hundirle los dientes en el brazo. Pasarle la boca a lo largo del cuello y por el pecho. Tengo una habitación en un hotel de Los Ángeles, pero quería ver su casa y tener algo de tiempo para hablar sobre la siguiente sección del libro. Los últimos capítulos.

Finn comienza a hablar sobre su Prius de forma poética cuando estamos en un atasco, y asiento y respondo con «mmm».

—Te, eh, dan igual los coches, ¿verdad? —inquiere después de un rato, y le dedico una sonrisa culpable—. A mí también. Ni siquiera sé por qué me he sentido obligado a decir todo eso.

Cuando llegamos a su casa, situada en Los Feliz, no puedo evitar un jadeo.

—Disculpa —digo cuando vislumbro la casa, elegante, de estilo Craftsman y pintada de verde claro, con un césped bien cuidado enmarcado por rosales—. Creo que, cuando estabas grabando unos cameos para ganar unos dólares extra, pasaste por alto mencionar que vives en una *mansión*.

Finn se pasa una mano tímida por la cara, donde le ha crecido una barba incipiente pelirroja.

—La tengo desde la tercera temporada. Ese fue nuestro punto más alto. Mi representante me hizo un trato muy bueno, y tuve la suerte de comprar en el momento adecuado.

—Al resto de nosotros nos vendría bien un poco de esa suerte, por favor.

Ante eso, se ríe.

—Sé que podría venderla y obtener ganancias, pero no me veo deshaciéndome de ella en un futuro cercano. Y supongo que pensé que… —Se calla, dándole golpecitos al volante mientras entra al garaje—. Que algún día podría formar una familia aquí.

La manera en la que me da un tirón en el corazón.

La manera en la que, solo por una fracción de segundo, mi cerebro horrible evoca imágenes de mí como parte de esa familia.

—He de admitir que estoy un poco sorprendida —digo.

—La cultura de Hollywood no es para mí, pero me encanta esta casa. Quería un lugar que pareciera un pequeño oasis lejos de ella, pero sin estar demasiado desconectado.

Meto la primera maleta, y me quedo maravillada ante los techos abovedados y las vigas a la vista. Parece sacada en toda regla de la revista *Architectural Digest*, hasta un cuenco con limas y unas estanterías empotradas preciosas. El gusto es más maduro que el de su dormitorio de la infancia, pero, como de lo contrario no sería Finn, en el salón hay una *espada* real montada en la pared dentro de una vitrina.

—Tenemos que hablar de esto —digo después de quitarme los zapatos, ya que temo dejar restos de suciedad en el suelo de madera de cerezo.

—En ese caso, debes tener en cuenta que tenía poco más de veinte años cuando estábamos grabando *Los nocturnos*. Y, aparte de esta casa, no tenía un fuerte sentido del valor del dinero. —Quita una mota imaginaria del cristal—. Es la espada de Gandalf de las películas. Esta se utilizó en *El retorno del Rey*. La gané en una subasta con algunos de los primeros cheques de pago.

—Ganaste una espada.

—Glamdring —dice, y se muerde el labio para contener una sonrisa—. Así se llama.

¿Y por qué eso hace que me enamore más todavía?

Entonces, viene otro momento extraño. Un silencio. No sé qué pasa aquí, qué hacer con las manos ahora que ya no estoy sosteniendo las maletas. Si fuéramos una pareja real, lo estaría empujando por el pasillo hasta su habitación.

Finn se aclara la garganta.

—¿Quieres algo de comer o beber?

Le digo que un poco de agua con gas estaría genial y nos dirigimos a la cocina. Del techo cuelga un estante con sartenes de hierro fundido, y sobre las encimeras de mármol descansa un trío de suculentas. Cuando me tiende una lata de LaCroix y veo la despensa, el corazón se me hunde en el pecho.

Una caja enorme de bolsitas de puré de manzana. No, dos.

—No, mmm, sabía cuánto tiempo ibas a quedarte o si te entraría hambre —explica tras seguir mi mirada—. Están bien, ¿no? ¿Te gusta ese sabor?

Despacio, asiento mientras mi vocabulario se queda sin una sola palabra.

No. No pienso hacerlo. No voy a ponerme a llorar por un puré de manzana.

Me he pasado todo el vuelo ensayando lo que iba a decir. Cómo iba a explicarle que me he encariñado y, sí, la situación es un poco desastre, pero quiero saber si podríamos ser algo. Lo diría todo, con calma y de manera racional, y esperaría a escuchar lo que tuviera que decir.

En vez de eso, cuando abro la boca después de un silencio agonizante, lo que sale es:

—Creo que deberíamos parar las lecciones.

«Mierda».

Lo digo de manera tan brusca que sobresalta a Finn, que casi se ahoga con el agua carbonatada de uva.

—Oh… ¿vale? —Luego, recobra la compostura, como si se hubiera acordado de lo que decidimos al principio. Que cualquiera de los dos podía ponerle fin cuando quisiera—. Sí. Claro. Sin problemas. ¿Puedo…? ¿Pasa algo si pregunto por qué?

Soy incapaz de mirarlo. «Porque me gustas demasiado y porque acostarme contigo lo está empeorando» y «¿por qué has tenido que comprarme ese maldito puré de manzana?».

—Creo que ya te he enseñado todo lo que sé. —Ojalá no me temblara la voz—. Así que no le veo el sentido a continuar. Puedes irte y divertirte con quien quieras.

—No he estado viéndome con nadie —afirma, y todavía suena confuso—. Si eso es lo que te preocupa.

—Pero lo harás en algún momento.

Se acerca. Incluso a medio metro de distancia, noto el calor que emana de su cuerpo.

Intento hacer acopio de todo mi coraje. Lo diré lo más rápido que pueda, me iré al hotel y gestionaré el resto de la relación con dos pantallas a modo de intermediario.

—Me da la sensación de que hay algo más —dice—. Algo que no me estás contando.

Me giro y lo miro a los ojos, cada vez más frustrada por lo tranquilo que suena. Si sabe que siento algo por él, parece ser que va a hacer que lo diga con detalle.

—¿Quieres saber lo que no te estoy diciendo? Vale. Odio pensar en ti con otra persona, a pesar de que esa es la finalidad de esto, que seas bueno con la siguiente persona. Y… —«Quiero ser la siguiente persona con toda mi alma»—. Déjalo. Es una tontería.

Se limita a mirarme con las facciones inescrutables.

—Estoy de acuerdo. Deberíamos detener las lecciones.

No me esperaba que accediera tan rápido. Que cortara la conexión que hay entre nosotros sin más. La conmoción que me causa es una ráfaga instantánea de aire frío, se me tensa el corazón.

Sin embargo, se acerca más y me presiona la cadera con la suya.

—Porque esas lecciones implican que lo que hay entre nosotros no es real. Que no es más que práctica. Y eso no es verdad. —Esboza una sonrisa suave y su expresión cambia a una que he visto en la televisión, pero nunca dirigida a mí—. Hace tiempo que para mí es real.

—¿En… serio?

Se le arruga el rabillo de los ojos.

—Chandler, ¿no prestaste atención cuando me puse poético con todas las expresiones que hace tu cara? ¿No te has dado cuenta de que quiero tocarte… todo el tiempo? He intentado darte cien pistas distintas cien veces.

Y tiene razón, ¿verdad? He estado tan metida en mi cabeza como para verlas como lo que eran.

—Pero no sales con gente que no es de Hollywood —digo tontamente, como si eso fuera a anular todo lo que me ha confesado hasta ahora.

—Sí. Hasta ahora. —Sacude la cabeza despacio—. No he parado de pensar en ti desde que nos fuimos de Nueva York. Eres una de las personas más interesantes que he conocido nunca, y no sé si eres consciente de ello. Eres ambiciosa, leal, compasiva y, Dios, eres tan preciosa que a veces me duele el corazón cuando te miro. —Se detiene, traga saliva con fuerza y, a pesar de que yo no soy la que está hablando, me cuesta recuperar el aliento. Me muero de ganas de estirar el brazo y tocarle la cara, ver si notaría el calor de sus mejillas sonrojadas contra las yemas de los dedos—. Podríamos habernos pasado el viaje entero en la cama y no habría sido suficiente. Podríamos haberlo pasado solo hablando las veinticuatro horas del día y seguiría queriendo escuchar tu voz —continúa—. Llevo un tiempo sintiéndome así. Al menos desde Memphis. —Se le escapa una risa al tiempo que le da a la encimera con el puño—. ¡Joder, si *te dije* que me gustabas!

—¡Estando colocado de DayQuil! —exclamo, y luego, en voz más baja, pregunto—: ¿Te acuerdas de eso?

Da un paso hacia mí, y apenas nos separa un susurro.

—Me acuerdo de todo —responde, y sus ojos color avellana intenso no abandonan los míos. Se está mostrando tan transparente, tan vulnerable, y eso hace que me guste aún más—. Pensaba que se me pasaría. Al principio esperaba que así fuera. Pero cuánto más tiempo compartía contigo, más cerca me sentía de ti. Cada noche que pasábamos juntos, no hacía otra cosa que desearte más. Pero, incluso si no hubiéramos tenido nada físico, creo que, aun así, habría desarrollado sentimientos por ti. Si te soy sincero, podría no tocarte nunca más (y, seamos realistas, estaría destrozado, y es obvio que espero que no ocurra) y seguirías teniéndome cautivado.

No hay palabras más preciosas que esas.

Finn Walsh. Cautivado. Por *mí*.

—Temía que fuera demasiado obvio —continúa— y que te diera miedo.

Me quedo mirándolo, incapaz de procesar que es posible que ambos queramos lo mismo. «Incluso si no hubiéramos tenido nada físico». No estoy segura de saber lo mucho que necesitaba oír eso.

—No estoy muerta de miedo. —Mi voz es una cosa pequeña y frágil—. Asustada, tal vez. Pero tampoco muerta de miedo. Finn… —Me tomo unos segundos para serenarme, ya que quiero que las palabras que salgan sean las correctas—. Sé que solo han pasado unos meses, pero te has vuelto muy importante para mí. Cada vez que no estamos juntos, te echo de menos, y cada vez que lo estamos, me siento como si tuviera que aferrarme con fuerza para que dure lo máximo posible. He tenido muchísimas dudas sobre todo a lo largo de mi vida, pero el hecho de que quiero estar contigo es cristalino. —Le coloco una mano en el lado derecho del pecho y muevo el pulgar hacia arriba y luego hacia abajo. Como si pudiera sostener el latido de su corazón en la palma de mi mano; y quizás ya lo hago—. Porque quiero. Con toda mi alma.

Le cambia la cara entera, se le suaviza de una forma que no había visto antes.

—Ven aquí —dice, y levanta una mano para agarrarme la mía—. Ven aquí, cielo.

Eso es lo único que necesito para derretirme contra él, para que toda mi determinación se desmorone. Una sola palabra, la misma que pronunció en el nevado Medio Oeste y que ahora sé que dijo en serio. De todo corazón.

Lo rodeo con los brazos y él me envuelve la cintura para acercarme, de manera que mi mejilla queda apretada contra su camisa de franela. No quiero pensar en lo que vendrá después ni en lo que haremos cuando vuelva a Seattle y él esté en Los Ángeles. Solo quiero inhalarlo.

Me recorre el pelo con las yemas de los dedos. Me da un beso en la parte superior de la cabeza.

—¿Esto es real? —susurro—. Porque a mí también me tienes un poco cautivada.

Finn asiente y me inclina la barbilla hacia arriba para besarme.

—Quiero estar contigo —dice al tiempo que posa la frente contra la mía—. Tenga el aspecto que tenga. Como me dejes.

Cuando nos separamos, cambio de opinión. Esta cara no es una que haya visto en *Los nocturnos* ni en ninguna de sus otras series o películas. No había visto esta expresión antes, con los rasgos pintados con un suavísimo pincel, los ojos iluminados por el sol del atardecer... porque creo que esta es solo para mí.

— — —

El resto de la noche es todo lo normal que puede ser. Finn anuncia que se va a encargar de la cena y yo intento ayudarle, a pesar de que no sé dónde está nada. Acabamos distrayéndonos tanto besándonos en la encimera de la cocina que se nos quema el tofu y se activa la alarma de incendios. Así pues, decidimos pedir unos burritos con unos recipientes de salsa diminutos. Y, en medio de todo eso, me escabullo y le escribo un mensaje a Noemie, que parece romper el móvil por la cantidad de emojis que me manda como respuesta. Finn hace lo mismo con Krishanu y se ríe cuando me enseña su respuesta: ¡¡¡POR FIN!!!

—En Reno se dio cuenta de que estaba prendado de ti —explica—. Me derrumbé y se lo conté todo una vez llegamos a Ohio, cuando no estabas en la habitación.

—¿Te dio algún consejo?

—Solo que no lo fastidiara, lo que temí haber estado a punto de hacer un par de veces. Dijo que era lo más feliz que me había visto en mucho tiempo. —Finn se inclina hacia mí—. Y es verdad.

Sacamos las copas de vino al patio trasero y nos tropezamos con los adoquines, ya que somos incapaces de dejar de tocarnos. Es verdad que parece un oasis, tranquilo y aislado, con los setos altos que proporcionan una privacidad considerable. Solo se oyen los pájaros y el zumbido de la piscina. Al anochecer, en diciembre, todavía hacen quince grados.

—Escribí en Acción de Gracias —digo, acomodándome en una tumbona junto a la suya, bajo una lámpara de calor. *Felicidad*.

—¿Le pusiste los cuernos a nuestro libro? —inquiere, burlón.

Le doy un sorbo al vino.

—Solo un poco. Y... fue *genial*. Como si llevara mucho tiempo sin flexionar esos músculos, pero resultara muy natural estirarlos por fin.

—No sabes cuánto me alegra saber que te hizo feliz. De verdad.

Nos besamos despacio mientras la luna nos ilumina. Esta noche no hay fechas de entrega.

—Tú también eres hermoso —confieso, y todos los cumplidos que he retenido empiezan a salir. No quería que se lo tomara de la forma equivocada—. Tus ojos, tus pecas, las canas de tu pelo. Es un poco delito lo preciosa que es tu cara.

Su boca se vuelve codiciosa contra la mía y cada roce de sus labios es un pequeño agradecimiento.

—Llevo todo el día pensando en ti —me dice al oído, y me arrima a su silla.

Suelto una risa nerviosa.

—Es como si fuéramos a acostarnos por primera vez.

—Llevamos haciéndolo un par de meses. Con bastante éxito, debo añadir.

—Pero esto va a ser diferente.

Y asiente, porque sé que lo entiende. Porque, esta vez, es *real*.

No hay instrucciones ni tutoriales, y eso tiene algo nuevo, extraño y emocionante. Si bien es cierto que ambos llevamos un tiempo sintiendo que era real, esta vez no hay duda. Ni en la forma en la que me tira del pelo o me pasa el pulgar por la mejilla ni en la forma en la que agarro la tela de su camisa porque no consigo acercarlo lo suficiente.

—Has sido muy generosa —dice cuando todavía nos estamos besando perezosamente, mi cuerpo extendido sobre el suyo—. Quiero hacer algo por ti. —Se aparta un momento y me mira—. ¿Tienes alguna fantasía? ¿Algo que siempre hayas deseado hacer en la cama, pero que nunca le hayas contado a nadie?

—No tenemos por qué...

—Sé que no tenemos por qué. Quiero hacerlo. —Esboza una sonrisa pícara—. Y esperaba poder satisfacerte, ahora que me he graduado en la Academia del Sexo Chandler Cohen.

—El mejor de la promoción, nada menos. —Con el corazón acelerado, dejo que esto quede colgado entre nosotros durante unos segundos largos. Porque sí, tengo fantasías, algunas las he expresado en relaciones pasadas y otras me las he guardado, como si las estuviera reservando para algún futuro chico perfecto o, tal vez, encerrando en mi imaginación para siempre. Con Finn, podría dejarlas salir todas, así de cómoda me siento con él.

Decido empezar con una sola.

—¿Podrías…? ¿Podrías azotarme?

En cuanto lo digo, temo que se ría. Que retire la oferta. Que la noche se vuelva incómoda al instante.

En lugar de eso, su sonrisa se vuelve ladina y se le oscurecen los ojos.

—No hay nada en el mundo que me gustaría más.

Me ayuda a quitarme los vaqueros antes de preguntarme cómo quiero colocarme. Quiero estar sobre su regazo, lo más cerca posible de él. Antes de empezar, entra corriendo a por una almohada, y ese gesto dulce tiene algo que contrasta con lo que estamos a punto de hacer y que me enciende. Y el hecho de que estemos fuera… rodeados de setos altos, sí, pero aun así cualquiera podría oírnos.

Pero quizás no me importa.

Me tumbo sobre su regazo y apoyo la parte superior del cuerpo en la almohada mientras me agarra las bragas. Al principio se limita a provocarme, pasándome la palma de la mano por la parte baja de la espalda antes de descender. Tengo el pulso en la garganta y las venas llenas de una expectación temeraria.

—¿Cómo de mojadas tienes las bragas? —pregunta, arrastrando un dedo por la tela—. Porque creo que debes de haberlas mojado todavía más en cuanto me pediste que te azotara. —Cuando posa la mano entre mis muslos, gime y se toma su tiempo para bajarme la ropa interior—. Dios, tu culo. Es perfecto. —Se inclina y me besa en cada cachete. Traza unos círculos con la palma de la mano—. ¿Me dirás lo que quieres? ¿Si no lo hago como lo imaginaste?

Dejo escapar un suspiro profundo. Me cuesta creer que esto pueda ser menos de lo que imaginé.

—Sabes que sí.

Empieza despacio, acariciándome en círculos agonizantes. Luego, retira la mano, se detiene un instante y me da una fuerte bofetada que siento en cada célula del cuerpo.

Se me escapa un gemido mientras me aferro a la almohada.

—¿Te gusta?

—*Sí.*

En la siguiente, gime conmigo. Y, *madre mía*, es incluso mejor saber que a él también le está encantando.

—¿Más fuerte? ¿Más suave?

—Más fuerte —suplico, y la siguiente vez que me azota, jadeo, y las piernas se me vuelven líquidas y el placer me recorre caliente en la parte baja del abdomen. Estoy segura de que el sexo nunca ha sido tan liberador.

Entre azote y azote, me traza círculos en los cachetes mientras de su boca emanan obscenidades.

—Sube. Quiero ver ese precioso sexo.

Me inclino hacia delante, me apoyo en los codos y levanto las caderas.

—Dios, las vistas.

Desliza un dedo por debajo de mí y lo pasa ahí donde estoy resbaladiza. Me da unos golpecitos donde estoy más sensible. Ya no sé si estoy respirando. Luego, me mueve las caderas y la brisa nocturna sopla contra mis partes sensibles mientras me azota el sexo con suavidad.

—Joder —exclamo con los dientes apretados—. Me voy a morir.

Alterna entre mi sexo y el culo, y cada azote me roba más aire de los pulmones.

—Deja que salga, cielo —dice cuando estoy a punto de romperme, sus dedos implacables, ávidos y perfectos—. Haz ruido.

El orgasmo se apodera de mí, un terremoto de escalofríos y temblores que me deja ingrávida, y tengo su nombre en la lengua mientras me rodea con los brazos y me presiona la boca contra la nuca.

Cuando me recupero, me muevo para poder verle la cara, el calor que desprende su mirada.

—Ha sido… increíble, joder —consigo decir.

Su verga forcejea contra los calzoncillos y necesito ver cómo pierde el control, necesito ser la razón por la que grita por las noches.

—¿Qué quieres? —pregunto.

—Tu boca. Por favor. —La urgencia de su voz es algo delicioso y decadente.

Le bajo los calzoncillos, abrumada por el deseo de saborearlo. Ya está duro como una piedra, caliente y como el terciopelo cuando lo rodeo con los labios, sujetándolo con el puño, y le paso la lengua por la punta. Susurra mi nombre como una maldición. Como una promesa. Me hunde los dedos en el pelo, suaves pero desesperados, y lo succiono con más fuerza al tiempo que baja la mano para acariciarme el pecho y me frota el pezón con el pulgar.

—Quiero correrme en tus tetas —dice con un gruñido—. Si te...

—Por favor. Sí.

Retiro la boca justo cuando empieza a temblar, y embiste una vez más contra mi pecho antes de desplomarse mientras el calor me mancha las tetas. Toma una toalla de debajo de la silla antes de volver a tumbarme encima de él, y me siento flácida, agotada e indescriptiblemente feliz.

Pasan varios minutos antes de que se dé la vuelta para tomar el móvil. Cuando empiezan a sonar los conocidos primeros segundos de *Whoomp! (There It Is)*, no puedo evitar reírme.

—Lo siento —dice, riéndose conmigo mientras me acaricia el pelo—. Tenía que hacerlo.

—¿Podemos quedarnos aquí para siempre? —murmuro contra su pecho. Porque, si bien es cierto que nos hemos acostado por primera vez en nuestra relación real, todavía me siento como si estuviéramos viviendo en un mundo onírico e irreal. Un lugar en el que el exterior no puede tocarnos.

—Eso espero. —Hace una pausa, como siempre que está eligiendo las palabras con cuidado—. Porque, Chandler... estoy bastante seguro de que me estoy enamorando de ti.

Y, a pesar de que me preocupa el futuro, lo mucho que me he aferrado a mi carrera profesional en el pasado cuando ahora es igual de imprecisa...

—Yo también —contesto, y el miedo merece la pena por cómo me abraza con más fuerza.

Si hay algo con el poder de ahuyentarme, es lo nuevo, frágil y preciado que es esto. Lo mucho que deseo que dure más allá de la reunión, más allá del libro. Esta noche desprende una normalidad tan maravillosa que creo que sería capaz de vivir para siempre en estos instantes.

—¿Conque así es la vida con Finnegan Walsh? —pregunto.

Sacude la cabeza y me agarra la cintura con más fuerza.

—No. Esto es mejor.

Capítulo

VEINTICINCO

LOS ÁNGELES, CALIFORNIA

—Ethan, Finn, Cooper... vosotros tres ahí. Chicas. Juliana, Hallie, Bree... ¿podéis poneros en el otro sofá?

Bree alza una ceja perfectamente delineada tal y como lo hacía Sofia de forma característica en la serie, sobre todo, cuando se enfadaba con Caleb.

—¿En serio vas a poner a los chicos a un lado y a las chicas al otro?

El director se lo piensa.

—Nuevo plan —dice, exasperado—. Que cada uno se siente donde quiera.

Sin embargo, eso no funciona, porque quiere que Juliana y Bree estén la una al lado de la otra, dado que una buena parte del reencuentro va a centrarse en la rivalidad de sus personajes. Pero Ethan y Juliana *tienen* que estar uno al lado del otro como la pareja central de la serie y, dado que el Wesley de Cooper al final acaba con la Sofia de Bree, lo más probable es que también deberían estar uno al lado del otro. Cooper se queda ahí de pie, sonriendo ante todo esto, como si al ser el gracioso de la serie, simplemente fuera un acompañante.

La cosa sigue así durante veinte minutos más, simplemente configurando la forma adecuada de sentarse. En el escenario hay dos sofás de cuero negro y una pancarta de la Universidad de Oakhurst con los colores de la escuela, plateado y azul intenso, colgada detrás de ellos. De camino al estudio, es posible que me quedara boquiabierta ante los carteles que indican dónde se están grabando varias series conocidas, pero Finn se limitó a entrar con una taza de café en la mano como si fuera algo que hiciera todos los días. Y supongo que solía serlo.

—Con suerte, no te resultará demasiado aburrido —dijo esta mañana.

—¿Ir a un ensayo del programa de mi novio? Para nada.

Y sonrió ante eso, *novio*. Pensé que iba a ser extraño adentrarme en ese momento doméstico con él, pero lo más extraño es que resultó increíblemente natural: desayunar tranquilos, ducharnos juntos, volver a subirnos al Prius y reírnos de lo nervioso que estaba ayer cuando pensó que su coche era el mejor tema de conversación.

Le aseguré que era imposible que me aburriera con nada que estuviera relacionado con *Los nocturnos*, pero ahora que estoy aquí, sentada donde estará la audiencia en vivo el día de la grabación, estoy empezando a reconsiderar esa afirmación.

Aunque, si soy sincera, hoy lo habría seguido a cualquier parte.

Hallie y Bree me saludaron con un abrazo, aunque Juliana siguió mostrándose un poco distante. Me acuerdo de lo que dijo Finn sobre la rehabilitación, y es más que compresible por qué desconfiaría de la prensa.

Pero Ethan… Ethan está un poco menos presente que los demás. Desde la primera vez que lo vi en la Supercon, vestido como un fan antes de revelarse durante el panel, me pareció alguien a quien le encanta ser el centro de atención y que haría cualquier cosa con tal de evitar que otra persona brillara durante demasiado tiempo. Ethan era plenamente consciente de que *Los nocturnos* fue diseñada para girar en torno a él, incluso si llegó un momento en el que se convirtió más en una serie conjunta.

Y supongo que no le encantó eso.

Hay dos escenarios: los sofás para la ronda de preguntas y respuestas en directo y la biblioteca recreada de la Universidad de Oakhurst, donde grabarán previamente el material para el programa. Una vez que terminan de escenificar la ronda de preguntas y respuestas, todos pasamos al siguiente plató, donde hay estanterías de madera repletas de libros, candelabros que parpadean y una larga escalera de caracol que ahora veo que no lleva a ninguna parte. La magia de la televisión y todo eso. El reparto camina por la biblioteca, contemplando los restos del tiempo que vivieron juntos.

Hallie le da un codazo a Finn y señala un lugar en el suelo.

—Hasta han vuelto a añadir las huellas del episodio uno —dice.

Finn arrastra una mano por la mesa de la biblioteca.

—Es tal y como lo recuerdo.

Me encanta ver cómo lo asimila todo. De vez en cuando, mira hacia la audiencia, donde estoy sentada con un puñado de representantes, agentes, publicistas y un par de periodistas más que están trabajando en artículos previos a la reunión. Y, cada vez que lo hace, parece que se le cambia la cara entera, con el rabillo de los ojos arrugándosele al tiempo que su sonrisa escénica se vuelve real.

No estoy segura de cuándo dejará de parecer una novedad.

— — —

Las entrevistas grabadas del reparto duran hasta pasado el mediodía. Hablan sobre cómo les cambió la serie, sobre sus recuerdos favoritos, sobre momentos jugosos detrás de las cámaras. Ethan está de un humor especialmente obstinado, lo que parece lo normal en él, pero acaba teniendo que hacer bastante más tomas que el resto.

—Algunas cosas no cambian nunca —masculla Hallie, y decido que es probable que podamos ser amigas. Incluso si los puntos principales que tenemos en común son la tosquedad y Finnegan Walsh.

Eso me golpea en un lugar extraño. Porque en cualquier relación, compartir amigos es algo natural que se espera hacer. Y, aun así... los amigos de Finn, más allá de Krishanu y Derek en Reno, también están arraigados al mundo de Hollywood. Puede que tengamos que adaptarnos, pero seguro que no es algo que no seamos capaces de solucionar.

Todo eso queda en el olvido cuando el reparto y el equipo descansan para tomar un almuerzo tardío y Finn se dirige a mí de inmediato.

—Me sorprende que hayas durado tanto —dice.

Agarro el bolso.

—Que sepas que ha sido fascinante. ¿Lo que ha dicho Cooper sobre adoptar uno de los perros que hizo de extra de lobo? Maravilloso. O lo convencida que estaba Hallie de que Caleb acabaría siendo el villano supremo de la serie y los guionistas le dieron un guion con un final diferente para el último capítulo de la temporada en el que él traicionaba a todo el mundo. —Habría sido algo cruel si no hubiera estado escrito tan mal. Supo al instante que era una broma, una de la que siguen riéndose.

Cuando me cuelgo el bolso del hombro y lo sigo fuera del estudio, no se me escapa cómo Ethan camina unos cuantos pasos por detrás de nosotros, como si no quisiera tener que hablar con nadie. Le dedico una sonrisa forzada con la esperanza de que parezca auténtica y me pongo las gafas de sol.

—Ahora nos vemos —dice Finn mientras mantiene la puerta abierta para él.

Ethan le dedica una sonrisa fácil. Le da una palmadita en el hombro.

—Claro. Si llegas a tiempo.

Finn se tensa a mi lado.

Frunzo el entrecejo.

—¿A qué ha venido eso?

—Nada —responde Finn con la intención de restarle importancia. Se le tensa la mano en la parte baja de mi espalda—. Algo que solía hacer cuando grabábamos. Una broma.

Decido no presionarlo, pero da la impresión de que tiene de broma lo que Los Ángeles tiene de pueblecito encantador.

Almorzamos en una cafetería situada en el conjunto de estudios, sentados fuera en un rincón a la sombra. Es relativamente tarde, no hay demasiada gente, y ahora que ya no está bajo las luces del estudio, veo los polvos de maquillaje en el rostro de Finn y un delineador bronce en los párpados inferiores. Un toque de color en las mejillas ligeramente más frío que su rubor natural.

Intento preguntarle más sobre cómo se siente al estar de vuelta en Oakhurst, y mientras me da algunas respuestas que tal vez pueda usar en el capítulo de la reunión, mueve la ensalada de quinoa por el cuenco biodegradable sin apenas comer.

—Algo te preocupa. —Le doy un golpecito suave en la pierna con la zapatilla—. Ey. Sabes que puedes hablar conmigo de ello, ¿verdad? Si quieres.

Suelta un suspiro largo y lento mientras acerca la mano a la mía y entrelaza nuestros dedos.

—Lo sé. Gracias. No es lo más fácil. —Suelta una risa áspera—. Supongo que esa ha sido la presentación de tesis de toda la autobiografía.

Me permito esbozar una pequeña sonrisa, pero permanezco callada para darle el espacio que necesita para explicarse.

Se toma ese tiempo, acariciándome los nudillos con las yemas de los dedos, y mira a su alrededor para asegurarse de que estamos lo bastante solos como para mantener esta conversación.

Me pregunto si alguna vez dejará de mirar a su alrededor. Si es algo que yo también empezaré a hacer cuando estemos en público.

—Ethan y yo… no siempre nos hemos llevado bien —empieza—. Nunca he sabido exactamente por qué. Igual se sentía amenazado porque se suponía que era el protagonista y los fans de Mexley eran más entusiastas que los de Calice. No lo sé. A lo mejor es un imbécil y ya está.

—Está claro que lo es —coincido, y le doy una puñalada mordaz a mi ensalada.

Respira hondo mientras mira su ensalada.

—Solía meterse conmigo durante el rodaje. Cosas pequeñas. Bebía de un vaso de agua y me lo pasaba preguntándome si quería un poco. Se reía cuando le decía que no. O iba a la mesa de la comida y tocaba todos los sándwiches cuando estaba mirando. Tonterías asquerosas e inmaduras. Le encantaba sacarme de quicio entre toma y toma para ver hasta dónde era capaz de llevarme, y si alguna de mis obsesiones hacía que llegara un poco tarde, se aseguraba de que los de arriba supieran que no había llegado a tiempo. Y supongo que las viejas costumbres no mueren, porque es un hombre de treinta y cinco años que disfruta intentando desencadenar el TOC de alguien.

—¿Qué demonios? Eso es *enfermizo*. —Se me revuelve el estómago al imaginarme a un Finn de veinte años todavía incapaz de gestionar su TOC solo y lidiando con un abusón que pensaba que todo era una broma.

—Supongo que no le basta con tener una gran carrera cinematográfica. Tiene que hacer que el resto nos sintamos como hormigas. —Suelta una risa áspera—. Es casi gracioso, se portaba fatal con Hux en la primera temporada y es igual de malo en la vida real. Vaya actuación.

—El libro no está terminado todavía —digo—. Podríamos incluir esto en la autobiografía. De hecho, creo que deberíamos. Esto es justo la clase de microagresiones que la gente debería conocer. Quieres que el libro arroje luz sobre las enfermedades mentales, que las desestigmatice… así es como enseñamos cómo *no* se debe actuar. —No solo quiero hundir a Ethan, aunque eso sería bastante satisfactorio. Sé lo suficiente sobre él como para juzgar que, sencillamente, no es una buena persona, y quiero que cualquier otro Ethan que tome el libro de Finn sepa que eso no está bien.

La expresión de Finn cambia, y me mira a los ojos.

—Ya… Preferiría que no.

—¿Seguro? Porque estoy segura de que no eres el único que se ha enfrentado a algo así.

—Mira... es mi nombre. —Lo dice con suavidad, pero me golpea justo en el pecho—. Es mi libro.

—Cierto. —¿Cómo se me ha podido olvidar? Por mucho que esto haya sido como una colaboración, en los términos contractuales más básicos no lo es—. Pues claro que es tu libro. Yo solo soy a la que pagan por escribirlo.

Finn se ablanda.

—Mierda, Chandler. Lo siento. No quería que sonara así. —Se acerca a mí y me pasa una mano por el antebrazo. Le dejo—. No quiero sentirme como si tuviera que destrozar a nadie para parecer mejor, aunque se lo merezca. Sobre todo, si son más grandes que yo. Odiaría que alguien pensara que estoy mencionando nombres por el bien de las ventas.

—Lo entiendo. —Fuerzo una sonrisa y perforo un trozo de lechuga romana sin entusiasmo. Esta ensalada cuesta catorce dólares y no sabe a absolutamente nada. Hemos tenido conversaciones mucho más incómodas durante los últimos meses, así que no sé por qué esta escuece tanto. Intento ponerme en su lugar, y lo entiendo, incluso si no estoy de acuerdo.

Pero tal y como ha dicho: su nombre. Su libro.

Yo solo soy la don nadie que lo está siguiendo a todas partes, un cachorrito perdido. La persona cuya carrera no puede competir con la suya. La novia fantasma.

—Vamos a olvidarlo —dice—. Tengo que volver al plató en veinte minutos y preferiría hablar de ti.

Aun así, este tema se niega a abandonar mi mente el resto del día.

laplumaenvenenada-real-REAL.docx

La tienda estaba hecha un desastre.

Los bolígrafos estaban sin tapón, había papel esparcido por todas partes y las alfombras nuevas estaban manchadas de tinta. Y en la sección de cuadernos, que Penelope había ordenado con cariño y esmero el día anterior, era como si alguien hubiera pasado esas magníficas agendas encuadernadas por una trituradora. Confeti de enero-febrero-marzo.

Cómo no, todo eso se quedó en nada cuando se percató del cadáver que había en medio de la estancia, justo debajo de la pancarta que decía COMPRA UNO, LLÉVATE OTRO GRATIS.

Capítulo

VEINTISÉIS

LOS ÁNGELES, CALIFORNIA

Así es como deben escribirse los libros: en una cafetería con vistas a los árboles de la calle, un chai *latte* y un bollo de mora y limón en la mesa que tengo delante. Con la luz del sol entrando a raudales, bañando todo el lugar con una luz dorada.

Cuando era niña y me imaginaba siendo novelista de mayor, esto era lo que *casi* me imaginaba, aunque había mucha más lluvia. Y gente con ropa de la marca Patagonia.

Anoche, cuando llegamos a casa, Finn estaba tan agotado que nos metimos directamente en la cama. Los viajes debían de estar pasándome factura, porque me he levantado mucho más tarde de lo habitual. Un beso en la frente, un «no, no, no te levantes», y se había ido.

Así pues, me he puesto cómoda en esta cafetería mientras que él se iba al plató, con la chaqueta vaquera colgada del respaldo de la silla y con la intención de pulir los capítulos intermedios de la autobiografía y, si me da tiempo, hacer un esquema de la reunión. Será el último capítulo que escriba antes de entregar el borrador.

Después… igual vuelvo a abrir *La pluma envenenada*.

Estoy haciéndole unos ajustes a un capítulo sobre el bar mitzvá de Finn cuando suena el móvil. Fue la primera vez que experimentó una de sus obsesiones, aunque por aquel entonces no tenía palabras para describirla. Se negó a comer porque mucha gente había tocado el pan jalá, y su padre le gritó por ser «un mocoso que se cree que tiene privilegios». Escribirlo con la voz de Finn me vuelve a romper el corazón.

—¿No miras el correo electrónico? —inquiere Stella cuando contesto al móvil—. También, hola. ¿Qué tal en Los Ángeles, cómo va el libro, cómo estás *tú*?

Le doy a «guardar» y me dirijo al correo electrónico.

—Lo siento, estaba en trance escribiendo. Tenía el wifi apagado. Estoy bien, el libro va bien… todo va bien.

—Ah. He pensado que estarías deseando empezar, una vez que lo veas… —Se interrumpe para darme tiempo a leer el correo electrónico que encabeza mi bandeja de entrada.

Es una oferta nueva, otro encargo como escritora fantasma. Otro actor, Michael Thiessen, un hombre de cincuenta y pocos años que ha estado en alguna edición de *CSI* durante los últimos veinte años. Estoy bastante segura de que mi padre es un gran fan.

El dinero es el doble de lo que estoy ganando con el libro de Finn.

—No suena como si estuvieras dando saltos de alegría.

—Estoy en un sitio público —digo, y fuerzo una pequeña carcajada. Odio tener que reaccionar de forma espontánea. Lo ideal sería haber tenido antes un momento para procesarlo yo sola.

Y así es el proceso:

Es la primera vez que me ofrecen directamente un trabajo así. Siempre ha habido una llamada o una entrevista previa, ya sea con el escritor o escritora en sí o con su equipo. Incluso en el caso de Finn, estoy segura de que no me habrían ofrecido el libro si hubiera metido la pata hasta el fondo durante aquel almuerzo. Esto es una clara señal de que estoy teniendo éxito en mi campo y, sin embargo, no consigo quitarme la sensación de que, si lo acepto, es posible que nunca escriba algo solo para mí, ya dure ese proyecto dos meses o veinte. Siempre voy a tener una excusa.

Me encanta lo que estamos haciendo con el libro de Finn, pero no sé si voy a ser capaz de seguir desapareciendo en el trabajo de esta manera. No sé cuánto de mí misma quedará al final.

A pesar de que Finn dijo que podía oírme en esos libros, no sé si *yo* puedo.

—Su-Suena genial —consigo decir, y las palabras son como tiza en la garganta.

—El momento no podría ser mejor. El libro de Finnegan saldrá pronto, y podrías meterte de lleno en un proyecto nuevo. Es justo lo que queríamos para ti.

«Justo lo que queríamos».

¿Qué quiero yo?

—Podemos ponerte al teléfono con la gente de Michael, si quieres. Es un hombre maravilloso y muy encantador. Tiene *mucha* información de Hollywood. Lleva mucho tiempo en el negocio. Y, a pesar de que me encanta su oferta inicial, creo que podríamos conseguir que suban aún más.

—Genial. —Solo soy capaz de un adjetivo. Una habilidad propia de una escritora—. Todavía tengo la mente demasiado metida en el libro de Finn, así que… ¿Necesitan una respuesta ya?

Hace una pausa.

—Esta clase de ofertas no esperan, Chandler —responde con amabilidad. Y sé que no se equivoca. Stella no ha sido más que buena para mi carrera profesional, y confío en ella.

—Hasta la reunión de *Los nocturnos*. Prometido.

—Excelente. Se lo comunicaré.

Cuando colgamos, me quedo quieta unos instantes, parpadeando en la cafetería. Debería estar inundada de alivio porque me espera otro encargo. El dinero del libro de Finn iba a servirme de colchón para no tener que apresurarme con el siguiente proyecto. Ahora incluso podría mudarme de casa de Noemie. Conseguir un sitio para mí.

Y, sin embargo… lo único que siento es un gran *peso*, como si hubiera algo físico tirando de mí hacia la mesa. Encadenándome al portátil. Diciéndome que el proyecto suena a que me va a chupar el alma, al igual que pasó en el caso de Maddy y de Bronson, el entrenador personal. Porque, incluso si Michael Thiessen tiene unas cualidades ocultas y fascinantes, no sé si quiero ser la persona que las desentierre.

Abro Instagram y me meto en el perfil de Maddy DeMarco para recordar si sentí algo más que agonía cuando estuve trabajando en su libro. Bajo, bajo, bajo hasta cuando estaba redactando el borrador. Hay una foto de ella en una cabaña de lujo, con una taza de café sobre la mesa, sentada con su portátil junto a una ventana por la que se ve un impresionante paisaje montañoso.

«¡Trabajando a tope en la corrección! Aquí oigo mis pensamientos», dice el pie de foto.

No estoy segura de cuánto tiempo más podré ser invisible.

— — —

Por la tarde, a Finn le toca campaña publicitaria en medios de comunicación, un puñado de entrevistas para pódcasts y YouTube, y no llega a casa hasta pasada la cena, después de más de diez mensajes de disculpas y más de diez respuestas asegurándole que no pasa nada, que puedo apañármelas sola.

Y *no* pasa nada, pero también me ha dado mucho que pensar.

Sobre el trabajo.

Sobre el futuro.

Sobre *nosotros*.

Porque ese es el efecto secundario gracioso de la llamada de Stella: ahora que estamos oficialmente juntos, tengo que preguntarme qué va a pasar con nosotros cuando el libro esté terminado, cuando vuelva a Seattle y él se prepare para la siguiente ronda de convenciones.

Le guardo algo de la comida vegetariana tailandesa que he pedido a domicilio, sirvo un poco de vino y me las apaño para averiguar cómo funciona su equipo de sonido, tras lo que descubro que tiene puesta una lista de reproducción de *jazz*. A Finn le gusta el *jazz*, un dato suyo que no sabía hasta ahora. No debería producirme una reacción fuerte, ya que apenas hemos hablado de música, pero, aun así, hace que me dé cuenta de que solo lo conozco hace unos meses. Todavía hay muchas cosas que desconozco.

Cuando suelta la mochila en su despacho y ve el vino y la comida en la mesa del comedor, la sonrisa que esboza basta para que esas preocupaciones bajen de un once a un cuatro. Hay cierta calidez ahí, cierta domesticidad que casi es un poco demasiado acogedora. Podría introducirme en esta vida como estoy haciendo ahora y, tal vez, mi carrera profesional importaría un poco menos.

Y ha vuelto la ansiedad. Mis cutículas son un campo de batalla.

—Esto… hoy me han hecho una oferta de trabajo interesante —digo después de que me hable de los ensayos y de la entrevista para YouTube en la que ha tenido que responder a las consultas más populares que se han hecho en Google sobre él.

—¿Sí? —inquiere entre cucharada y cucharada de sopa *tom yum*.

Se lo explico, proporcionándole los mismos detalles que me dio Stella.

—Y, al parecer, es bastante simpático. Así que es un plus.

—Mmm. —Más sopa. Más silencio.

—Le he dicho a mi agente que me lo iba a pensar —digo, porque su silencio tiene algo que parece decepción, y no quiero que esté decepcionado conmigo—. Pero… es mucho dinero.

—Pero serías escritora fantasma otra vez.

—A ver, sí. Es mi trabajo.

Otro periodo de silencio. Al principio, me encantaba que se tomara su tiempo para responder a las preguntas, pero ahora lo único que quiero es sacudirle por los hombros hasta que empiecen a salir las palabras. Por fin, habla.

—Pensaba que no querías seguir haciendo eso. Pensaba que por eso estabas trabajando en tu novela de misterio.

—Eso está lejos de ser algo seguro. Incluso si vendiera ese libro, lo más probable es que necesitara otro trabajo a tiempo parcial. Ahora tengo algo de ahorros, pero no puedo mantenerme con eso para siempre.

—¿Y qué hay de lo mucho que te había gustado volver a la escritura? *Tu* escritura. —Me mira a los ojos con detenimiento—. Y lo de que siempre has querido ser novelista.

—Puedo hacerlo aun así. —Mi voz es fina. Hasta mis cuerdas vocales saben que estoy mintiendo—. Tendría tiempo libre.

—Y una mierda. Ambos sabemos que el otro libro iría primero. Y ya estabas quemada antes de aceptar mi libro. —Coloca el cuenco en el centro de la mesa y me da toda su atención—. Chandler, ¿cuántas veces me has dicho que no quieres dedicarte a esto? Has estado usando el nombre de otra persona para garantizarte cierto nivel de éxito, y está bien. Te han contratado para hacer justo eso. Pero no es más que eso: es para lo que te han contratado, en vez de valértelas por ti misma. Puedes esconderte detrás de la fama de alguien sin arriesgar nada. Ser escritora fantasma es tu muleta, una forma de seguir dentro de tu zona de confort.

Incluso si eso es verdad, ¿no ha estado conmigo todo el viaje? ¿No me ha visto fuera de mi zona de confort una y otra y otra vez?

—Eso no es justo. —Es demasiado difícil tener esta conversación estando tan cerca de él. Tal y como dijo, sabe leerme, y no quiero que mi cara delate nada para lo que todavía no he encontrado las palabras. Me pongo de pie, entro en el salón y me acerco a la espada de *El retorno del Rey*—. ¿No piensas que el periodismo en sí en un riesgo? Los periódicos empezaron a fracasar antes incluso de que terminara la universidad. Mi profesión siempre ha sido un riesgo. Y olvídate de un seguro médico; abandoné ese sueño hace mucho tiempo.

—Sé que no hay ninguna garantía de que tu ficción lleve a una carrera estable, a pesar de que pienso que debería. Sé que es un riesgo igual que Hollywood. Pero si no lo *intentas*, siempre vas a preguntarte qué habría pasado si. Que habría pasado si hubieras corrido ese riesgo. —Se pone de pie también y se acerca a mí—. Como hiciste conmigo.

La manera en la que me está presionando… ahora que es mi novio, ¿es algo que tendré que aceptar y ya está?

—No es lo mismo —protesto, aunque cada palabra que pronuncia se me cuela entre las costillas y se queda ahí—. Si lo hiciera, casi seguro que ganaría menos dinero. Lo más probable es que tuviera que trabajar de otra cosa a tiempo parcial para pagar las facturas. Para ti es fácil decirme que haga lo que me apasiona porque tú lo hiciste y te salió bien. Querías ser actor y lo eres.

—Sí, tuve suerte desde el principio. Pero se te olvida que yo tampoco tenía una red de seguridad. Mi madre había empezado a estudiar otra vez y mi padre se había ido. Yo también corrí un riesgo enorme —dice—. ¿Y no podrías escribir a tiempo completo? ¿No es eso lo que estás haciendo ahora?

Dejo escapar un bufido.

—Te garantizo que ganaría menos con mis libros originales de lo que gano por lo que hago contigo. —Acto seguido, me doy cuenta de cómo suena e intento retractarme—. En plan, no solo tú. Todos vosotros, todos los libros que he escrito hasta ahora.

Apoya el hombro en la pared, y su boca forma una línea sombría.

—Me alegra oír que estoy en el mismo saco que el resto.

—Sabes que eres diferente —contesto—. De un millón de formas. Pero al nivel más básico, sigo haciendo lo mismo. Estoy escribiendo para otra persona, no para mí. E incluso si quitara todo eso de la ecuación… —Mi voz se vuelve diminuta—. ¿Y si fallo?

—¿Y si no? —contraataca.

Nos quedamos callados durante unos segundos, respirando con dificultad.

—Eso es lo que debería hacer entonces. Escribo mi libro, ¿y luego qué? ¿Sigo persiguiéndote de convención en convención, de ciudad en ciudad? ¿O solo te visito cuando estés de vuelta en casa? ¿Eso sería suficiente?

Incluso mientras lo digo, sé que no lo sería. La idea de pasar tanto tiempo lejos de él después de este viaje hace que ya lo eche de menos. Lo del *jazz* ha sido algo completamente nuevo para mí. ¿Qué otras cosas no aprendería porque me las he perdido?

—Puedo reducir las convenciones. No tendría que estar trabajando todo el tiempo.

—No quiero que hagas eso solo por mí.

Me mira fijamente mientras me roza la muñeca con el pulgar.

—Chandler —dice de una forma suave y mesurada—. Eres lo único que lo ha hecho soportable esta vez.

Es casi imposible ignorar lo que me provocan esas palabras en el corazón. Incluso en medio de una conversación sobre cosas que no quiero oír, me enamoro de él. Una y otra y otra vez.

Ojalá eso pudiera borrar todas mis incertidumbres.

—¿Qué pensabas que iba a pasar cuando terminara el libro? —pregunto—. Sé sincero conmigo.

Respira hondo, se pasa las manos por el pelo.

—Con suerte, en ese momento toda mi vida no se basará en el circuito de las convenciones, pero sí, habrá algunos viajes. Es inevitable, sobre todo cuando empiece la promoción del libro y se lance la organización sin ánimo de lucro. Pero no sé por qué no podemos intentar tener una relación a distancia —dice, sonando más esperanzado—. No está tan lejos. Nos veríamos todo el tiempo.

—Los vuelos saldrían caros.

Frunce el ceño, como si no se le hubiera ocurrido.

—Puedo pagarlos yo. —Antes de que pueda protestar, añade—: O me mudo a Seattle y voy viajando a Los Ángeles cuando tenga que trabajar. Porque lo haría, si es lo que quieres. O podrías mudarte aquí conmigo.

—No… Un momento.

La cabeza me da vueltas y tengo que volver a sentarme, por lo que me dejo caer en el sofá con un suave golpe. «Mudarme a Seattle. Mudarme con él a Los Ángeles». Es demasiado, es demasiado rápido. Solo he vivido en Seattle, y la idea de desarraigar mi vida entera de repente es aterradora.

Hace dos noches me dijo que quería estar conmigo, tuviera el aspecto que tuviera.

¿Por qué de repente esa imagen es tan poco realista?

—No sé si estoy preparada para eso —digo con sinceridad—. Irnos a vivir juntos.

—Solo estoy lanzando ideas. —Alza las cejas en dirección al sofá, como pidiéndome permiso para unirse a mí. Cuando asiento, se sienta y me toca el hombro con la palma de la mano—. Hacía tiempo que no estaba en una relación tan íntima con alguien. Así que no sé si lo estoy haciendo bien, pero me importas mucho. ¿No puedes confiar en mí cuando te digo que lo resolveremos?

—Quiero hacerlo. De verdad.

—Entonces, ¿por qué suena como si estuvieras tratando de convencerte a ti misma?

—Porque es *difícil* de narices, ¿vale? —Sin invitarlas, se me saltan las lágrimas y me las quito lo más rápido que puedo. No esperaba que la conversación derivara en esto, pero tampoco me había dado cuenta de cuántas preguntas sin respuesta hay entre nosotros—. No sé cómo asumir dos riesgos enormes a la vez. Mi carrera profesional, sea lo que sea eso, y esta relación…

—¿Crees que nuestra relación es un riesgo?

—Es… Todavía estoy intentando averiguar quién soy. —Estoy llegando al espacio más vulnerable, permitiendo que vea lo que a veces me niego a mostrarme a mí misma—. Y tú hace mucho que lo averiguaste.

—Lo que los demás piensan de mí, a lo mejor. Pero no quién soy en realidad. —Se le suaviza el rostro y esboza una sonrisa—. De hecho, creo que hemos escrito un libro entero sobre eso.

No me río.

—De eso se trata.

Porque es alguien digno de una autobiografía, y en mis peores momentos, a veces me siento como una página en blanco.

No quiero introducirme en los recovecos de la vida de otra persona. ¿Tan envuelta he estado en la fantasía que he creado en torno a él que se me ha olvidado lo difícil que va a ser esta relación? Los últimos días hemos estado jugando a las casitas. Fingiendo que esta es nuestra vida real, al igual que hemos estado fingiendo todo el viaje. Porque ahora, cuando imagino mi relación con Finn, me veo volando a Los Ángeles cada dos fines de semana, sintiéndome culpable si él paga el vuelo y recortándome el presupuesto si no lo hiciera, nos veo discutiendo sobre qué ver esa noche o qué restaurante vegetariano nuevo probar. Lo veo en actos benéficos y en eventos para su organización sin ánimo de lucro, participando de vez en cuando en una película navideña con una menorá escondida al fondo. Yo seré la persona anónima que va de su brazo en estrenos y eventos. La novia que lo apoya.

Puedo encajar en su vida, sí. Puedo estar en esa relación.

Pero ¿puede él encajar en la mía?

—Te admiro *muchísimo* —susurro, tomándole la mano y apretándosela—. Ojalá sintiera lo mismo con respecto a mí. —Despacio, me levanto y recojo mi mochila del pasillo—. Y creo que necesito un poco de tiempo para resolverlo.

Finn se pone de pie, indeciso entre si ir detrás de mí o darme espacio.

—Podrías quedarte —dice. Esta vez no suena como cuando le suplicó a Meg Lawson que no lo dejara. Le tiembla la barbilla y tiene los ojos abiertos y vidriosos—. Podemos seguir hablando de ello. Por favor, Chandler. Podríamos resolverlo juntos.

Si de verdad es capaz de categorizar cada expresión que hace mi cara, sabría que hablo en serio. Que estoy aterrada de lo que pueda pasar como salga de esta casa, pero, pese a todo, hablando en serio.

Sacudo la cabeza, inflexible.

—Lo siento. Creo que tengo que hacerlo sola.

Y, con pasos temblorosos, me dirijo a la puerta.

Capítulo

VEINTISIETE

LOS ÁNGELES, CALIFORNIA

En el asiento trasero de un Uber, hago todo lo posible por actuar como si no hubiera tomado la decisión más estúpida de mi vida. Esto se traduce en una charla banal tremendamente horrible.

—Vaya tráfico, ¿eh? —le pregunto a la chófer, que se limita a poner los ojos en blanco.

Acabo en el hotel que la editorial me reservó en un principio, ya que obviamente no entraba en sus planes que me fuera con Finn. Está en el centro de Los Ángeles, en un barrio animado sin el encanto de Los Feliz. Y, entonces, como es mi mecanismo de supervivencia favorito, llamo a Noemie.

Me escucha mientras le explico todo y le relato algunos de mis argumentos con Finn casi palabra por palabra. Y, cuando termino, tumbada en la cama demasiado firme con almohadas demasiado blandas, me dice justo lo que no quiero oír.

—Odio decirlo —empieza—, pero estoy de parte de Finn.

Suelto una carcajada.

—No estoy segura de cómo reaccionar ante eso.

Su suspiro cruje a través del móvil.

—Hace mucho que no le das prioridad a la escritura. ¿Seguro que sigues queriendo eso?

—Sí. Pues claro que sí. —«Casi más que cualquier otra cosa». Ni siquiera para que me publiquen, sino para tener la satisfacción de terminar mi libro, teclear «FIN» y darles la resolución que se merecen a mis personajes. Todo lo que ocurriera después sería la guinda.

No es que no esté de acuerdo con ella, no necesariamente. Solo tenía la esperanza de que hubiera una solución más fácil, una que no acabara con alguien con el corazón roto y con mi carrera profesional dejada al azar. Me pongo una mano en el pecho, el cual sube y baja al ritmo de mi respiración cada vez más acelerada. La ansiedad me sube por la garganta y me aprieta los pulmones.

No sé cómo explicarle que es posible querer algo sin intentar conseguirlo de forma activa. Aunque igual lo entiende. Después de todo, lo hice con Wyatt durante muchos años. Incluso entonces, me convencí a mí misma de que era feliz con lo que teníamos, porque cualquier otra cosa habría exigido cambiar el *status quo*. Habría significado asumir un riesgo, eso que llevo evitando tanto, tanto tiempo.

—Si aceptas el trabajo —continúa Noemie—, no cambia nada. Ya sabes cómo va eso. Y puedes volverte un poco codependiente de tu trabajo.

—Le dijo la sartén al cazo.

Suspira.

—Lo sé, lo sé. Pero si lo piensas, por muy estresantes que hayan sido tus trabajos a veces, han sido cómodos. No es cien por cien lo que quieres, pero da menos miedo que cortar lazos y probar algo nuevo.

—¿Y si es eso? ¿Y si…? ¿Y si estoy demasiado muerta de miedo? —Lo digo demasiado alto, y me doy cuenta de que tengo lágrimas en los ojos—. ¿Y si lo intento y no funciona?

—En ese caso, tienes un lugar suave en el que aterrizar. —Su voz es amable—. Tienes a tu familia. Me tienes a mí. Y, bueno, tengo mucho tiempo para hablar durante las próximas semanas porque… —Respira hondo—. Tengo un trabajo nuevo. Empiezo en enero.

Me siento, cruzo las piernas y me apoyo en el cabecero.

—¿Y me lo cuentas ahora?

—Estabas en modo pánico. Estaba esperando el momento oportuno —explica—. Voy a trabajar como publicista interna en una empresa de suscripciones mensuales de aperitivos ecológicos. No he querido contártelo hasta que no me hicieran la oferta porque no quería gafarlo… y me la acaban de hacer hoy.

Y, a pesar de todo, suelto una carcajada, porque si ese no es el trabajo perfecto para ella, ninguno lo es. Puedo oír la emoción en su voz.

—Noe. Me alegro mucho mucho por ti. De verdad.

—Gracias. Y espero que sepas… que tienes la habitación en mi casa todo el tiempo que la necesites —me asegura—. Pero ¿Chandler? Espero que decidas que no la necesitas. No ahora, no te estoy echando ni nada de eso. Sino cuando estés lista.

Colgamos con la promesa de vernos pronto. Ya debería estar acostumbrada a las habitaciones de hotel, porque, en cierto modo, todas parecen iguales. Las mismas camas incómodas. La misma decoración desangelada. Lo único que falta es mi plan de estudio y una cara familiar al otro lado del pasillo.

Me he estado engañando a mí misma durante todo el viaje. Pensaba que iba a cambiarme, que, al final del proceso, iba a saber cuál sería el próximo paso.

Si acepto el trabajo, sé lo que me espera. Ya lo he hecho antes.

Pero darle confianza a mi escritura, dejar mi carrera profesional al azar…

Mi móvil parpadea al recibir un mensaje nuevo.

Estés donde estés, ¿has llegado bien?

Respondo con un pulgar hacia arriba, el cual, por algún motivo, parece demasiado positivo para la situación. Así que agrego:

En un hotel. Necesito tiempo para pensar.

Si vuelvo a su casa, me daré por vencida. Estará allí con esos ojos encantadores y esos brazos que me rodean con tanta perfección, y sería demasiado fácil abrochar mi carrera profesional en el asiento trasero.

Durante más de diez años, mi vida ha estado marcada por las fechas límites, y me enorgullezco de no haberme saltado ninguna.

Así pues, me pongo una fecha límite. Una vez que termine la autobiografía, tomaré una decisión en cuanto al trabajo.

Y en cuanto a Finn. Él contesta:

Tómate todo el tiempo que necesites.

Es mejor para los dos si ahora me vuelvo a Seattle y pongo algo de espacio entre nosotros antes de que se grabe la reunión la semana que viene.

Me paso todo el vuelo de vuelta a casa intentando convencerme de ello.

Capítulo

VEINTIOCHO

SEATTLE, WASHINGTON

El *Seattle Times* está abierto sobre la mesa de la cocina de la casa de mis padres, unas rebanadas de pan esperan en la tostadora y una sartén con huevos revueltos descansa sobre el fuego. Es el primer sitio al que fui anoche cuando aterrizó el avión. Subí la maleta por las escaleras hasta mi habitación de la infancia y le mandé un mensaje a Noemie diciéndole que la vería pronto antes de meterme en la cama.

Hojeo el periódico, fijándome en los titulares familiares al igual que he hecho desde que decidí estudiar Periodismo. Pero no hay celos. Ni nostalgia. No deseo haber escrito ese artículo sobre un festival de música reciente o sobre la nueva estación de tren ligero como podría haberlo hecho en la universidad o en los años posteriores, cuando todavía estaba intentando encontrar mi sitio.

Mi padre entra con su bastón, la bata de cuadros anudada a la cintura y la barba canosa y blanca cubriéndole la cara.

—¡Buenos días! Como hayas tocado el crucigrama, te las verás conmigo.

—Buenos días. —Le paso el periódico—. Todo tuyo.

Se llena el plato y mi madre baja por las escaleras, con el pelo largo recogido con una goma de los colores del arcoíris. Tararea una canción antigua de Jefferson Airplane mientras riega una hilera de plantas frondosas que hay en la ventana de la cocina.

—No me empujasteis a estudiar Periodismo porque era más práctico que escribir novelas —digo cuando estamos todos sentados—. ¿No?

Mi madre se detiene mientras unta una rebanada de masa madre con mantequilla.

—Lo dudo —responde—. Es posible que nos preocupara el dinero, pero creo que fuiste *tú* la que nos informó de que el periodismo tendría más sentido.

Hago una mueca. Suena a algo que sí diría.

—Aunque echo de menos esas novelas de misterio espeluznantes que escribías. —Mi padre le da un sorbo al café—. He de admitir que me gustaban más que ese libro sobre el agua. —Tardo un momento en darme cuenta de que se refiere al libro de Maddy DeMarco—. ¿Hay alguna razón por la que lo preguntes?

—¿Crisis de los treinta? —sugiero, y mi padre esboza una sonrisa.

—Eres demasiado joven. Para cuando tengas nuestra edad, lo más probable es que la esperanza de vida sea de ciento cincuenta años, por lo menos.

—¿No te ha gustado trabajar en el libro de Finnegan? —inquiere mi madre, con las cejas arrugadas por la preocupación.

«Me ha gustado demasiado». Miro al plato con la esperanza de que no me delate mi cara.

—No, ha estado bien. Genial. Me queda poco para terminarlo. En fin —le digo a mi padre, desesperada por cambiar de tema—, tienes una densitometría ósea la semana que viene, ¿no? Puedo llevarte. ¿E igual podrías añadirme a tu portal de pacientes para que pueda consultar los resultados en cuanto lleguen?

Mi padre tose y mi madre aprieta los labios, mirando fijamente al techo. *Oh*. ¿Es posible que haya cruzado algún límite del que no era consciente? Se les da bien la tecnología, teniendo en cuenta su edad, pero seguro que no me vendría mal involucrarme más. Sobre todo, ahora que he vuelto.

—Queríamos hablarte de una cosa —empieza mi padre—. Tu madre y yo… bueno, sabemos que no somos unos adolescentes.

Mi madre agita el pelo.

—Habla por ti —dice—. Lo que queremos decir es que no hace falta que te partas la espalda para ayudarnos. Nos las hemos apañado muy bien los dos últimos meses que has estado fuera de la ciudad.

Trago saliva. No estaba preparada para oír que no me han necesitado.

—Pero estaba preocupada.

—Sabemos que te preocupas porque te importa —contesta mi padre—. Pero es demasiado. Sabemos que le pediste a Noemie que estuviera pendiente de nosotros unas cuantas veces y, en un momento dado, fue un poco como tener una niñera.

Hago una mueca. Esa no era para nada mi intención.

—Lo siento mucho. Supongo que no sabía qué hacer.

—Sé que llegará un momento en el que querremos tu ayuda —continúa mi padre—. Cuando la necesitemos. Puede que sea mañana, pero también puede que sea dentro de unos años.

Mi madre me da unas palmaditas en la rodilla.

—Todavía no estamos preparados para dejar que hagas de nuestra madre.

Mientras terminamos de desayunar, algo me golpea con una claridad sorprendente. Me pregunto si no he estado usando lo de ser escritora fantasma como muleta, tal y como dijo Finn. ¿Cuántos trabajos no he solicitado porque habrían significado irme de Seattle? ¿Cuántas oportunidades he dejado pasar por estar tan empeñada en contenerme? Temía tanto que la gente ya no me necesitara que me até a ellos con tanta fuerza que apenas podía deshacer los nudos.

Pensaba que este lugar y esta gente eran mi mundo entero y, si bien es cierto que no los quiero menos que antes de aceptar este encargo, la verdad es que mi mundo es más grande que eso. Una y otra vez, me enamoré de ciudades nuevas, de experiencias nuevas y, sobre todo, de la versión de mí misma que era capaz de salir de su zona de confort.

Porque la Chandler de septiembre no era capaz de leer un mensaje de Wyatt, después de semanas y semanas de silencio, invitándome a una fiesta que organiza a finales de mes y simplemente escribir: ¡Lo siento, no puedo ir!, antes de borrar todo el hilo.

— — —

Estoy evitando el libro. Lo tengo que entregar dentro de tres días y lo estoy evitando.

He terminado de ver *Los nocturnos* porque era más fácil que abrir la autobiografía y afrontar el final de este encargo y el comienzo de algo a lo que todavía no le he puesto nombre. Hasta fui a una clase de *reverse running* con Noemie ayer con la esperanza de que trotar hacia atrás en una cinta de correr hiciera fluir la creatividad… y nada.

Pero si soy realista, no es la creatividad. Es el miedo. Siempre, siempre es el miedo. Porque, aunque pasemos por un proceso de corrección, terminar el libro es como el final de una era.

La verdad es que la idea de escribir otro libro basado en una conexión superficial basta para que me entren ganas de apuntarme al campo de entrenamiento de *reverse running* del que habló antes el instructor. En cuanto colgué el teléfono con Stella, supe que no podía aceptar ese trabajo. A lo mejor siempre he sabido lo que quería, pero no he sido capaz de confiar en mí misma y mi cerebro ha tardado un tiempo en ponerse en sintonía con mi corazón.

Mi maleta nueva está al otro lado de la habitación, recordándome que esto no tiene por qué ser un final.

Respiro hondo y vuelvo a abrir el libro de Finn.

Al principio, hojeo todo lo que he escrito hasta ahora. Y, a medida que avanzo, caigo en la cuenta de algo: hay una corriente extraña de emoción que recorre todo el libro, desde su actuación hasta su judaísmo pasando por *El Señor de los Anillos*.

Es algo parecido al *amor*.

No sé cómo se me había pasado antes cuando está tan enredado en cada capítulo. Su infancia en Reno y las lecturas dramatizadas que hacía para su madre. Su desafortunada interpretación de Din Don. La meticulosidad con la que investigó la formación científica de Hux para *Los nocturnos* y cómo fue comprendiendo de forma gradual su TOC y cómo gestionarlo.

Finnegan Walsh es serio y *bueno* y se merece cada riesgo. Y a lo mejor podríamos haberlo resuelto juntos, como él quería, pero ahora sé que primero tenía que hacerlo por mi cuenta. Necesitaba ese espacio lejos de él para verlo de verdad.

Trabajo durante horas sin pausa, sin mirar el reloj ni el recuento de palabras. Puede que no sea una cafetería de Silver Lake bañada por el sol, pero es donde he escrito todos mis otros libros, y algo de eso me trae un consuelo que necesitaba con desesperación desde que aterricé en Seattle.

Soy escritora. Siempre he sido escritora, pero en algún momento, quizá para protegerme de la posibilidad de fracasar, dejé de escribir para mí misma. Dejé de escribir por puro amor y dejé que mi voz se convirtiera en la de otra persona.

Ya no.

Este libro va a llevar el nombre de Finn en la cubierta; lo he sabido desde el principio.

Y el próximo, estoy decidida, llevará el mío.

LOS NOCTURNOS

Temporada 4, Episodio 22: «Graduación, parte 2».

INT. PATIO INTERIOR DE OAKHURST. DE NOCHE

CALEB RHODES, ALICE CHEN, OLIVER HUXLEY, MEG LAWSON, SOFIA PEREZ y WESLEY SINCLAIR están de pie, en círculo, mirando el cielo. Los Invasores van a aparecer en cualquier momento. Caleb y Alice se están dando la mano, Hux y Meg se están abrazando y Sofia está agarrando el Talismán Escarlata. Hasta Wesley parece serio por primera vez en su vida.

CALEB

Bueno... este es el final. Nosotros contra ellos. Es gracioso, pensaba que lo único que iba a hacer hoy era obtener un folio que dijera que había conseguido sobrevivir los últimos cuatro años.

WESLEY

No tientes al destino. Todavía existe la posibilidad de que no te lo den.

MEG

Tengo miedo.

HUX

La acerca más a él y le da un beso en la cabeza.

Lo sé. Yo también. Pero creo que tener miedo juntos da menos miedo, ¿no?

Capítulo

VEINTINUEVE

LOS ÁNGELES, CALIFORNIA

El estudio está abarrotado, enjambres de fans vestidos desde los pies hasta la cabeza con pieles falsas y bigotes pintados en las mejillas. Llevan carteles hechos por ellos, sonríen con colmillos de plástico, se abrazan con fuerza, gritan y derraman algunas lágrimas porque, por fin, *por fin*, está sucediendo. Sus personajes favoritos otra vez juntos durante una noche.

Incluso después de todas las convenciones, ver a toda esta gente reunida aquí por esto que aman tanto sigue siendo un espectáculo digno de contemplar.

Yo no me he esforzado mucho, pero al menos la pareja que me gusta es obvia. Encontré una camiseta con la frase PREFIERO SER INUSUAL en Etsy, la cual he combinado con los calcetines con estampado de puñales de Finn para darle un poco más de fuerza. Aunque soy incapaz de contar el número de aviones a los que me he subido desde septiembre, me he aferrado con fuerza a los reposabrazos durante todo el vuelo, con Noemie a mi lado tranquilizándome mediante susurros. Que no he metido la pata. Que Finn no habrá cambiado de opinión.

Lo entiendo si no puedes venir, me escribió anoche. Pero ojalá lo hagas.

Le dije que por supuesto que estaría allí. ¿Cómo iba a perdérmelo después de todo lo que habíamos pasado?

Con su camiseta a juego, Noemie me agarra de la muñeca cuando llegamos a nuestros asientos reservados en primera fila.

—Estos tienen nuestros nombres —dice, atónita—. ¿Qué es tu vida?

Quizás al final del día tenga una respuesta para ella.

La reunión comienza con algunas secuencias de la serie, un montaje de los momentos más memorables, marcado por las risas y los vítores del público. Está la primera transformación de Caleb, la escena en la que se ve obligado a elegir entre Alice y Sofia, el primer beso de Hux y Meg. Un par de bromas de Wesley. Está el suero que Hux desarrolla al final de la serie y que ayuda a Meg a controlar un poco más su lado licántropo, lo que les permite por fin tener una relación real y a ella perseguir su pasión por la historia del arte sin miedo. Y el plano final de la serie: los seis personajes de pie entre los escombros de lo que fue la Universidad de Oakhurst el día de su graduación, tras luchar por última vez contra sus villanos. Están sangrando, cojeando y cubiertos de suciedad, pero han salido victoriosos. Y, mientras se toman unos minutos para dar cuenta de sus heridas y asegurarse de que todo el mundo está bien, el espectador también lo sabe: que sea lo que sea lo que les espera, sea lo que sea lo que el mundo real y sobrenatural les depare, van a poder con ello.

Tras los aplausos, se encienden las luces y aparecen los seis protagonistas. El público se pone de pie con una estruendosa ovación y, cuando me siento, me escuecen las manos. Juliana y Cooper parecen un poco tímidos, Hallie y Bree sonríen y saludan, Ethan esboza una sonrisa de suficiencia.

Y Finn.

Está guapísimo, como es obvio, porque siempre lo está, vestido con una camisa verde oscuro, una corbata gris y un chaleco sobre el cual el vestuario debatió durante media hora en el transcurso de ensayos. Es la versión retocada de sí mismo, la que me acostumbré a ver en las convenciones y en la pantalla del portátil, pero hay algo diferente en él. Un agotamiento, tal vez, que no había visto antes, a menos que me lo esté imaginando debido a lo mucho que lo he echado de menos.

Porque si antes de subirme a ese vuelo había alguna duda al respecto, ya no existe, y el corazón me duele con la esperanza de que todavía quiera estar conmigo, incluso después de haber huido a Seattle.

La reunión es, en una palabra, maravillosa. El reparto comparte sus momentos favoritos, secretos de detrás de las cámaras, y responde a preguntas, y el público saborea cada minuto.

También es maravilloso el hecho de que Ethan haga el ridículo en el escenario. Todo el tiempo parece distraído, frotándose el codo o metiéndose la mano en el bolsillo, como si quisiera mirar el móvil, pero supiera que no puede.

—Me habría encantado quedarme con las dos —dice con una sonrisa socarrona cuando Zach Brayer, el creador de la serie, le pide que zanje un debate de una vez por todas: Alice o Sofia—. Pero, por alguna razón, a Zach no le hizo mucha gracia.

Hacia el final del programa, cuando llega el momento de las preguntas del público, alguien pregunta sobre los rumores que circulan por internet en cuanto a un *reboot* o un *spin-off*. Yo también los he visto: todos parecen provenir del hecho de que Zach dijera el mes pasado que le encantaría escribir algo más ambientado en el universo de *Los nocturnos*, a lo mejor incluso con algunos de los mismos personajes.

—¿Un *reboot*? No creo —responde Ethan, riéndose—. No quiero ofender a nadie, pero sería como retroceder un poco. Creo que ahora mismo estoy en una etapa diferente de mi carrera profesional.

Una ola de murmullos y de chismorreos recorre el público.

—Veo que está decidido a ser lo peor, ¿eh? —murmura Noemie.

—Quiero decir… —continúa Ethan, balbuceando, ya que está claro que los fans están disgustados con él, pero Hallie ya está hablando por encima de él.

—Para los que no estamos por encima de la serie que despegó nuestras carreras, me encantaría hacer un *reboot*. O un *spin-off* —interviene—. ¿Meg a los treinta años, intentando compaginar ser una mujer loba con su trabajo como conservadora de un museo? Dádmelo. —Esto provoca algunos gritos y aplausos.

No obstante, lo mejor es cuando Finn capta mi atención y mantiene la mirada en mí durante un largo y precioso instante.

En esa única mirada, veo que hay esperanza.

— — —

Cuando termina, Noemie se va a tomar algo con unas fans que conoció hace años en un foro y yo me dirijo a los camerinos en busca de Finn. El equipo me reconoce de los ensayos y me devuelven el saludo. Los pasillos son estrechos, mis pies, inseguros, y para cuando encuentro la puerta con FINN WALSH garabateado en un letrero con forma de luna, tengo el corazón en la garganta.

Me aliso una arruga de la camiseta, me ajusto la pesada bandolera que llevo y llamo a la puerta.

—Un momento —contesta Finn. Cuando se le desencaja la mandíbula al abrir la puerta, queda claro que no me esperaba. Tiene la cara un poco rosada, como si se acabara de quitar el maquillaje, y los dedos se le congelan en el proceso de aflojarse la corbata. Tengo que luchar contra el impulso de agarrársela y tirar de él para acercarlo, porque, de repente, es lo único que quiero hacer.

—Has estado increíble —digo.

—Gracias. Eh. —Mira hacia atrás y se pasa una mano por el pelo—. ¿Quieres pasar? No es mucho, pero...

—Sí, claro. Por supuesto. —Esta incomodidad entre nosotros es nueva. Abre la puerta y deja ver un tocador, un burro para la ropa y media docena de arreglos florales sobre un pequeño escritorio. La habitación es tan pequeña que me pregunto si puede oír mi pulso acelerado.

«Es Finn», me recuerdo. El hombre que nunca me ha dado una razón para sentirme de otra forma que no sea segura de mí misma. «Puedo hacerlo».

Se apoya en el tocador mientras saco el manuscrito encuadernado en espiral de la bandolera.

—Sé que ya nadie utiliza copias impresas. Pero cada vez que me imaginaba caminando hacia ti así, sostenía una pila enorme de folios. Por el efecto dramático y todo eso. Ah, y puede que haya una mancha de café en las páginas ochenta y cinco y ochenta y seis, lo siento. —Se lo paso con manos temblorosas—. En fin… aquí está. Tu libro.

Se le corta la respiración. Lo abre como si fuera algo delicado y no algo que imprimí por cuarenta dólares en Office Depot, y sus ojos se detienen en algunos párrafos más que en otros. Espero que vea cuánto amor por su trabajo hay ahí. Cuánto amor por *él*, incluso cuando intenté abandonar mi voz. Porque es tal y como dijo: no puedo esconderme por completo, y Finn es la última persona de la que quiero esconderme.

Cuando vuelve a hablar, su voz es ronca. Emotiva.

—No —dice, y le da una palmadita a la cubierta blanca y lisa—. *Nuestro* libro. —Por una vez, no le discuto—. Me encanta. Una parte de mí siente que no me merezco un libro tan bueno, pero no voy a protestar. Me encanta, y tú eres increíble.

—Gracias —contesto, y lo digo en serio—. Y de nada.

Coloca el libro sobre el tocador, junto a una tarjeta que dice NUNCA TE OLVIDARÉ, BESOS LOBUNOS, BREE.

—He estado pensando mucho —empieza, metiéndose las manos en los bolsillos, y me da un empujoncito en el zapato con el suyo—. Y sé que soné un poco brusco aquel día en mi casa. Puede que te presionara demasiado. Hagas lo que hagas, ya sea escribir para ti o para otras personas, lo vas a hacer increíble. Lo que has hecho por mí con este libro… No sé si «gracias» será suficiente. Todo esto me ha hecho pensar que no soy solo un completo fracasado. Me has ayudado a darme cuenta de eso.

—Tú también me has ayudado a mí. —Me rasco el esmalte de las uñas—. No estoy segura de haberme sentido nunca más segura de lo que escribo que cuando eres tú el que lo lee. Y... voy a terminar mi libro —afirmo con más determinación en la voz—. Después de eso, ya veré.

Asiente.

—Me gusta cómo suena eso. Y también me gusta tu camiseta, por cierto.

—Gracias, pero... esta no es mi pareja favorita.

—¿No? —Hace una mueca con la boca mientras se acerca.

—En realidad, prefiero a Hux con otra persona.

—Blasfemia.

Trago saliva. Porque, si bien es cierto que me encantaría besarlo, hay algunas cosas que tengo que decirle primero. Ahora o nunca, aunque me dijo que puedo tomarme todo el tiempo que necesite. Sé lo que siento desde hace semanas, meses quizá, y es hora de decírselo. Sin florituras, sin simbolismos ni significados ocultos. Solo palabras, las palabras adecuadas.

—Durante los últimos meses —comienzo—, nos hemos conocido mucho el uno al otro. De hecho, mucho más de lo que conozco a la mayoría de personas que hay en mi vida. Se suponía que tenía que entrevistarte, escribir la historia de tu vida... pero, de alguna manera, empezamos a entrevistarnos el uno al otro. Ambos nos abrimos, compartimos cosas que dudo que hayamos compartido con otra persona.

A pesar de que al principio hubo confusión, Finn ha estado totalmente involucrado en esta relación más tiempo que yo. Nunca ha dudado. Y, sí, aunque no tenga un nombre reconocido, lo más probable es que sea más famoso de lo que yo voy a ser jamás, pero ha hecho que sienta que mi profesión, tan imprecisa como es, no importe.

—Para mí nunca ha sido algo solo profesional —continúo—, ni siquiera al principio. A lo mejor eso significa que tendrían que haberme despedido. A lo mejor no tendría que haber aceptado el trabajo, pero eso habría significado que no nos hubiéramos acercado como lo hemos hecho. Y… y no me habría enamorado de ti. —Doy un paso hacia él—. No nos habríamos impulsado el uno al otro ni nos habríamos dado cuenta de que, si bien podemos hacer cosas increíbles por nuestra cuenta… creo que también podemos ser bastante increíbles juntos.

La expresión de su rostro podría hacerme pedazos y recomponerme. Me obligo a no apartar la mirada, a mirarlo a los ojos con vulnerabilidad.

—Estoy profundamente enamorada de ti, y sea como sea mi vida después de este libro… quiero que estés en ella.

Antes de que pueda tomar otra bocanada de aire, sus brazos me están rodeando, calor, consuelo y *alivio*.

—Te quiero mucho, cielo —dice contra mi pelo al tiempo que me sostiene la nuca con la mano. Me toca la oreja con el pulgar—. Te adoro. La cantidad de maquillaje que me han tenido que poner para taparme las ojeras… Me sentí fatal cuando te fuiste. Entiendo por qué tuviste que hacerlo, pero lo único en lo que podía pensar era en si volverías.

Coloco un dedo en el espacio de debajo de sus ojos y le acaricio la piel.

—Para mí estás genial.

Cuando nos besamos, es como si fuera la primera vez que respiro hondo en toda la semana. Una y otra vez, le digo que lo quiero, porque, de repente, soy incapaz de parar de decirlo.

—Entonces…, ¿a distancia? —pregunta—. Porque creo que se nos daría de lujo el sexteo.

No puedo evitar reírme. Lo más probable es que tenga razón.

—Ya lo resolveremos —respondo, porque ya no me da miedo la incertidumbre—. Pero por ahora no estoy preparada para vivir juntos.

—Vale, pero estaré en tu casa con frecuencia. En tu cama. Y puede que en la cocina sin camiseta haciendo tortitas y beicon vegetariano los fines de semana.

—No me opongo a nada de eso.

Me abraza con más fuerza, dejándome que me acurruque contra su pecho.

—Me alegro tanto de que hayas asumido el riesgo —me susurra al oído.

—Esa es la cosa —digo contra los latidos de su corazón. Suaves, estables y auténticos—. Contigo no me siento así. Me siento en *casa*.

DE LA PANTALLA A LA PÁGINA, FINN WALSH DA PARA MUCHO

Vulture

Finn Walsh tiene muchos motivos para sonreír estos días. La autobiografía de la antigua estrella de *Los nocturnos* debutó en el puesto número cuatro de la lista de superventas del *The New York Times* el mes pasado, y sus ganancias van a su nueva organización sin ánimo de lucro Mentes Sanas, la cual está diseñada para hacer que la terapia sea accesible para creadores con obstáculos económicos. También se lo ha visto por el país con su novia desde hace un año, la escritora Chandler Cohen, aunque ambos se mantienen reservados en cuanto a cómo se conocieron.

Recién salido de una gira que ha durado dos semanas, para promocionar el libro, Walsh ya ha vuelto al trabajo. «Llevo años sin estar tan ocupado» dijo desde su casa en Los Ángeles. «Me siento muy afortunado por amar lo que hago».

La autobiografía de Walsh, *Gafas fuera*, narra su experiencia con el TOC, sus primeros días en Hollywood y su vida desde que se emitió *Los nocturnos*, todo a través de una serie de anécdotas cautivadoras. Es una lectura obligatoria para los fans del drama paranormal adolescente, pero tiene un atractivo amplio y significativo más allá de esa audiencia. Escrito de una forma delicada e irreverente, el libro es como si le estuviera hablando directamente al lector como si fuera un amigo cercano.

«El proceso de escritura fue una montaña rusa», dijo, incapaz de ocultar la alegría en su voz. «Y fue lo más divertido que he hecho en mi vida».

Epílogo

SEATTLE, WASHINGTON

Incluso desde el otro lado de la librería, soy capaz de localizar *Gafas fuera*, y solo en parte porque sale mi persona favorita en la cubierta. Finn está de pie en una biblioteca, inmovilizado contra un fondo azul intenso, aplastando un par de gafas rotas y mirando algo fuera de cámara. La autobiografía presenta un despliegue de los últimos superventas, novelas de ficción literaria y libros de cocina con colores brillantes y de cotilleos sobre celebridades, escritos por otras personas, estoy segura.

He vuelto a esta tienda varias veces desde El Gran Robo En La Librería que sumió mi vida en un hermoso caos, pero esta noche... esta noche es diferente. Esta noche, me obligo a no rascarme las uñas pintadas de color púrpura oscuro para ir a juego con la cubierta y rezo para que los nervios no se apoderen de mí. Así pues, me dirijo hacia la barra que alberga los recuerdos que guardo a salvo junto a mi corazón.

—¿Bebiendo para reunir coraje? —pregunta alguien a mis espaldas.

Me doy la vuelta y sacudo la cabeza.

—No. Simplemente contemplando la naturaleza del destino, las complejidades del universo y cómo llegamos aquí.

—Nada demasiado profundo entonces. —Finn me da un empujón en la cadera mientras se sienta en el taburete situado a mi lado. Le han salido más canas en el pelo, hecho que me encanta usar para burlarme de él y que a él no le importa en absoluto.

—No me esperaba que hubiera tanta gente. ¿Por qué hay tanta gente? ¿Se han equivocado de noche y se han pensado que estaban aquí para ver a Tana French? ¿Es demasiado tarde para hacer que venga?

Finn me pasa un brazo por los hombros y me acerca.

—Puedes hacerlo —me asegura, y como le creo a medias, le doy un beso rápido—. Vas a estar fantástica.

Nos dirigimos al escenario, y nuestros amigos y familiares ya están esperando entre el público. Noemie, mis padres y mis tías, la madre de Finn, Krishanu y Derek. Luego, tras apretarme una última vez la mano, Finn se sienta en la primera fila mientras yo me dirijo sola al podio, extrayendo toda la confianza que puedo de mi chaqueta de terciopelo negro y de mi corte de pelo nuevo.

—Muchas gracias a todos por estar aquí —digo después de que me presente una librera—. Me resulta un poco surrealista decir eso, pero es en serio: no tenía idea de si alguna vez iba a llegar a este lugar, y no doy nada de eso por sentado. —Sostengo el libro, uno de tapa blanda con una cubierta suave y mate que sigo sin creerme que tenga mi nombre—. *La pluma envenenada* no es un *cozy mystery* del todo, aunque creo que es bastante acogedor; sin duda, tiene suficiente romance como para manteneros calentitos. El lugar ideal para leerlo, como cualquier libro, es junto a la chimenea con una taza de chocolate caliente. —Ante eso, los ojos de Finn brillan al reconocer la referencia.

»Empecé a escribir este libro hace mucho tiempo —continúo—, pero en realidad no me cuajó hasta que estuve trabajando en algo completamente diferente.

Solo un puñado de personas aquí saben qué era ese *algo diferente*. Un año después de su publicación, dos años desde que empezamos a trabajar en ello, la autobiografía de Finn todavía ocupa un lugar destacado en la mayoría de las librerías. Pasó por una segunda reimpresión incluso antes de que se publicara, y ambos ya hemos recibido derechos de autor por ello. Hablamos sobre si queríamos hacer público el hecho de que yo lo había escrito y, al final, decidimos mantenerlo en secreto. Finn dijo que dependía completamente de mí, y me gustaba que nos perteneciera solo a nosotros. Una pieza preciosa y crucial de nuestra historia.

—Espero que lo disfrutéis y, si no, no me lo digáis, por favor. —Algunas risas—. Pero, sobre todo, si lo leéis, espero que os permita escapar del mundo real un rato.

Después, hay pastel, champán y una cola para firmar que siento que no tengo derecho a que sea tan larga. Sí, lo más probable es que aquí haya gente que ha venido con la esperanza de ver a Oliver Huxley, pero, en su mayor parte, Finn y yo hemos logrado tener una vida tranquila. Fiel a su palabra, disminuyó el número de convenciones y adoptó una perra llamada Bonnie que siempre se ponía más contenta de verme a mí que a él, lo cual defendía diciendo: «A mí me ve todos los días. Pues claro que cuando estás aquí parece que se emociona más al verte». Dividimos nuestro tiempo entre Seattle y Los Ángeles antes de decidir alquilar este año la casa de Finn en Los Feliz y mudarnos juntos a un pintoresco apartamento de dos habitaciones, la cual se encuentra a solo diez minutos en coche de Noemie.

Stella vendió *La pluma envenenada* en un contrato de dos libros poco después de que lo terminara, en gran parte gracias a las relaciones que había construido a través de ser escritora fantasma. La secuela saldrá el año que viene, por lo que he estado inmersa en la escritura y trabajando a tiempo parcial en una librería situada cerca de nuestro apartamento. Finn está terminando de producir una comedia romántica con temática de Janucá, la primera para una cadena conocida, ante todo, por emitir películas navideñas. Además, viaja a menudo para asistir a reuniones con partes interesadas en su organización sin ánimo de lucro, Mentes Sanas, que ya cuenta con una docena de psicólogos y psicólogas entre el personal. Nuestras vidas están más ocupadas que nunca, y no consigo imaginármelas de otra manera.

A mis padres les divierte mucho todo el asunto, incluido el hecho de que su hija tenga una relación con alguien a quien han visto en la televisión. Mi padre lo estuvo llamando Hux durante tres meses enteros después de que se los presentara, y todavía tiene algún desliz ocasional.

—Sigo sin creerme que no nos hayas dejado leerlo todavía —dice mi madre después de envolverme en un abrazo—. ¡Hemos leído todos los demás!

—Sí, pero este es diferente. Por si acaso, creo que deberíais saltaros los capítulos tres, once y catorce, las últimas páginas del dieciocho y la mitad del veinte. —Me lo pienso mientras firmo su ejemplar—. Y, sin duda, el veintidós y el veinticuatro. En realidad, igual debería quedarme con esto y eliminar algunas de esas partes.

—Esas son las partes buenas —susurra Noemie, y hago como si le golpeara con el libro.

Justo cuando creo que he firmado todo y que todos mis amigos y familiares han trasladado la fiesta a la barra, una última persona se acerca a la mesa.

—¿A quién se lo dedico? —pregunto, y las palabras siguen sonando extrañas, aunque empiezan a resultarme más familiares.

—A tu prometido —responde Finn mientras desliza el libro hacia delante.

Otra palabra a la que no me he acostumbrado y que me encanta cómo suena cuando la pronuncia. Miro el anillo que tengo en el dedo y el calor florece en mi pecho. La pedida: un momento tranquilo y perfecto entre nosotros hace unos meses antes de que pusiéramos su casa en alquiler. Copas de vino, *jazz* suave sonando en su equipo de sonido, Bonnie adormilada sobre mi regazo.

—No estar casado contigo me parece una completa pérdida de tiempo —dijo, jugueteando con un mechón de mi pelo—. Creo que deberíamos arreglarlo.

Ahora, observa cómo deslizo el bolígrafo por la portada, y en sus ojos no hay nada más que pura admiración.

—Mi firma es un desastre —declaro. Las dos C no son uniformes y parece que estoy practicando la letra cursiva en uno de esos folios con cuadrículas de los estudiantes de tercer grado—.

Después de un rato, empecé a pensar que parecía que estaba firmando «Charlie Chaplin», y luego me sentí tan abrumada que es posible que haya firmado a un par *como* Charlie Chaplin.

Finn la mira.

—A mí me parece bonita —dice—. Pero si quieres… yo tengo bastante experiencia con este tipo de cosas. —Su mirada vuelve a mis ojos y su boca se curva en mi tipo de sonrisa favorita—. Igual podría darte algunos consejos.

Agradecimientos

A mi editora, Kristine Swartz: gracias por ayudarme a encontrar el corazón de este libro. Como siempre, le estoy profundamente agradecida a tu perspicacia, sobre todo, cuando se trata de temas que nos interesan tanto a las dos. Trabajar contigo es todo un sueño.

En Berkley, muchas gracias a Mary Baker, Jessica Plummer, Yazmine Hassan, Kristin Cipolla, Daniel Brount y Megha Jain. Vi-An Nguyen, por otra cubierta maravillosa. Al otro lado del charco, ¡estoy encantada de que mis libros hayan encontrado un hogar en el Reino Unido con Madeleine Woodfield y el equipo de Michael Joseph! Gracias a Tawanna Sullivan por hacerlo posible. A Laura Bradford, por responder a mis correos electrónicos neuróticos y saber lo que necesito oír siempre. Y le debo mucha gratitud a Taryn Fagerness por colocar mis libros en editoriales de todo el mundo. No puedo expresar como es debido lo surrealista que es verlos en las tiendas. Gracias también a Hannah Vaughn y a Alice Lawson, de The Gersh Agency, por ser unas fantásticas defensoras de mis libros.

Buena parte de este libro se escribió en compañía de dos personas a las que admiro mucho: Vicki Campbell y Riv Begun; esa semana en Escocia fue más que perfecta. Mención especial a Duncan por dejarnos volver al Airbnb cuando nos quedamos fuera y por no enfadarse por ello. Sarah Suk, Marisa Kanter, Carlyn Greenwald y Kelsey Rodkey: os adoro. Gracias por las primeras lecturas, los consejos y por echarme una mano. ¡Y muchas gracias a Christina Lauren, Alicia Thompson y Elissa Sussman por su tiempo y sus amables palabras!

Hay muchos libros excelentes que exploran los temas que apasionan a Chandler, y los dos que más me ayudaron durante el proceso de escritura fueron *Tal como eres. La sorprendente nueva ciencia que transformará tu vida sexual*, de Emily Nagoski, y *The Turnaway Study: Ten Years, a Thousand Women, and the Consequences of Having-or Being Denied-an Abortion*, de Diana Greene Foster.

A Ivan, por todo y por las canciones. Incluso y, sobre todo, por las malas. Te quiero.

GUÍA DE LECTURA

Preguntas para debatir

1. Chandler comienza el libro en un estado de desesperación en lo respectivo tanto a su vida profesional como personal. ¿Cómo le permite esto decir que sí a trabajar con Finn, además de seguir adelante con su esquema?

2. Cuando Chandler sugiere darle a Finn unos consejos en la cama, está segura de que lo dice de broma. ¿Crees que se metió en esa escena con la esperanza de tener un segundo asalto o realmente fue algo que surgió de forma natural?

3. El sexo se representa de formas muy diferentes en la cultura pop, desde películas para adultos hasta novelas románticas pasando por todo lo demás. Chandler y Finn dedican algún tiempo a discutir cómo los medios de comunicación han moldeado las opiniones que tienen en cuanto al sexo y a la intimidad. ¿Cómo te han influido esta clase de medios y cómo ha cambiado eso con el paso de los años?

4. El trastorno obsesivo-compulsivo es otro tema que se explora en el libro y que conlleva una gran cantidad de ideas erróneas. Finn incluso comenta que tiene el «síndrome del impostor» con su propia enfermedad mental. ¿Dónde más has visto representado el TOC? ¿Te ha parecido auténtico? ¿Qué distingue una representación positiva de una enfermedad mental de otra que podría ser perjudicial?

5. Como escritora fantasma, Chandler sabe captar la voz de sus autores. ¿Qué opinas de los libros narrados por escritores fantasmas? Si sabes que un libro está narrado por un escritor fantasma, ¿cómo afecta a tu disfrute, si es que lo hace?

6. A pesar de no ser muy famoso, a lo largo del libro Finn mantiene que está contento con su carrera profesional y con su nivel de fama. ¿Qué tipos de desafíos crea esto para su relación con Chandler?

7. ¿En qué momento crees que Finn empieza a enamorarse de Chandler y viceversa? ¿Quién crees que se enamora primero?

8. Las lecciones en el dormitorio de Chandler y Finn consiguen mantenerse en secreto durante todo el libro. ¿Qué habría pasado si se hubiera filtrado a la prensa?

9. Si pudieras leer este libro desde el punto de vista de Finn, ¿cuál crees que sería el arco de su personaje? ¿En qué se diferenciaría del de Chandler?

10. ¿Qué crees que les depara a Chandler y Finn en el futuro?

¿TE GUSTÓ ESTE LIBRO?

escríbenos y
cuéntanos tu opinión en

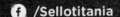 /Sellotitania    /@Titania_ed

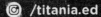 /titania.ed

#SíSoyRomántica